Polly Samson

Stell dir vor

PIPER ORIGINAL

Polly Samson

Stell dir vor

Roman

Aus dem Englischen
von Ulrike Wasel und
Klaus Timmermann

Piper München Zürich

Von Polly Samson liegt im Piper Verlag außerdem vor:
Kissenschlacht

Deutsche Erstausgabe
Mai 2001

Titel der englischen Originalausgabe:
»Out of the Picture«, Virago Press, a Division of
Little, Brown and Company (UK), London 2000

Gesamtherstellung: Clausen & Bosse, Leck
Printed in Germany ISBN 3-492-27017-4

Für Charlie

Stell dir vor, sagt Lizzie. Mein Vater hat mich verlassen, als ich in der Badewanne war.

Es ist glitschig auf den Knien meiner Mutter. Das Licht ist schwach, vielleicht bloß Kerzen, und die Wanne steht am Ende eines langen, niedrigen Raumes, ganz mit schimmerndem, honigfarbenem Holz verkleidet. Ja – da sind Kerzen, zwei, am Fußende der Wanne; und da ist auch ein Glas mit Glockenblumen, irgendwo so dicht bei den Kerzen, daß sie tanzende Blumenschatten an die Decke werfen. Ich weiß, es ist die Zeit der Glockenblumen, also April, schätze ich, oder kommen die Glokkenblumen in Cornwall früher raus? Wir drei sind den ganzen Tag draußen im Wald gewesen. Ich bin in dem Wald zwischen den Glockenblumen herumgekrochen, deshalb muß es zu dieser Jahreszeit gewesen sein. Ich kann sie über mir sehen, nicht blau, sondern rosa und mauve, und ich kann ihre nassen Stiele an meinem Gesicht spüren und den Geschmack von Torf und Rinde im Mund schmecken.

Meine Mutter liegt ausgestreckt im Wasser, die langen Haare auf dem Kopf zu einem Knoten hochgesteckt, und ich bin auf ihr, blicke in ihre ruhigen Augen, in ihr glänzendes Gesicht. Sie singt, ich weiß nicht mehr, was. Aber sie hat mir alte Cole-Porter-Songs vorgesungen, damals, in Cornwall, als ich klein war, bevor sie zu unglücklich war, um zu singen. Sie singt »I've Got You Under My Skin« oder »Paper Moon« oder so was in der Art.

Die Tür ist offen, und mein Vater, also mein richtiger Vater,

Jack, steht in der Badezimmertür, schweigsam wie ein Geist, und beobachtet uns durch den Dampf hindurch. Meine Mum singt weiter, und er läßt die Arme sinken, als hätte die Schwerkraft ihn besiegt. Das hab ich nicht verdient, sagt er, und geht. Für immer.

Kapitel Eins

Lizzie wird von einem Mann in den Wahnsinn getrieben, dessen Wagen mehr wert ist als ihre Wohnung. »Sollen wir am Park halten und einen Spaziergang machen?« sagt er und streicht ihr das Kleid am Bein glatt, nur eine Hand am Lenkrad. Ich bin kein Hund, denkt Lizzie, ich brauche keinen Verdauungsspaziergang, aber das sagt sie Tony nicht. Statt dessen weist sie darauf hin, daß es ein bißchen spät ist für den Park. »Da wimmelt es jetzt nur wieder so von Betrunkenen.«

»Stimmt«, sagt er. »Dann bring ich dich direkt nach Hause«, und er spielt weiter an ihrem Oberschenkel herum, während er durch den wütenden Londoner Verkehr im Zickzackkurs eine wilde Tarantella vollführt. Sie sind jetzt hinter Marble Arch, wo früher die Galgen waren, sagt er. Da konnten vierundzwanzig Männer gleichzeitig gehängt werden, aber Lizzie hört kaum hin.

»Schöner Abend.« Er registriert ihre Stimmung nicht, dreht J. J. Cale so laut, daß er sie nicht sagen hört, wie sehr sie sich darauf gefreut hat, mal zu sehen, wo er wohnt.

»Setz mich einfach vor meiner Wohnung ab«, sagt sie, bemüht, nicht zu schmollen, sich nicht zu verzweifelt, zu cockerspanielhaft anzuhören, obwohl »Wohnung« ein bißchen übertrieben ist, wie sie zugeben muß. Lizzie wohnt zur Miete in einem Zimmer im obersten Stock eines viktorianischen Backsteinhauses nicht weit von der Paddington Station. Das Zimmer hat keinerlei schmückendes Beiwerk: keinen Kamin, kein bißchen Stuck an der Decke. Es ist ein ziemlich einfaches, bescheidenes, tristes Apartment, mit einer Küchenzeile an der einen Wand, abgetrennt durch eine Theke mit angeschlagener Resopalplatte, und dem wannenlosen Bad, nicht viel größer als ein Schrank, in dem ein Klo steht, das so seine Macken hat, und in dem eine Plastikdusche ohne Abtrennung in die Ecke gezwängt ist. Lizzie hat herausgefunden, daß die praktischste Duschmethode die ist, dabei über dem Klo zu kauern.

»Dann also zu dir«, sagt Tony, und seine Finger gleiten über die dünne Seide ihres Kleides, während sein Fuß zwischen den Pedalen wippt. Lizzie lehnt den Kopf gegen die Tür und schließt die Augen.

Sie denkt an sein Haus, das heißt, wie sie es sich vorstellt. Es ist die übliche Szene, bei der sie in der Wanne liegt, bis zum Hals in nach Tannen duftendem Schaum, diesmal allein, obwohl sie sich oft ausmalt, daß er mit ihr in der Wanne ist, oder manchmal, noch besser, daß er nur bei ihr im Raum ist, mit ihr redet und ihr den Rücken einseift.

Er denkt, wie ungewöhnlich es ist, mit einer jungen Brünetten zusammenzusein, wo er doch immer auf Blondinen gestanden hat. Jedesmal, wenn seine Hand sich zur Innenseite ihres Schenkels bewegt, kann er spüren, wie ihr Muskel zuckt, fast unmerklich, wie wenn eine Fliege auf einem Pferd landet. Der dünne Rock kann ihre Nervosität nicht verbergen. Lizzie trägt stets sanfte Stoffe in sanften Farben. Vielleicht ist das ihre Art, der Welt mitzuteilen, daß sie geliebt werden möchte.

Die verwohnte Schäbigkeit ihres Zimmers oder, genauer gesagt, das, was Tony, ihr neuer Freund, davon halten wird, beunruhigt sie, als er auf die rechte Spur wechselt, um dann die Queensway-Abfahrt zu nehmen. Da, schon wieder bezeichnet sie Tony insgeheim als ihren Freund. Nun ja, das ist eigentlich ein Witz und noch dazu besorgniserregend; aber »Bekannter« klingt nicht richtig, und in ihrer Situation ist »Chef« unpassend, und er ist nicht ihr Partner, Liebhaber, Verlobter oder Ehemann. Noch nicht jedenfalls, und vielleicht nie.

Und er treibt sie wirklich in den Wahnsinn, obwohl sie vermutet, daß sie verliebt ist. Was ist bloß los mit dem Mann? Lizzie versteht einfach nicht, warum er sie nicht mal zu sich nach Hause einlädt; das ist doch schließlich so üblich, oder? Es wäre der naheliegende nächste Schritt nach drei Wochen Abendessen in Restaurants und Spaziergängen im Park. Das erinnert sie an den Sommer vor zwei Jahren, mit Sam, als sie beide siebzehn waren. Auch er wollte sie einfach nicht mit zu sich nach Hause nehmen. Er sagte, er wollte nicht, daß sie seine Mutter kennenlernte, obwohl er bei ihr zu Hause praktisch ein und aus ging, oft bei ihnen aß, im Beisein ihrer Eltern, und sogar bei ihr übernachtet hatte. Natürlich im Gästezimmer. Sie hatte so lange gedrängt, bis er sie schließlich mitnahm. Und da stand sie, seine Mutter, die grauen Locken wie nach einem Elektroschock und die Augen wie trübe Pfützen, während sie in einem Glas Senf rührte. Das Teufelskind, sagte sie mit funkelndem Blick. Wieso bringst du das Teufelskind in meine Küche? Sam hatte Lizzie durch den Raum hindurch angeblickt, zutiefst beschämt. Sie gingen dann, und er sagte, siehst du, ich hab dir doch gesagt, es ist eine blöde Idee.

Das Teufelskind, das ungewollte, das verlassene. An all diese Bezeichnungen hat Lizzie sich gewöhnt. Manchmal blickt sie auf das kleine Muttermal an ihrem linken Hüftknochen und sieht dort, in abstraktem Melanin, die Hörner des Teufels höchstpersönlich. Ein Glücksmal, erklärte ihre Mutter, ein Schönheitsfleck. Das Teufelskind, sagte Sams Mutter, und Lizzie verdrängte die Ablehnung und entwickelte einen absurden Stolz darauf, zu der Sorte Mädchen zu gehören, die Jungen nicht mit zu sich nach Hause nahmen: die Sirene, die Mütter um die zarten, jungen Herzen ihrer Söhne bangen läßt.

Doch wie Lizzie weiß, wohnt Tom nicht bei seiner Mutter. Was für ein absonderlicher Gedanke. Seine Mutter muß mindestens zweihundert Jahre alt sein, eine richtige alte Oma. Aber irgendwas stimmt da nicht. Noch lange, nachdem er sie nach ihren

Abenden mit Pasta und Tiramisu und heimlichen Küssen auf einer Parkbank in Kensington Gardens zu Hause abgesetzt hat, liegt sie wach und lauscht dem Bienenstockgesumme des Verkehrs und fragt sich, was wohl das Geheimnis seines Lebens ist: welche häuslichen Konstellationen er ihr verschweigt. Und ehrlich gesagt hat sie in ihrem Leben wirklich schon genug Geheimnistuerei erlebt.

»Tony«, sagt sie und nimmt ihren ganzen Mut zusammen, »lebst du mit jemandem zusammen, dem ich nicht begegnen soll?« Seine Hand liegt noch immer auf ihrem Bein, sie fühlt sich zu dieser Frage berechtigt.

Tony sieht sie an und lacht. Was er sieht, ist ein schmales, blasses Gesicht mit gerunzelter Stirn über runden, schokoladenbraunen Augen: wie ein Welpe, so ernst. Er denkt, daß sie entzückend aussieht, wie sie sich so auf die Lippe beißt, fast wie eine Zwölfjährige.

»Zum Beispiel eine Freundin«, sagt sie und schiebt seine Hand weg. »Hör auf, mich anzumachen, du weißt ganz genau, was ich meine.«

Und er lacht bloß noch mehr. Nervös? Vielleicht, denkt sie. »Kleines«, sagt er, und sie erliegt den fröhlichen Fältchen um seine Augen. »Wenn ich vergeben wäre, würde ich es dir sagen.«

Natürlich weiß Lizzie etwas mehr über Tony, als sie zugibt. Wie auch nicht; alle im Büro reden über ihn. »Nicht übel für einen Mann in den Vierzigern«, ist die einhellige Meinung. »Keine schlechte Partie«, sagt Lucy, die Lizzie in die Arbeitsabläufe von Tonys Fotoagentur einweihen soll, genauer gesagt, in das kniffelige Ablagesystem, bevor sie in einer anderen Firma anfängt. Sie zieht die Archivschubladen heraus, mit der freigebigen Pose und den lackierten Nägeln einer alten Schönheitskönigin, die ihre Tiara überreicht.

»Ja, aber er vermißt noch immer seine Frau«, sagt die häuslichere Paula, die Lizzie eine eingetopfte kleine Grünlilie geschenkt hat, einen Ableger von der Pflanze auf ihrem Schreibtisch, und die ganz offensichtlich gern eine junge Anfängerin unter ihre Fittiche nehmen würde. Hin und wieder ertappt Lizzie Paula und Lucy dabei, wie sie trübsinnig zu der verschlossenen Tür von Tonys unbesetztem Büro starren, einem Raum, der fast doppelt so groß ist wie das Vorzimmer, wo sie vier ihre grauen Metallschreibtische dicht gedrängt stehen haben, einer hinter dem anderen, wie im Kindergarten, doch statt eines Alphabets an der Wand versuchen sie die Schmollmünder und provozierenden, pfeifenreinigerartigen Gliedmaßen auf einer Auswahl von Tonys berühmtesten Modefotos zu übersehen.

»Falsch. Nicht seine Frau vermißt er«, sagt Lucy. »Sondern Sophie. Er kriegt sie kaum zu sehen.«

»Wie traurig«, sagt Lizzie, bevor Paula sie mit einem übertriebenen »Pssst« zum Schweigen bringt und Katrina mit den Stilettoabsätzen erscheint, in der Hand ein falsch abgelegtes Foto, das sie wie eine Waffe schwenkt. Lizzie ist schon vor Katrina gewarnt worden. Offensichtlich leicht reizbar, und sie regiert das Büro mit stählerner Entschlossenheit.

Katrina wirft das Foto auf Lizzies Schreibtisch und schreitet dann zur Tür von Tonys Büro. Manchmal flüchtet sie dorthin, um zu arbeiten. Wenn sie sich konzentrieren muß, sagt sie. Auch Lizzie kommt gelegentlich mal in den Genuß, sich während ihrer halbstündigen Mittagspause in dem genoppten, grauen, mit Tweed bezogenen Drehsessel an Tonys Schreibtisch die Zeit zu vertreiben; sie ißt ihr Sandwich, spielt mit der Reihe kleiner aufgehängter Silberkugeln, die so beruhigend gegeneinanderklicken. Und schnüffelt herum. Sie weiß, daß die mittlere Schublade seines Schreibtisches immer abgeschlossen ist und daß ganz hinten in der rechten oberen ein Mundspray mit Pfefferminzgeschmack liegt. Sie sitzt dann da wie er, mit Blick auf das Foto im Silberrahmen: ein zwangloser David Bailey von Tony mit seiner Tochter, einem kleinen, rosagesichtigen Mädchen im schwarzen Gymnastikanzug. Er erinnert Lizzie an einen Löwen mit seinem vollen Haar, das in der Sonne glänzt, und seinem breiten, sonnengebräunten Gesicht, seinen starken Armen, zwei schützende Pranken, die das kleine Mädchen an seine Brust drücken. Im Hintergrund sind rosa Rosen, und Sophie lacht.

An ihrem dritten Tag lernte Lizzie den Löwen persönlich kennen. Tony kam hereingefegt, verspätet zu seiner Besprechung, aber elegant wie ein alternder Filmstar zu einer Premiere. Plötzlich lächelten alle, und sie verfluchte sich dafür, daß sie am Abend zuvor nicht noch unter die tröpfelnde Dusche gegangen war, um sich die Haare zu waschen, was längst überfällig war, und nicht etwas Ansprechenderes als ihren alten Schulrock ins Büro angezogen hatte. Als sie aufs Klo ging, um sich die Haare zu kämmen, war Katrina bereits dort, und Lizzie konnte Parfüm riechen. Am selben Nachmittag setzte er sich auf ihren Schreibtisch und bat um Büroklammern (ein Trick; Lizzie wußte bereits, wie sollte es auch anders sein, daß er Büroklammern, und zwar jede Menge, in der dritten Schublade von oben auf der linken Seite seines Schreibtisches hatte).

Ob sie gern in der Agentur arbeitete? fragte er, und ob die anderen ihr Unterstützung boten? Und sie sagte, ja, das täten sie, aber es gäbe das eine oder andere, womit sie noch nicht richtig klarkäme, und Tony sah auf seine Uhr und sagte, ich mach Ihnen einen Vorschlag, was halten Sie davon, daß wir uns in einer halben Stunde, wenn wir hier fertig sind, verdünnisieren, irgendwo was trinken, und ich werd sehen, ob ich Ihnen helfen kann.

An der Queensway-Ampel nimmt Tony seine Hand von ihrem Oberschenkel und deutet auf die Bäume. Es ist noch hell über dem Park, obwohl sie schon zu Abend gegessen haben. Besser als Zervelatwurst und Pommes, denkt Lizzie, das wäre ihr Abendessen gewesen, wenn Tony sie nach der Arbeit nicht mit ins L'Escargot genommen hätte. Das ißt sie nämlich auf dem Weg von der U-Bahn nach Hause, zumindest an den meisten Abenden, seit sie ihr Elternhaus verlassen hat und in die Stadt gezogen ist. »Schon mal was von Capability Brown gehört?« fragt er.

»Ein bißchen«, sagt Lizzie, die nicht den leisesten Schimmer hat, wovon er redet, und hofft, daß er sie nicht testen will. Tier, Pflanze oder Mineral? Soldat, Matrose, Fischer, Spion? Capability Brown könnte alles sein.

»Capability Brown hat die ganzen Bäume da gepflanzt«, sagt er.

Lizzies Stimmung hellt sich auf, sie mag es, wenn Tony ihr interessante Sachen erzählt. Sie ist wißbegierig. Sie mag es, daß er mehr weiß als sie. Sie rekelt sich tiefer in ihren Sitz, während er ihr von Capability Brown erzählt, der mit seinem Filzhut auf dem Kopf durch ein Fernglas beobachtete, wie Männer Stangen an den Stellen in die Erde rammten, wo die Bäume wachsen würden: wo die jungen Eichen, Buchen und Roßkastanien ihre Äste für zukünftige Generationen ausbreiten würden, lange nach dem Tod dieses Lanzelot.

»Gute Männer pflanzen Bäume«, verkündet er von seiner Kanzel hinter dem Lenkrad, und Lizzie möchte ihm nicht widersprechen. Sie wird ihm nicht erzählen, daß ihr richtiger Vater, als sie noch ein Baby war, einen ganzen Garten voller Obstbäume für sie gepflanzt hat, aber nicht dablieb, um die Bäume heranwachsen zu sehen. Und übrigens auch nicht seine Tochter.

Statt dessen mustert sie Tony, während er spricht. Vielleicht liegt es am Wein, aber wie sie ihn so beobachtet, fühlt sie sich fast beschwingt, wie von Lachgas oder vor Übermut, und sie wundert sich über ihre Heiterkeit, so kurz nach allem, was zu Hause passiert ist. Was war das noch? Es ist noch nicht mal einen Monat her, und schon hat sie fast vergessen, daß ihre Welt auf den Kopf gestellt worden ist – durchlöchert und ausgehöhlt und in Stücke gerissen –, obwohl sie ihre Mutter noch immer vermißt. Tonys Augen sehen heute türkis aus, Chamäleonaugen, die von farngrün zu aquamarinblau wechseln, und Lizzie versucht zu ergründen, ob es die Farbe seines Hemdes oder des Himmels ist oder einfach nur seine Stimmung.

Lizzie mag vieles an ihm. Sie mag es, daß er mehr weiß als sie, natürlich, und daß seine Arme groß und stark sind und er sie »Kleines« und »Schätzchen« nennt. Sie mag es, wenn er ihr von seiner Jugend erzählt; von der Oxford University und von Bob-Dylan-Konzerten. Meistens läßt er in seinem Auto Blues laufen, aber manchmal eine Oper, und auch das mag sie. Irgendwann mal, sagt er, geht er mit ihr in die Oper, ins Royal Opera House in Covent Garden. Sie mag es, daß er im Handschuhfach eine runde Dose mit Bonbons hat. Sie dreht den Deckel ab und sucht sich ein limonengrünes, quadratisches Bonbon aus, staubig von seinem Bett aus Puderzucker. Sie muß nicht fragen, sie kann sich einfach von seinen Bonbons bedienen. Auch das mag sie an ihm.

Lizzie lehnt sich zurück, lutscht die Bonbonkanten rund und schließt die Augen, während Tony seine Hand unter ihren Rock schiebt, gekonnt wie ein Ladendieb: nicht so hoch, daß es kitzelt, aber doch hoch genug, um seine Absichten deutlich zu machen. Und er ist nicht mal betrunken, denkt sie, aber sie ist es. Die Sache zwischen ihnen rast ihrem folgerichtigen Abschluß entgegen. Sie hat ein Gefühl wie beim Start eines Flugzeugs: das Was-in-die-Luft-geht-muß-auch-wieder-runter-Flattern im Magen, das mit den Tabletten gegen Reisekrankheit einhergeht, die die Stewardessen verteilen. Sie ist erst ein paarmal geflogen, hat aber schon mehr holprige Landungen erlebt, als ihr lieb ist. Inzwischen hat sie Angst vorm Fliegen.

Seine Hand ist noch immer da. Sie konzentriert sich auf das, was vorhin passiert ist. Er hatte sein Kalbsschnitzel aufgegessen (Milchkalb, stand auf der Speisekarte, und Lizzie schien es, als bestellte er immer genau das, womit sie das größte Mitleid hatte), und er nahm ihre Hände in seine und deutete an, daß er in nicht allzu ferner Zukunft gern mal mit ihr übers Wochenende wegfahren würde. Bei dem Blick, mit dem er sie dabei ansah, wurde ihr so flau im Magen, daß sie zum erstenmal in ihrem Leben keinen Nachtisch wollte. Dann erzählte er ihr von seinem Cottage. Dem in Hampshire, das er von seinem Ersparten gekauft hatte, vor zwanzig Jahren, sogar noch vor seiner Heirat. Er erzählte ihr von den Beeten mit Brunnenkresse und dem Fluß, und daß die kleine Sophie darin schwimmen gelernt hatte, in Wasser, das so klar und sauber war, daß man die Fische zählen konnte.

»Aber wahrscheinlich fährst du am Wochenende meistens zu deinen Eltern«, sagte er, während er den Kellner samt der Dessertkarte mit einer raschen Bewegung aus dem Handgelenk wegschickte. »Wo leben sie noch mal? Hast du Somerset gesagt?«

»Ich glaube nicht, daß ich das gesagt habe«, sagte Lizzie, die sich sein Cottage vorstellte, und wie sie selbst durch den kühlen Fluß glitt. »Devon, nicht Somerset.«

»Ach ja, Devon«, sagte er, und sie nickte.

»Also verschwindest du immer am Wochenende.«

»Nein«, sagte sie und blickte weg. »Tu ich nicht.«

In Wahrheit waren die Wochenenden für Lizzie eine Öde. An den Wochenenden sehnte sie sich danach zu verschwinden, im wahrsten Sinne des Wortes. Einfach das Leben für zwei Tage auszuschalten, wie ein kleiner Winterschlaf. Sie wünschte, sie *hätte* eine Familie, zu der sie fahren könnte. Einen Vater, der sie nach ihrer anstrengenden Woche in London verhätschelte, eine Mutter, die sich Sorgen machte, weil sie dünn aussah, und sie mit Bratkartoffeln aufpäppelte. An den Wochenenden war sie wegen allem, was passiert war, besonders traurig.

Die Woche über hielt die Arbeit sie aufrecht – genauer gesagt, die aufregende Ungewißheit, ob Tony ins Büro kommen würde oder nicht. Aber von Freitagabend bis Montagmorgen verließ sie kaum ihr Zimmer. Letzten Samstag beispielsweise gaben die australischen Mädchen im ersten Stock eine Party. Es war offensichtlich eine Party, denn Lizzie konnte johlende Stimmen und Gelächter hören, trotz der Musik – die B-52's und UB40 –, und ständig klingelten Leute bei ihr, weil ihnen unten wegen des Lärms niemand aufmachte. Den ganzen Abend saß sie hoffnungsvoll oben an der Treppe, wo der Geruch nach Knoblauchbrot und Chili con carne so stark war, daß ihr die Augen brannten, und sie schaute zu, wie die plaudernden Gäste mit Flaschen in der Hand eintrafen, aber kein einziger nahm sie dort wahr.

»Ja, es war herrlich«, erzählte sie Paula am Montag im Büro. Tja, sie hatte immer viel von den Partys und Theaterbesuchen zu erzählen, die ihre Wochenenden bereicherten.

»Hast du jemand Netten kennengelernt?«

»Nett? Kann sein, daß er das war. Aber, Gott, ich war einfach zu betrunken.« Und Lizzie hatte den Blick gesenkt, als schämte sie sich für ihr zügelloses Verhalten.

Es ist nur eine Frage der Zeit, sagte sie sich, und alles wird besser. Das einzige, was sie tat, war lesen. Jede Menge. Abgegriffene, dicke Schmöker, die sie aus Kartons vor Secondhandläden fischte. Manchmal malte sie. Bloß Aquarelle, die sie unter ihrem Bett versteckte, wie ein Teenager seine Pornohefte, aber sie verbarg sie nur vor sich selbst, denn es war nie jemand da, der sie finden könnte. Manchmal griff sie zu Benylin, kippte eine halbe Flasche von dem süßen, roten Sirup in sich hinein, damit sie schlafen konnte: diesen benebelten, traumlosen, schwebenden Schlaf, den besten. Am nächsten Morgen zahlte sie unweigerlich mit preßluftbohrerhaften Kopfschmerzen dafür.

»Nein«, sagte sie wieder zu Tony, wobei sie ihre Stimme bewußt heiter klingen ließ, »ich verschwinde am Wochenende nicht nach Devon oder sonstwohin.« Sie drückte seine Hände auf dem Tisch und wartete auf die Einladung.

Tony ließ ihre Hände los und blickte sie fast streng an. Lizzie trank kräftig von ihrem Glas Chablis. Sie mußte schlucken.

»Wegen des Fahrgeldes für den Zug?«

Lizzie schnaubte, und zu ihrem Entsetzen schoß ihr etwas Wein aus der Nase. »Nein, ich will meine Eltern einfach nicht mehr sehen, das ist alles.«

Tony betrachtete sie daraufhin noch strenger, wie ein Schulleiter eine Schwänzerin.

»Die sind bestimmt schon ganz krank vor Sorgen um dich, du dummes Ding. Was meinst du damit, du willst sie nicht sehen?« Er lehnte sich auf seinem Stuhl zurück, ließ eine Distanz zwischen ihnen entstehen, die Augen scharf, wie Feuersteine.

Lizzie spürte, wie ihr die Tränen kamen. Sie wollte nicht, daß sie ihr das Gesicht hinabliefen. Schon allein aus dem Grund, weil ihre Wimperntusche nicht wasserfest war. Sie trank hastig noch mehr Wein, und Tony füllte ihr Glas aus der Flasche auf.

»Sieh mal«, sagte sie, während sie sich die Nase mit dem Handrücken abwischte, »ich kann nicht darüber sprechen, okay?« Tony war keinen Millimeter näher gekommen, sein Mund noch immer eine harte Linie. Sie holte tief Luft und legte los, redete schnell, um es hinter sich zu bringen: »Mein Dad hat was Schlimmes gemacht, und ich will ihn nicht sehen. Und meine Mum weiß nichts davon, und ich möchte es ihr nicht sagen. Und ganz ehrlich, nach dem, was passiert ist, ist es besser so.«

Ihre Worte waren Katalysatoren, wie sie es beabsichtigt hatte, zumindest war er berührt. »Ach, du armes Lämmchen«, sagte er, und sie sah seine Augen funkeln, seine Hände griffen wieder über den Tisch nach ihren. »Du kannst mit mir darüber reden, weißt du, es könnte helfen.«

Und nur für einen schmählichen Augenblick war sie fast froh, daß ihr Dad das getan hatte, was er getan hatte, doch nun drohten die Tränen überzufließen und alles zu zerstören, daher entschuldigte sie sich und ging zur Toilette, wo sie sich die Nase putzte und die schwarzen Flecken aus den Augenwinkeln wischte. Als sie zurückkam, erzählte sie ihm ein wenig von ihren Eltern, aber nicht das, was passiert war, weswegen sie von zu Hause weggelaufen war. Und sie erzählte ihm, daß ihr Dad gar nicht ihr richtiger Vater war; daß ihr richtiger Vater jemand war, der sie nicht mehr gesehen hatte, seit sie ganz klein war.

Er ließ sie keine Sekunde aus den Augen, während sie redete. »Was ist?« sagte sie, aber er blickte so aufmerksam, als würde er sie zum erstenmal sehen. »Wieso siehst du mich die ganze Zeit so an?«

Tony lächelte. Er formte mit seinen Fingern ein Quadrat, durch das er sie betrachtete. »Du hast irgendwas an dir«, sagte er. »Es ist in deinen Augen, da ist irgendwas Unergründliches. Irgendwas, das ich gern in einem Foto einfangen würde.« Lizzie spürte, wie sie rot wurde, erneut füllte er ihr Glas auf. »Und eine Haut wie Honig.«

»Tony, hör auf, das stimmt doch gar nicht!«

»Du wirst dich wundern. Laß mich doch demnächst mal ein paar Fotos von dir machen.«

Danach redete sie ziemlich viel, und er war hingerissen. Sie erzählte ihm von ihren drei jüngeren Halbschwestern, Anna und Briony und Lou, daß sie alle wie kleine Fotokopien ihres Vaters aussahen und überhaupt kein bißchen wie ihre Mutter und Lizzie selbst. Und sie erzählte ihm, wie laut sie immer waren und daß sie einmal versucht hatte, ihr Zimmer mit Blisterfolie schalldicht zu machen, und daß sie, als das nicht funktioniert hatte, mit ihren sämtlichen Sachen in den ausgebauten Speicher gezogen war und als Falle Mehltüten auf die Tür gestellt hatte, damit sie nicht reinkamen.

Nachdem er noch ein wenig nachgebohrt hatte, ließ Tony zu, daß sie das Thema Eltern fallenließ, und sie kam sich vor wie die interessanteste junge Frau der Welt, eine gute Erzählerin, ein sprühender Geist. Und selbst wenn er auch nur gesagt hatte, daß er sie fotografieren wollte ... na, egal. Tony hatte einige gute Sachen gemacht, zum Beispiel für »Harper's Bazaar«. Sie hatte Fotos von ihm in den Zeitschriften ihrer Mutter gesehen, kannte seinen Namen, Jahre bevor sie ihm begegnete, und jetzt war er hier, hörte zu und lachte, und mit etwas in den Augen, das sie für aufkeimende Zuneigung hielt, oder gar Liebe. Ein aufmerksames Gesicht war für Lizzie noch immer etwas Neues.

So wie die große dunkelgrüne Tasse, die der Kellner ihr brachte (sie hatte sich, Gott sei Dank, gerade noch bremsen können und sich nicht etwa einen Kaffee *mit Sahne* bestellt). Tony hatte eine kleinere grüne Tasse Espresso, der ihn bei jedem Schluck leicht erschaudern ließ, wie Medizin. »Bitter«, sagte er. Er rührte zwei Stückchen Zucker hinein, hörte noch immer zu, während sie ihm von einem Zauberkünstler erzählte, den sie am Morgen auf dem Weg zur Arbeit gesehen hatte.

»Ich schwöre dir, es stimmt«, sagte sie. »Er hat eine brennende Zigarette aus dem Mund genommen und sie in der Faust ausgedrückt, und dann war sie weg, ohne das kleinste Rauchwölkchen. Keine Ahnung, wie er das gemacht hat, du etwa?«

Tony schüttelte den Kopf. Nein, sagte er, mit Zauberei kannte er sich nicht aus, und dann, ganz plötzlich, beugte er sich vor und nahm ihr Handgelenk. Er zog sie ganz nah zu sich, führte ihre Hand unter den Tisch und preßte sie in seinen Schoß. »Sieh mal, was für einen Zauber du bei mir bewirkst«, flüsterte er. Und natürlich fühlte Lizzie, die noch keine Neunzehn war, sich geschmeichelt.

Kapitel Zwei

Lizzie erinnert sich, wie sie mit den Händen Würstchen von einem fettverschmierten Blechteller ißt, den sie auf ihrem Schoß balanciert. Sie sitzt im Schneidersitz auf dem borstigen Gras an dem kleinen Lagerfeuer, das ihre Eltern an Sommerabenden auf dem Heufeld neben ihrem Haus machten. Wenn sie daran denkt, kann sie förmlich spüren, wie ihre Augen vom Qualm brennen und tränen, und das holzkohlige, ketchupige Essen schmecken, das ihre Mutter für sie und ihre drei kleinen Schwestern zubereitete. Sie kann ihre Mutter sehen, wie sie singt und verschiedene verbrannt aussehende Stücke Essen in einer Pfanne über dem Feuer wendet, und sie kann das frisch gemähte Gras riechen. Und da ist ihr Dad, gleich hinter dem Feuer, lachend, mit seinen drei kleinen Töchtern, die bis auf die Größe völlig identisch sind, ein Trio russischer Puppen, die darauf warten, zurück in die größte gesteckt zu werden. Die Vaterpuppe. Sein Haar, ihr Haar ist flammend erdbeerrot hinter dem Feuer, während sie still, dunkel dasitzt, sie beobachtet und sich die Ketchupfinger leckt.

Alle drei Mädchen kreischen, weil jede zuerst drankommen will, als Peter sie hoch in die Luft wirft. Sie fliegen über den Horizont, und er fängt sie und wirbelt sie herum, bis ihnen so schwindelig wird, daß sie eine Weile torkeln wie kleine Betrunkene.

Als er seine kleinste Tochter auf die Füße stellt, wirft er Lizzie einen Blick zu, sieht, daß sie sich auf die Lippe beißt. Sie dreht das Gesicht weg, aber er hat die Geistesabwesenheit in ihren Augen gelesen.

»Los, Lizzie«, sagt er, während die Kleinen zu seinen Füßen lauthals protestieren, »jetzt bist du dran.«

»Nein, ich bin dran«, sagt Lou. »Nicht Lizzie«, und sie springt an seinen Beinen hoch.

»Lizzie ist zu groß«, sagt Anna, »und fett.«

»Lizzie ist zu fe-ett, Lizzie ist zu fe-ett«, singt Briony mit ihrer Spielplatzstimme, und die anderen fallen mit ein, als Peter sie wegschiebt, ihre klammernden Hände losmacht, die Hände seines eigenen Fleisches und Blutes, sie Finger um Finger löst und für Lizzie die Arme ausbreitet.

Lizzie war nicht fett; ihre Freundinnen in der Schule nannten sie Bohnenstange, Herrgott noch mal; aber mit elf oder zwölf war sie ganz sicher schon zu groß, um sich in die Luft schmeißen oder an den Armen herumwirbeln zu lassen wie ein Hubschrauber.

»Schon gut, Dad«, sagt sie durch den Rauch hindurch. »Dafür bin ich zu groß.« Aber Peter macht sein Abgewiesener-Daddy-Gesicht und besteht darauf, sie herumzuwirbeln, so daß ihr dunkles Haar sich wie ein Fächer ausbreitet, während die kleinen Mädchen am Feuer zetern und zanken.

»Peter, sei vorsichtig, denk an deinen Rücken«, ruft ihre Mutter.

Und als er aufhört, sie herumzuschleudern, und während ihr das Blut noch hinter den Augen braust, wirft er Lizzie in die Luft und fängt sie auf, trotz seines schlimmen Rückens.

»Peter, du bist ein toller Vater, der beste«, sagt Cordelia, läuft zu ihm und küßt ihn, während ihre Tochter schwindelig zu seinen Füßen hockt. Sie weiß, sie alle wissen, daß Lizzie wie die anderen geliebt werden muß. Lizzie, ihre Erstgeborene, nicht Peters. Blut ist dicker als Wasser, zischte Peters verwitwete Mutter, als sie heirateten, aber vor dem Altar verbannten sie den Gedanken an das Blut eines anderen Mannes. Peter behandelt alle gleich, und das sagt sie ihm.

»Cordelia«, sagt er, hockt sich hin, zieht Lizzie wieder hoch und dann seine Frau zu sich auf den Schoß, »deine Schmeicheleien sind unwiderstehlich.« Und Lizzie sieht mit den anderen zu, wie sie sich küssen und im Gras wälzen, Rücken und Beine und Haare voll mit gemähtem Gras und Klee. Und sie ist selbst da noch unsicher, wie sie das finden soll.

Tony parkt seinen Wagen vor dem Haus, in dem Lizzie wohnt. Er kann sein Glück nicht fassen, als er die Beifahrertür öffnet und sie herausgleitet, so hübsch und blaß in hauchdünner, himmelblauer Seide, und ihren Körper gegen seine Brust schmiegt, ihr Gesicht elfenhaft, auf einen Kuß wartend. Er schiebt seine Hand in die dunklen Locken in ihrem Nacken.

»So, Kleines«, sagt er, »bittest du mich diesmal, noch mit raufzukommen?« und sie sagt, ja, aber daß sie ihre Wohnung nicht ausstehen kann.

»Du hast wohl nicht zufällig einen Schluck zu trinken da?«

»Nein«, sagt sie, »es sei denn, du zählst Zitronenlimonade oder Milch dazu.«

Tony sagt, daß er rasch noch was besorgen will und gleich wieder da ist.

»Okay«, sagt Lizzie, »es ist die oberste Klingel, und es gibt keinen Lift, also geht's siebenundsiebzig Stufen hoch.«

»Die Treppe zum Himmel«, sagt Tony.

»Nein«, sagt Lizzie, »nicht zum Himmel.«

»Ich meinte nicht die Wohnung«, sagt Tony.

Lizzie kann alle siebenundsiebzig Stufen hochlaufen. Sie ist der einzige Mensch, den sie kennt, der das kann. Nicht, daß sie viele Leute in London kennt. Jedenfalls noch nicht. Nur die Mädchen im Büro und Simon, einen alten Freund aus der Schule, der jetzt Architektur studiert, aber ständig mit seinen neuen schwulen Freunden durch die Nightclubs zieht und deshalb kaum Zeit hat, sie zu besuchen. Dann ist da noch Savannah, die beste Freundin, die sie je hatte. Sie lebt auch in London, in irgendeinem College. Lizzies beste Freundin, seit sie noch keine zwei war, und jetzt weiß sie nicht mal ihre Adresse und will es auch gar nicht. Fast wie Schwestern aufgewachsen: geeint durch die Väter, die sie verließen, als sie klein waren. Verbunden durch etwas Schmerzhafteres als das Blut, das sie austauschten, nachdem sie sich mit Nadeln in die Finger gestochen hatten. Sie teilten sich Geheimnisse, Hausaufgaben und Schuhe. Jetzt hofft Lizzie, daß sie Savannah nie mehr wiedersieht, solange sie lebt.

Als Babys schliefen Savannah und Lizzie in nebeneinanderstehenden Bettchen in einem Raum, der mandarinenfarben gestrichen war, während ihre zarten Mütter sich beim Babysitten abwechselten oder versuchten, sich gegenseitig über ihren Verlust hinwegzutrösten, in einer Welt, die alleinstehende Mütter noch immer verachtete. Manchmal waren noch andere Leute zu Besuch, und dann gab es Musik und Kerzen und den Geruch von Sandelholz. Spätabends schauten diese Freunde dann ins Kinderzimmer, wo die beiden Mädchen schliefen, und fragten sich, wie Männer es fertigbrachten, einfach so fortzugehen.

Selbst nachdem ihre Mum ausgezogen war, um Peter zu heiraten, waren Lizzie und Savannah füreinander mehr als nur Freundinnen, sogar mehr als nur Schwestern. Insgeheim redeten sie sich ein, daß sie in Wirklichkeit Zwillinge waren. Bis sie elf oder zwölf waren, lebten sie ein Phantasieleben: Sie waren zwar Zwillinge, aber noch etwas Besseres als das, sie waren Zirkusponyzwillinge. Ihre Mütter Cordelia und Ingrid hatten sie aus dem Billy Smart's Circus gestohlen, weil sie beide eine Tochter wollten, und alle anderen spielten ihr Spiel mit und taten so, als kauften sie ihnen die Jammergeschichte von den verschwundenen Vätern ab. Lizzie und Savannah galoppierten im Garten umher, warfen ihre Mähnen, ein gleich aussehendes Paar cremefarbener Pferdchen, die wieherten und mit ihren zierlichen Hufen stampften und planten, wie sie fliehen und zum Zirkus zurückkehren würden.

Aber Lizzie versucht, nicht mehr an Savannah zu denken. Es wäre zu schmerzhaft, sie wiederzusehen, zu schwierig. Manchmal meint Lizzie, Savannah in der U-Bahn zu sehen oder vor sich in der Warteschlange an der Kinokasse. Sie sieht in der Ferne eine große junge Frau, auf dem gegenüberliegenden Bahnsteig in Paddington beispielsweise, wie sie die Hände hebt und sich das flachsblonde Haar auf dem Kopf zusammendreht und es dort festhält, die Ellbogen gebeugt und den Kopf nach hinten geworfen, ihre Schönheit so vorsätzlich wie bei einem Model. Und dann sieht sie, wie immer, daß die Betreffende gar nicht Savannah ist, daß das Gesicht zu rotwangig oder zu alt ist oder zu abgestumpft vom Leben, um Savannah zu sein. Und sie ist zunächst enttäuscht, und dann sagt sie sich, was für eine Erleichterung es ist, ihrer alten Freundin nicht über den Weg zu laufen und sich mit ihr eine Szene liefern zu müssen. Nein, es ist leichter so: viel leichter, einfach die Verbindung zu kappen, wenn die emotionalen Probleme zu gewaltig sind. Das denkt Lizzie jetzt.

Lizzie weiß, daß sie nicht mehr viel Zeit hat, bis Tony zurückkommt. Sie wirbelt durch die Wohnung, bringt das Bett in Ordnung, stellt die schmutzigen Kaffeetassen von einer Woche in die Spüle, sprüht sich Parfüm auf die Handgelenke, den Hals und, obwohl es verschwenderisch ist, in dem muffigen Badezimmer herum. Sie reißt den Schlüpfer und die Strumpfhose von der Duschvorhangstange, wo sie sie zum Trocknen aufgehängt hatte, und stopft sie in den Wäschekorb. Sie glaubt nicht, daß sie mit Tony schlafen will – jedenfalls noch nicht –, aber darum geht es wirklich nicht. Sie quetscht etwas Gesichtscreme aus einem kostenlosen Pröbchen, das ihr aus einer Zeitschrift in die Hand gerutscht ist, und reibt es sich in die Hände, jetzt in Panik, weil sie hört, daß draußen ein Wagen hält.

Zu Hause hat Lizzie immer gern beobachtet, wie ihre Mutter sich die Hände einrieb, an den langen Fingern zog, schläfrig wie eine Katze. Sie kann sie im Garten sehen, wie sie eine Pfingstrose küßt, und es gibt ihr einen Stich, daß sie so gar nichts mit ihrer Mutter gemeinsam hat. Cordelia ist ein sehr emotionaler Mensch, stets in Gefahr, ihrem Gefühlsüberschwang zu erliegen, wenn sie sich über Schönheit oder Liebe ausläßt oder Geschichten aus ihrem Leben erzählt, die sie manchmal zum Weinen bringen, als müßte sie über eine traurige Stelle in ihrem eigenen Film weinen. Lizzie ist das genaue Gegenteil, lächelt nicht so schnell und weint selten, sie macht alles mit sich aus. »Unergründlich«, sagte ihre Mutter immer. »Wie Quecksilber. Ich weiß nie, was sie denkt.« Sie sind so verschieden, daß Lizzie, die so oft in ihrer eigenen Welt gefangen ist, sich fragt, woher sie das hat.

Savannah hat immer behauptet, Lizzies Mum sei der romantischste Mensch, der ihr je begegnet sei. Sie kauerte gern neben Lizzie auf dem Treppenabsatz, wo sie Cordelia und Peter in der Küche belauschten. »Gurr, gurr, wie zwei Turteltäubchen«, flüsterte sie dann begeistert. Eigentlich hätten sie im Bett sein müssen, aber Cordelias Gespräche mit ihrem Mann waren für Savannah berauschend. Freundlich-humorvolle Alltagsgespräche kannte sie von zu Hause nicht. Ingrid war entweder mit tief dekolletierter Satinbluse mit irgendeinem Mann zugange, oder die beiden saßen vor dem Fernseher. Kein Wunder, daß alles, worüber Cordelia sprach, wie Balsam war, selbst wenn sie Peter bloß mal wieder ermahnte, er solle auf sein Gewicht achten.

»Ach, du stehst doch auf mich, egal, wie dick ich bin«, sagte er dann immer, und Savannah blickte Lizzie mit großen Augen an und blähte die Wangen auf wie das Michelinmännchen, während sie auf Cordelias übliche Antwort wartete. »Darum geht's nicht, Schatz, natürlich steh *ich* auf dich, aber wenn ich die einzige bin, wo ist da der Spaß dabei?«

Und dann entdeckte Peter sie meist irgendwann, wie sie die Stange des Treppengeländers umklammerten.

»Ab ins Bett«, sagte er dann, »ihr ungezogenen kleinen

Schnüfflerinnen.« Und er sagte, sie dürften noch etwas lesen, wenn sie wollten. »Natürlich steh *ich* auf dich …«, prustete Savannah heraus. »… aber wenn ich die einzige bin, wo ist da der Spaß dabei«, erwiderte Lizzie, während sie die Treppe hochliefen und Peter hinter ihnen knurrte wie der große, böse Wolf.

Lizzie und Savannah lasen nicht, niemals, wenn sie zusammen waren. Sie lagen nebeneinander, redeten wie immer und kratzten sich abwechselnd gegenseitig die Arme, sanft, rhythmisch auf und ab, umkreisten Ellbogen und Schulter, vorn an den Armen hoch und dann wieder runter zu den Handgelenken.

Da waren sie schon älter, die Zirkusponyphantasien eine blasse Erinnerung. Sie lagen häufig nachts so da, streichelten sich die Arme und redeten. Manchmal sprachen sie über ihre richtigen Väter. Nicht, weil sie sich sonderlich den Kopf über sie zerbrachen, sondern sie erzählten sich gegenseitig einfach das, was sie mal hier, mal da zufällig aufgeschnappt hatten.

»Meine Mum hat neulich wem erzählt, daß dein richtiger Vater einen schrecklichen Körpergeruch hatte und sich nie die Haare gewaschen hat«, sagte Savannah zum Beispiel, als sie dran war, Lizzies Arm zu kratzen, der unter der Decke hervorgeholt worden war und quer über der Brust ihrer Freundin lag.

»Ja, ich hab auch schon gehört, wie meine Mum darüber geredet hat«, sagte Lizzie. »Jetzt mal ein bißchen fester, du kannst ruhig die Fingernägel nehmen. Ich hab gehört, wie sie zu irgendwem gesagt hat, es hätte sie nicht gestört, wenn er gestunken hat, weil sie ihn so liebte, daß es nicht schlimm war, wenn er sich nicht gewaschen hat, weil er anscheinend ständig wichtigere Dinge zu tun hatte, wie malen oder so. Gott, ich hoffe, ich stinke nicht, wenn ich mal groß bin.«

»Oder wirst so blöd, daß es dich nicht stört, wenn jemand anderer stinkt«, sagte Savannah, während sie ihre Fingernägel über Lizzies Arm nach unten zog, so daß sie Gänsehaut bekam.

»Hat dein Vater dir schon mal ein Geschenk oder so geschickt?« fragte Lizzie nach einer Weile, als Savannah mit den

Fingernägeln wieder an der Innenseite von Lizzies Arm hochfuhr. Savannah erwiderte, ja, manchmal, als sie kleiner war, hatte er ihr eine Karte zum Geburtstag geschickt, aber nicht immer, und einmal zu Weihnachten hatte er ihr eine Lampe aus Muscheln geschickt, von irgendeiner karibischen Insel, auf der er damals lebte, aber die Lampe war unterwegs kaputtgegangen.

»Aua, jetzt zum Schluß nur mit den Fingerspitzen«, sagte Lizzie und rieb sich den Arm, der, wie sie wußte, wenn sie das Licht anmachte, kreuz und quer mit roten Striemen bedeckt sein würde, von Savannahs kräftigen Nägeln.

»Und dein Dad?« sagte Savannah, während sie die Finger sanft wie Spinnen in Lizzies Handfläche herumfahren ließ. »Hat er dir schon mal von irgendwoher was geschickt?«

»Nein, nicht mal eine Geburtstagskarte«, sagte Lizzie und legte den Kopf an die Schulter ihrer Freundin, endlich schläfrig.

»Ach, mach dir nichts draus«, sagte Savannah, die wünschte, ihre Mum würde jemanden heiraten, den sie Dad nennen könnte. »Du hast wenigstens Peter.«

Lizzie erzählt Tony von Savannah, und daß sie sich durch dieses Kratzen und Streicheln gegenseitig in den Schlaf getröstet haben. »Klingt ganz schön abgefahren«, sagt Tony. »Willst du sie nicht anrufen, vielleicht hat sie ja Zeit vorbeizukommen?« Er macht einen Witz, das kann Lizzie sehen, daher muß sie nicht erklären, daß sie Savannah nie wiedersehen wird, nicht, solange sie lebt. Sie wünschte trotzdem, er würde solche Sachen nicht sagen, das verunsichert sie.

Sie sind beide schon ziemlich angetrunken von dem Champagner, den Tony noch rasch gekauft hat. Dennoch denkt Lizzie, sie sollte sich für ihre schäbige Wohnung entschuldigen, sie sollte erklären, daß sie nur so lange hier wohnt, bis sich etwas Besseres findet.

»Von den scheußlichen Möbeln gehört mir kein Stück«, stellt sie klar. »Ich mußte die Wohnung möbliert mieten, ich hätte mir nie im Leben irgendwas von dem Krempel selbst gekauft, schon gar nicht das Sofa.« Im Augenblick würde sie das braune Vinylmonstrum, dessen Füllung zwischen ihr Bett und die Küchentheke rieselt, am liebsten anzünden.

»Keine Sorge. Hier fühl ich mich wieder jung«, sagt Tony. »Wie ein Student.« Aber tief im Innern wissen sie beide, daß Jugend das letzte ist, was sie von ihm will.

Sie setzt sich vor den Spiegel, an die kleine Frisierkommode, wo sie eine Kerze angezündet hat. Tony tritt hinter sie und legt seine Hände an ihren Kopf, löst ihr Haar und umschlingt sie, betrachtet ihr Gesicht im Spiegel. Einen flüchtigen Moment lang denkt sie, er wird ihre Haarbürste nehmen, ihr Haar bürsten, ihr sagen, daß sie hübsch ist. Doch statt dessen nimmt er ihren Lippenstift, Rimmel All-Day Scarlett O'Hara, und hält ihr Kinn in der Hand, dreht ihren Kopf zu sich. Er zieht die Kappe von dem Stift und wirft sie auf die Kommode. Bevor sie auch nur daran denken kann, irgendeine Bewegung zu machen, dreht er schon den Lippenstift heraus und malt ihr damit rundherum um die Lippen. »Himmel«, sagte er, als er ihren verschmierten Mund betrachtet, und dann schiebt er ihr die Träger des Kleides von den Schultern. Lizzie kann sich weder bewegen noch etwas sagen, obwohl sie gern ihr Kleid hochhalten würde. Aber sie ist wie gebannt durch irgend etwas, vielleicht den Champagner, während er ihr mit dem Zeigefinger um den Mund wischt, bis seine Fingerspitze voller Lippenstift ist und er den Finger zu ihrer Brustwarze führt, um sie rundherum rot anzumalen.

Sie liegen zusammen auf dem Bett, und selbst da möchte Lizzie sich noch für die Risse an der Decke entschuldigen. Sie kann Afrika und Asien da oben sehen, außerdem einen Elefanten und das Gesicht einer bösen Hexe. Sie spürt, daß der Lippenstift ihr Gesicht verschmiert hat, und denkt, wie schrecklich sie aussehen muß. Auch Tonys Lippen sind rot, von den Stellen, wo er sie geküßt hat, wilder, als sie je zuvor geküßt worden ist. Nicht viele Menschen haben sie bisher geküßt. Die Haut um ihren Mund herum brennt, ist fast rauh, wo sein Kinn und seine Wangen ihr Gesicht geschmirgelt haben. Sie ist verwirrt über die Grobheit seiner Finger, so daß sie aufschreit, und dann, als er auf ihr ist, über die Art, wie er ihre Hüften hält, sich in sie drängt, bevor sie sich überhaupt darüber klar ist, ob sie das will. Lange Zeit scheint es, daß er ihr nicht in die Augen blickt, sondern nur gebannt ihre Brüste anstarrt und seine Hände auf ihren Brüsten, und sie kann nichts anderes denken, als daß es jetzt zu spät ist. Schließlich sagt er zwischen zusammengebissenen Zähnen, daß sie schön ist, und sie schließt die Augen, bis seine drei letzten Stöhnlaute ihr verraten, daß es vorüber ist.

»Mannomann«, sagt er, als sie daliegt und nach Luft schnappt, schockiert über die plötzliche Roheit des Ganzen. »Wo hast du denn bloß gelernt, es so zu machen?« Und sie fragt sich, was *sie* denn eigentlich gemacht hat, ist aber dennoch, irgendwo in ihrem Innern, erleichtert, daß er so beeindruckt ist.

Und jetzt endlich ist er zärtlich zu ihr, wischt ihr Gesicht mit dem lippenstiftbefleckten Laken ab, zieht dann ihren Kopf auf seine salzig-behaarte Brust, streichelt ihren Rücken. Sie kann die Haare in seinen Nasenlöchern sehen, die noch immer leicht beben, und seine Augen fast geschlossen, bloß zwei dunkle Schlitze, während er zu ihr hinabblickt. Lizzie entspannt sich an ihm, während seine Gewalt verfliegt und seine Stimme fast so sanft wird wie ein Schnurren.

»Ein tolles Mädchen bist du«, sagt er. »Du kannst dir gar nicht vorstellen, wie gern ich bei dir bin.« Und das genügt ihr eigentlich schon, aber er redet weiter. »Du verstehst doch«, sagt er, »daß es wirklich sehr schlecht wäre, wenn irgendwer im Büro davon was mitkriegt.«

»Ich sag kein Sterbenswörtchen«, erwidert Lizzie und wünscht sich, er würde aufhören zu reden und sie einfach halten, was er für eine Weile tut, und sie atmen zusammen, ihr Kopf hebt und senkt sich auf seiner Brust. So aus nächster Nähe kann sie ein paar graue Spiralen zwischen den braunen Haaren ausmachen, die sich in einem struppigen V von seinen Schlüsselbeinknochen zur Mulde seines Solarplexus ausbreiten.

Sie ist fast eingeschlafen, als er auf die Uhr sieht. »Schätzchen, ich muß jetzt gehen.« Er rollt sich von ihr weg und setzt sich auf. Lizzie setzt sich ebenfalls auf, jetzt schüchtern, zieht das Laken über ihre Brust.

»Wieso kannst du nicht bei mir bleiben?« Sie spricht die Wölbung seines Rückens an, während er nackt neben dem Bett hockt, ihre durcheinandergeworfenen Kleidungsstücke auf dem Boden durchwühlt, seine Sachen herausfischt.

»Ich muß morgen ganz früh aus den Federn, ich hab eine Besprechung«, erklärt er, entwirrt sein Hemd, fährt sich dann mit den Fingern durch das Löwenhaar.

Sie spürt, daß der heimatlose Cockerspaniel in ihr wieder die Oberhand gewinnt: »Wieso kannst du denn nicht bleiben?« und sie mag es nicht, wie sie sich anhört. »Wohin willst du?«

»Nach Hause«, sagt er leichthin. »Ich muß nach Hause und ein Bad nehmen.«

Sie hält einen Moment inne, nimmt ihren Mut zusammen, wickelt dann das Laken um sich herum und steht auf. »Ich komme mit«, sagt sie. »Ich möchte die Nacht mit dir verbringen, es wird niemand erfahren.«

Er sieht sie eingehüllt in dem zerknitterten Laken, wie eine befleckte Madonna in einem Heiligenschein aus feuchten Locken. Ihre verschandelte Schönheit erweckt Mitleid in ihm, und obwohl er es nur ungern tut, erklärt er ihr plötzlich, daß er nicht das Risiko eingehen kann, sie mit zu sich nach Hause zu nehmen, jetzt nicht und niemals.

»Was, wenn meine Haushälterin dich sieht, was dann?« sagt er, und seine Worte klingen lächerlich, sobald sie ihm über die Lippen kommen. Er nimmt Zuflucht zu seiner Uhr, murmelt irgendwas, während er zusieht, wie die Sekunden verstreichen. »Versuch doch zu verstehen, wie unangenehm das für mich wäre. Ich bin mehr als doppelt so alt wie du.«

»Ja, ich weiß«, sagt sie, bemüht, ihre Stimme unbekümmert klingen zu lassen, während sie innerlich den Cockerspaniel verscheucht. »Alt genug, um mein Vater zu sein. Na und?«

»Es wäre keine so große Sache«, sagt er, »aber falls du's vergessen hast, ich muß an Sophie denken.«

»Ich weiß. Und ...?«

Lizzie spürt, wie er sich von ihr entfernt, als er den Namen seiner Tochter erwähnt. Das ist ihr schon öfter aufgefallen, bei anderen Gelegenheiten. Sie hat sich zur Genüge anhören müssen, wie schön Sophie Klavier spielt und wie gut sie als Julia in der Schultheateraufführung war. Ja, Sophie ist praktisch ein Wunderkind. Und erst der Tag ihrer Geburt, davon konnte Tony nicht oft genug erzählen. »Der magischste Augenblick meines Lebens«, sagte er. Lizzie setzt sich aufs Bett, noch immer das Laken um sich geschlungen, spürt, wie ihr das Blut im Kopf hämmert, ihre Gedanken den Takt schlagen.

Tony kramt nach seinen Schlüsseln. Lizzies Augen sehen riesig und glänzend aus, so daß er sich schlecht vorkommt wegen dem, was er getan hat, und wegen dem, was er, wie er weiß, demnächst wieder tun wird.

»Es tut mir leid, Lizzie«, sagt er. »Ich kann nicht riskieren, sie aufzuregen. Sie hat die Trennung noch nicht verkraftet.«

»Ja«, sagt Lizzie, die spürt, wie der Raum sich um sie dreht, und den Champagner bereut. Ein Bild von ihrer Mutter kommt ihr in den Sinn: Cordelia in einem langen Kleid, gelb bedruckt mit Narzissen, die in der Sonne leuchten, als sie sich über einen Zaun auf den Schulhof schwingt, um die Jungs zu verjagen, die Lizzie zum Weinen gebracht haben.

Und dann küßt sie ihn zum Abschied, so leidenschaftlich, wie sie nur kann, um ihre Erniedrigung zu schmälern. So sieht's also aus, denkt sie, als er rückwärts durch die Tür verschwindet. Das sind seine Bedingungen.

Bedingungen für Liebe? Jeder Narr kann sehen, daß Lizzie bedingungslose Liebe will.

Als er fort ist, liegt sie da und beobachtet das schwächer werdende Licht der Kerze, die sich im Spiegel der Frisierkommode zu Tode flackert. Es ist vollbracht, denkt sie. Keine gespannte Erwartung mehr, keine Vorstellungen mehr, wie es sein würde, von ihm gehalten zu werden. Keine Phantasie mehr. Jetzt weiß ich es. Und sie versucht, sich zufrieden zu fühlen. Sie hofft dennoch, daß sie das Richtige getan hat; es ging alles so schnell. Sie hatte gedacht, es gäbe vorher noch ein paar Drehungen und Wendungen mehr, vielleicht mal tanzen gehen, oder sogar Blumen und Pralinen. Sie hofft, daß das alles noch kommt, und denkt, wieviel glücklicher sie das nächste Mal sein wird, wenn er bei ihr bleibt und sie bis zum Morgen im Arm hält. Sie wird zusehen, wenn er sich rasiert. Sie werden *pain au chocolat* zum Frühstück essen.

Doch am allermeisten hofft sie, daß er nicht denkt, sie ist zu leicht zu haben gewesen. Sie kann sich an gewisse Mädchen in der Schule erinnern. Mädchen, die leicht zu haben waren. Sie hatten an ihrer Bluse immer einen Knopf mehr geöffnet als die anderen, weil ihre Brüste voll entwickelt waren, und Eltern, denen es egal war. Linda Castleton war die Schlimmste. Irgend jemand erzählte Lizzie, alle Jungs hätten sie mal dafür bezahlt, daß sie einen Finger in sie reinstecken durften, und dann haben alle sie Fischdose genannt. Ein anderes Mal, als sie nach ihrer Mittelstufenabschlußklausur in Hauswirtschaft aus der Schule kamen, hatte Linda Castleton Lizzie die Stelle hinter der Schulküche gezeigt, wo sie nach dem Jugendclub mit einem aus der Oberstufe gewesen war. Ihr gebrauchter Tampon lag noch da, rotgefärbt, trotz Regen und Schlamm, nachdem er von irgendeinem Schuh in die Erde getreten worden war. Bei dem Anblick wurde Lizzie fast schlecht, aber Linda Castleton lachte bloß.

Lizzie erzählte Savannah von Linda Castleton, und sie fanden beide, daß sie zu bedauern war. Sie wollten zwar nicht unbedingt Jungfrau bleiben, bis sie mal heirateten, doch sie hofften, daß sie nicht mit allzu vielen Männern bis zum Letzten gehen müßten, bevor sie in einem Hochzeitskleid aus elfenbeinfarbener Seide mit weißem Gipskraut wie Schneeflocken im langen Haar vor den Traualtar traten. Entsetzliche Vorstellung, sagten sie, wie diese besagten Mädchen zu sein und in der Hochzeitsnacht gestehen zu müssen, mit all den Jungs geschlafen zu haben. Ihre eigene Hochzeit hatte sie bis zu den silbernen Sixpencestücken in den Schuhen geplant. Nach langer Diskussion waren Savannah und Lizzie zu dem Schluß gekommen, daß mehr als fünf Sexualpartner Schande über ihr Brautgemach bringen würden.

Als die Kerze abgebrannt ist, liegt Lizzie quer auf ihrem Bett am Fenster, die Füße auf der Fensterbank, spürt an den Fersen die schorfige Farbe und den kalten, abblätternden Putz. Die Kordel für das Schiebefenster ist gerissen, daher ist das Fenster entweder geschlossen oder ganz zur Straße hin geöffnet und der verschiebbare Teil festgeklemmt. Sie haßt den unaufhörlichen Verkehrslärm und die Hyänenrufe der Betrunkenen, findet die kühle Luft an den Füßen aber seltsam angenehm. Es hat irgendwie mit dem leichten Windhauch zu tun; der verbindet sie mit der Welt da draußen, trägt sie raus aus der engen Trostlosigkeit ihres Zimmers. Als sie einschläft, hofft sie, daß es nicht schon zügellos ist, als Neunzehnjährige mit drei Leuten Sex gehabt zu haben.

Bevor es hell wird, kämpft Lizzie sich aus einem schwarzen Schlaf. Ihr ist kalt, und ihr Gesicht ist naß. Vom Meerwasser, denkt sie, während sie sich abmüht, nicht unterzugehen, sich aus der eiskalten Bettwäsche befreit und dann merkt, daß ihr Gesicht nicht vom Meer naß ist, sondern von Tränen. Sie hat wieder mal von dem Fischerhafen geträumt.

Während der Nebel in ihrem Kopf sich auflöst, zwingt sie sich, die Bilder zu destillieren, versucht vergeblich, den Ort zu erkennen, von dem sie geträumt hat. Es ist kein Ort, an dem sie im wirklichen Leben jemals war, doch jedesmal, wenn sie von dem Hafen träumt, kommt er ihr so vertraut vor wie ihr Zuhause. Sie kann sehen, wie die kleinen Holzboote auf und ab wippen, ihre Ketten gegen den Kai klappern, und den rauhen, kiesigen Beton unter ihren nackten Füßen spüren. Es ist immer Vollmond, obwohl er keinen Widerschein auf das Wasser wirft, das schwarz wie Dieselöl ist. Im Traum geht sie bis ans Ende des Kais, wo keine Boote sind, und setzt sich hin, läßt das leere Meer gegen ihre Knöchel schwappen, während sie hinauf zum sternlosen Himmel blickt. Hinter sich hört sie Schritte, aber sie dreht sich nicht um. Im Traum weiß sie, wem sie gehören, und diese Person wird ihr nichts tun. Diesmal jedoch hielten die Schritte an, wurden immer lauter, während sie vergeblich versuchte, den Kopf zu drehen. »Nein«, schrie sie zum Himmel, »ich kann nicht schwimmen.« Doch dann konnte sie heißen Atem an ihrem Hals spüren, als jemand sie hochhob und hoch in die Luft warf, und sie fiel wirbelnd hinab, drehte sich wie ein Platanenblatt, bis ihr Körper das eisige, dunkle Meer durchschnitt. Als sie unterging, versuchte sie zu sehen, wer da am Kai stand, aber das Wasser füllte ihre Augen, und ihre Schreie kamen als Echo vom Grund des Meeres zu ihr zurück.

Kapitel Drei

Mit sechzehn hatte Lizzie einen Ferienjob als Eisverkäuferin am Strand. »Es wird Zeit, daß du dir selbst ein bißchen Geld verdienst«, sagte Cordelia eines Morgens und warf ihr beim Frühstück die Seite mit den Stellenangeboten hin. »Dann kannst du ein bißchen sparen und dir auch mal selbst was zum Anziehen kaufen.« Zuerst war Lizzie ein klein wenig sauer, schließlich hatte sie doch geplant, die ganzen Sommerferien mit ihren Freundinnen faul am Fluß rumzugammeln und morgens lange zu schlafen, doch als Mr. Millard von Milly's Ices ihr fünfundvierzig Pfund die Woche bot, sah sie die Sache anders. Sie fand es schade, daß sie nicht mit Savannah und zwei Freundinnen zum Camping nach Lyme Regis würde fahren können, aber dann dachte sie an ihr eigenes Sparkonto und daß sie Geld haben würde, sich ein Auto zu kaufen, wenn es soweit war, und kam auch darüber hinweg.

An ihrem ersten Morgen zeigte Mr. Millard Lizzie, wie sie die kalten metallenen Eisschöpfer in einem Behälter mit rosa Flüssigkeit sterilisieren sollte und wie sie sechs Waffelhörnchen in einer Hand halten konnte, wie einen dicken Blumenstrauß, während sie sich über die Eistruhe beugte und perfekte Kugeln Vanilleeis aus den klebrigen Bottichen mit Millards Ice Cream löffelte. Er brachte ihr bei, wie man das Gas anzündete und die Aluminiumröstbleche mit getrockneten Zwiebeln und Frankfurtern aus der Dose für die Hot dogs belegte und wie sie den Popcorn-Warmhaltebehälter aus den Fünf-Kilo-Papiersäcken mit dem schon aufgegangenen, vorgezuckerten Mais füllte. Er sagte ihr, sie sollte sich nicht darauf einlassen, wenn Leute für ihre Kinder ein kleines Eis wollten. »Jedes Kind schafft ein großes Hörnchen«, sagte er. »Laß dir von diesen verdammten Geizhälsen nichts vormachen.«

Lizzies Eiswagen fuhr nirgendwohin. Er hatte den Sommer über einen festen Standort, wie ein Kiosk, genau an der Strandpromenade von Stonmouth Beach, wo das Kreischen der Möwen mit der stupiden Fröhlichkeit von Transistorradios und billigen elektronischen Arpeggios von Spielautomaten am Pier wetteiferte. Das einzige, was Lizzie vor sich sehen konnte, waren die frisch gestrichenen Geländer der Promenade und unterhalb davon der karamelfarbene Sand und das Cappuccinoschaummeer. »Du bist ein tüchtiges Mädchen«, sagte Mr. Millard, bevor er sie sich selbst überließ, »und obendrein hübsch. Laß die Finger von der Kasse, und du kommst klar.« Lizzie lachte, als er ging; mit seinem verschwitzten braunen Gesicht und dem kahlen Kopf sah er aus wie ein Frankfurter Würstchen. Sie hätte ihn am liebsten mit Senf bespritzt.

Lizzie erinnert sich an jenen ersten Tag in Mr. Millys Eiswagen. Sie hatte nichts zu tun, saß auf der Eistruhe, las »Der weiße Hai« von Peter Benchley und blickte aufs Meer hinaus. Sie erinnert sich, daß sie ihre Familie unten am Strand sah, die kleinen Mädchen, drei Elfen, die in die Wellen hinein- und wieder heraustanzten, während sie in stinkendem Zwiebeldampf saß und unter dem türkisfarbenen Nylon-Polyester-Kittel von Millards schwitzte, in dem sie sich etwa so attraktiv fühlte wie eine von den Kantinenangestellten in der Schule. Sie kamen zum Strand, um in ihrer Nähe zu sein, sagten sie, doch bei dem Anblick, wie ihre Eltern in dem seichten Wasser planschten, mit Anna, die zwischen ihnen hüpfte, und Lou und Briony auf ihren mit Sonnencreme eingeriebenen Schultern, fühlte sie sich ihnen ferner, als sie es sich je hätte vorstellen können.

Nicht, daß sie gern mit ihnen zusammen am Strand gewesen

wäre. Jedenfalls nicht seit dem letzten Mal, als Cordelia Fotos von ihnen gemacht hatte, wie sie alle Hand in Hand vor den Wellen davonliefen. Als die Fotos entwickelt wurden, sah sie sich selbst, wie sie aus den Wellen getobt kam wie ein Seelöwe, mit den kleinen Mädchen neben sich, lauter schlanke, gebräunte Faunenglieder. Sie war entsetzt, wie fremd ihr eigener Körper in dem blau-weißen Bikini wirkte, und als ihr Vater das Foto sah, sagte er: »Meine Güte, Lizzie, du kriegst ja richtig Kurven.« Und da war sie wütend auf ihn, konnte ihm aber nicht sagen, warum, und er sagte, sie sollte sich nicht wie eine mürrische kleine Lady aufführen.

Keine Angst, dachte sie, als sie sie durch die fettige Schiebeluke des Fensters beobachtete. Wenn sie da draußen mit ihnen am Strand wäre, müßte sie ein T-Shirt über ihrem Badeanzug tragen, und sie würden von ihr erwarten, daß sie sich wie eine Erwachsene benahm und aufpaßte, daß den Kleinen in den Wellen nichts passierte, während sie auf ihren Regenbogenbadetüchern lagen und ihre Agatha-Christie-Krimis lasen.

Dann waren da noch die alten Leute, die in der Schlange standen, die Schultern wie gepellte Garnelen, und klebrige Kinder, die loskreischten, wenn ihnen das Eis vom Hörnchen rutschte und in den Sand fiel. Sie fühlte sich in dem Wagen wie gestrandet. Ihre Eltern gingen nach Hause, weil es Zeit war für Lous Geburtstagstee, und sie wünschten ihr viel Glück, als sich eine Horde pickeliger Jungs mit Kiss-Me-Quick-Kappen vor sie drängte, die Eis kauften und sich dann beschwerten, die Portionen wären zu klein. »Dämliches Flittchen«, nannten sie sie, als sie ihnen sagte, sie sollten sich ihr Eis in die Haare schmieren, wenn es ihnen nicht paßte. Ein kurzer Lichtblick war, als Sam (in der Zeit, bevor seine Mutter sie als Teufelskind bezeichnete) vorbeigeschlendert kam, wie Kevin Keegan, mit seiner neuen Miniplifrisur und seinem Kassettenrecorder, aus dem »Good Vibrations« von den Beach Boys dröhnte. Dann schaute Mr. Millard vorbei, um zu sehen, wie sie zurechtkam, und sagte ihr, Sam solle nicht am Eiswagen herumlungern und so einen Radau machen und sie würde im hohen Bogen fliegen, wenn er sie noch mal dabei erwischte, daß sie »wen freihielt«.

Als Lizzie an ihrem dritten Tag nach Hause kam, schlecht gelaunt, müde und nach Zwiebeln stinkend, sagte ihre Mutter, sie solle sich ein bißchen frisch machen, weil Ingrid und Savannah zum Essen kämen, mit Ingrids neuem Freund.

»Wer ist es denn diesmal?« fragte Lizzie, der brennend bewußt war, daß Savannah ihn noch mit keinem Wort erwähnt hatte, aber sie hatten ja auch kaum Zeit zum Tratschen gehabt, bei dem Job und allem. Normalerweise konnte Savannah es nicht erwarten, ihr das gräßliche Ausmaß der Liebeleien ihrer Mutter zu schildern. Eine Zeitlang hatte sie etwas mit einem verwitweten Fischhändler gehabt, was Lizzie und Savannah viel Spaß bescherte, da sie von Ingrid als dem »Fischweib« sprachen und sie den Ehrgeiz hatten, in jedem Gespräch, das sie mit ihm führten, irgendwie Fisch einfließen zu lassen. »*Stör* ich auch nicht?« sagten sie beispielsweise. »Findest du nicht, daß du manchmal ein wenig *barsch* bist?« fragten sie, wobei sie tunlichst vermieden, einander in die Augen zu blicken, und »Wir sehen manches eben etwas *lachser* als du«, wenn er sich über ihre Unordnung beschwerte.

»Du weißt ja gar nicht, was für ein Glückspilz du bist, daß du Peter hast«, sagte Savannah jedesmal, wenn ihre Mutter sich wieder einen neuen Mann geangelt hatte. Einmal hatte Ingrid einen, der viel jünger war als sie, einen Chefkoch, mit fuchsrotem Ziegenbart und Kupferarmreifen, der auf seiner Gitarre »Smoke on the Water« spielte und erwartete, daß man sich dafür bedankte, und danach hatte sie für eine Weile einen belgischen Konditor, mitsamt Schmerbauch und Hängebrust, für die er einen größeren BH gebraucht hätte, als die Mädchen trugen. Savannah sagte, ihre Mutter suchte gezielt nach Männern aus der Lebensmittelbranche, weil sie immer so knapp bei Kasse waren, daß sie oft nicht wußten, wie sie was zu essen auf den Tisch bekämen. Mit Ausnahme ihres richtigen Vaters natürlich, der Drummer in einer Band war. »Ja, und Musik ist der Liebe Speise«, sagte Lizzie.

Im Haus herrschte wie immer das reinste Chaos, als Savannah mit ihrer Mutter und Donald kam. Die kleinen Mädchen malten mit Fingerfarben am Küchentisch, nur Lou, die erst sechs war, bemalte sich die Beine mit orangefarbenen und schwarzen Streifen. Lizzie hätte sich gern nach ihrem Arbeitstag mit Eis und Hot dogs in einem Zimmer weit weg von ihren Schwestern entspannt, erst recht, nachdem sie versucht hatte, Anna zu zeigen, wie man aus Papier einen Schmetterling faltet, und Anna sie angeschrien hatte, die Finger von ihren Farben zu lassen. »Laß sie in Ruhe«, sagte ihre Mutter. »Wenn du was helfen willst, kannst du die Kartoffeln schälen.« Da wünschte sich Lizzie, sie dürfte auch mit Fingerfarben malen, aber das behielt sie natürlich für sich.

Lou hatte sich gerade mit den Worten, sie sei ein Tigerjunges, ihrem Vater auf den Schoß geworfen, also ging er mit seiner farbbefleckten Hose an die Tür, dieweil Lou in der Diele hinter ihm herfauchte.

»Ah, das sind bestimmt eure kleinen Mädchen«, sagte Donald, ein kleiner Mann mit sehr strahlenden Zähnen, der mit einem Kasack aus Mullstoff über einer engen weißen Jeans ziemlich sonderbar gekleidet war.

»Fang bloß nicht an zu lachen«, raunte Savannah Lizzie zu, die noch an der Spüle Kartoffeln schälte. »Diesmal hat sie sich einen von den sieben Zwergen an Land gezogen. Nicht zu fassen.«

Anna, Briony und Lou blickten vom Malen auf und fingen unisono an zu kichern.

»Ja, drei kleine Affen«, sagte Peter, als er sie nacheinander Donald vorstellte, der halb in die Hocke ging, um sie besser anschauen zu können, als wollte er gleich ein Ei legen. »Du meine Güte, Irrtum ausgeschlossen, wer ihr Dad ist, was«, sagte er. »Der Milchmann steht hier bestimmt nicht unter Verdacht, hä?«

Cordelia machte aus ihrem Unmut keinen Hehl, als sie den Fleischklopfer auf die Steaks knallte, doch Ingrid steckte sich einfach zwei Himbeeren in den Mund und sagte, Donald würde das köstlichste Stroganoff zubereiten, das sie je probiert hätte. Inzwischen jedoch hatte der seine Aufmerksamkeit auf Lizzie an der Spüle gerichtet. »Und das muß das Au-pair-Mädchen sein. Ja?« Cordelia schmetterte den Klopfer so fest auf das Fleisch, daß er ihr aus der Hand flog und die Katze traf, die kreischend aus dem Raum sauste. – »Nein, das ist Lizzie«, sagte Peter. »Meine älteste Tochter. Savannahs Freundin. Hat Ingrid dir denn nicht von ihr erzählt?« Er hoffte, daß Donald die Andeutung mitbekam, und Lizzie wußte genau, was er ihm vermitteln wollte. »Mann, sie ist so dunkel wie eine kleine Zigeunerin«, sagte Donald und starrte Lizzie mit einem verschlagenen Grinsen an. »Überhaupt keine Ähnlichkeit mit den anderen.«

Lizzie verkündete, daß sie und Savannah sich später ein Sandwich holen würden, und beide stürzten aus dem Zimmer. Sie gingen in Lizzies Speicher, wo sie eine Ramones-Platte auflegten, sich mit silbernem Lidschatten Blitze à la Ziggy Stardust aufs Gesicht malten und versuchten, Jacob's Cream Crackers zu essen, ohne sich die Lippen zu lecken. Savannah sagte, sie hätte alle Hoffnung aufgegeben, daß ihre Mum jemand Vorzeigbaren kennenlernen würde, und sie fanden beide, daß Donald der bislang Schlimmste war.

»Die machen nichts anderes als Hasch rauchen und Leonard Cohen hören«, seufzte Savannah. »Und dann muß ich mir das Zwergengestöhne durch die Wand anhören. Einfach ekelhaft.«

Sie fanden beide, die sie schon viel zu oft miterlebt hatten, wie ein durchweichter Joint am Erwachsenentisch weitergereicht wurde, daß Haschrauchen die Grenzen des Erträglichen überschritt und lautstarker Sex noch schlimmer war. Dann erinnerte Lizzie Savannah daran, wie sie sich einmal, als sie klein waren, die Treppe runtergeschlichen und Cordelia auf frischer Tat dabei ertappt hatten, wie sie etwas, das für sie beide aussah wie ein

Brühwürfel, in die Flamme einer Kerze hielt und den Würfel dann in ihr Zigarettenpapier über den Tabak zerkrümelte. Sie hatte nicht bemerkt, daß die beiden kleinen Mädchen dastanden, linkisch wie Gazellen, und sie mit großen Augen anblickten.

Als Lizzie gefragt hatte, was sie da mache, wurde Cordelia rot und sagte, sie würde bloß etwas in ihre Zigarette tun, damit sie lecker schmeckt. Lizzie, die stets wußte, wenn sie jemandem auf die Schliche gekommen war, sagte zu ihrer Mutter, sie solle das nächste Mal Kaugummi kauen, weil das auch lecker schmeckt.

»Apropos, ich habe Hunger«, sagte Lizzie, nachdem sie und Savannah die letzten Krümelwolken von den letzten Keksen herausgeprustet hatten. »Los, wir hauen uns die Reste von dem Essen rein, die sitzen bestimmt schon halb stoned im Wohnzimmer.«

»Okay, aber danach ins Pub«, sagte Savannah und entflocht ihre geschmeidigen Beine aus dem Lotussitz auf dem Fußboden. »Ich will so lange wegbleiben, daß sie ohne mich nach Hause müssen.«

Als sie den Tisch umkreisten, wie zwei Bärenjunge eine Picknickdecke, konnten Savannah und Lizzie die Erwachsenen im Nebenzimmer reden hören, genau, wie sie es sich gedacht hatten. Sie aßen den Rest Kartoffelsalat auf, und Cordelia hatte für sie ein paar Steaks aufbewahrt, die sie mit den Fingern aßen, Fleischstücke abrissen, sich gegenseitig die bleckenden Zähne zeigten, so taten, als wären sie Wilde, obwohl Lizzie fand, daß Savannah mit ihrer Haut und ihren Haaren wie Milch und Honig viel zu sehr wie ein Engel aussah.

»Im Gegensatz zu dir, meine kleine Zigeunerin«, sagte Savannah spöttisch.

»Tut mir leid, daß ich vorhin ins Fettnäpfchen getreten bin.« Donald entschuldigte sich nebenan, und Lizzie und Savannah gingen näher zur Tür, um zu hören, wie er sich wand. »Ich bin einfach nicht drauf gekommen, daß sie aus einer früheren ...«

Lizzie steckte die Zunge raus in Richtung Wohnzimmer, und Savannah flüsterte: »Wichser.«

»Kein Problem«, sagte Peter jetzt, und Cordelia fügte hinzu: »Zum Glück sieht sie ja mir ähnlich und nicht ihrem biologischen Vater. Das wäre schlimmer, oder nicht?«

»War wohl ein häßlicher Bursche, was?« sagte Donald und brüllte dann allein vor Lachen. Lizzie und Savannah konnten das Unbehagen der Erwachsenen spüren, fühlbar wie heiße Asche, durch die geschlossene Tür.

»Nein. Nicht häßlich«, sagte Cordelia. »Einfach nicht das Zeug zum Vater.«

Und dann fragte Donald, der es nicht dabei bewenden lassen konnte, wer denn eigentlich Lizzies biologischer Vater war. »Wieso sagt sie ihm nicht einfach, er soll die Schnauze halten und sich um seinen eigenen Kram kümmern«, sagte Savannah, aber Lizzie hielt einen Finger an die Lippen. »Hör zu«, sagte sie.

»Lizzies Vater ist Jack Seymour«, sagte Peter, und Lizzie war überrascht, daß er den Namen fast prahlerisch aussprach.

»Was, *der* Jack Seymour, der Maler? Der ›Elena at Rest‹ in der Tate Gallery gemalt hat?« sagte Donald. »In den sechziger Jahren war ich ein ziemlicher Fan von ihm. Ich glaube, ich hatte sogar mal ein Poster von irgendwas, das er gemacht hat, damals, als ich mal in einem besetzten Haus gewohnt hab. Er ist mittlerweile gestorben, oder?«

»Nein, nicht gestorben«, sagte Cordelia, die sich für das Thema erwärmte, obwohl sie es eigentlich nicht wollte. »Obwohl ich noch immer gelegentlich hoffnungsvoll die Todesanzeigen überfliege.«

»Au weia, verstehe, so schlimm?« sagte Donald.

»Nein, ich mache es eigentlich nur aus Gewohnheit«, sagte Cordelia, »und weil das Lizzie sehr viel einfacher zu erklären gewesen wäre. Aber er ist nicht tot, nein. Er tut bloß nichts mehr, um der Welt zu beweisen, daß er noch am Leben ist.«

»Was, ein Einsiedler?« fragte Donald.

»Vermutlich«, sagte Cordelia. »So, wer hat Lust auf eine Partie Scrabble?«

War das in derselben Woche, als Savannah festgestellt hatte, daß sie schwanger war? Lizzie weiß es nicht mehr. Aber ungefähr zu der Zeit fing es an, daß Savannah öfter bei Lizzie als bei sich zu Hause war, weil sie der scheußliche Donald so anwiderte und weil sie Angst hatte, daß Ingrid das mit der Abtreibung herausfand. Nur Lizzie wußte Bescheid. Sie brachte Savannah Blumen und Süßigkeiten ins Krankenhaus.

Daß sie jetzt an Savannah denkt, hilft nicht gerade, ihr Unbehagen nach dem eiskalten Hafenwasser in ihrem Traum zu lindern, und sie kann nicht wieder einschlafen. Sie versucht, Savannah aus ihrem Kopf zu verbannen und statt dessen an Tony und an die Zukunft zu denken, ihre gemeinsame Zukunft, und überlegt, ob er je über die Sache mit seiner Tochter hinwegkommen wird. Er muß uns einfach einander vorstellen, denkt sie, während sie daliegt, im Dunkeln. Wer weiß, vermutlich würden wir ganz gut miteinander klarkommen, wenn sie sich erst mal an den Gedanken gewöhnt hat. Wir könnten zusammen einen Einkaufsbummel machen. In dem kalten Morgenlicht, das Streifen auf die einst weißen Rauhfaserwände wirft, wie grausleckiger Käseschimmel, wirft sie einen Blick auf ihre Uhr. Sie wünschte, sie könnte schlafen, und rechnet aus, wieviel Zeit noch bleibt, bis sie aufstehen muß, um zur Arbeit zu gehen. Dreieinhalb Stunden. Drei Stunden und zehn Minuten. Zwei, und dann, als sie fast die ganze Nacht wach gelegen hat, steht sie auf, um Kaffee zu machen.

Zu Hause ließ ihre Mutter die Bohnen aus ihren Fingern in eine kleine Holzkiste kullern, mit einer Kurbel oben drauf und einer Schublade darunter für den gemahlenen Kaffee. Manchmal röstete Peter grüne Kaffeebohnen, und das ganze Haus roch tagelang wundervoll. Manchmal gab er Kardamomschalen in den Kaffee, ließ sie wie Mistkäfer darin schwimmen. Wie in

Indien, sagte er. Lizzie hat die Kaffeeliebe ihrer Eltern geerbt. Obwohl sie die Lebensmittelpreise im Spar an der Ecke so unglaublich findet, gönnt sie sich den Luxus vakuumverpackter, ziegelsteinförmiger dunkler Kenia-Mischung. Sie meint, die Wohnung riecht vertraut, wenn sie frischen Kaffee in einem Topf aufbrüht. Instantkaffee bewirkt nichts bei ihr, und sie trinkt mehrere Tassen von dem einzig Wahren zum Frühstück, genug für einen Kickstart, um ihr träges Blut in Wallung zu bringen, wie früher zu Hause jeden Morgen vor der Schule.

Auf der Frisierkommode liegt eine hart gewordene Lache weißes Wachs, an der sie mit einem Messer herumstochert und dabei ein paar Späne brüchiges, angegilbtes Furnier ablöst, was sie an die Kaution erinnert, die sie dem Vermieter zur Deckung eventueller Schäden zahlen mußte. Die Kaution hat sie von ihrem Sparkonto bezahlt. Es war Geld, das sie sich in den Schulferien als Eisverkäuferin zusammengespart hatte. Eigentlich für ein Auto. Neben dem Wachs liegt ihr Lippenstift; der ölige, zermatschte Stummel Scarlett O'Hara läßt sie frösteln. Sie betrachtet sich im Spiegel. Ihre Augen sehen von zuwenig Schlaf verquollen aus.

Eine Dreiviertelstunde später ist ihre Laune noch schlechter. Sie findet nichts zum Anziehen und ist mittlerweile spät dran. Sie hat schon ihre gesamte Garderobe durchprobiert, doch selbst in ihrem ziemlich neuen blaßgrünen Angorapullover sieht sie aus wie eine flaumige Teenagerin mit Knospenbrüsten und ganz und gar nicht wie eine Frau. Sie weiß nur eins: Bei ihrem Anblick sollen ihm die Knie weich werden. Sie zieht ein enges Mantelkleid an, so rot wie kandierte Kirschen, das sie für die Geburtstagsparty von jemandem, der achtzehn geworden war, gekauft hatte, und knöpft es über ihrem einzigen BH zu: ein spitzenbesetzter, schwarzer mit geschwungenen Rändern und zwei herausnehmbaren Pads, ein Geschenk von Savannah zu ihrem letzten Geburtstag. Das wird reichen müssen. Sie wünschte, sie hätte den BH am Abend zuvor getragen. Sie fragt sich, ob Tony kommen wird, um sie nach der Arbeit auszuführen, doch sie war noch nie so spät dran wie heute und muß ihr Bett, das so verführerisch aussieht wie ein Wühltisch, in seinem Zustand zurücklassen.

In der Schlange am Fahrkartenschalter in der U-Bahn hört sie aus dem Tunnel Musik, eine männliche Stimme und eine akustische Gitarre, lauter als das Scheppern der Rolltreppe und die entfernteren rumpelnden Echos von Zügen. Und dann sieht sie ihn, den Jungen mit der Gitarre. Er steht unten an der Rolltreppe, vor einem Plakat mit drei Blätterteighörnchen auf einem Teller, aus denen Sahne quillt. »Naughty, but Nice« steht auf dem Plakat.

»You don't have to put on the red light ...«, singt er. Lizzie erkennt in ihm denselben Jungen, der auf der Straße den Zaubertrick mit der Zigarette vorgeführt hat, die er vor den Augen der Zuschauer verschwinden ließ. Sie denkt, er hört sich fast wie der richtige Sting an, der für jedes Mädchen in der Schule den Traumlehrer verkörperte, doch er sieht dunkler aus, weniger auffällig. Er hat ein fast dreieckiges Gesicht mit einem großen, beweglichen Mund und schulterlanges, dunkelbraunes Haar. Beileibe kein Lehrer, wie man ihn sich erträumt, aber gutaussehend, ein bißchen wie Artful Dodger in »Oliver Twist«.

Die Leute hasten vorbei, einige werfen Kleingeld in den schwarzen Zylinderhut zu seinen Füßen, einer, aus dem auch weiße Kaninchen springen könnten, und ganz und gar nicht der typische Hut eines Straßenmusikanten. Er ist mit dem Lied zu Ende, als zwei Jungs, die genau wie er mit Denimjacke und Jeans gekleidet sind, stehenbleiben und mit ihm sprechen. Sie kann ihn lachen sehen, wie sie so dasteht und mit der Rolltreppe auf ihn zufährt, und sie sieht, wie er seine Gitarre an die Wand hinter sich lehnt, während einer von den anderen den Hut aufhebt und ihn den Vorbeigehenden hinhält. Und dann jongliert er. Wirbelt drei silberne Keulen durch die Luft, die wie verschwommene Zeppeline aus seinen Händen aufsteigen. Seine Augenbrauen haben sich raupengleich zu einer einzigen, welligen schwarzen Linie zusammengezogen, und seine Lippen sind nur in den Mundwinkeln zu einem Zirkusclowngrinsen hochgebogen. Ein Windstoß mit warmem, sandigem Staub von einem abfahrenden Zug trifft ihr Gesicht, bringt den schlechten Atemgeruch des Bahnsteigs mit sich. Als sie vorbeieilt, fällt dem Jungen eine Silberkeule runter. »Hoppla«, sagt er, läßt sie mit einem Fußschnippen wieder hochschnellen und zwinkert ihr zu, »die Schwerkraft hat's wieder mal eilig.«

Katrina hat Lizzie in ihr Büro gebeten, das natürlich nicht ihr, sondern Tonys Büro ist. Aber Tony ist heute nicht da, wie all die anderen Tage schon nicht, seit er Lizzie in ihrem Bett zurückgelassen hat. Katrina wirkt tüchtig hinter seinem Schreibtisch, kühl wie Schiefer in ihrem wattierten grauen Blazer, während sie Lizzie aus glasig grünen Augen unter ihrem Pony hinweg beäugt. Sie sondert Zigarettenrauchwölkchen ab, während sie spricht.

»Nun, ich warte immer noch auf eine Antwort.« Sie drückt ihre Zigarette in Tonys fischförmigem Glasaschenbecher aus, und Lizzie sitzt vor ihr und blendet sie aus, weigert sich, darüber nachzudenken, ob sie schon die ganze Woche völlig unpassend fürs Büro gekleidet ist. Lizzie starrt auf den Zigarettenstummel und hat unwillkürlich das Gefühl, daß Katrina ihr die Zigarette am liebsten ins Gesicht gedrückt hätte.

»Ich denke, auch Mr. Ashcroft wäre es lieber, wenn Sie sich etwas geschäftsmäßiger kleiden würden«, fährt Katrina fort, obwohl keiner im Büro Tony »Mr. Ashcroft« nennt, nicht einmal der Mann, der den Kopierer reparieren kommt. Einen Moment muß Lizzie überlegen, wer Mr. Ashcroft ist.

»Außerdem«, fügt Katrina hinzu und tut so, als machte sie einen Vermerk in der Personalakte, »wird es allmählich kalt draußen. Sie holen sich noch den Tod in dem kurzen Rock.«

Lizzie ist in einer Telefonzelle an der Straßenecke zwischen der Paddington Station und ihrer Wohnung. In der Hand hat sie einen Zettel aus dem Büro, auf den sie Tonys Privatnummer gekritzelt hat, abgeschrieben aus Katrinas Adreßbuch aus schwarzem Leder in der Mittagspause, gleich nach ihrem unglücklichen Tête-à-tête. Der Herbstwind hat rostbraune Blätter in die Telefonzelle gespuckt, und irgendwer hat die untere Scheibe völlig herausgetreten. Glassplitter knirschen unter ihren Füßen, und sie spürt, wie sie sich in ihre Schuhsohlen graben. Katrina hat wirklich recht mit dem Rock, zugegeben, ihre nackten Beine frösteln im Luftzug wie frisch gerupfte Hühnerschenkel. Wieso nehmen die für die Scheibe in Trethöhe nicht Glas, das weniger leicht bricht? Aber die Kälte ist immer noch besser als der starke Uringestank, den die Autoabgase, die durch das Fenster mit den tödlich scharfen Rändern dringen, kaum überdecken können. Die Wände der Telefonzelle sind mit einer neonbunt-weißen Collage von Visitenkarten beklebt, auf denen Callgirls aus der Gegend ihre Spezialitäten anpreisen. Meine Nachbarinnen, denkt Lizzie. Auf einigen Karten sind Federzeichnungen von Frauen mit Wassermelonenbrüsten und unglaublich hohen Pumps, den Hintern in die Luft gereckt, wie Hunde, die die Vorderläufe strecken. Wörter, von Sternchen umgeben: »neu« und »jung« und »schamlos«. Dann gibt es Kurzbeschreibungen wie »Spezialisiert auf SM« und »Spezial-Fernsehen«, wobei Lizzie sich gern etwas Nettes und Gemütliches vorstellt: traute Zweisamkeit vor einer Fernsehshow vielleicht.

Lizzie weiß noch nicht recht, was sie Tony sagen will, als sie seine Nummer wählt. »Hi, du warst länger nicht im Büro, und ich wollte mich nur mal erkundigen, ob es dir gutgeht«, würde unaufrichtig klingen, »Du fehlst mir«, zu rührselig und »Ich hab viel an neulich abend gedacht«, das würde sie nicht über die Lippen bringen, ohne zu lachen, weil sie findet, sie hört sich an wie eine Sexbesessene. Es wäre besser, wenn sie ihm irgendwas aus dem Büro zu erzählen hätte, etwas Konkretes und Geschäftliches, aber das ist Katrinas Aufgabe. Sie beschließt, einfach zu sagen, was ihr gerade in den Sinn kommt, als sich eine Frauenstimme meldet. Mist, denkt sie, und dann fällt ihr ein, daß er eine Haushälterin hat. Aber es ist nicht die typische Stimme einer Haushälterin, die fragt, wer sie ist, und sie bittet, einen Moment zu warten. Also doch seine verdammte Freundin, und sie hört, wie die Stimme ruft, daß Jemand-namens-Lizzie am Apparat ist. Und dann hört sie Schritte und seine näher kommende Stimme. »Wer?«, und die Freundin sagt: »Ich weiß nicht, Daddy, ich glaube, sie hat gesagt, ihr Name ist Lizzie.«

Lizzie hat Tony wegen neulich abend verziehen, als er sich am Telefon wie ein Fremder verhielt, und auch, daß er sie den ganzen Tag im Büro praktisch ignoriert hat. Sie sagt ihm, daß sie das versteht. Sie gießen Whisky aus der halbvollen Flasche, die er mitgebracht hat, in Tassen mit heißer Milch.

»Ja, Lizzie, was ist denn?« hatte er zuvor gesagt, fast ungehalten, als sie vor seinem Schreibtisch stand.

»Ich wollte bloß mal fragen, ob du vielleicht in der Mittagspause Zeit hast«, sagte sie, doch bevor er antworten konnte, kam Katrinas eiserne Stimme ihrem Körper durch die Tür vorausgeeilt.

»Ich hoffe, ich störe nicht bei was *Wichtigem*«, und schon sauste sie in ihrem schmal geschnittenen Rock und auf Stilettoabsätzen durch den Raum, wie eine Schere. »Schon gut, Kat, setzen Sie sich doch«, sagte Tony. »Lizzie hat nur gefragt, ob sie den zweiten Freitag im Oktober freihaben könnte. Es ist ihr Geburtstag, Sie möchte ihre Eltern besuchen, und die wohnen ein gutes Stück weit weg, in Devon, nicht wahr, Lizzie?«

Lizzie hätte ihm am liebsten über seinen Schreibtisch hinweg eine gelangt, wie er so dasaß, Katrina über ihren Kopf hinweg angrinste, als würden sie den Urlaubsanspruch der untersten Büroangestellten besprechen, was sie tatsächlich ja auch taten.

Lizzie arbeitete ihre Mittagspause durch und machte früh Feierabend, ohne Katrina um Erlaubnis zu fragen und ohne vorher einen Stapel von Anfragen nach Fotos von Lady Diana Spencer zu erledigen, obwohl ihr gesagt worden war, daß Fleet Street sie dringend brauchte. »Die sollen ruhig warten«, sagte sie, während sie die Aufnahmen von einer pummeligen Blondine durchblätterte, etwa in ihrem Alter, die in Strickjacke und Perlen aus einem Auto stieg, und die verschiedenen anderen Aufnahmen von derselben Blondine, wie sie Kinder mit rundlichen Beinen auf dem Arm hielt. »So dringend kann's ja wohl nicht sein.«

Der junge Zauberer mit dem Zylinderhut und den langen Jeansbeinen war mit seiner Gitarre in der U-Bahn-Station, als sie ausstieg, aber sie marschierte vorbei, achtete nicht auf sein wehmütiges Zirkuslächeln und grummelte vor sich hin. Die schweren Himmelsstücke über den Häusern paßten farblich zur Straße, als Lizzie durch das modernde Laub im Rinnstein schlurfte, kaum den Gestank von Hundescheiße wahrnahm, der den Blätterbrei durchdrang. Doch den Regen konnte sie riechen, noch bevor der erste Tropfen fiel, der auf ihrer Stirn zerplatzte wie ein Wunsch.

Tony hat alles erklärt. Sie weiß jetzt, daß er sich zu Hause um Sophie kümmern mußte, daß er in ihren kurzen Ferien nie ins Büro geht. Sie weiß, daß es Sophie aufwühlen könnte, wenn fremde Frauen ihn zu Hause anrufen. Sie weiß auch, daß er mit ihr über ein verlängertes Wochenende wegfahren will, als Geburtstagsgeschenk für sie, am zweiten Wochenende im Oktober. Das hatte er mit Katrina vorhin geklärt, während sie dastand, schäumend und dabei so wunderschön, wie eine wütende Carmen, sagte er. Er sitzt auf der Kante ihres Bettes, erleichtert, daß sie ihn endlich hereingelassen hat, daß sie ihm über die Sprechanlage nicht länger gesagt hat, er solle gehen. Er kam sich wie ein Trottel vor, unten auf der Straße, flehend vor verschlossener Tür, durchnäßt bis auf die Haut. Und wenn ihn jemand gesehen hätte? In Paddington! Da hätte doch jeder sofort gedacht, er wolle zu einer Prostituierten!

Tony schläft jetzt neben ihr, fest verankert auf dem Rücken, den Arm, auf dem sie gelegen hat, neben sich ausgestreckt wie ein Geländer. Der Regen hat aufgehört, hinterläßt den Geruch von alten Büchern und Kohlenstaub. Lizzie setzt sich auf und sieht ihm beim Träumen zu. Die Jahre sind von ihm abgefallen, als wären in dem Kopfkissen verborgene Spannseile, doch es ist bloß die Schwerkraft, die sein Gesicht zu der jüngeren Form geglättet hat – er hat Wangenknochen! –, und er sieht für sie aus wie ein verwöhnter Junge, ein Caravaggio. Sie mag ihn lieber wach, wenn seine gelb gesprenkelten Augen offen sind und sie in die Jahre blicken kann wie in eine Enzyklopädie.

Kapitel Vier

Cordelia sagte immer, daß man bei Lizzie keine Chance hatte, wenn man nichts von Ameisen verstand. Nicht, daß Lizzie viel in den Büchern über Ameisen gelesen hätte, die sie und Peter ihr geschenkt haben, und sie hat sogar die Kolonie in der Ameisenfarm, die sie ihr letztes Jahr zu ihrem achten Geburtstag geschenkt hatten, überfüttert, das dumme Ding. Sie sind an einer Überdosis Mango gestorben, sagte Cordelia traurig, als sie den Sand und die zarten kleinen Körper auf den Komposthaufen leerten. Lizzie hatte diese Ameisen richtig liebgewonnen, doch um der Wahrheit die Ehre zu geben, sie bezieht ihr Wissen lieber aus erster Hand und aus der Natur selbst. »Sie ist eine richtige Einzelgängerin, hat immer den Blick auf den Boden gerichtet und wartet ab, was als nächstes geschieht«, sagte Cordelia. »Ich könnte schwören, daß sie mit den Ameisen mehr redet als mit uns. Ameisen und Muttley. Der gute alte Hund.«

Muttley sabbert neben Lizzie, die auf dem Boden kauert, ohne auf das laute Platschen zu achten, daß die Kleinen im Planschbecken veranstalten. Sie und der Hund beobachten die Risse in den Gartenplatten, wo sie Zucker ausgestreut hat. Lizzie veranstaltet für die Ameisen gern ein kleines Hindernisrennen, indem sie eine Spur aus braunem Zucker über Steine und Puppenbeine und manchmal, wenn er schläft, über Muttleys buschigen Schwanz auslegt. Sie stellt sich Muttleys Schwanz als einen warmen, dunklen Wald vor und ihre Finger als die Hände Gottes. Sie sieht zu, wie die Ameisen sich schwimmend aus Limonadenseen retten und aus Spinngeweben freikämpfen. Einmal, als sie eine verletzt hat – nur ein bißchen –, konnte sie beobachten, wie die Teams von Rettungsameisen um die Versehrte herumschwärmten und sie schließlich auf einer Trage aus Stroh davontrugen. Sie weiß, wie clever sie sind. Wie stark. Wie entschlossen, ihren Kurs beizubehalten. Sie weiß, wie sie schmekken. Sie schmecken nach Zitronenbrause.

Cordelia macht mit ihrer neuen Sofortbildkamera Fotos von Anna und Briony in ihrem leuchtendblauen Planschbecken auf dem leuchtendgrünen Rasen. Lizzie findet, ihre Mutter sieht lächerlich aus, mit diesem geschwollenen, schwangeren Bauch und den unentwegt rosigen Wangen. Wie ein Stehaufmännchen, das man nicht umstoßen kann. Man kommt schon gar nicht mehr nah genug ran, um zu schmusen, immer ist der dicke Bauch im Weg. Und Anna und Briony auch, sie rennen um die Wette, um als erste auf ihren Schoß zu kommen, wenn sie sich in ihren Sessel sinken läßt und sagt, so, wollen wir doch mal sehen, was es im Fernsehen gibt.

»Los, Lizzie«, singt Cordelia durch den Garten zu der Stelle, wo Lizzie mit dem Hund kauert, »komm her, ich möchte ein Foto von dir mit deinen Schwestern machen.«

Lizzie will sich nicht fotografieren lassen. Sie sieht auf Fotos immer wie eine zu groß geratene, dunkelhaarige ungelenke Stoffpuppe aus, zwischen zwei süßen rotblonden Bilderbuchmädchen. Fotos machen die Unterschiede nun mal deutlicher, lassen sie in einem Land des Andersseins stranden, und sie möchte sich doch viel lieber einbilden, daß es diese Unterschiede nicht gibt.

Lizzie steht am Planschbecken, blickt finster in die Sonne. Sie haßt es, Annas nasse Hände wie Quallen auf ihren Beinen zu spüren, und beim Anblick von Brionys triefender Windel dreht sich ihr der Magen um.

»Ach, Lizzie, versuch doch bitte, fröhlich zu gucken«, sagt Cordelia, mit dem Finger dicht über dem Auslöser. »Das Licht ist im Moment so wunderschön.« In Wahrheit wünschte Cordelia, sie hätte den Mund gehalten, ihre älteste Tochter sieht aus wie ein Ersatzteil neben dem Planschbecken der Kleinen. Es wäre anders, wenn sie sich richtig an der »glücklichen Familienszene« beteiligen würde, zum Beispiel die Kleinen naß spritzte oder sich von ihnen naß spritzen ließe.

»Du klebst doch sowieso keine Fotos von mir ein«, brummt Lizzie, die zurück zu den Ameisen möchte. »Im Album sind nur welche von Anna und Briony. Du klebst immer nur diese dämlichen Schulfotos ein.«

Lizzie hat einen empfindlichen Nerv getroffen. Cordelia spürt den Schmerz geradezu körperlich, als hätte jemand ein Gummiband gegen ihr Herz geschnellt. Es stimmt durchaus, daß ihre ledergebundenen Alben sich fast nur noch um die beiden jüngeren Mädchen drehen. Aber machen das nicht alle so, sagt sie sich, daß sie die ersten Tage, das erste Lächeln, die ersten Schritte ihrer Kleinsten ohne Ende ablichten? Anna und dann Briony, wie sie wie Tiger durch das hohe Gras kriechen. Anna an der Brust. Briony, wie sie Sand am Strand ißt. Außerdem ist es schwierig, einen schönen Schnappschuß von Lizzie zu kriegen, seit sie so große Zähne bekommen hat, und sie ist immer so ernst. Und wenn sie doch mal lächelt, denkt Cordelia, tja, dann sieht sie aus wie Jack, und sie bringt es einfach nicht fertig, die Fotos einzukleben.

Cordelia legt die Hände auf den Bauch, spürt, wie das neue Baby sich von links nach rechts wirft, in ihr drückt wie eine Teig knetende Faust, ihr dann drei heftige Stöße unter die Rippen verpaßt.

»Komm mal kurz mit mir rein«, sagt sie zu Lizzie und stemmt die Hände ins Kreuz, um sich aufzurichten. »Ich will dir was zeigen.«

Lizzie weiß, was Cordelia ihr zeigen will. Es ist das rote Vinylfotoalbum, das sie in ihrem Atelier aufbewahrt, auf einem Regal über ihren Porzellantöpfen mit Pinseln und Lösungsmitteln.

Die ledernen Familienalben stehen zusammen mit den Britannica-Bänden im Wohnzimmer, aber das rote ist dort, in dem staubigen Zimmer, wo Cordelia angeblich malen will, aber nie die Zeit dazu findet.

Sie macht das nicht zum erstenmal, die Sache mit dem roten Vinylalbum. Lizzie läßt ihren Blick unscharf werden, wie sie das immer tut.

»Das ist der Tag deiner Geburt«, sagt Cordelia, zieht Lizzie auf ihren Schoß, preßt sie gegen die feste, runde Trommel ihres Bauches. Lizzie konzentriert sich darauf, die verblassenden Gerüche von Zitronenhandcreme und gemähtem Gras und, noch schwächer, Leinsamenöl und Terpentin auszumachen. »Und das bist du beim Frühstück, und das da bist du auch – sieh mal, was du für ein Gesicht ziehst! Du siehst aus wie Les Dawson! Und da«, sagt sie, als sie wieder umblättert, »bist du in der Wanne.«

Lizzie kann durch den Dunst mehr sehen, als sie möchte, aber sie will die Gefühle ihrer Mutter nicht verletzen. Sie wäre gern wieder bei den Ameisen, wo sie sich wohl gefühlt hat, nicht hier in dem harten Nordlicht des Ateliers. Durch den Schleier kann sie ihren biologischen Vater sehen, in verwischten blauen, honiggelben und schwarzen Punkten, wie er ein Baby in einem weißen Tuch hält. Und da ist er wieder, sitzt in der Badewanne, ein gezwungenes Lächeln im Gesicht, einen winzigen Eskimo auf der Brust, die Füße marmoriert wie Gorgonzolakäse. Ihr tun die Augen davon weh, daß sie angestrengt auf die Seite blinzelt, es ist schmerzhaft, als ob Gummibänder in ihren Augenhöhlen reißen.

Auf der letzten Seite ist ein Foto von ihnen dreien zusammen. Ein wunderbarer Sonnenuntergang hinter ihnen verwandelt die kahle umgegrabene Erde in Goldklumpen, aus denen Reihen von dünnen jungen Bäumen aufragen, die für Lizzie aussehen wie verkümmerte Gliedmaßen. Das Foto ist größer als alle anderen, füllt fast die ganze Seite. Cordelia trägt ein lila Kleid mit winzigen Spiegeln am Oberteil, die im Sonnenlicht blitzen, und ihre dunklen Haare hängen auf beiden Seiten des Gesichts herab wie der Eingang zu einem Zelt. Sie hält die kleine Lizzie, aber die Arme des Babys sind nach Jack ausgestreckt. Jack steht, die langen Beine in Jeans, ein großer Stiefel auf einer Schaufel ruhend. Sein Haar ist eine vertraute dunkle Wolke, und er blickt nicht in die Kamera, sondern in die Augen des Babys – ihre Augen –, lächelnd oder lachend.

»Und das da«, sagte Cordelia seufzend, »das ist der Obstgarten, den dein biologischer Vater für dich gepflanzt hat. »Biologischer Vater« – wie Lizzie diesen Ausdruck haßt. Sie muß dabei an Waschpulver und Teströhrchen denken. »Es waren einhundert Bäume«, sagt Cordelia weiter, ohne zu merken, wie Lizzie zusammenzuckt. »Apfel, Birne, Damaszenerpflaume und Zwetschgen. Sie müßten inzwischen Früchte tragen.«

»Ich will einfach nicht, daß sie denkt, das Thema ist abgehakt«, erklärt Cordelia später Peter gegenüber, während Lizzie im Bett liest. »Sie soll wissen, daß es in Ordnung ist, wenn sie über Jack reden möchte. So ist es gesünder, findest du nicht?«, und obwohl sie das Kinn energisch vorschiebt, fehlt es ihren Worten an Überzeugung.

Peter kommt, um Lizzie zuzudecken, nimmt ihr das Buch aus den Händen, sucht ihr Lesezeichen und steckt es in die Seite. Er kniet sich neben das Bett und streicht ihr das Haar glatt, aber sie dreht sich weg. Sie fühlt sich leer. Du bist nicht mein richtiger Vater, denkt sie, und er spürt, das etwas fehlt, als wäre alle Liebe aus ihrem vertrockneten Herzen verschwunden, wie Wasser durch einen Abfluß.

Und dann kommt Cordelia herein, um ihr gute Nacht zu sagen. Sie ist stoned oder betrunken oder einfach nur sehr müde. »Rasier dir bloß nie die Beine«, sagt sie. »Das ist der beste Rat, den ich dir geben kann.« Doch da Lizzie erst neun ist, ist das wirklich ihre letzte Sorge.

Lizzie hat ihren eigenen Anblick satt. Jedesmal, wenn sie sich bewegt, zum Beispiel um die Zierkissen aufzuschütteln oder wenn sie das Bett macht, sieht sie sich in dem riesigen neuen Spiegel. Vor allem, wenn sie das Bett macht. Sie hat in letzter Zeit ihre Wohnung verschönert – weil Tony so häufig da ist –, nur hier und da ein bißchen Schnickschnack und ein paar Poster an den Wänden. Selbst das monströse braune Sofa sieht jetzt besser aus, mit dem neuen pfirsichfarbenen chinesischen Seidenüberwurf, den sie in Camden Market entdeckt hat. Mit ihrer neuen Gehaltserhöhung kann sie sich solche Extravaganzen von Zeit zu Zeit leisten. Der Spiegel mit seinem guten halben Quadratmeter war ihr Geburtstagsgeschenk von Tony. Vermutlich war er auch ziemlich teuer, mit seinem Zierrahmen aus vergoldeten Weinblättern und Cherubim und der weiten Glasfläche, die sie im ganzen Zimmer verfolgt, auch wenn Tony es gerade nicht tut.

Drei Männer waren nötig, um den Spiegel die Treppe hoch zu tragen, und trotzdem kamen sie ins Schwitzen und sahen sie wütend an, als hätte sie die Treppe extra bauen lassen, um ihnen das Leben schwerzumachen. Sie weiß nicht, ob Tony mitgekriegt hat, wie der fette, schnaufende den jungen Mann mit dem zerrissenen Buzzcocks-T-Shirt angeschubst hat, als Tony ihnen sagte, sie sollten den Spiegel an die Wand gegenüber dem Bett lehnen. Sie jedenfalls hat es mitgekriegt.

Auch der Mann von der städtischen Schädlingsbekämpfung haßt die Treppe. Alle zwei Wochen kommt er hochgewankt, um die Fußleisten mit Pestiziden einzusprühen. Lizzie beseitigt die toten und sterbenden Kakerlaken noch tagelang nach seinen Besuchen mit dem Kehrblech, und jeden Morgen wird sie garantiert von einem der Biester begrüßt, das im Klo um sein Leben kämpft, mit zappelnden Beinen, wie eine Prophezeiung.

»Dieses Mittel wird aus Chrysanthemen hergestellt«, sagt der Mann von der Stadtverwaltung. »Das ist für Sie nicht schädlich.« Doch er trägt eine Atemschutzmaske und einen grauen

Schutzoverall, und Lizzie hat irgendwo gelesen, daß Kakerlaken die einzigen Wesen sind, die einen Atomangriff überleben würden.

Sie hat zwei Arten von Kakerlaken, sagt er zumindest. Jetzt weiß sie, daß die dicken schwarzen die deutschen sind und die schnelleren, eher stromlinienförmigen Kidney beans die asiatischen. Der erste Kakerlak, den sie gesehen hat, war ein deutscher. Sie dachte, er wäre ein Käfer, und in Erinnerung an den Melanie-Song über den freundlichen kleinen Käfer in einer Streichholzschachtel hielt sie ihn unter einem umgestülpten Glas gefangen. Er erinnerte sie an ihre Kindheit, als sie die Ameisen beobachtet hatte, doch er funkelte sie bloß durch das Glas an. Sie hatte ihn Ringo nennen wollen.

Jetzt, da sie weiß, daß ihre Wohnung ungezieferverseucht ist, bekommt sie schon Pusteln, wenn sie nur das Wort Kakerlaken ausspricht. Der Mann von der Stadtverwaltung hat es sich angewöhnt, ihr gegenüber von »cucarachas« und »KKs« zu sprechen. Offenbar genießt er ihr Unbehagen und erzählt ihr von einer anderen Wohnung, nicht weit weg, wo eine alleinerziehende Mutter zu einem Selbstmordversuch getrieben wurde, weil sie gesehen hatte, wie unzählige Kakerlaken über ihr Baby in der Wiege krabbelten. Sooft wir die Wohnung auch behandelten, erzählt er ihr, die Biester kamen einfach immer wieder. Genau wie hier. Kurz nachdem die Frau mit dem Baby ausgezogen war, starb die alte Dame in der Wohnung nebenan.

»Sie wurde nur wegen des Geruchs und dem Fliegengesumme gefunden«, sagt er heiter. »Da war sie schon zwei Wochen tot, und überall auf dem Boden standen Schälchen mit verschimmeltem Kitekat. Die verrückte Alte hatte die Viecher jahrelang gefüttert. Die hatte Bücher über sie und alles.«

Lizzies Augen sind geübt, und sie steht sogar mitten in der Nacht auf, um mit einer aufgerollten Zeitung den Kampf aufzunehmen. Die Kakerlaken sind immer zu schnell für sie, und sie schwört, sie kann hysterisches, hohes Gekicher hören, wenn sie davonhuschen und unter dem Teppich verschwinden. Sie hat Tony nichts von ihnen erzählt und hofft, daß er nichts merkt. Einmal, als er schlief, fand sie eine harte braune Eikapsel unter ihrem Bett. Sie lief an beiden Enden spitz zu und war oben mit einem spiralförmigen Band verschlossen, wie mit einem glänzenden Lederriemen. Sie hielt sie in der Hand und überlegte, ob sie sie dem Mann von der Stadt zeigen sollte. Schließlich konnte sie dann doch nicht so lange warten und spülte sie im Klo runter. Ha, dachte sie, Kakerlakenabtreibung. Kakerlakengenozid. Und sie dachte an die Frau mit dem Baby und aß zur Feier des Tages zwei Bountys.

Lizzie erzählt jetzt dem Mann von der Stadt von der Eikapsel. »Die wird irgendwo angespült«, sagt er, während er sich dicke graue Gummihandschuhe überzieht, bevor er die harmlose Chrysanthemenlösung anrührt. »Und das gibt dann doch wieder tausend Kakerlaken, wissen Sie.«

Heute, so sagt er, will er Fallen unter dem Herd und im Badezimmer aufstellen, um einschätzen zu können, wie ernst ihr Problem ist.

»Das hier sind die Fallen«, erklärt er, während er aus gelber Faltpappe kleine Pyramiden zusammenbaut und seine Augen gierig blicken, als er sie über seine Gazemaske hinweg auf Lizzie richtet. »Drinnen ist ein Klebestreifen und eine Pheromontablette, die die männlichen Kakerlaken anlockt.«

»Nur die männlichen?«

»Ja, richtig. Sie riecht wie eine sexy Kakerlakenlady, wissen Sie«, sagt er und stellt die Fallen hinter dem Klo auf. »Und zu was ist eine sexy Lady schon ohne einen Mann nütze, hä?«

Als er weg ist und bevor Tony kommt, schiebt Lizzie die Kakerlakenfallen noch weiter hinter den Beckensockel. Sie weiß, es ist irrational, aber sie denkt, Kakerlaken zu haben ist so was Ähnliches wie Herpes.

Auch der Pestizidgeruch macht ihr zu schaffen: Irgendwie riecht der Teppich danach muffig und beschwört die Erinnerung an die Füße früherer Mieter herauf. Sie gießt Duftöl in eine Aromalampe und brüht Kaffee auf, bis der Topfboden braun angeschmort ist. Ihre Kenntnisse im Umgang mit ätherischen Ölen verdankt sie Ingrid, die mal einen entsprechenden Kurs in der Volkshochschule belegt hat. Sie wählt Ylang-Ylang und Neroli, weil Ingrid ihr und Savannah erzählt hat, das seien die verführerischsten Düfte. Ein bißchen wie die Pheromontablette, denkt sie und lacht über sich selbst, während sie durch die Wohnung huscht, rote Äpfel blitzblank poliert und sie wie zufällig in der Obstschale auf der Küchentheke arrangiert. Sie legt die Kinozeitschrift neben ihr Bett und stopft »Cosmopolitan« unter einen Stapel alter »National Geographics«, die sie günstig in einem Secondhandladen gekauft hat. Das ist wie Zauberei, denkt sie, als sie ihre Baumwollunterwäsche gegen Spitzendessous austauscht und den Lokalsender im Radio wegdreht und Radio 3 einstellt, weil Tony denken soll, daß sie einen so guten Geschmack hat wie er.

Ah, aber das ist es wert, beruhigt sie sich, die ganze Mühe: Tony verhält sich beinahe wie ein richtiger fester Freund, seit ihr gemeinsamer Wochenendtrip so ein fürchterlicher Fehlschlag war. Diesen Monat ist er fast jedesmal über Nacht geblieben, und am Guy Fawkes' Day ist er abends mit ihr zum Feuerwerk auf den Primrose Hill gegangen. Er hielt sie vor sich, seinen klammen Wollmantel um sie geschlungen, wie ein großer beschützender Bär, während die Raketen durch den Nachthimmel zischten und sie bei dem Getöse den Kopf an seinem Pullover barg. Er schrieb mit einer Wunderkerze in zischender, nebelhafter Silberschrift »Ich liebe dich« und stellte sie, ohne auch nur einmal entschuldigend zu erwähnen, daß sie für ihn arbeitete, einer Fotografin vor, die er dort traf.

Aber davor, ihr Geburtstagswochenende. Es war die reinste Katastrophe. Ihr Geschenk würde sie später bekommen, sagte er, und sie war eine Weile kindisch enttäuscht und dann aufgeregt, als er sagte, es würde ihr im Laufe der Woche nach Hause geliefert. Hatte er angedeutet, er würde mit ihr nach Paris oder Rom fahren? Lizzie kann sich jetzt nicht erinnern. Sie erinnert sich allerdings, daß sein Cottage nicht so war, wie sie es sich vorgestellt hatte. Erstens einmal lag es an einer Straße mit anderen Häusern, und was die Einrichtung betraf, entdeckte sie überall den Geschmack einer Frau. Da waren Silberschalen mit getrockneten rosa Rosenblüten, Porzellanfigurinen von kleinen Mädchen mit jungen Hunden und Hula-Hoop-Reifen und geblümte Rüschenbezüge auf den Stühlen.

»Meine Frau hat sich hier entfaltet«, erklärte er, während er den Kamin mit dem Holzscheitimitat anzündete. »Sie mag's viktorianisch.« Als er fragte, was sie trinken möchte (es war ihr Geburtstag, und sie hatte gehofft, er hätte den Champagner schon auf Eis gelegt), sagte sie, ohne nachzudenken, sie hätte gern einen Bacardi-Cola, und sie war sicher, daß er höhnisch grinste, als er sagte, für so was müßten sie ins Pub gehen.

Oben waren nur zwei Schlafzimmer, und das Badezimmer war ein hell erleuchteter, sachlicher Anbau über der Garage mit Blick auf die Straße. »Wie wär's, wenn du ein Bad nimmst, während ich uns was zu essen mache«, sagte er, und Lizzie hatte das Gefühl, sie sollte sich darüber freuen.

Er zeigte ihr sein Zimmer, in dem ein riesiges viktorianisches Bett dominierte, mit hohen schmiedeeisernen Stäben am Kopf- und Fußende, abstoßend wie ein Käfig. Die Wände waren mit durstig aussehenden Rosen tapeziert, und ein Aktgemälde in dreckigen Ölfarben zeigte eine liegende Frau mit Brustwarzen wie Himbeeren und verängstigt blickenden Augen in einem unwahrscheinlichen Kornblumenblau. »Das ist meine Frau, tut mir leid«, sagte Tony und trat zurück, um das Bild zu studieren, als hätte er es gerade zum erstenmal gesehen, vielleicht in einer Galerie. »Ich nehm's ab, wenn du meinst, daß es abtörnt.«

Lizzie konnte sich nicht vorstellen, wie es wäre, mit so einem miserabel gemalten Bild in einem Zimmer zu schlafen. Und noch dazu von seiner Exfrau! Aber Tony erklärte, da die Scheidung noch nicht ganz über die Bühne sei, habe sie noch ein gewisses Anrecht auf das Cottage, und er wolle keinen Ärger.

»Und es könnte Sophie aufregen, wenn sie sieht, daß es weg ist, es ist schließlich ihre Mutter.«

Anschließend sah sie sich das andere Schlafzimmer an, während er unten Rührei machte. Es war Sophies Zimmer, mit einem wunderschönen geschnitzten Schlittenbett und einer ganzen Konstellation leuchtender Sterne, die an die Decke geklebt waren. Sie fühlte sich wie Goldlöckchen, als sie so dastand, und hätte sich am liebsten ins Bett gelegt und geschlafen. Ah, dachte sie, die weiche Wolle von dem gestreiften Läufer unter den Zehen, das hier wäre genau richtig.

Als sie nach oben gingen, nachdem sie den Abwasch gemacht und Tony sich noch das Ende des Rugby-Spiels im Fernsehen angesehen hatte, fühlte sich Lizzie ungefähr so verrucht wie eine Hausfrau in einer Vorstadtsiedlung.

»Das hier ist nicht dein Geburtstagsgeschenk, aber ich habe es trotzdem für dich gekauft«, sagte er nervös, als sie anfing sich auszuziehen, während er ihr vom Schlafzimmersessel aus zusah, reglos wie eine Eule. Er hielt ihr eine Plastiktüte hin, auf der in rosa Schnörkelschrift »Body Bells« stand. Noch bevor sie sie öffnete, dachte Lizzie sich schweren Herzens, daß es bestimmt Unterwäsche war. Sie fragte sich, ob vielleicht so etwas Peinliches drin wäre wie ein im Schritt offener Schlüpfer, aber ihre Sorge war unbegründet, denn drinnen war ein langes weißes Baumwollnachthemd mit Rüschenkragen. So ein Nachthemd hatte sie mit sechs Jahren getragen. Danach wollte Tony sie vögeln, während sie sich zum Fenster hinauslehnte, aber aus Gründen, die sie ihm nicht erklären wollte, hielt sie nicht bis zum Ende durch, sondern zog sich das Nachthemd wieder nach unten über die Beine.

»Warum nicht? Was hast du denn?« fragte er, als sie mit ihren dunklen, ablehnenden Augen am Fenster stand und ihn in ihrem weißen Nachthemd verrückt machte.

»Ich möchte nicht drüber reden«, sagte sie, und er sagte, sie sei verschlossen wie eine Auster.

»Wenn du nie über irgendwas reden willst, wie soll ich dann wissen, was du denkst?« sagte er. Und das erinnerte sie an ihre Mutter. Das und die schlechten Erinnerungen, die das offene Fenster bei ihr geweckt hatte, brachten sie beinahe zum Weinen.

Später in dem Eisenbett drehte er sich von ihr weg, und sie starrte durch die Stäbe zu ihren Füßen zum Fenster und dachte, wie gern sie doch in das kleine Zimmer mit den Sternen an der Decke fliehen würde.

Tony hatte Lizzie versprochen, daß sie durch die Felder zu einem Pub gehen würden, wo es die besten Räucherlachs-Sandwiches der Welt gab. »Aber es regnet wie aus Kübeln«, sagte er, als sie ihn daran erinnerte, nachdem er sie beim Monopoly hatte gewinnen lassen (sie nahm das Hundefigürchen, wie immer, weil es aussah wie ein silberner Mini-Muttley, und Tony sagte, es sei ihm egal, welches er bekäme, also gab sie ihm das Bügeleisen).

»Wir sind doch nicht aus Zucker«, sagte sie, mit dem Gefühl, daß sie, wenn er nicht gleich vom Sofa aufstand, den Sportteil in seinen Händen anzünden würde. »Na los, ich bin seit einer Ewigkeit nicht mehr auf dem Land spazierengegangen.«

Sie mußte sich aber einen Mantel ausleihen, und Tony sagte, sie könne den Fahrradregenmantel nehmen, der hinter der Küchentür hing, weil ansonsten nur noch die Barbour-Jacke wasserdicht wäre, und die würde er tragen.

Es regnete schon den ganzen Abend, und sie stapften durch nasses Gras den Pfad entlang, quetschten mit jedem Schritt einen Fußabdruck voll braunen Schlamms aus dem matschigen Boden. Der Fluß, den Tony als so klar beschrieben hatte, war eine dunkle Brühe und hatte die Ufer überflutet, mitten auf den Feldern Tümpel gebildet, die einigen Enten wie gerufen kamen, und überall die Leichen von halbnackten Tennisbällen und Plastikflaschen abgelagert. Bekümmert dreinblickende Kühe standen zusammengedrängt in den Ecken der Weiden, und der Blick über das Tal, von dem Tony ihr erzählt hatte, wurde von dem grauen Regen zunichte gemacht, der ihnen wütende Nadeln ins Gesicht peitschte.

»Das bringt doch nichts«, sagte Tony schließlich, als sie gerade mühsam ein Feld durchquert hatten, auf dem die Schweine den Boden in ein Schlammbad verwandelt hatten, das an ihren Stiefeln zerrte. »Komm, wir gehen zurück, am Himmel ist ja kein Fleckchen blau.«

Lizzie hatte sich gerade vorgestellt, sie wären Entdecker, die durch die Sümpfe wateten (wo natürlich Krokodile lebten). Sie hatte sich vorgestellt, wie sie im Pub ankamen: Es gäbe einen offenen Kamin, an dem sie zusammen dampfen würden, ihr Haar würde in nassen Strähnen herabhängen, und Tony würde es mit einem Handtuch, um das er den Wirt bat, trockenrubbeln. Sie würden die Sandwiches essen, die wirklich mit dem besten Räucherlachs der Welt belegt wären, und Brandy oder Rum trinken, um sich innerlich aufzuwärmen. Es würde eine ihrer gemeinsamen Erinnerungen werden: Weißt du noch, wie wir an dem Tag im Oktober durch den sintflutartigen Regen gegangen sind und uns im Pub so betrunken haben, daß wir nicht zurückgehen konnten und in dem kleinen Spukzimmer mit dem quietschenden Bett und den Deckenbalken übernachten mußten?

»Nun komm schon«, sagte er.

»Okay«, sagte Lizzie widerwillig, während das Wasser ihr von den Haaren triefte und in den Kragen des Regenmantels tropfte. »Wahrscheinlich hast du recht.«

Und als sie zurückkamen, lernte sie Sophie kennen. Was für eine Überraschung! Die liebe kleine Sophie, die viel jünger als dreizehn aussah, die Augen vom Weinen verquollen, hatte sich von jemandem im Auto herbringen lassen, um ihren Vater überraschend zu besuchen und ihm zu erzählen, daß ihre Siamkatze überfahren worden war.

Sophie weinte wegen der Katze, und Tony drückte sie an sich, streichelte ihr den Rücken und sagte, er würde ihr ein neues Kätzchen kaufen. Er sagte, sie würden zu der großen Tierhandlung am Camden Parkway fahren und sie könnte sich gleich ein neues aussuchen. Er versprach es. Lizzie wußte nicht, wohin mit sich, als sie so in der Küche des Cottage stand, auf die Fußmatte tropfte und sich fragte, ob Tony von ihr erwartete, daß sie schnurstracks den nächsten Zug nach Hause nahm. Er könnte Sophie ja sagen, ich wäre eine Erscheinung, die sie wegen ihrer Trauer gehabt hatte, dachte sie. Doch da lugte Sophie aus den Armen ihres Vaters hervor und schnappte nach Luft. »Wer ist die Frau?« sagte sie und riß sich von ihm los. »Und wieso hat sie meinen Mantel an?«

Auf der Rückfahrt nach London saß Lizzie hinten im Wagen. Sophie und Tony sprachen über ihre Weihnachtspläne. Er hatte an Meribel gedacht, aber Sophie sagte, sie fände Skifahren langweilig und ob sie nicht mal irgendwohin fahren könnten, wo es heiß war. Als sie die Schnellstraße verließen, nahm Sophie die runde Dose Bonbons aus dem Handschuhfach und steckte sich eins in den Mund. Sie bot ihrem Vater eins an, aber nicht Lizzie. Ein bißchen unhöflich, dachte sie, wenn man bedenkt, daß ich bloß seine treu ergebene Sekretärin bin. Es war nett von mir, daß ich den weiten Weg auf mich genommen habe, um ihm die wichtigen Briefe zu bringen. Da hab ich ein Bonbon verdient.

Am schlimmsten war gewesen, als sie im strömenden Regen aus dem Cottage kamen und Tony seine Jacke über Sophies hübsches Köpfchen hielt, damit sie nicht naß wurde, aber auch, um sie von Lizzie abzuschirmen, die die Nachhut bildete. Es war bei weitem nicht so schlimm wie die Geschichte mit ihrem Dad, da war Lizzie sicher, aber es war so ziemlich der Tiefpunkt. Seitdem ist es jedoch besser geworden. Tony war stolz auf sie, weil sie sich in Sophies Gegenwart so gut verhalten hat, sagte er, und es tat ihm leid, daß ihr Geburtstag ein Reinfall war. Er wollte das alles wiedergutmachen, wirklich. Er schickte ihr weiße Tuberosen, die himmlisch dufteten, und er sagte, er würde mit ihr nach Paris fahren.

Doch bevor die Blumen kamen und noch lange nachdem Tony und Sophie sie auf dem Weg zum Camden Parkway abgesetzt hatten, fühlte sie sich wie ausgewrungen. Wie der Putzlappen ihrer Mutter, der gedreht wurde, bis er ganz weich war, aus dem aber noch immer etwas salzige Flüssigkeit sickerte. Sie schaffte es gerade noch die Treppe hoch, den Atem oben in der Brust angehalten, wie ein Ballon, und bis auf die andere Seite der Tür, wo ein einzelner asiatischer Kakerlak sterbend auf dem Rücken lag, mit den Beinen in der Luft zappelnd, vorwurfsvoll. Ihr Kopf fiel aufs Kissen, und als sie ausatmete, brach die Leere in ihr durch wie eine Welle aus Heimweh. Sie konnte ihre Einsamkeit in der Kehle spüren, warm und salzig wie Hühnersuppe. Sie vermißte etwas so sehr, daß sie die Knie umschlingen und an die Brust drücken und sich darauf konzentrieren mußte, einzuatmen und auszuatmen, während sie sich vor und zurück wiegte. Sie wußte nicht, wonach sie schreien sollte, als die Tränen kamen, doch ihr Unglück verlangte nach einem Namen. Er hätte Tony lauten können, aber so war es nicht. »Muttley«, schluchzte sie, bemüht, sich selbst zu überzeugen. »Muttley, wo bist du?« Und nach einer Weile putzte sie sich die Nase mit dem Bettlaken, stand auf, machte Kaffee und sagte sich, wie jämmerlich es von ihr war, wegen eines Hundes zu weinen, wo doch Menschen auf der Welt hungerten.

Sie trank den Kaffee, solange er noch so heiß war, ihr die Kehle zu verbrühen, und stellte sich Tony mit seiner Tochter in der Tierhandlung vor. Sie würde alles bekommen, was sie wollte, diese Sophie, sie brauchte nur mit dem Finger auf einen seltenen Kakadu zu zeigen, und er würde ihr gehören. Aber am Ende würde sie ein Kätzchen kriegen. Ein Schlechtes-Gewissen-Kätzchen. Seiner Mutter entrissen und miauend in einem Pappkarton mit gestanzten Löchern im Deckel.

Als sie und Peter Muttley holten, war das nicht ganz so einfach gewesen. Lizzie erinnert sich an den Spätsommertag, als er mit ihr zum Hundeheim fuhr. Nur sie beide. Nichts besonders Überraschendes daran, denkt sie jetzt mit der Bitterkeit verspäteter Einsicht: streunende Hunde, streunende Kinder, für ihn waren sie ein und dasselbe. Sie war vorher noch nie irgendwo allein mit ihm gewesen, und damals war er noch Peter, nicht Dad. Cordelia sagte, sie könnte Daddy zu ihm sagen, wenn sie wollte, doch jedesmal, wenn Lizzie einen Ansatz machte, blieb ihr das Wort im Halse stecken. Manchmal sagte sie es, auf Zehenspitzen stehend, in den Badezimmerspiegel hinein, und dann klang es für sie wie ein unanständiges Wort, wie so ein Wort, das sie nur sagen konnte, wenn ihre Mutter es nicht mitbekam. Wie »verdammt« oder »Scheiße«.

Er fuhr einen silbernen Wagen mit heruntergeklapptem Verdeck. Sie saß neben ihm, hielt sich die Haare fest, weil die Schleife weggeweht worden war und sie ihr in die Augen peitschten, so daß sie tränten, und er hatte nicht anhalten wollen, damit sie zurücklaufen und die Schleife suchen konnte. Nur zwei Monate zuvor hatte sie mit angesehen, wie er ihre Mutter zu seinem angetrauten Weibe machte. Sie war leicht wütend geworden, als der Priester »angetraut« sagte.

»Sie ist nicht angegraut«, schimpfte sie, und Peters Mutter hatte einen Finger an die Lippen gelegt und ihr dann die Hand gehalten, was Lizzie gar nicht gefallen hatte, weil sie sich anfühlte wie eine Eidechse.

Peter parkte seinen Wagen direkt hinter dem abblätternden blauen Tor des Hundeheims, unter einem Kirschbaum, der voller gelb-roter Kirschen hing. »Sieh dir das an«, sagte er, »die sind schon reif.« Und er hievte sich Lizzie auf die Schultern, und als sie wieder auf der Erde war, hatte sie zwei Kirschenpaare, die mit Wünschelrutenstielen verbunden waren, und er zeigte ihr, wie man sie sich die über die Ohren hängen konnte wie Ohrringe.

Im Büro setzte er sie bei sich auf den Schoß, während die fahlgesichtige Hundefrau ein Formular ausfüllte und Fragen stellte wie, hatten sie einen Garten? und war er fest umzäunt? und die ganze Zeit in ihr grau werdendes Taschentuch hustete. Lizzie ließ den Blick über die Fotos an der Wand schweifen, auf denen deprimiert dreinblickende Windhunde und verspielte Terrier, die nach einem Ball sprangen, und große braune Hunde zu sehen waren, die aussahen wie Lupo. Sie überlegte, ob es ihr gefiel, bei Peter auf dem Schoß zu sitzen, oder nicht. Die Frau fragte, was für einen Hund sie suchten.

»Na ja, natürlich einen, der harmlos und freundlich ist«, sagte Peter, »er muß lieb sein zu ganz kleinen Kindern. Also am besten vielleicht eine Rasse, von der man weiß, daß sie absolut babyfreundlich ist.«

Lizzie wurde ganz heiß vor Wut darüber, daß sie als Baby bezeichnet wurde, aber die Frau kreuzte das Kästchen an und sagte, sie würde ihnen zeigen, was sie da hatten. Und Lizzie war auf einmal so aufgeregt, daß sie ganz vergaß, richtigzustellen, daß sie fast sechs war und überhaupt kein Baby mehr.

Die hustende Frau ging mit ihnen zu einer Tür, an der ein Schild befestigt war, und Peter sagte zu Lizzie, sie solle versuchen, es zu lesen. Das Hundeheim haftet nicht für eventuelle Schäden. Er las es ihr vor.

Der Lärm setzte ein, sobald Peter die Tür öffnete, und Lizzie spürte, wie die Vibrationen bellender Hunde an ihrem Rückgrat hochschwangen. Ein Schäferhund warf sich gegen seinen Käfig, so daß die Stäbe klapperten, seine Origamilippen nach hinten gezogen, so daß bonbonfarbenes Zahnfleisch und schimmernde Wolfszähne freilagen. Zwei große schwarze Hunde in einem anderen Käfig sprangen ihnen knurrend entgegen und gingen dann aufeinander los, nachdem sie an ihnen vorbei waren. So viele große Hunde warfen sich gegen die dünnen Stäbe, die Lizzie davor schützten, in Stücke gerissen zu werden, daß sie sich vorkam wie eine Verbrecherin, und der Geruch von Hundekot durchdrang ihre Haut, daß sie sich vielleicht nie wieder sauber fühlen würde. Sie war froh, daß Peter da war, dankbar, daß er sie auf den Arm genommen hatte und sie trug, sie beruhigte, die Hunde wollten ihr nichts tun.

Ein paar von den älteren Hunden lagen einfach nur da, das Gesicht auf den Pfoten, und beäugten sie hoffnungsvoll, als sie vorbeigingen, oder schnüffelten trostlos an ihren zusammengefalteten Hundedecken in den Käfigecken. Da war eine karamelfarbene Hündin, die aussah wie ein von Motten angefressener Teddybär. Sie stellte sich auf die Hinterbeine, die Vorderpfoten zwischen die Stäbe, bis ein kleiner gelbbrauner Terrier kläffend angelaufen kam, sie in ein Hinterbein zwickte und die wimmernde, kleinlaute Hündin in den hinteren Teil des Käfigs jagte. Sie sah einen schläfrigen Labrador, der die Farbe von Zitronenbaiser hatte und den Peter Honey nannte, und einen kleinen, braunen Hund mit geschwungenen grauen Barthaaren und einem Schwanz, der sich über seinen Rücken ringelte, als wollte er der ganzen Welt seinen Hintern zeigen. Und dann, hinter weiteren terroristischen Schäferhunden, die die Mehrheit bildeten, war da Muttley, obwohl er damals noch nicht Muttley war, er war Hund Nr. 55, junger Mischling, Abrichtung erforderlich, und das hatte Lizzie ganz allein gelesen.

Nachdem Lizzie auf der ganzen Fahrt nach Hause mit zusammengeschnürter Kehle in dumpfem Schweigen dagesessen hatte, erzählte Peter Cordelia von dem baiserfarbenen Labrador und meinte, er halte ihn für die beste Wahl, da Labradore bekanntlich lieb zu kleinen Kindern seien. Lizzie sagte, der kleine schwarzweiße Mischling mit den buschigen gelbbraunen Augenbrauen würde keiner Fliege was zuleide tun, und Peter sagte, »Abrichtung erforderlich« sei eine Umschreibung dafür, daß der Hund sich schlecht benahm, vielleicht sogar gefährlich war.

»Mein Hund würde dir am besten gefallen, Mummy«, sagte Lizzie, schmiegte sich an Cordelias warme, nach Mandeln duftende Brust und schloß Peter mit einem trotzigen Blick aus. Da die Entscheidung noch nicht gefallen war, als Lizzie ins Bett mußte, malte sie mit Buntstiften ein Bild von dem schwarzweißen Hund und schob es unter der Küchentür durch, während Peter und Cordelia zu Abend aßen.

Nach der Schule am nächsten Tag, als Cordelia das dauernde Gerede von schwarzweißen Hunden schon nicht mehr hören konnte und Lizzie, um sie auf andere Gedanken zu bringen, mit alten Stores und einem Gänseblumenkränzchen als Kopfschmuck wie eine Braut ausstaffierte, hörten sie einen Wagen vorfahren und dann Schritte auf dem Kies.

»Komm, wir sehen mal nach, ob das Daddy ist«, sagte Cordelia und zog Lizzie hinter sich her. Als Peter das Tor öffnete, kam der schwarzweiße Mischling hereingefegt, flitzte zu Lizzie und warf sich mit solcher Wucht auf sie, daß sie umfiel und sich den Kopf am Bein des Gartentisches stieß. Dann jagte er auf dem Rasen umher, so schnell, daß er sich immer wieder überschlug, und er hob das Bein an den Rosenbüschen, während Lizzie vor Freude kreischte.

Der Hund leckte ihr gerade das Gesicht, seine Zunge wie nasser Samt, als Peter sagte: »Der gehört dir ganz allein, Schätzchen«, und dann kniete Cordelia sich neben sie und den Hund, der mit seinem buschigen Schwanz ins Gras klopfte. »Und das ist noch nicht alles«, sagte sie sanft, zu sanft. »Nächstes Jahr zu Ostern kriegst du auch ein neues Brüderchen oder Schwesterchen, aber der Hund wird immer dir ganz allein gehören.«

Da wußte Lizzie nicht, wie ihr geschah, und sie vergrub den Kopf tiefer in das struppige weiße Halsfell, wo die Haut warm und rosa war. Sie lachte und weinte, alles zugleich. Wie ein Regenbogen.

Kapitel Fünf

Warum passiert mir das bloß immer? Alle gehen sie. Sie gehen alle so plötzlich. Jetzt Lizzie, aber mit dem Mist angefangen hat meine Mutter, die einfach so nach Melbourne abgehauen ist und dort starb. Und dann Jack. Für ihn habe ich meine Stadtklamotten verbrannt, meine schicken Sachen von der King's Road und meinen ganzen Modeplunder. Wir haben ein großes Freudenfeuer vor seinem Cottage gemacht und alles reingeworfen und uns die Hände an den Flammen von all dem gewärmt, das an mir oberflächlich war. Ich bin zu ihm gezogen, nach Cornwall, und habe niemandem meine neue Adresse gegeben, damit er vor meinen unreifen Freunden verschont blieb. Ich war nämlich seine Muse. So hat er mich genannt. Er brauchte mich bei sich, damit er malen konnte, nicht nur, wenn er mich malte, sondern überhaupt, wenn er irgendwas malte, einen Baum, egal was.

»Wenn du jemals böse auf mich bist, muß ich sterben«, sagte er, und ich mußte ihm versprechen, daß ich nie wütend werden würde. Na ja, das war ganz einfach, und wir tranken auf mein Versprechen, stießen mit heißem, süßem Tee an und rauchten Gauloises, während er mich mit einem Lächeln im Gesicht malte.

In jener Nacht träumte ich, ich wäre schwanger. Ich rannte über dunkle, holzgetäfelte Flure auf ein helles Licht zu, das durch eine angelehnte Tür ein Stück vor mir fiel. In dem Zimmer bemalte Jack die Wand mit einer Flottille von Booten, die in Brand standen, daher kam das Licht. Der übrige Raum war in

Dunkel getaucht, und ich legte mich auf ein Bett mit einer cremefarbenen Tagesdecke aus Damast, in der Dunkelheit, die Hände auf dem Bauch, ganz aufgeregt wegen dem, was ich ihm sagen wollte. Doch bevor ich seine Aufmerksamkeit auf mich lenken konnte, hörte er auf, die Wand zu bemalen, und die Flammen erloschen. Er hockte sich auf den Boden, fuhr mit den Pinseln durch eine klebrige Lache roter Farbe vor seinen Füßen auf den Dielenbrettern und sagte, er müsse mir was gestehen. Er blickte vom Boden auf und sah mich direkt an, seine Augen wie Anthrazit, während ich stocksteif auf dem Bett lag.

»Ich hätte es dir von Anfang an sagen sollen«, sagte er. »Ich habe eine seltene Krankheit, sie ist unheilbar. Sie ist tödlich.«

Ich hatte einen Metallgeschmack in der Kehle, als er weitersprach.

»Wenn ich je Vater werde, muß ich sterben. Die Krankheit, die ich habe, ist sehr selten. Wenn ich mich fortpflanze, sterbe ich.« Dann stand er auf und fing an, die Wand mit weiteren roten und orangefarbenen Flammen zu beschmieren, und ich umklammerte seine Knie: »Ich erwarte ein Kind von dir«, schrie ich, und dann küßte er meinen Nacken, sanft, genau wie jeden Morgen, wenn ich aufwachte, seine Hände auf mein Herz gepreßt.

»Schrei mich niemals an«, sagte er. Und eine Zeitlang war es leicht, mein Versprechen zu halten. Ich war nicht zornig, ich war verliebt. Wir reisten mit dem Zug durch England, es spielte keine Rolle, in welcher Stadt wir waren, Canterbury, Glasgow, Exeter, York – überall, wo es eine Kathedrale gab, weil Jack in jenem Jahr von ihnen besessen war.

Mit vierzig hat eine Frau das Gesicht, das sie verdient. Am Morgen ihres vierzigsten Geburtstages kann Cordelia sich nicht vorstellen, womit sie das ihre verdient haben soll. Es kann nicht der Jetlag sein, der ihre Haut in Falten zieht, dafür ist sie schon zu lange wieder da. Die längsten Tage ihres Lebens, und noch immer kein Wort von Lizzie. Sie fühlte sich so stark, als sie aus dem Flugzeug trat, so optimistisch, aber jetzt kommt es ihr vor, als wäre das schon eine ganze Ewigkeit her.

Der Himalaja – sie hatte sich Heilung davon versprochen. Heilung von den Jahren der Stagnation, angewurzelt auf dem Sofa, festgehalten von den Babys, die sie aussaugten, an ihren Bleib-zu-Hause-Brüsten zerrten; all die Jahre, in denen sie sich selbst gebremst hat. Nach den drei Wochen Trekking mit Ingrid fühlte sie sich wieder wie ein Mensch. Eine unerschrockene Frau mit Blasen und Ideen, eine, die Ziegenfleisch mit Curry aß und in Tempeln meditierte. Anstatt bloß die Mutter von jemandem. Ihr halbes Leben lang ist sie die Mutter von jemandem. Meine Güte, als Lizzie geboren wurde, war ich erst zwanzig, denkt sie, praktisch genauso alt, wie Lizzie jetzt ist. Und nun, am Morgen ihres vierzigsten Geburtstages, ist Lizzie noch immer fort. Sie ist verschwunden, ohne jede Erklärung.

»Genau wie meine Mutter damals«, sagt Cordelia laut. »Genau wie Jack.«

Jedes Verschwinden schmerzlicher als das letzte, und irgendwo, so argwöhnt sie unwillkürlich, muß die Schuld bei ihr liegen. Sie ist jetzt dreimal verlassen worden. Als ihre Mutter ging, hatte sie noch ihr ganzes Leben vor sich, aber es schien ihr sinnlos. Dann ging Jack, und nur Lizzies Leben brachte sie dazu, ihr eigenes nicht aufzugeben. Und der Verlust von Lizzie bringt sie jetzt an den Rand des Abgrunds. Falls Lizzie nicht zurückkommt, wird sie springen.

»Verschwunden, was soll das heißen, verschwunden?« sagte sie zu Peter, als er an der Haustür stand, mit angespanntem Gesicht, grau meliert von Bartstoppeln, die Hände feucht auf ihren nackten Armen. Der Taxifahrer wartete noch auf sein Geld für die Fahrt vom Bahnhof, und sie stopfte ihm Pfundnoten aus ihrem Portemonnaie in die Hände, als würde sie einen Truthahn füllen.

»Weg. Seit drei Tagen. Ich kann sie nirgends finden.«

»Herrgott, Peter, was ist passiert?«

»Ich weiß nicht. Wir hatten Streit. Sie hat gesagt, sie fährt nach London.«

Irgendwie kam Cordelia durch die Tür, und er dirigierte sie, lenkte sie wie einen wackligen Einkaufswagen zu ihrem Sessel. Es war früher Nachmittag, aber das Haus lag im Dunkeln, still wie eine Kirche. Cordelia konnte Staub und die vermodernden Stiele von einigen gequälten Schwertlilien riechen, die in einer Vase auf dem Tisch dürr und braun geworden waren.

»Wohin in London? Hast du die Polizei verständigt?«

Peter setzte sich auf die Armlehne des Sessels, drückte die Daumen in ihre Schultern, so daß sie sich noch mehr verkrampfte, was nicht seine Absicht war.

»Sie beruhigt sich schon wieder«, sagte er. »Laß ihr Zeit.«

»Was ist passiert?«

Peter stöhnte auf, ließ den Kopf hängen, und Cordelia blickte ihn eindringlich an, versuchte, in seinen Augen zu lesen, aber sie waren geschlossen, die Lider zusammengepreßt, das Gesicht schmerzverzerrt.

»Peter«, sagte sie, spürte, wie der erste Finger Zweifel sie anstieß, an den Nerven unten an ihrer Wirbelsäule zupfte, so daß sie sich ganz kerzengerade aufsetzte. Er hatte die Augen noch immer fest zugekniffen, und seine Finger zerrten an seinem Gesicht, die Nägel gruben sich in seine zerfurchte Stirn, rissen an der Haut, als wollte er sich selbst strafen.

»Peter?«

»Wir hatten Streit, sie hat mich angeschrien. Sie hat gesagt, ich wäre nicht ihr Dad, und ist dann losgestürmt. Ich weiß nicht, was ich machen soll«, sagte er und sah sie zwischen seinen Fingerknöcheln hindurch an. »Ich muß jetzt los, die Mädchen von der Schule abholen, die sind seitdem in einer schrecklichen Verfassung. Ich hätte dich anrufen sollen, aber wie hätte ich dich denn erreichen sollen? Ach, Scheiße, Cordelia, ich hab wirklich Mist gebaut.«

Und dann tröstete sie ihn, als er schluchzend auf ihr zusammenbrach, seine Worte abgehackt hervorstieß, ohne daß sie Sinn ergaben. »Verletzt ... Verdammt verletzt ... seit Jahren ... immer nur die zweite Geige ... zum Wahnsinnigwerden ... du verläßt mich ... Cordelia ... ich tu doch mein Bestes ... Nicht leicht ... Warum mußte das passieren ... Verdammt verletzend ... nie gut genug ... Lizzie ... Cordelia ... Ich weiß nicht, was passiert ist ...«

Eine Flut von alptraumhaften Bildern strömte auf Cordelia ein, während sie dasaß, ihr Mann seine Stirn gegen ihre Schulter schlug und sie beide um Atem rangen. Lizzie an der King's Cross Station mit Nadeleinstichen an den Armen, Lizzie, wie sie tot daliegt und Fliegen sich an ihrem blutüberströmten, zerschundenen Körper weiden, Lizzie hinten in einem Auto, mit Handschellen und verbundenen Augen, Lizzie, wie sie von einem Mann in einem Auto entführt wird, vor sich nichts als die lange, schwarze Straße, die sie schnell von zu Hause fortbringt. Fort von Sicherheit und Geborgenheit. Flammen. Wasser. Messer. Nadeln. Hämmer. Klammern. Männer.

»Peter?«

»Ja«, es war, als wäre er aus einem Tagtraum ins Bewußtsein zurückgerissen worden.

»Was, keinerlei Adresse, wo sie zu erreichen ist?« sagte sie, und Peter schüttelte den Kopf. »Du weißt nicht, wo sie ist?«

»Es tut mir leid«, sagte er.

»Was ist mit St. Martin's, sie soll doch im September da anfangen«, und dann dachte sie, wie unwichtig das College jetzt war. »Ich meine, wo ist sie denn bloß, verdammt noch mal? O Gott, Peter.«

»Es tut mir leid«, sagte er wieder. Doch dann war es wirklich Zeit, die drei Mädchen abzuholen. Cordelia blieb zu Hause, rief fieberhaft alle an, die sie in London kannte, während Peter seinen besiegten Körper in den Rover hievte und das kurze Stück zur Schule der Mädchen fuhr.

Cordelia hängte sich ans Telefon, aber niemand hatte mit Lizzie gesprochen, nicht einmal Savannah, die allerdings sagte, daß Simon Deeson sie einmal morgens in der Paddington Station getroffen und den Eindruck gehabt hätte, es gehe ihr gut. »Was ist nur los mit ihr?« fragte Cordelia flehentlich, und Savannah sagte, sie hätte auch keinen Kontakt mehr zu Lizzie, wüßte aber nicht, warum. »Sie hat wohl einen Job«, sagte Savannah. »Simon sagt, sie hat eine Wohnung und einen Job bei jemand Berühmtem, einem Fotografen, hat er gesagt, glaub ich, im West End.«

»Finde sie«, sagte Cordelia. »Versprich mir, daß du rausfindest, wo sie ist«, und Savannah sagte, sie würde ihr Bestes tun, obwohl irgend etwas Seltsames in ihrer Stimme lag, das in Cordelia Zweifel daran erweckte, daß sie sich große Mühe geben würde.

Es ist der Morgen ihres vierzigsten Geburtstages, und Cordelia weiß nicht, womit sie das alles verdient hat. Peter schenkt ihr einen geschnitzten Jade-Buddha, und die drei Mädchen kommen ins Badezimmer und singen »Happy Birthday«, ihre Beine ragen unter Peters langen T-Shirts hervor, die sie unlängst von ihm abgestaubt haben, um darin zu schlafen. Wie Lizzie vor ihnen. Sie sitzen auf dem Wannenrand, die drei wunderschönen, rosigen Mädchen, und sehen aufgeregt zu, wie Cordelia ihre Geschenke öffnet. Bodylotion von Anna, kandierte Veilchen von Briony, ein japanischer Fächer von Lou. Peter bringt ihr die Post, und alle vier sind still, während sie die Briefumschläge überfliegt, die Handschrift auf jedem in Augenschein nimmt. Sie sehen, wie ihr die Tränen über die Wangen laufen. »Nicht mal eine Karte«, sagt sie. »Rein gar nichts von Lizzie.«

»Du mußt dich zusammenreißen«, sagt Peter, als die drei Mädchen sie weinend am Waschbecken zurückgelassen haben. »Cordelia, ich meine es ernst, es ist ihnen gegenüber nicht fair, daß du die ganze Zeit so weinst.«

Cordelia blickt vom Waschbecken auf, sieht ihr Gesicht im

Spiegel, das ungebürstete Haar wie zottige Wolle ums Gesicht, das vom Weinen fleckig und geschwollen ist wie Schweinehaut und sich nach dem Himalaja-Urlaub noch immer pellt. Die ganze Woche schon sagt er ihr, sie soll aufhören mit ihrer Hysterie, er, der ihre Tochter nicht zurückgehalten hat. Warum hat er sie nicht zurückgehalten? Er hat es nicht einleuchtend erklärt. Was soll sie davon halten? Mißtrauen nagt an ihr, und sie kämpft es nieder. Sie schiebt die bösen, glitzernden Gedanken ganz weit weg, weicht jedem Schaden aus, als kämpfte sie um ihr Leben. Ständig auf der Hut, sich duckend und abtauchend, sehnt sie sich nur danach, daß die aufdringliche Stimme in ihrem Kopf nicht mehr so bedrohlich klingt.

»Na los«, sagt er, »reiß dich am Riemen, sonst siehst du aus wie fünfzig, nicht wie vierzig.« Peter will sie nur ein klein bißchen ärgern, um sie aufzuheitern, doch sie legt den schwarzen Backstein seiner Beleidigung in einer Grube ab, ganz tief drinnen, wo er bleiben wird, bis sie ihn braucht, um irgendwann in der Zukunft eine größere Wut zu schüren.

Kapitel Sechs

Tony spielt neuerdings nicht mit den Fingern an Lizzies Bein, wenn er fährt. Das ist jetzt auch nicht mehr notwendig, und er kann sich auf seine Blitzstarts an den Ampeln konzentrieren, auf das Prickeln, das ihn durchläuft, wenn er im Rückspiegel sieht, wie die anderen Autos im Rauch seiner qualmenden Reifen scheinbar auf der Stelle stehen. Wenn er sie nach Hause gebracht hat, wird sie sich ihm öffnen wie – tja, wie was, denkt er, wie eine mit Juwelen besetzte Schatulle? Wie eine Seeanemone? Eine Venusfliegenfalle? Ein Seidentaschentuch? Er blickt sie neben sich an, um sich inspirieren zu lassen. Sie nagt an ihrem Mittelfinger, wo sie vom Schreiben Hornhaut hat, und einen Moment lang ist sie ihm beinahe unsympathisch. Aber dann versuchen ein paar junge Burschen, eingezwängt wie Sardinen in einem Fiesta, ihn auf der Innenspur zu überholen, und er tritt den rechten Fuß fest bis zum Boden durch. Lizzie wird in ihren Sitz gepreßt, und ihre Hand fliegt ihr vom Mund. Wenn sie in ihrer Wohnung sind, so weiß er, wird sie am Ende des Bettes sitzen, genau, wie er es ihr gesagt hat, und er wird hinter ihr knien, um sie auszuziehen, in dem vergoldeten Spiegel seine Hände beobachten, während er langsam die Knöpfe ihrer Bluse öffnet.

Lizzie wünscht sich, Tony würde nicht so wild fahren, von dem wütenden Gehupe der anderen Autos zuckt sie ständig zusammen, und die Jungs, die eben von ihnen abgehängt wurden, haben höhnisch gelacht, der Fahrer hat ihr den ausgestreckten Mittelfinger gezeigt, als würde er ihn in sie hineinrammen, und er hatte Haß in den Augen. Sie rutscht tiefer in den elefantengrauen Ledersitz und blickt hinaus in den Spätnovembernieselregen, wie wirbelnder Glimmer im Licht der Scheinwerfer gefangen. Es ist, als wäre es jetzt ständig Abend. Sie erlebt nur eine kurze Atempause in ihren dunklen Tagen, wenn die schwache Sonne zwischen Wolken erstickt wird, während sie jeden Morgen zur U-Bahn-Station von Paddington stapft, doch dann steigt sie hinab in den Tunnel und taucht nur wenige Schritte vom Büro entfernt wieder auf. An ihrem Schreibtisch ist kein Fenster, weil Katrina, schon Jahre bevor sie anfing, das einzige ergattert hat. Wenn sie Feierabend hat, ist es unweigerlich schon wieder dunkel. In letzter Zeit fühlt sie sich wie ein anämischer Bohnenschößling, der mickrig zum Licht sprießt. Die glänzenden, dunklen Straßen werden durch den verschwommenen, orangefarbenen Schein von Straßenlampen unterbrochen, die sie in Gedanken noch immer mit Halsbonbons, Kürbissen und Kirschlimo verbindet.

Sie erreichen ihre Straße, und Tony schaltet herunter, als sie sich ihrem Haus nähern.

»Ich hol uns beim Thailänder noch was zu essen«, sagt er, doch da wirft Lizzie sich tief in ihren Sitz.

»Ach du Scheiße, nein«, sagt sie. »Fahr weiter.«

»Was?« Er will schon einparken, der Blinker macht klick, klick, klick, hartnäckig wie ein Metronom.

»Ich hab gesagt, fahr weiter, fahr einfach weiter.« Ihre Hand zupft an seinem Ärmel, und sie ist kreidebleich. Er schaltet einen Gang höher und rauscht an der Frau vorbei, die mit hochgezogenen Schultern in einem langen Tweedmantel unter einem blauen Schirm wartend auf der Treppe steht.

»O Gott, ich glaub, sie hat mich gesehen«, sagt sie.

»Wer?«

»Meine Mum«, sagt Lizzie. »Was denkt sie sich denn dabei?«

»Offensichtlich will sie dich besuchen«, sagt Tony, biegt um die Ecke und hält dann vor einem Pub. Er weiß nicht, was er machen soll, denn Lizzie zittert am ganzen Körper wie ein verstörtes Huhn. Den Gedanken, beim Thailänder etwas zu essen zu holen, hat er gestrichen, und auch an eine Nacht mit ihr in der Wohnung ist nicht mehr zu denken. »Du mußt zurück«, sagt er. »Du kannst sie doch nicht einfach da stehenlassen, sie muß durchnäßt sein bis auf die Haut.«

»Aber es gießt in Strömen«, sagt Lizzie. »Ich hab keinen Mantel dabei.« Doch dann denkt sie, wie naß ihre Mutter sein muß und wie peinlich Tonys Anwesenheit wäre. Es ist wirklich nicht nötig, die Dinge noch komplizierter zu machen, als sie ohnehin schon sind. Sie hat gewußt, daß ihre Mum sie irgendwann finden würde. War nur verwundert, daß sie so lange gebraucht hat. Sie kann sich nicht vorstellen, was ihr Dad ihr erzählt hat, als sie von der Reise zurückkam und ihre Tochter ausgezogen war. Sie will die Gefühle ihrer Mutter nicht verletzen, aber was kann sie sagen? Sie hätte sich ja bei ihr gemeldet, sogar gesagt, wo sie jetzt wohnt, aber ihr ist noch immer keine plausible Erklärung dafür eingefallen, warum sie von zu Hause weggegangen ist. Sie möchte ihrer Mutter mit der Wahrheit nicht das Herz brechen.

»Na los«, sagt Tony und beugt sich über sie, um ihr die Tür zu öffnen, »sei ein tapferes Mädchen. Ruf mich nachher an«, sagt er, bevor er mit zischenden Reifen losfährt und sie vor einem hellerleuchteten Pub stehenläßt, während der Regen Flecken auf ihre Bluse macht.

Sie weiß nicht, wie lange sie dasteht, jedenfalls so lange, daß sie ihre Arme durch die kalt auf der Haut klebende Seide sehen kann, die jetzt nicht mehr muschelrosa, sondern pflaumenblau ist. Sie hört, wie sich hinter ihr die Tür des Pubs öffnet, einen warmen Schwall von Bierschwaden und Rauch und das Gegröle von Fußball guckenden Gästen entweichen läßt.

»Na, Schätzchen«, spottet die Stimme eines Mannes, der ihr so nahe ist, daß sie die Käse-Zwiebel-Chips in seinem Atem riechen kann. Er sieht aus wie ein Bauernbrot mit teigigem Gesicht. »Lust, mir einen zu blasen?«

Und sie läuft los, die Straße hinunter, hört sein Gelächter hinter ihr hermeckern, aber immer ferner klingen, als ihre Füße die Pfützen finden und das Wasser, das nach Kanalisation riecht, ihr die Beine hochspritzt. Sie kann Cordelia jetzt sehen, zwei Hände an dem Schirm, auf dessen Innenseite, wie Lizzie weiß, die Sterne sind, wie eine Miniaturversion des Planetariums. Im selben Moment sieht Cordelia sie, und sie läßt den Schirm auf die Stufen sinken, und Lizzie fällt gegen sie, vergräbt den Kopf in der groben Wolle ihres Mantels, der nach nassem Moos und Hund riecht, wie immer, wenn es regnet. Und sie bleibt so stehen, atmet die vertrauten Gerüche ihrer Mutter ein, und wenn sie irgendwelche Worte hätte, würden sie ihr doch bloß im Halse steckenbleiben.

Sie spürt, wie Cordelia an ihren Armen zieht, und dann hält sie sie vor sich, blickt ihr in die Augen, mustert ihr Gesicht, als suche sie nach Anzeichen für irgendwelche Schäden. Lizzie will wieder ihr Gesicht vergraben, aber Cordelia hält sie zurück wie einen ungezogenen jungen Hund. »Wir müssen miteinander reden«, sagt sie, und sogar durch den Regen, der ihnen übers Gesicht rinnt, kann Lizzie sehen, daß sie weint.

»Was ist los?« sagt Cordelia, und dann: »Los, mach die Tür auf.«

Lizzie kramt nach den Schlüsseln in ihrer Handtasche, spürt, wie ihr irgend etwas wie Popcorn im Herzen springt, und findet noch immer keine Worte. Während sie zwischen den Bonbonpapierchen und dem Kleingeld herumtastet, zermartert sie sich das ratlose Hirn, was sie sagen könnte, irgendwas, um ihre plötzliche Flucht zu erklären.

Sie hört Cordelia leicht keuchen, als sie ihr die siebenundsiebzig Stufen hinauffolgt, und Lizzie wartet oben, ohne sich umzublicken, während ihre Mutter auf dem Treppenabsatz vor dem letzten Stück stehenbleibt und nach Luft schnappt.

Sie schaltet das Licht ein, und als sie sich umdreht, sieht sie, wie ihre Mutter mit ihrem nassen Schuh über einen Kakerlak rutscht, und hört das gewohnte Knacken, als er auf dem Linoleum der Diele zerquetscht wird. Sie schleppt sich vom Küchenbereich zum Bett und wieder zurück, während Cordelia sich aus dem nassen Mantel schält und ihn über die Rückenlehne eines Stuhls hängt. Lizzie gibt Kaffeepulver und dann kaltes Wasser aus dem tropfenden Hahn in den Topf und setzt ihn auf. Sie sieht zu, wie ihre Mutter sich auf das monströse Sofa setzt, den chinesischen Seidenüberwurf mit Spritzwasser besprenkelt, das sie sich aus dem klatschnassen Haar schüttelt. Lizzie setzt sich zu ihr, noch immer in triefender Bluse und Rock, und sie sitzen eine Weile da, wie vor dem Fernseher.

»Möchtest du ganz von vorne anfangen?« fragt Cordelia schließlich, und Lizzie starrt auf ihre Hände, schabt sich die schwarzen Halbmonde unter den Nägeln heraus und schüttelt den Kopf.

»Ich war deinetwegen krank vor Sorge, was ist passiert?« sagt Cordelia.

»Nichts«, sagt Lizzie und konzentriert sich auf den Dreck, der unter ihrem Daumennagel gefangen ist.

»Na, irgendwas ist passiert«, sagt Cordelia. »Also komm mir nicht so, ich bin deine Mutter, verdammt noch mal.«

»Ich will einfach auf eigenen Füßen stehen.« Lizzie kann die Gefahr spüren, greifbar wie dünnes Eis.

Und dann sieht sie, daß Cordelia kurz davor ist, wieder zu weinen, und sie spürt, wie sie weich wird, legt die Arme um sie und sagt: »Ich hab dich wirklich lieb, Mum, ich kann es einfach nicht erklären.«

Und Cordelia umarmt sie ebenfalls, mehr will Lizzie ja gar nicht, doch ihre Mutter hakt nach und bohrt, fragt ihr ein Loch in den Bauch.

»Was ist los?«

»Warum bist du gegangen?«

»Was haben wir falsch gemacht?«

»Wer war dieser Mann?«

»Wieso ist er einfach so vorbeigefahren?«

»Herrgott, Lizzie, ich verlange eine Erklärung.«

Und da preßt Lizzie das Gesicht an die Schulter ihrer Mutter, gerade so fest, daß aus ihren Lügen Gemurmel wird. »Er ist ein befreundeter Kollege«, sagt sie. »Ich hab dich nicht gesehen, und ich brauchte noch Milch, also hab ich meinen Freund gebeten, mich vor dem Laden abzusetzen.«

»Du hast dich bis auf die Haut naß regnen lassen, um Milch zu kaufen?«

Cordelia steht auf. Sie zittert so heftig, daß ihre Eheringe gegeneinanderklimpern. Das leise Geräusch wird von dem Klappern des Topfes übertönt, in dem der Kaffee überkocht und dabei die Gasflamme mit einem puffenden Zischen löscht. Lizzie springt auf, und Cordelia folgt ihr zum Herd. Während Lizzie den verbrannten Kaffee in zwei Becher gießt, öffnet Cordelia den Kühlschrank. »Sieh an«, sagt sie ohne Triumph, »da stehen ja schon zwei Packungen Milch.«

Lizzie weiß es, natürlich weiß sie es: Sie hat Vollmilch für sich, aber Tony nimmt lieber fettarme.

Cordelia knallt ihren Becher auf die Küchentheke und stürzt auf ihre Tochter zu, rüttelt sie wie ein Kind, das etwas ausgefressen hat.

»Wieso willst du uns nicht sehen, was haben wir dir getan? Wieso bist du einfach so vor Peter abgehauen?«

»Ich weiß nicht, weiß nicht, ich weiß es nicht!« schreit Lizzie zurück, schüttelt sich die Hände ihrer Mutter von den Schultern.

Cordelia faßt sie wieder an den Schultern, doch diesmal rüttelt sie sie nicht. Ihr Gesicht ist so nahe, daß Lizzie die roten Äderchen sehen kann, die ihre Augen wie ein Netz durchziehen, von den Augenwinkeln aus, wo erneut Tränen hervorquellen.

»Was hat dein Vater mit dir gemacht?« sagt sie, die Stimme zittrig und dünn wie Helium.

Dann hat sie also einen Verdacht, denkt Lizzie. Sie fühlt sich stark. Ein paar gutgewählte Lügen – er hat mich begrapscht –, und ihre Ehe wäre im Eimer. Aber wenn sie's sich recht überlegt, sind Lügen gar nicht notwendig. Die Wahrheit würde reichen.

»Er ist nicht mein Vater, verdammt«, schreit sie und reißt sich wieder los. Cordelia sinkt nach hinten gegen die Küchentheke. Obwohl sie keinen Laut von sich gibt, weiß Lizzie, daß sie schluchzt; sie sieht es an der Beugung ihrer Arme, Cordelia schafft es immer, so auszusehen, als würde sie beten, wenn sie weint.

»Er ist nicht mein Vater.« Lizzie spürt die Macht der Worte und das Adrenalin, das sie aufpumpt, bis sie zischend durch den Raum sausen könnte wie ein Ballon, aus dem die Luft entweicht, außer Kontrolle, Silben hervorstoßend. »Ich weiß überhaupt nicht, warum du so ein Theater machst. Ich bin neunzehn, Herrgott noch mal, es wird Zeit, daß ich das Nest verlasse. Ich hab keine Lust, bei euch zu versauern, wenn du's unbedingt wissen willst. Und ich kann ihn nicht ausstehen, er widert mich an.«

»Er ist nicht dein Vater?« Cordelia blickt von ihren Händen auf. »Er ist immer gut zu dir gewesen«, sagt sie, und Lizzie sinkt aufs Bett, bemerkt, wie erleichtert Cordelia wirkt, weil sie das noch immer sagen kann.

Dann schweigen Mutter und Tochter. Lange Zeit hat Lizzie das Gefühl, daß sie beide bloß sich bekämpfende Zeichentrickfiguren in einem Videofilm sind und irgendein Kind den Pauseknopf gedrückt hat. Eine Ruhe legt sich über die Wohnung, und draußen hat der Regen aufgehört. Schließlich steht Cordelia von der Küchentheke auf und kommt herüber zum Bett. Sie setzt sich neben Lizzie, die gegen das Fenster lehnt, das Gesicht schon so lange an der kühlen, nassen Scheibe, daß sie Druckstellen an der Stirn hat. Cordelia streicht ihrer Tochter die Haare vom Ansatz nach hinten, umkreist ihre feuchten Augen und Schläfen mit den Fingerspitzen, nimmt dann ihren Kopf und legt ihn sich auf den Schoß. Lizzie schließt die Augen, wünscht sich nichts sehnlicher, als daß ihre Mutter nicht wieder von vorne anfängt.

»Weißt du noch, wie wir mal in diesem stinkvornehmen Restaurant waren und Peter gefragt hat, ob er eines Tages dein Daddy werden dürfte?« sagt sie, die Finger kühl auf Lizzies heißen Lidern. »Wir waren zum erstenmal wieder in Cornwall seit der ganzen Sache mit deinem biologischen Vater, und ich war extrem nervös.«

Die Glockenblumen, denkt Lizzie. Die Wanne, die Glockenblumen, zwei Kerzen, Dampf. Dein Gesicht, glänzend, singend. »Paper Moon«. Er, nicht Peter, steht an der Tür.

»Weißt du noch«, fragt Cordelia wieder, »als Peter uns zum Essen im ›Lobster Pot‹ eingeladen hat?«

»Ja, das weiß ich noch«, sagt Lizzie, und mit müder, monotoner Stimme: »Die Kellner waren alle ganz schick mit schwarzer Krawatte, und Dad hat zu mir gesagt, sie wären Pinguine. Und du hast in einer Auster eine Perle gefunden, und du hast sie ihm geschenkt, und ich war sauer und bin schmollend aufs Klo gegangen, wo echte Blumen standen.«

»Und dann hast du dich gerächt, nicht wahr, als du uns so in Verlegenheit gebracht hast!«

Lizzie erinnert sich, was sie getan hat, und weiß, daß ihre Mutter nicht wirklich glaubt, daß es irgendwas mit Rache zu tun hatte, sondern ihr nur ein Gespräch über Peter aufzwingen will, sie wie einen Fisch an Land ziehen will, mit Nostalgie als Köder.

»So schlimm war das gar nicht«, sagt sie. »Ich hab bloß diese hübschen kleinen Tüten entdeckt, die an der Tür vom Damenklo hingen. Ich hab nicht gewußt, wofür die waren.«

»Doch, das wußtest du ganz genau«, sagt Cordelia lächelnd, »aber dann kamst du zurückgelaufen und hast sie über den Kopf geschwenkt, den Gang mit rotem Teppich runter, zwischen all den Tischen hindurch, an denen die Leute in ihren besten Sachen saßen, und hast gerufen: »Seht mal, seht mal, das ist *wirklich* ein gutes Restaurant, hier kriegt man extra Beutel, wo man sein Essen reintun und mit nach Hause nehmen kann.« Gott, ich wäre am liebsten im Boden versunken, und der alte Colonel am Nebentisch hat fast einen Herzinfarkt gekriegt.«

»Ja, und dann hast du zu Peter gesagt, du würdest hoffen, daß er weiß, worauf er sich einläßt, als ob ich blöd wäre oder so«, sagt Lizzie, die die Verletzung jetzt so real empfindet wie damals.

»Nein, das hab ich nie im Leben gesagt.«

»Doch, hast du, und später hat Peter erklärt, daß eine Perle aus einem winzigkleinen Fremdkörper entsteht, den die Mutterauster schützen muß, indem sie ihn mit irgendwas umschließt, woraus die Perle wird, und du hast gelacht und mich vielsagend angeguckt. Ja, hast du. Das kannst du nicht abstreiten. Ich weiß es noch ganz genau.«

Cordelia versucht, sich durch Lizzies Version nicht aus der Fassung bringen zu lassen. Sie hatte das Thema zur Sprache gebracht, weil sie darauf hinauswollte, wie rührend es war, daß Peter nicht nur um ihre Hand, sondern auch um Lizzies Hand angehalten hatte. Er hatte sich in dem Restaurant hingekniet und sie gefragt, ob sie sich vorstellen könne, seine Tochter zu sein. Er hatte ihr sogar einen kleinen Silberring geschenkt. Also bitte, wie viele Männer würden so was tun?

»Jedenfalls hast du damals auch ein paar ziemlich unfreundliche Sachen gesagt«, sagt Cordelia, während sie auf Lizzies Gesicht in ihrem Schoß hinabblickt, noch immer das Baby in dem Mädchen sehen kann, wie sie das für alle Zeiten tun wird.

»Peter hat sich von dir einiges gefallen lassen. Erinnere dich, du warst es schließlich, die sich jahrelang keinen Gutenachtkuß von ihm geben lassen wollte.«

»Ja, ja«, sagt Lizzie, die weiß, was als nächstes kommt, weil es mittlerweile der Stoff ist, aus dem die Familienlegenden sind, »und du hast mich gefragt, warum ich es nicht wollte, und ich hab gesagt, weil seine Haut ganz falsch ist. Und du hast gesagt: ›Was meinst du mit 'falsch'?‹ Und ich hab gesagt: ›Wie sie riecht‹, und du hast gesagt: ›Wie riecht sie denn?‹ und ich hab gesagt: ›Nach Aa.‹ Na ja, ich hab dir schon mal erklärt, daß ich das nur gesagt hab, weil es das Böseste war, das ich mir vorstellen konnte, und weil ich dich ganz für mich allein haben wollte.«

Cordelia muß wieder lachen. »Ach, nun hör dir uns beide an, Lizzie«, sagt sie. »Wie wir das alles wieder durchkauen. Meinst du nicht, es ist Zeit, daß du nach Hause kommst?«

Lizzie spürt, wie sie zurückgezogen wird. Sie setzt sich auf und reißt sich von der flehenden Berührung ihrer Mutter los. »Ich komme nicht wieder nach Hause, Mum«, sagt sie und steht ruckartig vom Bett auf. »Ich hab doch schon gesagt, daß ich nicht mehr zu euch gehören will. Ihr habt eure richtigen Töchter, du und Dad, laßt mich doch einfach in Frieden.«

Cordelia weint wieder. Sie hat ihren Mantel zugeknöpft und steht an der Tür mit ihrem Schirm. Sie streicht sich mit der Hand über die Stirn, die von glatten Furchen durchzogen wird wie Treibholz. Sie blickt verwirrt, als wäre sie von einem plötzlichen Unwetter dort angeschwemmt worden. Lizzie weiß, sie müßte sie zurückhalten, doch sie ist erschöpft, und die Leere umfängt sie erneut. Sie möchte bloß, daß der ganze Lärm aufhört. Es gelingt ihr nicht, die dichten Wolken des Nichts abzuschütteln, in die sie sich eingehüllt hat. Der kleinste Schritt auf ihre Mutter zu, und sie wird garantiert zurück nach Hause müssen, und sie will nichts mehr mit Peter zu tun haben, ihn nie mehr wiedersehen.

Vielleicht bin ich wahnsinnig, denkt sie, wie mein richtiger Vater. Sie erinnert sich, daß sie ihre Mutter einmal abends belauscht hat, als sie eigentlich schon hätte schlafen sollen; das war die einzige Möglichkeit, wie sie je etwas über ihren richtigen Vater erfahren konnte. Immer durch ein offenes Fenster oder einen Spalt in der Tür. Es war ein schwüler Abend, und der Duft von Jasmin kam mit einer warmen Brise durch ihr Fenster. Briony, die zweite von ihren kleinen Schwestern, war erst kurz zuvor auf die Welt gekommen, also muß sie etwa acht gewesen sein. Lizzie weiß nicht, wieso sie den Abend so lebhaft in Erinnerung hat: den Geruch von Jasmin, die Stimmen auf der Terrasse, den seidigen Saum ihrer alten Babydecke zwischen den Fingern ...

Sie konnte das Klimpern von Weingläsern und die Stimme ihrer Mutter hören, die Beichtstimme, die sie sich ausschließlich für Gespräche mit Ingrid aufsparte. »Es ist mir nie in den Sinn gekommen, ihn zu fragen, weißt du«, sagte Cordelia. »Aber ich habe ihm schließlich nie solche normalen Fragen gestellt, du weißt schon, welche, solche neugierigen Fragen wie: ›Wann hast du zum erstenmal mit jemandem geschlafen?‹ ›Mit wie vielen hast du geschlafen?‹ Solche Sachen eben. Ehrlich gesagt, ich wußte so gut wie nichts über ihn.«

»Ich erinnere mich«, sagte Ingrid, »ich meine, du wußtest nicht mal, ob er auf Beine oder Titten stand.« Und Lizzie konnte sie unter dem Fenster ihres Zimmers kichern hören wie junge Mädchen.

»Wirklich wahr, aus heutiger Sicht kann ich einfach nicht fassen, wie naiv ich war, als ich jung war. Einmal hat Jack mir erzählt, daß er in einer psychiatrischen Klinik war, und ich bin gar nicht auf den Gedanken gekommen, ihn nach dem Grund zu fragen. Er hat gesagt, daß in dem Bett neben ihm ein Mann lag, der glaubte, in seinem Bauch würden Tiere wachsen. Alle zwei Wochen wurden die Tiere so groß, daß er sie sich operativ entfernen lassen mußte, sonst rastete er aus. Jack sagte, sie haben ihn tatsächlich weggebracht und anästhesiert, damit er glaubte, er wäre operiert worden. Und weißt du, was ich erwidert hab, als Jack mir die Geschichte erzählte?«

»Nein, laß hören.«

»Ich hab ihn gefragt, was das für Tiere waren. Ich hab nicht ein einziges Mal gesagt: ›Und du, Jack, mein Lieber, wieso warst *du* eigentlich in der Klinik?‹«

»Und was für Tiere waren das?« sagte Ingrid, in ihr Weinglas prustend. »Meerkatzen«, sagte ihre Mutter, und dann lachten sie beide, und Lizzie konnte danach eine Ewigkeit nicht einschlafen.

»Weißt du was?« reißt Cordelia sie zurück in die Gegenwart. Sie hat noch immer ihren Mantel an, steht an der Tür, putzt sich die Nase mit einem zerfetzten Papiertaschentuch. »Ich hatte mir geschworen, daß ich das niemals zu dir sagen würde, aber du bist genau wie dein Vater, wie Jack, meine ich.«

Cordelias Schmerz ist körperlich, das ist ihrem eingefallenen Gesicht deutlich anzusehen, aber Lizzie macht noch immer keinen Schritt auf sie zu. Sie kann es nicht. Sie ist sprachlos, erstaunt, daß ihre Mutter ihr gegenüber gerade den Namen Jack in den Mund genommen hat. Normalerweise hat sie ihn nur als »dein biologischer Vater« bezeichnet, wodurch Lizzie sich immer so vorkam wie ein Laborversuch. Vielleicht sollten sie jetzt darüber reden, aber es ist schon zu spät. Cordelia hat die Tür geöffnet, wankt wie eine Blinde die Treppe hinab und ruft noch hoch:

»Du sagst einfach nie was. Du bist total verschlossen. Kein Mensch weiß, was in dir vorgeht. Du brichst einfach den Kontakt zu den Menschen ab. Wie du es mit der armen Savannah gemacht hast. Sie hat mich angerufen, in Tränen aufgelöst. Und mit deinem Dad. Womit hat Peter das verdient? Verdammt, Lizzie, womit hab ich das verdient? Ja, du bist wie Jack, das ist mir jetzt ganz klar. Du wirst einfach die Tür hinter mir zumachen. Das hab ich schon immer kommen sehen.«

Als sie fort ist, fühlt Lizzie sich leer und nutzlos wie ein schlaffer Ballon. Seltsamerweise ist ihr nicht danach, Tony anzurufen, wie sie es versprochen hat. Die Leere ist zu groß, als daß er sie füllen könnte. Und sie weiß, sie hat es schon immer gewußt, daß es nicht der Hund ist, den sie so sehr vermißt, daß es weh tut. Es ist ihr Vater. Der, den sie nie kennengelernt hat. Der Scheißkerl. Der Drecksack. Ihr richtiger Vater. Jack. Jack Seymour. Ihr biologischer Vater. Ganz gleich, wie sie ihn bezeichnet.

Kapitel Sieben

Lizzie ist in der Tate Gallery. Sie steht an der Informationstheke und zupft an der aufgerauhten Wolle rund um die Knopflöcher ihres Mantels, dreht sie zwischen den Fingern. »In der Abteilung geht noch keiner ran«, sagt die junge Frau in der schwarzen Jacke, die Hand über die Sprechmuschel gelegt, »Sie sind aber auch ein bißchen zu früh dran.« Lizzie ist immer zu früh, wenn sie Termine hat, vor allem bei Terminen, vor denen ihr graut, zum Beispiel beim Zahnarzt, oder wenn der Schulleiter sie in sein Büro bestellt hatte. Den Tag mit dem Termin, um sich das Gemälde ihres Vaters anzusehen, hat sie mit Bleistift in ihrem Kalender markiert, als sie die Antwort vom Archivar erhielt. Mit Bleistift, weil sie überlegt hatte, ihn wieder auszuradieren und Jack Seymour ein für allemal aus ihrem Gedächtnis zu streichen.

Vor drei Wochen, genauer gesagt, an dem Tag nachdem Cordelia bei ihr war, hat sie ihren ganzen Mut zusammengenommen. Sie besuchte die Tate Gallery, weniger nervös als heute, in dem törichten Glauben, sein Gemälde würde dort einfach so rumhängen und auf sie warten. Sie hatten ihr immer von ihrem biologischen Vater und der Tate erzählt, hatten erwartet, daß sie stolz wäre oder so. Sie war davon ausgegangen, daß das Bild da wäre, wo alle Welt es sich anschauen könnte. Sogar sie, nach der langen Zeit. Cordelia hatte einmal den Vorschlag gemacht, nach London zu fahren, um es sich anzusehen, doch Lizzie hatte sich irgendeine Ausrede einfallen lassen. Sie sagte, sie hätte nichts übrig für gegenständliche Kunst.

»Hi, Jim. Dein Zwei-Uhr-Termin ist hier bei mir. Elizabeth Weller, um sich den Jack Seymour anzusehen.«

Dieses Nebeneinander von Namen: Weller und Seymour. Gott sei Dank hatte sie ihren Namen geändert, als Peter sie adoptierte, es wäre zu erniedrigend, wenn sie immer noch Seymour hieße. Sie kann sich nicht erinnern, wann sie je mit Lizzie Seymour unterschrieben hat, aber andererseits konnte sie noch nicht lange schreiben, als Cordelia den neuen Namen vorschlug. »Lizzie Weller, das klingt wie eine berühmte Schauspielerin«, sagte sie und drückte Lizzie einen Kuß auf die Stirn, während Peter die Formulare ausfüllte.

Die Frau von der Information legt den Hörer auf, sagt Lizzie, daß gleich jemand kommt, der sie nach unten ins Archiv begleitet. Lizzie steckt das Fusselkügelchen in die Tasche, schiebt ihre Haare hinter die Ohren. Ihr Mund ist trocken wie Filz. Ich besuche doch nicht *ihn,* sagt sie sich, ich gucke mir nur ein Bild an. Sie wünschte, sie hätte es sich einfach in der Galerie ansehen können, als sie das erste Mal hier war, ohne dieses ganze Theater, extra schriftlich einen Besichtigungstermin zu beantragen. Der Brief hatte sie einen ganzen Papierkorb voll Entwürfe gekostet, und die ganze Mühe gibt dem Bild viel zuviel Bedeutung. Worte auf Papier – »Antrag auf Besichtigungsgenehmigung« – machen aus einem kurzen Blick etwas Wichtigeres, wie Spionage. Es ist, als wäre es bedeutungsvoll, ihren Vater über sein Bild zu finden, und das gibt ihr das Gefühl, bedürftig und jämmerlich zu sein. Es ist reine Neugier, sagt sie sich, mehr nicht, und sie holt die Haare hinter den Ohren hervor, weil sie fühlen kann, daß die Ohren herausgucken, und sie fürchtet, sie könnten rot sein.

Jim steht plötzlich neben ihr, eine adrette Heuschrecke von einem Mann, bekleidet mit einem Pullover mit V-Ausschnitt über einem weißen Hemd und gepunkteter Krawatte. Sie hat jemand Älteren erwartet, in einem Overall oder mit Schirmmütze. Er schüttelt ihr die Hand und lotst sie durch das grünliche Licht und die Schwimmbadatmosphäre der Eingangshalle durch eine Tür vor dem Café. Er hält einen Zettel in der Hand, auf dem mit Filzstift geschrieben steht, wo sich das Bild befindet.

Sie gehen die Treppe hinunter, und er betätigt eine Reihe von Knäufen an einer dicken Eisentür und schiebt sie dann mit der Schulter auf. Sie macht ein Geräusch wie ein erleichterter Seufzer, als er sie hinter Lizzie schließt. Er führt sie über einen hell erleuchteten Gang, durch weitere dicke Türen, Hochwasserschutztüren, erklärt er, weil wir unter der Erde sind. Er holt einen Schlüsselbund aus der Tasche und schließt noch eine Tür auf, diesmal eine gelb gestrichene, mit der Aufschrift D & E. Vor Lizzie liegt ein riesiger grauer Raum. Kein natürliches, sondern elektrisches Licht, hell von Neonröhren, die über ihren Köpfen hängen. Es ist noch ein weiterer Techniker da, der Metallgestelle herauszieht, umgeben von Maschendraht, wie riesige Käfige, und in Polyäthylen eingepackte Bilder von Haken löst. »Hi, Jim«, sagt er, ohne Lizzie zu registrieren, und verschwindet mit einem Bild durch dunkelblaue Vorhänge vor einer Bank aus grauen Schubladenschränken. Lizzies Füße auf dem Betonboden fühlen sich an wie von Schwerkraft durchtränkt. Es ist ein bißchen wie im Reptilienhaus im Zoo, wo es links und rechts so vieles zu sehen gibt, und nicht alles ist angenehm.

»Das ist ja riesengroß hier unten«, sagt sie, um Konversation zu machen.

»Unglaublich, nicht?« sagt Jim, auf die Gestelle deutend. »Picassos, Turners, Canalettos, sie sind alle hier. Hier entlang, das Bild, das Sie sehen wollen, ist da drüben.«

Sie gehen zu einem der Metallgestelle, das bereits aus der Wand gezogen worden ist, das Bild hängt daran und wartet auf sie. Ein grauer Plastikstuhl ist davorgestellt. Lizzie wendet den Blick von dem Bild ab, als Jim auf den Stuhl deutet. »Sie haben eine halbe Stunde«, sagt er. »Ich helfe Gary da hinten, rufen Sie einfach, wenn Sie gehen möchten.«

Das Gemälde ist vor ihr, gerade mal fünfundvierzig Zentimeter im Quadrat, ein dunkelbraunes Interieur. »Elena at Rest«. Jack Seymours berühmtestes Bild. 1961, Lizzies Geburtsjahr. Eine Frau blickt von einer cremefarbenen Bettcouch auf, tizianrotes Haar und nackt. Milchige Haut wie geblasenes Glas, so glatt. Zu glatt, denn Lizzie entdeckt nicht einen einzigen Pinselstrich. Wie mit der Spritzpistole gemalt oder wie ein unscharfes Foto. Die Frau ist fast in Embryonalhaltung zusammengerollt, nichts als lange Gliedmaßen und Windhundrundungen, doch ihr Kopf ist erhoben. Das Gesicht ist pastellrein wie eine gezukkerte Mandel, aber Elenas Augen dringen aus der Leinwand hervor, sengend wie Eis. An der Wand hängt ein ovaler Spiegel, über dem Bett, auf dem Elena liegt, so kalt und vollkommen. In dem Spiegel ist das Gesicht eines Mannes, Wolken aus dunklem Haar, besorgte braune Augen, einen Pinselstiel zwischen den Zähnen. Es ist das gleiche Gesicht wie das des Mannes in Cordelias rotem Vinylfotoalbum.

»He, Scheißgesicht«, sagt Lizzie in Gedanken. Zumindest hofft sie, daß sie es in Gedanken sagt, denn Jim steht dicht hinter ihr. Sie starrt auf das Bild, und es löst sich vor ihren Augen auf, bis nur noch das Gesicht des Mannes im Spiegel übrig ist. Doch jetzt sieht sie es durch Dampf. Da sind Glockenblumen und Kerzen, und sie kann die milchige Seife riechen. Imperial Leather. Und der Ausdruck des Mannes ist genau der gleiche, die Augen braun und besorgt.

»Wieso gerade dieses Bild?« sagt Jim, als sie vom Stuhl aufsteht, schwer schluckt, um die aufwallende Enttäuschung aufzuhalten.

»Mein Dad hat es gemalt«, sagt sie, hält sich an der Stuhllehne fest, als ob der ganze Raum in Bewegung wäre und sie Halt bräuchte.

»He, das ist ja komisch«, sagt er.

»Komisch, wieso?« fragt Lizzie, die das Wort Dad bedauert.

»Weil ich die Frau kenne«, sagt er. »Elena. Wissen Sie, die ist von allen gemalt worden. Hockney, Kitaj, jede Menge Kunststudenten. Die ruht sich ihr ganzes Leben aus.« Und er fängt an zu lachen.

Lizzie beschließt, daß sie gleich für den Rest des Tages frei nehmen kann. Solche schlimmen Kopfschmerzen, hatte sie Katrina schon morgens am Telefon gesagt. Sie kann sich die Beine rasieren und die Haare waschen, sich in Ruhe überlegen, was sie anzieht. Tony hat versprochen, später vorbeizukommen, mit Hühnersuppe. »Von Reubens Restaurant«, hat er gesagt. »Jüdisches Penicillin. Das beste.«

In ihrer Manteltasche hat sie Elenas Adresse. Jim sagte, sie hätte bestimmt nichts dagegen, wenn sie ihr schreiben würde. »Sagen Sie ihr einfach, daß Sie mich kennen«, sagte er. »Sie ist eine reizende Dame.« Dieser Jim war überaus hilfsbereit, sagte, er sei beeindruckt, daß sie an einem Buch über Leben und Werk ihres Vaters schreibe, und fragte, ob sie die drei anderen Porträts in Edinburgh und das in Sheffield gesehen habe.

Die solle sie sich unbedingt ansehen, sagte er.

Lizzie genießt das Licht der Nachmittagssonne und den feinen Nieselregen, der sich kühl wie Meeresgischt auf ihrem Gesicht anfühlt. Sie geht die Vauxhall Bridge Road hoch, spürt den Zettel in ihrer Tasche, lächelt Menschen an, die nicht zurücklächeln. Das war ihr schon als Kind immer an London aufgefallen. Wie die Leute den Blick abwenden, aus Vorsicht, daß einer der Passanten ein Irrer oder ein Taschendieb sein könnte, oder jemand, der sie um einen Gefallen bitten möchte. Peter sagte immer, das wäre eine ganz primitive Reaktion: weil jeder Mensch nur höchstens dreihundert andere Leute kennen kann, muß man in Großstädten wegschauen, um Kontakt zu vermeiden. Lizzie weiß auch, daß Jack Seymour mal als junger Mann ein Experiment gemacht hat; er hat sich mit ganzen Bündeln von Pfundnoten in der Hand auf die Marylebone Hight Street gestellt und versucht, das Geld zu verschenken. Sie hörte, wie Cordelia Peter davon erzählte, eines Abends, als sie eigentlich schon im Bett sein sollte. Niemand nahm Jacks Geld an, sagte Cordelia, und Peter lachte und sagte: »Tja, Schatz, kann man's ihnen verdenken?«

Lizzie bleibt an einem Blumenstand vor der Victoria Station stehen. Der Blumenverkäufer ist ein dicker Mann mit einer grünen Schürze, und er liest den »Evening Standard«. Eine Frau mit elfenbeinfarbenem Gesicht in einem schwarzen Vinylregenmantel kauft einen Strauß aus dreißig Rosen. »Mein Freund hat Geburtstag«, sagt sie. »Ich schenke ihm von allem dreißig.« »So ein Glückspilz«, sagt der Blumenverkäufer, als die Frau in ihren hochhackigen Lackschuhen mit den eng zusammengebundenen Blumen, die sie vor sich hält wie einen Brautstrauß, davonstökkelt.

Lizzie blickt auf wächserne Lilien in einem Eimer, cremefarbene offene Kelche mit Mandeln aus Safran, und auf Bünde unansehnlicher Treibhausnelken in Kaugummipink und Nylonfußballtrikotrot. Beim Anblick von wolkigem, weißem Gipskraut bekommt sie einen Kloß im Hals, weil es sie an Savannah erinnert und an den Tag, an dem sie welches aus Cordelias Geburtstagsstrauß stibitzten, es sich ins Haar flochten und sich dann vor ihren bräutlichen Spiegelbildern im Schlafzimmerspiegel drehten. Lizzie würde gern die Lilien nehmen, doch sie sind zu teuer. Sie kauft fünf Gerberas, drei gelbe und zwei orange, und einen Bund weiße Margeriten. Der dicke Mann nimmt ihr Geld entgegen und tut noch drei weiße Rosen und einen Zweig Schleierkraut dazu. »Für Ihren Liebsten, das Schleierkraut und die Rosen sind gratis«, und er wickelt den Strauß in glänzendes grünes Papier.

Lizzie kennt keine dreihundert Leute, bei weitem nicht, daher lächelt sie in der U-Bahn weiter Leute an. Es macht richtig Spaß, um diese Zeit mit der U-Bahn zu fahren. Sie hat einen Sitzplatz, und sie wird nicht im Gedränge eingequetscht oder muß mit der Nase in der Achselhöhe anderer Leute fahren. Sie hält die Blumen vor sich, enttäuscht, daß sie nur muffig riechen, wie alte

Geldscheine. Sie stellt sich zu ihrer Erheiterung vor, wie sie die Blumen einzeln an die anderen Passagiere verteilt, doch dann funkelt die Frau auf dem Platz gegenüber sie erbost an, und zum erstenmal sagt ein Mitfahrgast tatsächlich etwas.

»Würden Sie wohl damit aufhören, mich so anzusehen«, sagt die Frau um die Dreißig, die Augen wäßrig hinter dicken Brillengläsern.

»Tschuldigung«, sagt Lizzie, und die Frau wendet sich ihrem Begleiter zu, einem Mann mit rotem Doppelkinn im Busineßanzug. »Grinst hier rum, wo doch John Lennon erschossen worden ist.«

»Tschuldigung«, murmelt Lizzie erneut, und sie ignorieren sie weiter, während der Zug durch die Dunkelheit in Richtung Paddington Station rattert.

»Hübsche Blumen«, sagt der Junge mit den vielen Tricks, als sie aus der U-Bahn-Station kommt. »He, und heute noch dazu ein hübsches Lächeln«, fügt er hinzu, wobei ihm die Zigarette zwischen den Lippen tanzt. Er ist wieder da, hängt herum, und die drei silbernen Jonglierkeulen ragen aus einem weichen blauroten Beutel auf dem Bürgersteig. Lizzie fragt sich, ob er seine ganze Zeit hier an der Paddington Station verbringt. Vielleicht verdient er ja ganz gut damit, denkt sie, bezweifelt es aber, als sie in den schwarzen Hut zu seinen Füßen blickt, in dem nur ein paar Silbermünzen zwischen dem Kupfergeld glänzen.

»Kann ich dich was fragen?« sagt sie und zieht die Blumen unter ihren Mantel, um sie vor den sandigen Windböen zu schützen, die die Straße hinauf in Richtung U-Bahn-Station wehen.

»Nur zu«, sagt der Junge, mit einer Stimme, die zu voll und kräftig für seine magere Gestalt klingt. »Frag, was du möchtest.«

»Wie funktioniert der Trick mit der Zigarette?«

»Welcher?« sagt der Junge, zieht an der Zigarette zwischen seinen Zähnen, so daß das Ende rot aufglimmt, die Hände in die Taschen seiner braunen Wolljacke gestopft.

»Ach komm, du weißt schon, welchen ich meine«, sagt sie.

»Etwa diesen?« Er nimmt ein Zwei-Pence-Stück aus dem Hut, hält es ausgestreckt zwischen Zeigefinger und Daumen, fährt dann vor ihren Augen mit der brennenden Zigarette genau durch die Mitte.

»Ja, den auch«, sagt Lizzie, die auf die Münze blickt, als er sie klimpernd zurück in den Hut wirft. »Aber ich meinte den, wo du die Zigarette verschwinden läßt.«

»Was, spurlos?«

»Ja«, sagt sie. »Wie neulich unten an der Rolltreppe.«

»Spurlos«, sagt der Junge wieder und zieht schelmisch die Mundwinkel hoch. »Das hab ich gemacht?«

»Ja«, sagt Lizzie, »hast du.«

Der Junge kratzt sich am Kopf, scheint intensiv zu überlegen. Er nimmt die Zigarette aus seinem Mund, schaut darauf, nimmt wieder einen Zug. »Mal sehen«, sagt er. Er wedelt mit der Zigarette zwischen ihnen in der Luft, drückt sie dann in der Faust aus, reibt beide Hände aneinander und hält sie ihr hin. Seine Hände sind sauber, lange dünne Finger, mit denen er vor ihrem Gesicht wedelt.

»Sie ist weg«, sagt sie.

»Ach ja. Um so besser«, sagt er, »schreckliche Angewohnheit.«

»Aber wie?« Sie blickt noch immer auf seine Hände.

»Zauberei«, sagt er.

Lizzie muß sich in Erinnerung rufen, daß sie ja eigentlich Kopfschmerzen hat, als Tony mit einem Plastiknapf Hühnersuppe zu ihr kommt. Die Suppe ist dünn und salzig, mit heißen weißen Nudeln auf dem Boden. Lizzie sitzt an der Küchentheke und bläst auf den Löffel, während Tony einen Stapel Briefe und Karten durchsieht, den sie neben dem Herd liegengelassen hat.

»Du bist ganz schön neugierig, was?« sagt sie.

»Genau«, sagt Tony. »Wo kommt das ganze Zeug denn eigentlich her?«

»Hat meine Mum hiergelassen.«

»Das ist teilweise ja schon Monate alt«, sagt er. »Sieh dir das an, du ungezogenes Mädchen, deine Bücher aus der Leihbibliothek sind schon fünf Monate überfällig. Die Newton Abbot Library wird dich ins Gefängnis werfen lassen.«

»Ach, meine Mum hat sie inzwischen bestimmt zurückgebracht«, sagt sie, legt den Kopf in den Nacken, um die letzten glitschigen Nudeln aus dem Napf zu schlürfen.

Tony geht weiter ihre Post durch, legt ihre Geburtstagskarten auf einen Stapel, liest sie ihr vor, als wäre sie blind.

»St. Martin's, was? Wußte gar nicht, daß du künstlerisch begabt bist«, sagt er und dreht den Brief mit der Zusage um.

»Bin ich auch nicht, die nehmen heutzutage jeden«, sagt Lizzie, rutscht vom Hocker und will ihm den Rest ihrer Post aus den großen Händen reißen.

»Komm, hör auf, meine Briefe zu lesen, das ist nämlich ein Verbrechen.«

»Genau, und Bibliotheksbücher stehlen auch. Wenn du keine Kopfschmerzen hättest, müßte ich dir dafür den Hintern versohlen«, sagt er und schnappt sich die Briefe wieder. »Eine Geburtstagskarte von Savannah, ist das nicht deine lesbische Feindin?«

»Tony, hör auf.«

»Ach, wie süß, sieh mal, sie sagt, sie liebt dich noch immer.«

»Tony, ich meine es ernst, laß meine Sachen in Ruhe.«

»Und wer ist dieser Sam?« fragt er, eine richtige Einladung mit Goldrand in den Händen. Er schlägt ihr mit der Karte auf den Kopf, sagt: »Also?«, und Lizzie gelingt es, ihm den Stoß Briefe aus der Hand zu winden, zerreißt eine von den Karten, weil er sie festhält, ihr dabei ins Gesicht lacht und sie dann so plötzlich losläßt, daß sie nach hinten fällt.

»Also, was ist mit der Party von diesem Sam?« sagt er, noch immer lachend, während sie vor ihm steht, sich die Post in den Gürtel ihres Kleides steckt.

»Nun, gehst du hin? Die ist ja schon bald.«

»Sie ist erst nächsten Monat.«

»Gehst du hin?«

»Könnte sein«, sagt sie barsch. »Sam ist mein Exfreund, und viele von meinen Freunden werden dasein.«

Bis zu dem Augenblick hat sie nur wenig Lust verspürt, zu Sams Party zu gehen, doch als sie jetzt Tony sieht, wie er sich über sie lustig macht und unablässig an dem Siegelring an seinem Finger dreht, denkt sie, daß sie hingehen wird, nur um ihm eins auszuwischen. Er macht sie sowieso dauernd eifersüchtig, flirtet ständig mit Katrina im Büro. Kat, denkt sie, verdammte Kat, wie er sie nennt. Und sie denkt an die vielen Male, wenn er einfach verschwindet, tagelang nicht ins Büro kommt und sie ihn nicht mal zu Hause anrufen darf, um zu fragen, ob es ihm gutgeht. Und all die Nächte, in denen er ihr Bett verläßt und nach Hause fährt. Weil er ein Bad nehmen will, Herrgott noch mal. Na, sie könnte es auch mal gebrauchen, ein Bad zu nehmen, aber auf den Gedanken kommt er anscheinend nicht. Und er meint, die Gehaltserhöhung, die er ihr gegeben hat, müßte reichen, daß sie sich eine anständige Wohnung sucht, die nicht bloß eine armselige Tröpfeldusche hat, aber was weiß er schon von Mieten, in seinem verfluchten Elfenbeinturm am Campden Hill Square, wo Harold Pinter ihm auf der Straße guten Morgen sagt, und mit seinem Weinkeller voller Rotwein von Sotheby's.

»Ja«, sagt sie, geht von ihm weg und setzt sich aufs Bett. »Ich gehe zu Sams Party. Das wird bestimmt lustig.« Sie kann sich im Spiegel sehen, während sie spricht. Sie trägt ein langes, durchsichtiges rosa Kleid, das Tony ihr gekauft hat. Wie eine Scheißfee, denkt sie und findet es furchtbar, wie ihre Brustwarzen sich unter dem Stoff abzeichnen.

»Na, rechne bloß nicht damit, daß ich dich den ganzen Weg nach Devon begleite«, sagt Tony, und Lizzie, die langsam in Streitstimmung kommt, erwidert, daß sie natürlich nicht damit rechnet, da er ja gar nicht eingeladen ist.

»Genaugenommen«, sagt er, und sie bemerkt ein Zucken in seiner Wange, knapp über der kräftigen Kinnlade, »rechne nicht damit, daß ich mit dir überhaupt noch irgendwo hingehe.« Seine Lippen sind überraschend dünn und blaß wie Kalbfleisch, doch Lizzie möchte sich ihm trotzdem am liebsten zu Füßen werfen, die Arme um seine Knie schlingen, damit er nicht geht. Hinter den Augen hat sie stechende Schmerzen, und sie weiß, daß sie gleich anfängt zu zittern. Doch Tony ist bereits an der Tür, hat sie schon geöffnet.

»Das mit uns kann nicht so weitergehen«, sagt er, blickt sie über die Schulter an.

»Wieso nicht, was hab ich getan?« Sie steht vom Bett auf, verbietet es sich aber, auf ihn zuzugehen. »Männer muß man zappeln lassen« – Ingrids Lieblingsspruch jagt ihr unwillkürlich wie ein Mantra durch den Kopf.

Tony blickt sie finster von der Tür aus an. »Geh doch zu deiner verdammten Party«, sagt er. »Viel Spaß.«

»Tony, was ist denn los? Was hab ich getan?«

»Ich hab die Schnauze voll davon, daß du ständig mit den anderen über uns redest.« Seine Augen sind gehässig, so leuchtend grün wie Blätter vor einem Gewitter. »Ich komm mir schon vor wie ein Vollidiot.«

»Das stimmt nicht, Tony ...«

»Du hast dein dummes kleines Plappermaul nicht halten können, streit es nicht ab.« Seine Wut ist so schnell entflammt, daß Lizzie nicht weiß, was sie sagen soll, während er schäumend an der Tür steht und sein Urteil fällt, obwohl sie weiß, daß ihr Schweigen ihn reizt.

»Katrina hat mich von Anfang an vor dir gewarnt«, sagt er boshaft. Lizzie überlegt noch immer krampfhaft, wovon er eigentlich redet, als er schon wieder weiterredet: »Ich lass' mir das nicht bieten, sag nicht, ich hätte dich nicht gewarnt, daß du die Klappe halten sollst.«

Tony mustert sie noch einmal wutentbrannt, bevor er die Tür

hinter sich zuknallt, Lizzie wie vor den Kopf geschlagen am Bett stehenläßt. Das Mantra in ihrem Kopf verlangsamt sich. Worte werden in die Länge gezogen, wie bei einer Schallplatte, die mit halber Geschwindigkeit läuft. Sie zieht die zerknitterten Briefe und Karten aus ihrem Gürtel, reißt sie in Stücke und läßt alles vor ihren nackten Füßen auf den Boden fallen. Sie wirft sich auf die Bettdecke, und zum zweitenmal in drei Wochen hört sie das quälende Schlagen der Haustür und das Geräusch von jemandem, der sie allein läßt, während der Klang von Wutgeschrei ihr noch in den Ohren hallt.

Kapitel Acht

Nach Annas Geburt riefen mich meine Eltern in ihr Schlafzimmer. Sie war mitten in der Nacht auf die Welt gekommen. Als ich am Abend davor ins Bett ging, hatte ich meine Mum ganz für mich allein, und dann, Simsalabim, am nächsten Morgen war es da, dieses häßliche, bläulichrosa, schreiende Etwas, und meine Mutter schaute es mit milchiger Zärtlichkeit an.

»Möchtest du sie mal halten«, flüsterte sie, während ich am Bett stand, linkisch wie ein Storch, erst auf einem Bein, dann auf dem anderen. Dieses Etwas da halten? Ich wollte kein Spielverderber sein und setzte mich aufs Bett, die Hände vor mich, als wartete ich auf einen Segen. Sie legten mir das brüllende Baby in die Arme, seine gefleckten Leberwurstärmchen und -beine strampelten aus den vier Ecken eines weißen Hemdchens. Ich konnte spüren, daß sie nicht wirklich wollten, daß ich sie hielt. Mum hatte ihre Arme unter meinen, als könnte ich sie fallen lassen oder so. Ich wußte nicht, was ich mit diesem Etwas machen sollte, sobald ich es hielt.

»Was ist los, gefällt sie dir nicht?«

»Doch, schon«, sagte ich, während meine Mum Anna wieder unter die Bettdecke legte und ich versuchte, diese süße, konzentrierte Luft um mich herum nicht einzuatmen. Ich war nervös wegen des Schulfestes an dem Morgen, wo ich mein Ameisengedicht vor der ganzen Schule aufsagen sollte.

»Was machen wir denn da?« Meine Mutter schmiegte das Gesicht oben an Annas Kopf.

»Ich mach das schon«, sagte Peter, und er ließ seine neugeborene Tochter und meine Mutter zurück und fuhr mich zur Schule. Ich las mein Gedicht vor, als hätte sich mein Leben nicht großartig verändert, und er machte Fotos für meine Mum, die zum allererstenmal nicht selbst dabeisein konnte.

Lizzie erzählt Paula, wie schlecht gelaunt sie war, als ihre erste Schwester geboren wurde, aber nicht, wie nett Peter sich bei dem Schulfest verhalten hatte. Paula schnippt mit den Fingern und streckt ihr eine Hand hin. »Wem erzählst du das«, sagt sie. »Als mein kleiner Bruder geboren wurde ...«

Katrina fällt ihnen ins Gespräch: »Also, ihr beiden«, sagt sie, während sie sich vor ihren Schreibtischen aufbaut und die Ausgangskörbe nach Anzeichen von Arbeit durchsucht. »Wenn ihr mit eurem Getratsche fertig seid, gibt es einiges zu erledigen.«

»Jedenfalls, ich konnte ihn absolut nicht ausstehen, und ich mußte eine Weile zu meiner Großmutter, als sie sahen, daß sein Mund mit Tesafilm zugeklebt war«, fährt Paula fort, wobei sie hinter Katrinas davongehendem, kohlrabenschwarzem Wollrücken halbherzig zwei Finger hochhält. Paula durchwühlt die Papiere auf ihrem Schreibtisch, nimmt das eine oder andere Blatt in die Hand, auf der Suche nach irgendwas Interessantem, was sie tun könnte. »Wie läuft's mit deinem Typen?« sagt sie gähnend. »Habt ihr euch wieder vertragen?«

»Nein, ich hab ihn seitdem nicht mehr gesehen«, sagt Lizzie.

»Laß ihm Zeit, der kommt bald wieder angekrochen«, sagt Paula, legt die Beine auf den Schreibtisch und liest eine Anfrage vom »Express« durch.

»Ich weiß nicht«, sagt Lizzie und kaut auf ihrem Mittelfinger. »Es ist schon über eine Woche her.«

»Diese älteren Männer«, sagt Paula weise, »sind doch alle gleich. Ich wette, es juckt ihn, wieder bei dir zu sein. Ich wette, er hat einfach alle Hände voll zu tun mit seinen Jungs, wie viele hat er noch mal?«

»Fünf«, sagt Lizzie. »Fünf kleine Jungs unter elf Jahren.«

»Na, kein Wunder, daß er mal gereizt ist«, sagt Paula.

Lizzie hat in ihrer Tasche eine Geheimkartei, in der sie all die Lügen notiert, die sie Paula auftischt. Fünfundvierzig, steht da, geschiedener Zahnarzt, roter MGB, wohnt in Camberwell. Cottage in der Nähe von Godalming. Name Andrew. Sie bereut die fünf Söhne, weil sie ihnen jetzt Namen und Schulen und Tiere und störende Angewohnheiten verpassen muß. Es ist so kompliziert, diese Lügerei, aber so hat sie zumindest jemanden, mit dem sie über Tony reden kann, auch wenn sie niemals preisgeben kann, daß der geschiedene Zahnarzt in Wahrheit ihr gemeinsamer Boß ist. Die Mühen, die sie auf sich nimmt, um ihrer beider Geheimnis zu bewahren, machen Tonys Vorwürfe um so ungerechter. »Ich hasse Katrina«, sagt sie.

»Pssst, sie kommt zurück«, sagt Paula. »Kannst du mir wohl helfen? Es geht um das Feature ›Wo sind sie jetzt?‹. Ich hätte die Fotos schon gestern nachmittag zusammengestellt haben müssen. Katrina macht mir die Hölle heiß, wenn sie merkt, daß die noch nicht raus sind.«

Lizzie nimmt die Hälfte der getippten Liste mit Namen von Paula entgegen, zwei Blätter, und geht damit in die fensterlose Betonkühle des Archivs. »Giganten der sechziger Jahre«, steht oben auf dem ersten Blatt, »Wo sind sie jetzt?« Sie sucht die Fotos heraus, hakt die Namen ab und schlägt die Metallschubladen mit dem Knie zu, als sie geht. Donald Cammell, Ossie Clark, Penelope Tree. Sie findet drei Fotos von Syd Barrett, doch bei näherer Betrachtung stellt sie fest, daß zwei davon falsch beschriftet wurden. Oder eins davon. Sie legt die Fotos beiseite. Sie wird Katrina bitten müssen nachzuprüfen, wer der richtige Syd Barrett ist, der mit dem Vogelnesthaar und psychedelischen Hemd oder der Sexgott mit den fleischigen Lippen und der Gitarre. Sie findet das Foto von Peter Green, doch erst, als Paula ihr gesagt hat, sie soll unter Fleetwood Mac nachsehen. Sie kommt aber gut voran, die erste Seite ist schon fast erledigt. Sie nimmt die zweite Seite, liest die Liste durch, Jean Shrimpton, Simon Dee, James Fox, und der nächste springt ihr förmlich entgegen, Jack Seymour. Na klar, denkt sie, natürlich gehört er auch dazu. *Wo ist er jetzt*?

Lizzie findet das Foto, nicht unter »Künstler« oder »Maler«, sondern über einen Querverweis zu »Anarchisten«. Jack Seymour steht an der Spitze einer Menschenmenge, blinzelt in die Kamera, die Brauen zwei hohe Kleckse, eine wächserne Nase, schwarze Mundhöhle, offenbar irgendwas rufend. Seine Haare sind so dicht und lockig wie ihre, und er hat zu beiden Seiten eine junge Frau. Zwei schmächtige Blondinen mit langen Fransenponys, die ihnen in die Augen hängen, über dunklen Maokrägen. Keine von den beiden ist ihre Mutter. Lizzie dreht das Bild um. Auf der Rückseite ist ein Bildtext, Grosvenor Square, 1968, lautet er, und darunter ist mit vergilbtem Tesafilm eine mit Schreibmaschine geschriebene biographische Notiz geklebt: »SEYMOUR, Jack, Künstler, London School, *geb.* Penzance, 7. November 1923; *Elt.* James und Elizabeth Seymour; *Ausbild.*: Eton; Slade Sch.; Ruskin Sch. of Art, Oxford; Royal College of Art.«

Sie setzt sich auf den Boden mit dem Foto in der Hand. »Hallo, Dad«, sagt sie zu seinem verzerrten Gesicht, »da bist du also.« Sie betrachtet nachdenklich die auf die Rückseite geklebten Informationen, die getippten Worte verschwimmen ihr vor den Augen, verschmelzen zu Linien aus unscharfen schwarzen Raupen. »Alt und stinkvornehm«, sagt sie. Falls man es ihr überhaupt erzählt hatte, so hat sie längst vergessen, daß er weit über vierzig war, als sie geboren wurde. Meine Güte, denkt sie, er hatte letzten Monat Geburtstag. Er geht stramm auf die Siebzig zu. Ein alter Mann.

Lizzie war immer davon ausgegangen, daß er zur selben Generation wie Cordelia und Peter gehört, aber was weiß sie eigentlich wirklich über Jack? Nicht viel. Was sie sagen könnte, würde auf die Rückseite des Fotos passen. Bloß Sachen, die sie von ihren Eltern aufgeschnappt hat. Wilde Geschichten über wilde Zeiten. Drastische Worte, die sie später im Wörterbuch nachschlagen mußte.

Sie blickt auf das Gesicht ihres Vaters, und das Foto zerfällt vor ihren Augen in kleine Stücke. Sie ist wieder Kind, macht ein Puzzle, sitzt in der Hocke, die Augen auf selber Höhe wie die Platte des Couchtisches. Niemand weiß, daß sie da ist. Sie hätte seit Stunden im Bett sein müssen. Die kleinen Mädchen schlafen schon. Sie gehen alle zur selben Zeit ins Bett. Cordelia ruft sie zusammen und liest ihnen auf einem federgespolsterten Sofa Geschichten vor, während sie sich an sie schmiegen wie schläfrige junge Hunde. Manchmal fragt sie Lizzie, ob sie nicht dazukommen will, doch Lizzie findet meistens eine Ausrede. Sie hat bei ihnen zu sehr das Gefühl, anders zu sein, sich von ihrer homogenen Masse abzuheben wie ein Albino oder eine Mißgeburt. Bei jedem neuen Schwesterchen sehnte sie sich danach, jemanden zu sehen, dem sie sich zugehörig fühlen könnte: nach einem weiteren Eskimobaby, dunkel, wie das in Cordelias rotem Fotoalbum. Doch Peters rotblondes Haar, seine blauen Augen und die rötliche Haut setzten sich jedesmal durch. Cordelia lacht oft darüber, sagt, daß sie schwache Gene hat. Lizzie betrachtet Anna, Briony und Lou und sieht drei kleine Schweinchen. »Wikinger aus dem Märchen«, stellt Cordelia richtig.

Der Puzzlehimmel und die Ränder sind fertig, ihre drei Schwestern haben ihr zuvor geholfen. Lizzie sieht, wo Lou mit roher Kraft Teile reingequetscht hat, sie nimmt sie heraus, schimpft leise vor sich hin und setzt sie schön ordentlich wieder ein. Sie hofft, daß die kleineren Mädchen keine Puzzleteile verschlampt haben, und wünscht sich, sie würden nicht an ihre Sachen gehen. Die drei bewegen sich wie eine Wolke, leise und unberechenbar.

Lizzie ist müde, so müde, daß die fertigen Puzzlestücke immer wieder vor ihren Augen verschwimmen, aber sie will erst ins Bett gehen, wenn man sie hier findet, und das kann noch ewig dauern. Erst um Mitternacht oder danach wird Peter seine Runde durchs Haus machen, um überall abzuschließen. Dann wird er sich schon ein paar Drinks genehmigt haben.

»Lizzie, also wirklich«, wird er sagen, »wieso bist du denn noch nicht im Bett?« Und sie wird überrascht tun, wenn er ihr sagt, daß es schon morgen ist.

Dann wird Peter sie nach oben bringen, klagen, daß sie schon bald zu schwer ist, um getragen zu werden, sie in ihrer Unterwäsche schlafen lassen, ohne Zähneputzen. Wenn er sie zudeckt, wird er neben dem Bett knien und sie an sich drücken. So spät in der Nacht, wenn niemand dabei ist, läßt sie zu, daß er sie ganz fest umarmt und ihr einen Kuß auf den Hals und die Stirn gibt. Es werden sich keine kleinen Mädchen zwischen sie drängen. Und dann wird ihre Mutter hereinkommen. »Ach Lizzie, du ungezogenes Mädchen«, wird sie sagen, und sie wird ein schlechtes Gewissen haben, weil sie sie ganz vergessen hat, weil sie sie nicht zeitig ins Bett gebracht hat und weil Lizzies Augen am nächsten Morgen von anklagenden Schatten gezeichnet sein werden.

Doch das alles wird später passieren. Im Augenblick haben sie vergessen, daß sie existiert, während sie mit ihren Eßstäbchen hauchdünne Stücke Lammfleisch in das mongolische Fondue mitten auf dem Küchentisch tauchen. Lizzie hat bei den Vorbereitungen geholfen, Servietten zu Schwänen gefaltet, während ihre Mutter das noch tiefgefrorene Lammfleisch in so dünne blaßlila Stücke schnitt, daß sie durch sie hindurch das grüne Fischmuster auf den Tellern sehen konnten.

Kinder sind aus ihren Gedanken verbannt, während sie heißen Saki aus winzigen, versilberten Porzellantassen trinken, die Peter aus Tokio mitgebracht hat, die Wärme und Süße würzt ihre ganz persönlichen Erinnerungen. Lizzie kann sie hören. Sie reden alle gleichzeitig, über Woody Guthrie, Magic Mushrooms und Hippietreffen in Glastonbury, stacheln sich gegenseitig mit Geschichten aus der Vergangenheit, aus den Sechzigern an. Lizzie horcht dabei gern auf Wörter, Wörter, die interessant klingen und die sie im Wörterbuch nachschlägt. Einmal hat sie versucht, »totallesbisch« nachzuschlagen, weil sie gehört hatte, wie ihre Mutter sagte, sie habe einen total lesbischen Traum gehabt, und Lizzie dachte, es wäre ein einziges Wort, das mit »t« anfängt. Sie klappern mit Pfännchen und lachen und grölen, ihre Stimmen erregt wie bei Kindern auf Schatzsuche.

Lizzie steht vom Boden auf, weil ihr die Knie weh tun. Sie geht zu dem geschnitzten Rosenholzstuhl, dem, auf dem nie einer sitzen will. Er ist nicht sehr bequem, aber er steht direkt neben der Küchentür.

Sie sind betrunken, da drin, oder bekifft oder beides, und früher oder später wird ihre Mutter anfangen, über Jack zu reden. Lizzie hat das im Gefühl. Das meiste, was sie über Jack weiß, hat sie durch offene Fenster gehört, oder spätabends, wie jetzt, wenn sie die Gespräche ihrer Eltern belauscht. Die Teile fügen sich zusammen und bilden ein sonderbares, verwirrendes Bild: von einem Mann, der in einer psychiatrischen Klinik war; der seine Bilder in öffentlichen Toiletten ausstellte; der verhaftet wurde, weil er Hasch rauchte, als er in der Polizeiwache von Marylebone nach dem Weg zum Zoo fragte; der in einem Undergroundfilm mitspielte, nackt bis auf einen Eimer Angelwürmer; der sich in die Themse stürzte, mit Ziegelsteinen in den Taschen, weil er von seiner Freundin wegen eines anderen verlassen worden war. Ein Mann, der seine leibliche Tochter nicht ein einziges Mal sehen wollte, seit sie ein Baby war.

Um auf dem harten Rosenholzstuhl bequemer zu sitzen, läßt Lizzie die Beine über die Armlehne baumeln, sie gähnt und streckt sich und wünschte, daß Savannah da wäre, um mit ihr zusammen zu lauschen. Wie zu erwarten, reden die Erwachsenen über Sex.

»Nie im Leben«, sagt ihre Mutter. Sie sprechen über buddhistische Mönche. Peter hat sich gefragt, ob sie feuchte Träume haben. Lizzie weiß zwar nicht, was ein feuchter Traum ist, sie weiß aber, daß Buddha eine Dekorationsfigur mit dickem Bauch ist. »Ich hab euch doch bestimmt schon erzählt, daß Jack jahrelang sexuell asketisch gelebt hatte, bevor er mich kennenlernte.« Lizzie hat das schon öfter gehört; sie hat zunächst »sexuellasketisch« und schließlich »asketisch« im Wörterbuch nachgeschlagen.

»Wer's glaubt, wird selig«, sagt Peter.

»Doch, wirklich, acht Jahre lang«, sagt Cordelia, ein wenig schneidend.

»Quatsch«, sagt Ingrid, »das glaub ich heute noch nicht.«

»Er hat das bloß gesagt, um dich ins Bett zu kriegen«, und Lizzie hört, wie Peter und Ingrid und Ingrids Freund losprusten, während Cordelia weitererzählt.

»Nein, im Ernst. Als ich anfing, für ihn Modell zu stehen, habe ich gedacht, er wäre schwul. Jedesmal, wenn das Wort Sex in einem Gespräch sein häßliches Haupt erhob, hat er das Gesicht verzogen, wie wenn man Kreide über eine Tafel kratzen hört. Ich glaube, er hatte irgendwo gelesen, daß die Erleuchteten glauben, daß man durch die Ejakulation an Kreativität verliert.«

»Ja, klar«, sagt Ingrid, »und was ist dann mit der Geschichte mit Joan Smolski? Das war schließlich gar nicht so lange vor dir.«

»Das hab ich dir *erzählt*?« Cordelia klingt überrascht, aber Lizzie kann sich nicht erklären, wieso. Cordelia erzählt jedem alles. Und sie wiederholt sich.

»Was war denn mit Joan?« fragt Peter.

»Kennst du sie etwa, Peter? Echt?«

»Das nicht gerade«, sagt Peter, »aber sie ist doch die Tochter von Theodore Smolski, nicht? Ich hätte fast mal ein Bild von ihm gekauft. ›Jazz Musicians‹, glaub ich.«

»Also, um es kurz zu machen, Joan war mit Jack befreundet, allerdings vor meiner Zeit, weil sie mich nicht ausstehen konnte. Jedenfalls hat Jack mir erzählt, daß sie nach dem Tod ihrer Mutter nach Cornwall gekommen ist, weil er ihr gesagt hatte, das

Cottage und der Wald drum herum würden ihr bestimmt guttun. Er wollte bloß nett zu ihr sein.«

»Von wegen, *nett*, ausgerechnet der«, zischelt Peter.

»Warte doch mal«, sagt Cordelia, »Ingrid kennt die Geschichte schon. Joan kommt also an, und sie gehen zusammen im Wald spazieren, und er hat sie in den Arm genommen, um sie zu trösten, weil sie geweint hat. Bevor er wußte, wie ihm geschah, rieb sie das Knie an ihm und, na ja, ihr wißt schon ... Aber ich schwöre euch, als er mir das erzählt hat, hab ich wirklich gedacht, er wäre schwul, der Ekel stand ihm förmlich im Gesicht geschrieben, und er hat Gänsehaut gekriegt, bei der Erinnerung daran. Jedenfalls, ich hatte Joan damals noch nicht kennengelernt. Bei der kriegt man wirklich Gänsehaut. Ein Gesicht wie eine Walnuß. Jack hat sie dann von sich weggeschoben und gesagt, er wäre ein Asket.«

»Na und?« sagt Peter. Lizzie ist auf dem Stuhl hinter der Tür fast eingeschlafen vor Langeweile. Sie muß die Zehen an den Mund heben und alle Yogastellungen von Cordelia durchprobieren, um sich wachzuhalten. Und ihr ist kalt.

»Ich komme gleich auf den Punkt. Also hab ich Jack gefragt, wieso Joan Smolski gemeint hat, sie könnte so was machen. Ihr wißt schon, wieso sie gedacht hat, daß Sex drin wäre. Ehrlich, ich wollte bloß wissen, ob er schwul ist. ›Hast du mal mit ihr geschlafen?‹ hab ich gefragt. Und er hat gesagt, ja, ein einziges Mal, vor Jahren. Dann hat er gegrinst und gesagt: ›Das heißt, genaugenommen zweimal, aber das zweite Mal war nur, weil ihr Vater uns malen wollte.‹«

»Wie bitte? Während sie zugange waren?« sagt Peter.

»Das hat er mir jedenfalls erzählt.«

»Ist ja widerlich, und noch dazu seine eigene Tochter.«

Lizzie streckt sich wie eine Katze, steht auf und schnippt ein paar herumliegende Puzzleteile vom Tisch, zielt auf einen leeren Aschenbecher auf dem Boden. Sie ist noch zu klein, um das, was ihre Mutter erzählt, auch nur ansatzweise interessant zu finden, zumal sie nicht mal alles versteht, aber sie sammelt die Informationen wie ein Eichhörnchen, legt sie in ihrem Kopf unter »Jack« ab.

Auf dem großen Platz schlägt ein alter Mann mit Löffeln den Rhythmus und stampft mit den Füßen im Takt. In seinem verwaschenen gelben Jack-Daniel's-T-Shirt erinnert er Lizzie an einen Kürbis, und unter seiner flachen Tweedkappe hat er Speckröllchen im Nacken. Er gehört nicht zu der eigentlichen Nummer dazu – ein junger Mann mit Verstärker und elektrischer Gitarre, der über Revolution singt –, aber Lizzie kann den Blick nicht von dem Löffelspieler losreißen, der seine Handgelenke so schnell bewegt, daß Löffel und Hände verschwimmen.

»Nicht schlecht«, sagt Tony. »Fast so gut wie die Beatles.« Lizzie richtet ihre Aufmerksamkeit wieder auf den Sänger, der bewußt Keith Richards nachahmt, die Gitarre unter Schritthöhe seiner Jeans hängen läßt, die Augen gen Himmel verdreht, während er dem Song noch das letzte Quentchen Bedeutung abzuringen versucht. Tony hat den Arm um ihre Schultern gelegt, zieht sie an sich, sein blauer Kaschmirschal kuschelig warm um ihren Hals. Sie schiebt sich den Schal übers Gesicht und atmet seinen Geruch ein; Benzin und Toast und Grapefruit. Sie möchte den Schal behalten, wenn Tony über Weihnachten nach St. Lucia fliegt. Sie möchte den Schal nachts bei sich im Bett haben, wenn Tony weg ist. Ein junges Mädchen in einer schwarzen Lederjacke tanzt, ein anderer alter Mann sitzt auf den Stufen dahinter, nickt im Takt der Musik, andere Leute tänzeln auf der Stelle von einem Bein aufs andere.

»Ich liebe Covent Garden«, seufzt sie. »Auf der ganzen Welt gibt es keinen romantischeren Ort.« Sie ist glücklich, hier zu sein, Teil der Menge zu sein, mit den nassen Pflastersteinen unter den Füßen, dem Geruch nach Pizzabrot, und, das Allerbeste, Tonys Gesicht, das sich an ihr Haar schmiegt, die Lichter von dem überdachten Markt golden zwischen eleganten Steinsäulen.

»Covent Garden ist eine Touristenfalle«, sagt Tony. »Du hättest ihn sehen sollen, als er noch ein Obst- und Gemüse- und Blumenmarkt war, ich sag dir, das war romantisch.«

Aus dem Innern des Marktes dringt noch mehr Musik, »Jingle Bells« auf der Flöte gespielt, und über dem Eingang hängen drei riesige Rentiere, geschmückt mit Weihnachtslichterketten und Lametta an den Schwänzen. Tony drückt ihre Schulter, der alte Mann mit den Löffeln verbeugt sich vor der Menge und geht davon, jetzt lahm. »Komm«, sagt Tony, »gehen wir das Weihnachtsgeschenk kaufen.«

Er hat gesagt, er habe keinen Schimmer, was er ihr schenken soll, aber es ist ihr zu peinlich, sich ihr Geschenk selbst auszusuchen. Sie würde sich wünschen, daß er sie mit einer kleinen Goldkette mit Herzchenanhänger oder einer Staubperlenkette überrascht – oder mit einem hübschen Ring –, aber das kann sie ihm nicht sagen. Er ist mit ihr nach Covent Garden gegangen, weil es hier ein Geschäft gibt, das er mag. Hier werden alle möglichen skurrilen Geschenkartikel angeboten: Lampen in Gänseform, aufblasbare lippenförmige Sessel, riesige Tassen und Untertassen, die mit Lakritzkonfekt bemalt sind, Porzellanseifenschalen in Form von Badewannen mit allem Drum und Dran, inklusive Schaum und Badeschönheiten.

»Kauf mir einfach eine Ananas«, sagt sie, als sie in der Straße am anderen Ende des Platzes stehen und einem altmodischen Karussell zuschauen, das von Hunderten Glühbirnen, mit denen es oben behängt ist, golden erstrahlt.

»Eine Ananas?«

»Ja, genau«, sagt sie. Ich möchte, daß du mir eine aussuchst, die schönste Ananas, die man für Geld kaufen kann.«

»Okay, wenn das alles ist, was du möchtest«, sagt er und nimmt ihre Hand und küßt sie dreimal, sanft, von den Fingerknöcheln bis zu dem kleinen, runden Knochen, der, so sagt er, wie ein Kirschkern in ihrem Handgelenk eingebettet ist. Es ist himmlisch, jetzt mit ihm zusammenzusein, denkt Lizzie. Die verzerrten Klänge der Orgel auf dem Karussell umschwirren sie; sie saugt seine neu erwachte Zuneigung auf wie ein kampfesmüder Soldat, der an den sonnenüberfluteten Gestaden des Friedens badet. Es ist, als hätten sie zusammen einen Krieg überlebt, auf der anderen Seite der Mauer etwas Stärkeres gefunden, so hat Tony es zumindest ausgedrückt.

Er sagte, er fände ihre kleine Kartei über den geschiedenen Zahnarzt urkomisch und daß Katrina immer schon gerne für Ärger gesorgt hat. Und er sagte, ihre Versöhnung habe so viel Spaß gemacht, daß sie sich öfter streiten sollten. Was letzteres betraf, war Lizzie sich nicht so sicher.

Auf dem Karussell sind altmodische Pferde, die sich an bemalten Stangen heben und senken. Sie glänzen golden und haben große Zähne in einem dunkelrosa Mund und wilde, verängstigte Augen, genau wie in »Mary Poppins«.

»Los, komm«, sagt Lizzie und nimmt Tonys Hand. »Wir fahren einmal mit.«

Sie lachen zusammen, als sie nebeneinander auf benachbarten Pferden sitzen, die kleine Menschenmenge um sie herum ein langsamer Wirbel, während das Karussell sich dreht, die Musik der Kirmesorgel sich mit Stimmen und Gelächter vermischt. Tony beugt sich zu Lizzie, die auf dem inneren Pferd sitzt, und küßt sie auf die Lippen, während sie die Leute auf dem Kopfsteinpflaster ansieht, an denen sie vorbeikommen. Lizzies Pferd geht in die Höhe, wenn Tonys sich gerade senkt, und jedesmal, wenn sie auf einer Höhe sind, reckt er sich nach ihrem Mund. Eine Gruppe Schulmädchen, alle in marineblauen Gabardinemänteln und blau-gelb gestreiften Schals, wartet, daß sie an die Reihe kommt, eine Frau in einem leuchtendorangefarbenen Kleid steht da, drei Kaugummi kauende Jungs und ein Mann mit einer Einkaufstasche. Das Karussell dreht sich, die Pferde heben und senken sich. Eins von den Gabardinemädchen zeigt jetzt mit dem Finger, ihr Mund ein vollkommenes »O«. Lizzie schaut nach hinten, als ihr Pferd sich über Tonys hebt, voller Angst, daß sich bestätigt, was sie glaubt, gesehen zu haben. Ja, tatsächlich. Es ist Sophie. Tony hat sie noch nicht entdeckt, und das Karussell wird langsamer. Lizzie rückt von Tony weg, umfaßt mit beiden Händen die rot-weiß gestreifte Stange. Das Karussell bleibt stehen. »Ach du Scheiße«, sagt Tony.

Die Heiterkeit weicht aus ihrem Blut. »Ich weiß«, sagt sie, und ihr Herz sackt nach unten wie ein Stein in einem Teich, kräuselt das Wasser mit Schockwellen. Und dennoch. Dennoch ist ein Teil von ihr beinahe froh, daß Sophie sie dort gesehen hat, aber das Gefühl verschwindet, als sie Tonys entsetztes Gesicht sieht.

Tony springt vom Karussell, läßt Lizzie auf dem grell bemalten Pferd sitzen. Sie sieht, wie er hinter Sophie herrennt, ihren Namen ruft, während die dicht zusammenstehenden Schulmädchen hinter vorgehaltener Hand tuscheln, mit den Händen wedeln wie mit japanischen Fächern, die Augen vor Aufregung kreisrund, und das Drama genießen, das sich vor ihnen abspielt. Lizzie sieht, wie Tony Sophie auf halbem Weg die Straße hinunter einholt. Sie steigt vom Pferd, die Schulmädchen blicken von ihr zu Tony und Sophie, zeigen mit den Fingern und zucken die Achseln. Lizzie hält sich Tonys Schal ans Gesicht und atmet ein, während sie beobachtet, daß Tony ein Taxi anhält und seine Tochter vor sich hineinscheucht. Er blickt nicht zurück zu ihr, wie sie dasteht und an Glockenblumen denkt, während das Karussell hinter ihr erneut zu kreisen beginnt und die Kirmesorgel wieder erklingt.

Kapitel Neun

Irgendwer hat mal zu Lizzie gesagt, daß die Art, wie eine junge Frau ihre Jungfräulichkeit verliert, ihre Sexualität zeit ihres Lebens beeinflussen wird. Paula sagt, das ist Schwachsinn, weil sie ihre im Ford Escort ihres Freundes Ian verloren, dadurch aber keineswegs eine Vorliebe für einschlägige Parkplätze entwickelt hat. »Ganz im Gegenteil«, sagt sie, leckt sich den Finger, um die Kulitinte abzukriegen, eine Erinnerung an das Büro noch immer an der Hand. »Ich hab es am liebsten so: leise Musik, Kerzenschein, frische Bettwäsche, wenn möglich Champagner.«

Sie und Lizzie trinken zusammen eine Flasche Riesling und tauschen Vertraulichkeiten aus, während Paulas Freund beim Judo ist. »Er hat den schwarzen Gürtel«, sagt Paula mit kindlichem Stolz. »Er hat einen tollen Körper, du wirst sehen.«

Lizzie mag Paulas Wohnung. Sie wirkt wie ein richtiges Zuhause mit den grau paspelierten weichen Sofas und der mit Urlaubsschnappschüssen von Paula und Ian tapezierten Küchenwand, die ältesten aus einer Zeit, als er noch lange Haare hatte und sie große Reifohrringe und Miniröcke trug. Paula reitet auf einem Esel in Griechenland; Ian gießt sich Sangria aus einer kleinen Korbflasche, die er hoch über sich hält, in den Mund; Paula bis zum Hals in Schaum im Badezimmer einer Skihütte; Paula und Ian, die über einem Trattoriatisch Händchen halten, Paula mit einer roten Hibiskusblüte im Haar, die wunderbar zu dem Blitzlichtrot von Ians Augen paßt.

»Und wie alt warst *du*?« fragt Paula, und Lizzie bedauert, mit dem Thema angefangen zu haben, obwohl ja eigentlich Paula damit angefangen hat, als sie erzählte, daß sie bisher nur mit Ian geschlafen hat. Dennoch hat sie Sorge, daß sie noch genauso wird wie Cordelia und ständig über Sex und Beziehungen redet, als ob nichts anderes auf der Welt die geringste Bedeutung hätte.

»Achtzehn«, lügt sie. »Eigentlich noch gar nicht so lange her.«

»Und war es eine schöne Erfahrung?«

»Muß wohl, sonst hätten wir uns wohl nicht den ganzen Sommer über heimlich verdrückt, um es immer wieder zu machen«, sagt Lizzie, womit sie der Wahrheit jetzt etwas näher kommt.

»Und hat es dich beeinflußt, ich meine, was du eben über das erste Mal und so weiter gesagt hast?« Paula sieht auf ihre Uhr, mit strahlenden Augen, weil Ian gleich nach Hause kommen wird und sie möchte, daß Lizzie ihn bewundert. Lizzie weiß genau, warum sie eingeladen wurde: Am nächsten Morgen soll sie den anderen erzählen, wie gut Paulas Ian aussieht. Aber im Moment möchte Paula intime Einzelheiten, und Lizzie sucht Deckung hinter einem Kissen, das sie sich auf den Schoß gezogen hat.

»Mich? Ach, das kann ich nicht sagen. Ich hab bloß gemeint, wenn es eine schlechte Erfahrung ist, zum Beispiel Vergewaltigung oder so, dann kann es für alle Zeit ein Problem sein, aber wenn es Spaß macht, na, dann wird es wohl immer schön sein.«

Lizzie möchte Paula nicht von ihrem ersten Mal erzählen. Auch Tony hat sie mal danach gefragt, aber sie hat es ihm auch nicht erzählt. Wie könnte sie? Selbst nach fast fünf Jahren ist ihr noch immer peinlich, daß sie damals erst fünfzehn und Savannah die ganze Zeit mit im Raum war. Sie läßt sich von Paula noch ein Glas Wein eingießen und fröstelt bei dem Gedanken an den gleichmäßigen Rhythmus von Savannahs Atem, keinen Schritt von ihrer Matratze auf dem Boden entfernt, das einzige Geräusch, seit die Musik aufgehört hat und die Party im Wohnzimmer ruhiger wurde. Lizzie hatte dafür gesorgt, weil Ingrids Nachbarn gedroht hatten, die Polizei zu rufen. Sam stand ihr bei, was ihr den Mut gab, den Stecker aus der Wand zu ziehen, als drei Mädchen mit dickem Eyeliner und ein Junge in Lederjacke, die Savannah kaum kannten, die Musik wieder anmachten, nachdem Lizzie sie ausgemacht hatte. »Was bildest du dir eigentlich ein?« fragte eins von den Mädchen, und ein anderes sagte: »Genau, Miss Flachbrust, was fällt dir ein, so mit uns umzuspringen, hä?«

Daraufhin wäre Sam beinahe ausgerastet, und er scheuchte sie zur Tür, breitschultrig und stur: »Los, Leute, raus mit euch.«

Keine halbe Stunde später lag sie auf einer Matratze in Savannahs Zimmer mit Sam neben sich, obwohl Ingrid verboten hatte, daß irgendwelche Jungs über Nacht blieben. Aber Ingrid war nicht da, und im ganzen Haus waren irgendwelche Pärchen, im Gästezimmer, im Wohnzimmer, sogar in Ingrids Schlafzimmer, das sie zur Sperrzone erklärt hatte, und in Savannahs Zimmer auf der anderen Seite der Diele lag nun Lizzie, weniger beschwipst als die meisten. Sam legte sich zu Lizzie auf die Matratze, weil es nirgendwo mehr ein Plätzchen für ihn zum Schlafen gab, sagte er zumindest. Sie mußten flüstern, weil Savannah, die ihren sechzehnten Geburtstag feierte, um Mitternacht ausgeflippt war, und Sam hatte Lizzie geholfen, sie ins Bett zu befördern. »Nicht mal eine Scheißkarte von dem Drecksack«, heulte sie, als Sam ihr die Schuhe auszog und Lizzie ihr die Spinngewebsohrringe von den Ohren löste. Sam saß schweigend da und tätschelte Savannah die zur Faust geballte Hand, während sie und Lizzie ein kurzes, lallendes Gespräch darüber führten, wie mies ihre richtigen Väter doch waren, bevor sie einschlief, das goldene Haar wie Honig über ihr Kopfkissen gegossen.

»Sie ist wunderschön, was?« sagte Sam, und Lizzie pflichtete ihm bei, obwohl sie eigentlich gar nicht wollte, daß er es bemerkte.

»Was ist denn mit deinem richtigen Vater?« Sie konnte die Wärme seines Atems an ihrem Hals spüren, während sie unter der Decke lagen, schüchtern Händchen hielten, bemüht, nicht zu kichern, als Savannah im Schlaf anfing zu schnaufen.

»Ach, nichts«, sagte Lizzie, weil sie nicht näher darauf eingehen wollte, doch Sam sagte, er habe gar nicht gewußt, daß sie adoptiert sei, und schließlich mußte sie ihm erzählen, daß Peter nicht ihr richtiger Vater war und daß ihr richtiger Vater nicht tot war, keineswegs. »Es ist manchmal bloß ein bißchen lästig, mehr nicht«, sagte sie, um das Thema mit einem gut einstudierten Spruch zu beenden. »Zum Beispiel, wenn du in der Schule ein ärztliches Formular ausfüllen mußt und nicht weißt, was du bei der Frage ankreuzen sollst, ob jemand in deiner Familie herzkrank ist oder Diabetes oder Lepra oder sonst was hat.«

»Wenn ich mal Kinder habe«, sagte Sam, ihre Hand fester fassend, »wird mich nichts, aber auch gar nichts davon abhalten, für sie dazusein. Meine Güte, du und Savannah ...«

»Ach, na ja, so was kommt vor«, sagte Lizzie, und er drückte ihre Hand so voller Mitgefühl, daß sie nicht protestierte, als er anfing, ihr den Pullover über den Kopf zu ziehen.

Sie lagen im Dunkeln und küßten sich leise, Sams Hand warm auf ihrer Haut, und Lizzie fühlte sich so begehrt, daß sie wünschte, es würde niemals aufhören. Anschließend war es Augenblicke lang so, als hätte sie einen fehlenden Teil von ihr endlich gefunden, und sie kuschelte sich an Sam, während er schlief, seine tiefen Bärenatemzüge, tröstlich wie ein Schaukelstuhl, wiegten sie langsam in ihre Träume.

»Wie war es, Lizzie?« ertönte Savannahs Stimme, zerschmetterte die Nacht wie ein Stein, der durch ein Fenster fliegt. Lizzies Augen klappten auf, und sie konnte ihre Freundin sehen, erhellt von dem Streifen Blau, der durch die Vorhänge fiel, auf einen Ellbogen gestützt, hellwach, von ihrem Bett aus flüsternd. »Hat's weh getan?«

Am Morgen machte Savannah für sie Frühstück – Würstchen, Ei und Bohnen –, perfekt wie in einem Café, und brachte die Teller auf einem Tablett herein, mit einer Rose in einer Oranginaflasche und zwei Tassen Tee. »Tadaa«, sagte sie und stellte ihnen das Tablett auf die Knie. Lizzie traute sich nicht, sich zu bewegen, falls Blut auf dem Laken war. Savannah setzte sich zu ihnen auf die Matratze, mit leuchtenden Augen, als würden sie drei irgendwas zusammen feiern.

»Also, irgendwann bringst du deinen Typen mal mit«, sagt Paula, als der Wein alle ist und sie und Ian, so dicht nebeneinander wie siamesische Zwillinge, auf der Stufe vor ihrer Haustür stehen und je ein Arm auf jeder Seite ihres Doppelkörpers sie hinaus in den von Straßenlampen erhellten Abend winkt. Lizzie dreht sich um, sieht sie da miteinander verschmolzen in der Tür stehen, das Licht von der Diele wie ein Heiligenschein um sie herum. »Ja, okay«, sagt sie und muß um ein Haar kichern bei der Vorstellung. »Vielleicht mach ich das.« Und sie dankt Paula für den Wein, sagt: »War schön, dich kennenzulernen, Ian.«

Sie zieht sich Tonys blauen Schal übers Gesicht, sein Geruch verblaßt, obwohl sie heißen Atem in den Kaschmir bläst, und sie kann ihn warm und feucht um ihren Mund spüren. Sie denkt an Paula und Ian, wie sie es sich mit ihrem Essen zum Mitnehmen vor dem Fernseher gemütlich machen, und wird plötzlich von einer Welle salziger Sehnsucht erfaßt, während sie die Straße hinuntereilt, zum Bus. Seit Covent Garden hat sie nicht mehr mit Tony gesprochen, weiß nicht, woran sie ist. Aber morgen wird sie ihn sehen, nach der Arbeit. Er hat ihr einen kurzen Brief geschickt, auf seinem Papier mit dem blaßblauen Briefkopf, und sie gebeten, um halb sieben zu ihm nach Hause zu kommen. Zu ihm! Lizzie hüpft die letzten paar Meter zur Bushaltestelle, überlegt, was sie anziehen soll. Sie wartet schon lange auf diese Einladung, so lange, daß sie denkt, sie könnte ihn glatt bitten, sie über die Schwelle zu tragen. Na ja, nicht wirklich, aber die Einladung ist ein Meilenstein. Vielleicht will er mich Sophie vorstellen, denkt sie, und diesmal richtig.

»Das ist Lizzie«, könnte er sagen, »meine Freundin.« Und die Phantasie-Sophie würde lächeln und sagen, daß sie sich das schon die ganze Zeit gedacht hat, daß sie nur darauf gewartet hat, ihr vorgestellt zu werden. Und Tony würde sagen: »Ich bin sicher, daß ihr beide euch richtig gut verstehen werdet. Was hältst du davon, wenn Lizzie über Weihnachten mit nach St. Lucia kommt?« Und Sophie würde sagen, daß das eine tolle Idee ist, und Lizzie fragen, ob sie ihr wohl helfen würde, vor der Reise einen Badeanzug zu kaufen.

Der Pullover, den sie für Tony gestrickt hat, ist unter ihrem Bett, eingewickelt in Seidenpapier. Er ist aus dunkelblauem Mohair mit blaßblauen Kringeln. Als sie nach Hause kommt, noch ein bißchen beschwipst von Paulas Wein, holt Lizzie den Pullover hervor, trennt die Naht am Hals auf, die ein bißchen stümperhaft aussieht, fädelt die blaue Wolle in die Stopfnadel, spuckt Fasern von der Zunge und näht sie neu, auf dem Boden sitzend, mit dem Rücken gegen den Spiegel gelehnt. Der Pullover fühlt sich rauh an, und nicht zum erstenmal macht sie sich Sorgen, Tony könnte ihn etwas kratzig finden. Oder er mag keinen Mohair, aber mit der Wolle läßt sich einfach viel schneller stricken als mit anderer, und die Fehler sind nicht so leicht zu sehen. Aber Tony trägt immer so glatte Stoffe, glänzende Merinowolle und wunderweiche Kaschmirsachen, die sie sich morgens gern überzieht, wenn sie den Kaffee macht, die weichen Falten von Tony-Feeling, die ihr fast bis zu den Knien reichen.

Er ist so ein großer Mann, daß sie schon beinahe verzagt wäre, als sie an dem Rippenmuster für jedes Teil arbeitete und im Bett sitzend eins rechts, eins links, eins rechts, eins links murmelte, ihre ganze Willenskraft aufbot, damit der Pullover wuchs, die Nächte hindurch, bis es draußen hell wurde. Sie schätzt, daß sie für den Pullover über sechzig Stunden gebraucht hat. Also soll Tony ihn gefälligst mögen, kratzig oder nicht.

Lizzie packt ihn wieder in das knisternde Papier ein, steht auf und reckt sich, reibt sich die Schultern, die vom vornüber gebeugten Arbeiten steif geworden sind. Sie hat vor, ihn morgen mit zu ihm zu nehmen, will ihm sagen, er soll das Geschenk erst Weihnachten aufmachen, obwohl sie nicht glaubt, daß er den Pullover in St. Lucia brauchen wird. Na ja, egal, vielleicht wird es dort ja abends kühl. Sie verstaut das Paket wieder unter ihrem Bett, nur für den Fall, daß Tony auf die Idee kommt, ihr spät abends noch einen Besuch abzustatten – er macht das in letzter Zeit immer öfter, meistens, wenn er in seinem Club was getrunken hat, also ist sie im Bett stets vorbereitet: ein wenig beschämt, die Haare gebürstet und Parfüm hinter den Ohren. Neben dem Paket sind ihr Aquarellkasten – ein richtiger aus Holz, mit Mischschälchen aus Porzellan, ein Geschenk von Cordelia –, ihre Aktentasche mit Messingreißverschluß und ein dikker brauner Block Kartonpapier. Lizzie holt das Papier und den Malkasten hervor, beschließt, für Tony eine Weihnachtskarte zu malen. Es ist schon nach Mitternacht, aber wegen der Arbeit an dem Pullover hat sie sich mittlerweile daran gewöhnt, lange aufzubleiben.

Sie sitzt an der Küchentheke, das bittere lackierte Ende eines Pinsels zwischen den Zähnen, die anderen in einem Honigglas mit Wasser. Sie hat ein Blatt Papier ausgebreitet und mit Tesafilm auf das Brotbrett geklebt. Sie fängt an, aufs Geratewohl eine Wellenlinie in Preußischblau auf das angefeuchtete Papier zu malen. So malt sie immer, sie wählt eine Farbe aus, überlegt sich eine Form und wartet ab, was passiert. Die blaue Linie wird ein Fluß, mit einem buschigen Grasufer, aus dem Ampferblätter sprießen, gesprenkelt grün und kastanienbraun mit dicken Samenköpfen und silbernen Distelrosetten. Am Flußufer sind Leute, manche liegen auf den Ellbogen gestützt, andere sitzen aufrecht und schauen einer Schar Kinder zu, die sich gegenseitig am Rand des Wassers naß spritzen.

Sie malt im Licht der flackernden Neonröhre, die von der fettigen Küchendecke hängt, doch im Kopf ist sie dort, an dem

Fluß, mit ihrer Familie, an einem schwülen Sommertag, der ein strahlender Tag zu werden droht, obwohl die Sonne nicht durchkommt. Auch Savannah ist da, und Ingrid mit ihrem Fischhändlerfreund. Cordelia hat das Gesicht zum Himmel gewandt, liegt, auf einen Ellbogen gestützt, auf einer roten Wolldecke mit den Weingläsern und Sandwiches, und Peter hat die Weinflaschen und die Kirschlimonade in den Fluß gelegt, damit alles kühl bleibt. Anna, Briony und Lou tragen nur ihre Unterhosen, halten sich an den Händen und flitzen zum Ufer hinab, bleiben direkt am Wasser stehen und fordern sich gegenseitig heraus, als erste hineinzugehen. Die hellen büscheligen Haare tragen sie als Pferdeschwanz oder oben zusammengebunden, und wenn sie mit den Armen rudern, stehen ihre kleinen Schulterblätter von den rosa Rücken ab, zart wie Hühnerflügel. Briony taucht einen Fuß ins Wasser.

»Der Hecht, der Hecht, da kommt er«, kreischt Anna, und sie springen alle drei das Ufer hoch und werfen sich auf Cordelias Decke, strampeln quietschend mit den Füßen.

»Will denn heute kein Mensch schwimmen?« sagt Cordelia und schlägt mit den Händen auf die Bongos der drei weißen Baumwollpopos ihrer Töchter. »Was ist mit euch großen Mädchen, Lizzie? Savannah?«

Lizzie und Savannah sitzen etwas weiter unten am Ufer, bis zu den Knöcheln im glitschigen Schlamm. »Wißt ihr noch, wie ihr euch immer damit bemalt habt, wie zwei kleine braune Wilde?« sagt Peter. »Kommt schon, was ist los mit euch, rein ins Wasser.«

»Alter vor Schönheit«, sagt Savannah, schleudert den Schlamm mit den Zehen hoch, wirft den Kopf nach hinten und sieht Peter über ihnen stehen, ihr Haar schlängelt sich hinter ihr im Gras, ihr Rücken wölbt sich wie eine Brücke zwischen Wasser und Ufer.

»Also los, Kinder zuerst«, sagt Peter. »Fünfzig Pence für die erste, die im Wasser ist.«

Der Fluß sieht grünlich aus unter dem bedeckten Himmel, Lachen aus Wasserrosen mit eng geschlossenen Blüten so groß wie Eier treiben darauf, und eine Wolke Mücken, die über dem Wasser tanzt, sprenkelt es hier und da mit winzigen Ringen.

»Fünfzig Pence?« sagt Lizzie, geht in die Hocke, beide Füße im Wasser, zieht sie dann raus und wischt den Schlamm am Ufer ab. »Aber ich hab meinen Badeanzug nicht dabei.«

»Unterwäsche geht auch«, schlägt Cordelia vor, wobei sie Ingrid einen Stupser gibt. »Ganz schön verschämt die beiden, was? Komisch, wenn man überlegt, daß sie noch vor zwei Jahren nackt rumgelaufen sind.« Und sie und Ingrid seufzen.

Dann steht Savannah auf, streicht sich die Haare nach hinten und windet sie durch ein Gummiband, das sie vom Handgelenk zieht. Sie zieht sich das T-Shirt über den Kopf, so daß ihre gewölbte Wirbelsäule vorsteht wie eine Reihe Knöpfe, und macht den Reißverschluß ihrer Jeans auf. Einen Moment lang steht sie mit dem Rücken zu ihnen da, eine lange Marmorgestalt in babyrosa Stretch-BH und Schlüpfer. Nur der Fischhändler wendet den Blick ab.

»Okay«, sagt sie über die Schulter zu Peter. »Fünfzig Pence«, und sie springt vom Ufer, genau in dem Augenblick, als die Sonne hinter der Wolke hervorglüht, und sie trifft aufs Wasser, das um sie herum zersplittert wie eine Million Diamanten, und es ist, als würden alle nach Luft schnappen.

»Ein dreifaches Hoch auf meine Meerjungfrau«, kreischt Ingrid, und Peter sagt: »Wer als erster am anderen Ufer ist«, und springt, noch mit der Hose an, ins Wasser. Die kleinen Mädchen klatschen in die Hände, und Anna brüllt: »Der Hecht, der Hecht, Daddy, der kommt und frißt euch mit Haut und Haaren.«

Lizzie ließ sie alle am Fluß zurück und ging allein durch die Felder zum Haus. Sie pflückte ein paar Handvoll Spitzwegerich, flocht die biegsamen Stiele zu Schlaufen, mit denen sie die Köpfe auf imaginäre Ziele abfeuerte, wie sie es immer machte. Muttley tauchte durch eine Lücke in der Hecke auf, mit einem stark abgekauten Ball im Mund, und tanzte um sie herum, forderte sie auf, ihn zu jagen und ihm das eklige Gummi aus dem Maul zu ringen. »Verschwinde, Muttley«, sagte sie und trat mit der nackten Ferse in den braunen Sand auf dem Pfad. Ihre Nase fühlte sich fast sandig an vor Blütenstaub, und sie konnte ein Rapsfeld in der Ferne riechen, beißend wie alte Pisse und ganz und gar nicht wie Bienenwachskerzen, wie ihre Mutter den Geruch immer bezeichnete. »Pisse, Pisse, eine vollgepißte alte Hose«, sagte sie, und Muttley spitzte die Ohren, als das Gekreische und Gelächter der anderen vom Fluß herdrang, und sauste an Lizzie vorbei in die Richtung. »Ich hasse sie alle«, sagte Lizzie, riß einen Zweig von einem der jungen Bäume, die Peter im Herbst gepflanzt hatte, und benutzte ihn, um mit wütenden Peitschenhieben Butterblumen zu köpfen. Eine einsame Krähe landete auf der alten Eiche am Weidenzaun und krächzte sie an, tief und kehlig und stoßweise, wie jemand, der sich übergibt.

Ingrid entdeckte Lizzie später unter der Bank im Sommerhaus, wo sie auf dem Bauch lag und Teer von den Astknoten im alten Kiefernboden knibbelte, ohne sich darum zu scheren, daß Cordelia sie zum Abendessen rief. Das Sommerhaus, noch aus viktorianischer Zeit, war zuletzt als Sandwichbude benutzt worden, und Peter hatte es kurz nach Annas Geburt als Überraschungsgeschenk für Cordelia zu ihrem Hochzeitstag Brett für Brett wiederaufgebaut. Lizzie versteckte sich oft dort, in der hintersten Ecke des Gartens, mit dem warmen Eichelgeruch des Holzes, und blickte durch das fleckig verschmierte Glas bleigefaßter Rautenscheiben zurück zum Haus.

»Hier steckst du also, was hast du denn?« Ingrid ging in die Hocke, um Lizzie unter der Bank besser sehen zu können. Lizzie waren die Haare übers Gesicht gefallen, und Ingrid streckte die Hand aus, wollte es nach hinten streichen.

»Laß mich in Ruhe.« Lizzie zog den Kopf zurück, als wären Ingrids Finger elektrisch geladen. »Ich hab keine Lust zu reden.«

Ingrid wippte auf den Fersen nach hinten. Sie trug ein verwaschenes Sesamstraße-T-Shirt, das einmal Savannah gehört hatte, doch Savannah hatte kürzlich gesagt, daß im Umkreis von hundert Metern keiner mehr auf die Klein-Mädchen-Masche reinfallen würde.

»Mit deinen kleinen Launen machst du deiner Mutter richtig Kummer, weißt du«, sagte Ingrid, und ihre Stimme war Savannah pur: heiser wie nach zu vielem Lachen und so, daß Lizzie irgendwie an typisch Französisches denken mußte: Cafés im Quartier latin und Spitzenkorsetts zum Beispiel.

»Ja ja, sie will doch bloß, daß alle denken, sie hat mich lieb«, sagte Lizzie, das Kinn auf die gefalteten Hände gelegt, die Augen dunkel in dem kreuz und quer verlaufenden Schatten schimmernd, den das Rohrgeflecht über ihr warf. »Und überhaupt, sie ist es nicht allein, ich hab einfach alle satt, alle, wie sie da sind«, sagte sie heftiger, als sie beabsichtigt hatte, weil sie noch immer nicht recht wußte, warum sie so düsterer Stimmung war.

»Hast du schon deine erste Periode gehabt?« sagte Ingrid, und bei der behutsamen, sanften Vernünftigkeit ihrer Stimme hätte Lizzie auf der Stelle kotzen können.

»Du bist genauso schlimm wie sie. Wieso wollt ihr bloß immer über so schreckliche Sachen quatschen?«

Daraufhin hätte Ingrid ihr fast eine Ohrfeige gegeben, aber sie konnte sie unter der Bank nicht erreichen. »Komm da raus, sofort, Lizzie, Kind«, sagte sie, und Lizzie rollte unter der Bank hervor und kauerte sich auf dem Fußboden zusammen, neben Ingrid.

»Jetzt hör mir mal gut zu. Ich wollte dir das schon die ganze Zeit mal sagen. Soll ich einfach untätig zusehen, wie du ständig so fies zu deiner Mum bist? Was hat sie dir denn getan? Sie hat sich abgeschuftet, damit es dir an nichts fehlt«, sagte Ingrid. »Bist du wirklich so eine undankbare Göre, Lizzie?«

»Ich weiß nicht, worüber du dich so aufregst«, murmelte

Lizzie. »Und außerdem bist du ja nicht immer dabei. Du hast ja keine Ahnung, wie das hier wirklich für mich ist. Ich wette, Mum hat nicht mal gemerkt, daß ich vorhin weggegangen bin.«

»Ich werd dir jetzt mal was erzählen«, sagte Ingrid, legte ihre Hand auf Lizzies Handgelenk, drückte es zwischen Daumen und übrigen Fingern, als suchte sie den Puls. »Hol tief Luft, denn ich werde kein Blatt vor den Mund nehmen.« (Was hat sie bloß? dachte Lizzie, die gegen das klaustrophobische Gefühl ankämpfen mußte, daß Ingrid ihr Handgelenk wie eine Handschelle umklammert hielt. Sie nimmt doch *nie* ein Blatt vor den Mund. Der verschwörerische Ausdruck in Ingrids Gesicht war genau wie damals, als sie Lizzies und Savannahs Vorfreude auf die erste Schuldisco mit den Worten verdarb: »Merkt euch eins, vierzehnjährige Jungs juckt es dauernd am Penis.« Savannah kriegte einen Koller. »Was denkt die denn, was wir vorhaben? Jungs da *kratzen?*«)

»Gott steh mir bei, aber du mußt das jetzt mal hören«, fuhr Ingrid fort. »Deine Mum hat alles für dich aufgegeben, nachdem dein Dad euch verlassen hatte. Sie hatte nichts mehr. Keine Wohnung. Nichts.«

»Wir hätten doch in Cornwall bleiben können, er wäre schon noch zurückgekommen, aber sie wollte da weg, bevor er wiederkommen konnte«, brummte Lizzie noch immer in ihre Knie hinein, leise, doch ihr Blut war in Wallung und rauschte ihr in den Ohren.

»Nein. Nein. Nein. Da liegst du falsch.« Ingrid ließ Lizzies Arm los. »Sie mußte da raus. Jack hatte das Cottage gekündigt. Du hättest sie damals sehen sollen. Sie war abgemagert wie ein Skelett und zitterte die ganze Zeit. Sie mußte einen Job als Näherin annehmen. Schreckliche Kleider mit winzigen Perlen für Frauen, die so reich waren, daß sie an Geschmacksverirrung litten. Sie gab jede Hoffnung auf, je wieder zu malen. Nur du warst ihr wichtig. Und sie hat von ihm kein Geld bekommen. Nicht *einen* Penny. Und auch keine Unterstützung. Stell dir das bloß mal vor, Lizzie.

Und du hast jeden Morgen nach ihm gefragt, also fing jeder Morgen für sie damit an, daß sie nicht wußte, was sie sagen sollte. Und abends hat sie an deinem Bettchen gesessen und geweint, weil sie dachte, sie wäre eine schlechte Mutter. Und du sagst, sie liebt dich nicht.«

Lizzie schlang die Arme um die Beine, preßte ihre pochenden Augenhöhlen gegen die Knie. Sie wußte, daß Ingrid ihr die Schuld daran geben wollte, daß Cordelia mit dem Malen aufgehört hatte, aber das interessierte sie nicht. Sie wollte die Wahrheit über Jack hören. »Aber er hat sie doch mal geliebt«, sagte sie, die Gelegenheit beim Schopfe packend. »Oder?«

»Wer weiß? Was spielt das jetzt noch für eine Rolle?« Ingrid wollte sich nichts entlocken lassen, sie hatte die Lippen zwischen die Vorderzähne geklemmt, als wären sie mit Heftklammern verschlossen. Sie hielt Lizzie eine Hand hin, um sie hochzuziehen. »So, jetzt reiß dich zusammen«, sagte sie scharf, »und komm mit zum Abendessen und versuch, zu allen ein bißchen netter zu sein. Vor allem zu deiner Mum.«

Als sie in die Küche kam, aßen die anderen gerade alle Eis mit heißer Schokoladensoße, und Cordelia sagte, sie habe für sie eine Portion Käsemakkaroni im Backofen warm gestellt. Savannah zeigte den kleinen Mädchen, wie man sich einen Löffel an die Nasenspitze hängen konnte, wenn man ihn vorher anhauchte, und Peter holte ein Fünfzig-Pence-Stück aus seiner Tasche und klemmte es sich vors Auge wie ein Monokel. »Ah, Lizzie, wirr abben Methodde, dich ssum Reden ssu bringe«, sagte er, auf den Stuhl neben sich klopfend, und Lizzie spürte, wie sich ihre Laune besserte, der schwere grüne Mief sich auflöste wie Dunst, der durch ihre Schädeldecke entwich.

Cordelia und Jack. Ingrid war der einzige Mensch, den Lizzie kannte, der die beiden zusammen erlebt hatte. Cordelia und Jack. Die einzige Zeugin, außer ihr natürlich, und sie kann sich nur noch an wenig erinnern. Hat er ihre Mutter geliebt? Hatte er sie, seine Tochter, geliebt? Sie hätte bei dem Gespräch mit Ingrid stärker nachhaken sollen. Und jetzt, während sie dasitzt und die kleinen Wasserwellen in dem Bild für Tony mit Tupfen Silber hervorhebt, fragt sie sich, ob sie darauf je eine Antwort erhalten wird.

Kapitel Zehn

Lizzie fährt nicht gern Taxi, zum einen, weil sie es sich eigentlich nicht leisten kann, zum andern haßt sie das Gefühl, mit einem Fremden auf engstem Raum eingesperrt zu sein. Sie denkt an die kleinen roten Lämpchen, die an der Innenseite der Türen aufleuchten wie Teufelsaugen, und sie weiß, daß sie nicht wieder rauskann, bis der Fahrer beschließt, sie freizulassen. Aber sie ist schon spät dran, weil sie für Katrina noch was einsortieren sollte. Dann mußte sie erst nach Hause, weil das Archiv staubig ist und sie nicht so schmuddelig bei Tony auftauchen wollte. Sie hat ihr letztes Geld zusammengekratzt, bevor sie aufbrach, und ist schnurstracks an dem Straßenzauberer mit dem frechen Lächeln vorbeimarschiert, weil sie an der Ampel das gelbe Licht eines Taxis erspäht hatte. »Campden Hill Square, bitte«, sagte sie großspurig, und das klang so gut, daß sie furchtlos einstieg.

»Fremde sind gefährlich«, setzte die Stimme in ihrem Kopf ein, als der Fahrer die Handbremse löste und damit die Teufelsaugen in den Türen einschaltete. Fremde sind gefährlich. Das hat Cordelia ihr eingetrichtert, und doch sitzt sie nun im Wagen eines Fremden, und der stellt auch noch neugierige Fragen, zum Beispiel, wie lange sie schon in London ist, und macht sich über ihren West-Country-Akzent lustig. »Ooh ahh«, sagt er, »das Land, wo Milch und Apfelwein fließen.« Das kleine Foto von kurzhaarigen Zwillingsjungs mit Spielzeugpistolen, das an seinem Armaturenbrett klebt, beruhigt sie auch nicht gerade.

Einmal, als sie Angst hatte, viel zu spät zur Arbeit zu kommen, hat sie unterwegs ein Taxi angehalten und zu spät bedacht, wie wenig Geld sie noch im Portemonnaie hatte. Sie saß auf der Rückbank, versuchte, möglichst nicht die abgestandene Aschenbecherluft einzuatmen, biß sich auf die Lippe, während der Taxameter unablässig weitertickte. In Holborn war ihr Limit erreicht, und sie mußte dem Fahrer sagen, er solle anhalten, und dann wartete er, während sie die tiefsten Tiefen ihrer Tasche nach Trinkgeld absuchte und schließlich mit ein paar Kupfermünzen aufwarten konnte, die sie zu den zwei Pfundscheinen in seiner hohlen Hand legte. Als sie dann in Richtung U-Bahn ging, spürte sie, wie etwas Hartes sie am Rücken traf, und die Kupfermünzen klimperten ihr um die Füße. »Was soll das, Kleine, hast du dein Scheißsparschwein geschlachtet?« Und sie war zutiefst beschämt, während das Taxi weiterfuhr. Später erinnerte sie sich an seine Augen. Zwischen Lid und Iris waren sie weiß, wie die Augen von Vergewaltigern, die ihren Opfern mit dem Messer drohen, oft auf Phantomfotos aussehen. Fremde sind gefährlich, und ob.

Sie hält den Metallrand des offenen Fensters umklammert, obwohl er sich unter ihren Fingerspitzen eiskalt anfühlt, und sie weiß, daß es lächerlich ist, jedesmal solche Panikattacken zu haben, wenn sie in ein Taxi steigt.

»Dann geht's jetzt also zum Campden Hill Square«, sagt der Fahrer.

»Ja«, sagt Lizzie. Fremde sind gefährlich, Fremde sind gefährlich, wispert Cordelias Stimme beschwörend in ihrem Kopf.

»Wohnen Sie da?«

»Noch nicht«, sagt sie. »Mein Freund. Aber ich ziehe bald zu ihm.«

»So ein hübsches junges Ding wie Sie«, sagt der Fahrer und pfeift durch die Zähne, »der Bursche hat ganz schön Schwein.«

Lizzie hält das Gesicht nah an dem offenen Fenster und der

feuchten, kühlen Luft. Das Taxi rumpelt über die Bayswater Road, vorbei an dem Weinladen, der Metzgerei und dem Feinkostgeschäft mit der gestreiften Markise und den zielstrebigen Frauen in schicken Mänteln. So werde ich auch mal, denkt sie, irgendwann.

»So, da wären wir«, sagt der Fahrer, als er neben Tonys schwarzem Mercedes hält, und indem er die Handbremse zieht, erlöschen die Teufelsaugen an den Türen, und Lizzie weiß, daß sie wieder frei ist.

»Sie können ihm von mir bestellen, daß er ein Glückspilz ist«, sagt er, als sie ihn bezahlt und ihm ein ordentliches Trinkgeld in Fünfzig-Pence-Stücken gibt. »Und sorgen Sie dafür, daß er gut auf Sie aufpaßt.«

Lizzie kennt Tonys Haus schon. Natürlich nicht von innen, aber einmal, nur einmal, hat sie sich daran vorbeigeschlichen, um es sich anzusehen. Das war noch vor ihrem ersten Kuß. Sie blieb an seinem Gartentor stehen, spät abends, und spähte den Weg entlang, der zu der schwarzen Haustür führte, mit dem Löwenkopftürklopfer und den zu Kugeln gestutzten Buchsbäumchen, die zu beiden Seiten aus Terrakottakübeln wuchsen. Sie stand im Dunkeln und sah einen goldenen Lichtschein durch einen Spalt zwischen den Vorhängen des großen Vorderfensters und roch Geißblatt und Orangenblüten jenseits seiner Gartenmauer.

Der Garten ist jetzt kahl, bloß schwarze Gerippe und Sträucher, die mit den Fingern drohen und ihr zuraunen, während sie wartet. Sie hört das Klappern seiner Schuhsohlen in der Diele, das Klacken des Riegels. Ihr Herz vollführt einen kleinen Trommelwirbel, als er die Tür öffnet. »Ah, Lizzie, komm rein«, sagt er nicht sonderlich herzlich. »Hier entlang.« Lizzie muß die Tür selbst hinter sich schließen, weil er sich einfach umdreht und ihr lediglich mit einem Schulterzucken zu verstehen gibt, ihm zu folgen.

Lizzie hat sein Weihnachtsgeschenk in einer Selfridges-Plastiktüte. Sie hat den Pullover in Silbersternchenpapier eingepackt, mit einer dicken roten Schleife, aber das Bild, das sie gemalt hat, hat sie weggelassen und es bloß unters Bett geschoben, zu den anderen. Es ist zu persönlich geraten; der Fluß, die Kinder, das hatte nichts mehr mit Weihnachten zu tun. Sie hätte die Heiligen Drei Könige malen sollen oder Eisläufer auf einem See. Trotzdem, der Pullover könnte ihm gut stehen. Wortlos umklammert sie die Plastiktüte, während sie ihm durch die grau geflieste Diele folgt, vorbei an einer breiten Steintreppe bis zu einer Tür auf der linken Seite. Er stößt die Tür auf und hält sie weit geöffnet. Als sie die Hand auf seinen Arm legt, fährt er zusammen. »Geh einfach in die Bibliothek«, sagt er mit gelangweilt geschäftsmäßiger Stimme, ohne jeden hellen Klang. »Wir müssen miteinander reden.« Seine Augen weichen ihrem Blick aus. Er antwortet nicht, als sie ihn fragt, ob irgendwas nicht in Ordnung sei.

Das Haus ist beängstigend still. Nur das Klicken der Bibliothekstür, als er sie hinter ihr schließt. Lizzie spürt, wie sie schrumpft, richtig körperlich, wie ein Kuchen, den man aus dem Ofen geholt hat. Ihr Magen rutscht nach unten, als bräche ihr Knochengerüst unter dem Gewicht der lebenswichtigen Organe zusammen.

Die Bibliothek ist lang und schmal und grün, mit dunklen Bücherregalen auf beiden Seiten, die bis zu der stuckverzierten Decke reichen. Vor ihr, ganz hinten, sieht sie einen wuchtigen Mahagonischreibtisch mit lederbespannter Schreibplatte und die weichen Falten der schweren Samtvorhänge, die zur Straße hin zugezogen sind. Lizzie bemerkt, daß die einzige Lichtquelle der kreisrunde Schein einer grünen Glaslampe auf dem Schreibtisch ist, und jetzt hört sie das Ticken einer Uhr, die sie nicht sehen kann. Tony geht forsch an ihr vorbei zum Schreibtisch, nimmt dahinter Platz und beugt sich nach vorn, in den Lichtkegel der Lampe. Sie folgt ihm zum Schreibtisch, eine klägliche Schülerin auf schweren Beinen, die Panik hat, daß sie ins Büro beordert wurde, weil sie der Schule verwiesen werden soll. »Was ist denn?«

»Das mit uns muß aufhören«, sagt er und schiebt dabei seine Finger über die lederbespannte Schreibtischplatte. Lizzies Hände um die verdrehten Tragegriffe der Selfridges-Tüte fühlen sich feucht an, und sie läßt die Tüte zu Boden fallen. Sobald die Worte seinen Mund verlassen haben, erkennt sie, daß sie genau das die ganze Zeit über erwartet hatte, obwohl es eine schöne Ablenkung war, sich auszumalen, wir er ihr ewige Liebe schwört. Sie spürt seinen Blick, aber sie kann nur ihre Füße anstarren. Sie ist eiskalt, plötzlich unfähig, den Gedanken zu ertragen, daß er sie erneut verläßt. Kälte schießt von innen nach außen, sie braucht warme Arme, die sich um sie schließen, in die sie sinken kann. In diesem Augenblick wäre ihr jeder recht. Einen Moment lang stellt sie sich vor, wie sie auf die Knie sinkt, ihn anfleht, sie zu halten, aber sie gewinnt ihre Beherrschung wieder, indem sie tief einatmet, zittrige Atemzüge durch die Nase.

»Was? Tony, was ist denn?« Sie weiß schon, was es ist. Eine Kirmesorgel leiert mißtönend in ihrem Kopf.

»Das geht so nicht weiter mit uns. Ich will das nicht mehr. Ich hab mich so geschämt, als Sophie uns gesehen hat, wie wir uns auf diesem blöden Karussell geküßt haben.« Er klingt gut vorbereitet, noch immer herzlos. »Ich bin sechsundvierzig, Herrgott noch mal.«

»Es ist mir egal, wie alt du bist.« Beim Sprechen spürt sie den schwachen Essiggeschmack von Blut auf der Unterlippe.

»Darum geht's nicht.« Das schwächliche Licht läßt seine Augen wie Höhlen zwischen den Händen in seinem Haar erscheinen. »Mir ist es nicht egal, darum geht's.«

»Du fährst doch morgen weg«, sagt sie zaghaft, noch immer vor ihm stehend. »Dann fühlst du dich besser.«

Er steht so schnell hinter dem Schreibtisch auf, daß sie unwillkürlich den Kopf zur Seite duckt, weil sie einen Moment lang glaubt, er wolle sie schlagen. Das Telefon klingelt, aber er achtet nicht darauf. Er nimmt eine braune Flasche von dem Beistelltisch und gießt ihnen beiden einen Fingerbreit ein. »Brandy«, sagt er.

Und als sie das Glas nimmt, erklärt er, daß sie sich einen anderen Job suchen sollte. Daß er ihr sechs Monate lang das Gehalt weiterzahlt, so oder so. Er will bloß, daß sie woanders arbeitet, wo er sie nicht mehr sehen muß.

Fast scheint er sagen zu wollen, daß sie sich geschmeichelt fühlen müßte. Sie starrt seine Hand am Glas an, die den Brandy schwenkt.

»Was redest du da eigentlich?« fragt sie.

»Du und ich, das muß aufhören.«

»Warum?« Sie kann nicht glauben, daß er wirklich Schluß machen will, nicht, seit dem letzten Mal, als er ihr sagte, er könne ohne sie nicht leben. »Du hast gesagt, du liebst mich.« Sie schreit es fast und verachtet sich dafür.

»Ich weiß gar nicht, was das heißt, *Liebe*.« Er spuckt das Wort aus. Aber im selben Moment bemerkt sie ein schwaches Leuchten, fast so etwas wie ein Lächeln, ein kleiner Riß in der Rüstung. Er will absichtlich gemein zu mir sein, denkt sie. Es macht ihm Spaß. Laß dich durch ihn nicht aus der Fassung bringen. Lizzie, ausgerechnet Lizzie durchschaut ihn, und sein Blick wandert über sie hinweg, verweilt überall, nur nicht auf ihren Augen. Er bläht die Backen auf und stößt resigniert die Luft aus, dann sackt er auf den Rand des Schreibtisches. »Sophie geht's miserabel«, sagt er. »Meine Exfrau geht mit ihr zum Psychologen.«

»Was hat das mit mir zu tun?« Lizzie schiebt die Ärmel ihres Pullovers hoch. Sie sieht, daß er ihre Arme betrachtet.

»Es hilft nicht gerade«, sagt er.

»Aber sie ist nicht hier, sie braucht es nicht zu erfahren.« Eine zittrige Stille senkt sich zwischen sie. Irgendwo draußen bellt ein Hund. Lizzie sieht die zerknitterte Tüte mit seinem Geschenk zu ihren Füßen. Cordelias Gesicht kommt ihr in den Sinn. Das verheulte, nasse Gesicht, das Gesicht, dem Lizzie die Tür vor der Nase zugemacht hat. Sie wartet in der Stille darauf, daß Tony was sagt.

»Würdest du wohl damit aufhören?« sagt er schließlich, und seine Stimme klingt lebhafter, jetzt, wo er seinen Brandy gekippt hat.

»Womit denn?« Lizzie ist ehrlich verwirrt, sie hält doch bloß ihr Glas in Händen.

»Damit.«

»Womit?«

»Mir so auf den Hosenschlitz zu starren.«

»Oh«, sagt Lizzie und blickt zum erstenmal bewußt vorn auf seine Hose. »Oh, ich verstehe«, fügt sie hinzu und sieht auf, um seinen Blick zu erwidern, bemüht, jegliche Anzeichen von Triumph im Zaum zu halten. Aber erfolglos, während sie seinem Blick standhält, und dann wird ihr schwindlig vor Erleichterung, als er sie mit schweren Armen an sich reißt.

Minuten später kann sie den Orientteppich spüren, dessen Knoten rauh über ihren nackten Rücken schaben, und sie weiß, daß sie morgen früh Abschürfungen am Rückgrat haben wird, Scheuerstellen vom Teppich. Aber nicht deshalb muß sie weinen, während Tony sie ruckartig immer wieder gegen den Teppich preßt, sein ganzes Gesicht verzerrt und verschlossen, und ihr Schweißperlen von seiner Brust auf der Haut brennen. Sie klammert sich an ihn und weint vor Erleichterung, dann vor Schmerz, als er die Augen öffnet und aufschreit und der Hund draußen wieder anfängt zu bellen. »Sophie, meine Sophie«, schreit er erneut, und da weiß sie, daß er ihr vorhin doch nichts vorgespielt hat, daß er sie tatsächlich gar nicht liebt. Noch nie hat sie ihn so gequält erlebt. Er sitzt aufrecht neben ihr, schlägt mit der Faust auf den Boden, dann mit der flachen Hand auf seinen Kopf. »Sophie, es tut mir leid«, stöhnt er.

»Tony, sie ist deine Tochter.« Lizzie gewinnt die Fassung wieder, versucht, seine geballten Fäuste von seinem Gesicht zu ziehen. »Was hat das hier mit ihr zu tun?«

»O Gott«, keucht er und springt vom Boden auf. »Das ist alles so ein Chaos. Du mußt gehen, ich ruf dir ein Taxi.«

»So ist es schon immer gewesen, immer ist irgend jemand wichtiger als ich.« Lizzie spricht mit einem Foto auf dem Boden in ihrem Zimmer. Sie meint schon, sie wird verrückt, aber neben ihr steht eine leere Flasche Harveys Bristol Cream. Alle Frauen im Büro haben von Tony eine Flasche bekommen und obendrein fünfzig Pfund Weihnachtsgeld. »Mit herzlichem Dank«, stand auf der tannenbaumförmigen Weihnachtskarte, »für Eure gute Arbeit in diesem Jahr. Frohe Weihnachten!« Katrina hat die Präsente am letzten Arbeitstag verteilt, als wäre sie Santa Claus. Allerdings Santa Claus mit Bügel-BH, dachte Lizzie. Sie und die anderen tranken Sekt unter den bunten Papiergirlanden im Büro, und Paula jammerte über ihren Lippenherpes, und Siobhan, die Halbtagskraft, schwor, daß sie nächstes Jahr einen festen Freund haben wird, mit dem sie Weihnachten feiern kann, obwohl Lizzie mit Blick auf Siobhans frisch geschorenen Kopf, der glänzt wie ein hartgekochtes Ei, da so ihre Zweifel hatte. Lizzie hat gelogen; sie hat ihnen erzählt, sie würde Weihnachten bei einer Familie in Wales verbringen. Katrina ließ den Korken einer neuen Flasche knallen. Bloß sie vier und ein paar Fotografen waren da, die netterweise mal vorbeigeschaut hatten, wo der Boß selbst schon nicht da war. »St. Lucia«, sagten sie. »Auch nicht schlecht.« Und Katrina legte schwungvoll die Beine auf ihren Schreibtisch und verkündete, daß sie selbst auch in die Karibik reisen würde, am 2. Weihnachtstag, nachdem sie das Familienprogramm hinter sich gebracht hatte.

»Familienprogramm, la-di-da«, sagt Lizzie zu dem Foto in ihren Händen. Das Foto ist hinten beschriftet, SEYMOUR, Jack, steht da. Lizzie hat es aus dem Büro gestohlen und bewahrt es in ihrer Besteckschublade auf, holt es nur gelegentlich hervor, um es anzuschreien. Und manchmal scheint es, weil Jacks Mund so verzerrt aufgerissen ist, als schreie er zurück.

Aber es ist Weihnachten, und trotz des vielen Sherrys glotzt er sie von dem Abzug mit Eselsohren nur ausdruckslos an. »Nie was für mich. Ach, wie reizend, Mum und Peter, die dämliche Savannah auch. Anna Schatzi, Briony Süße, oh und das goldige kleine Lou-Baby. Sophie hier, Sophie da. Sophie mag das nicht. Also ab mit Sophie. Ab mit allen, und auch mit dir«, sagt sie. »Ich finde dich«, und dabei stößt sie den Zeigefinger drohend Richtung Foto. »Du wirst schon sehen.« Wenn es nicht schon so dunkel wäre, würde sie rausgehen und sich noch irgendwas zu trinken holen. Doch sie spürt das Pochen in ihren Schläfen, und ihr läuft die Nase. Sie sollte früh schlafen gehen. Es gibt einiges zu planen. Sie leert ihr Glas. Sie sagt: »Frohe Weihnachten.«

Kapitel Elf

Solange Lizzie denken kann, veranstalteten Peter und Cordelia jedes Jahr zu Silvester in der großen Scheune ein Kostümfest. Immer gab es eine Live-Band, lauter Architekten aus Peters Firma, Luftballons in einem Netz, die um Mitternacht von der Decke schwebten, und einen Punsch aus den vielen mitgebrachten Getränken, der garantiert dafür sorgte, daß alle das neue Jahr mit dickem Kopf begannen.

In manchen Jahren waren die Kostüme richtig ausgefeilt. Vom zweiten Weihnachtstag an war die ganze Familie damit beschäftigt, die Kostüme zu entwerfen, und Cordelia nähte sie alle selbst. Lizzies Lieblingsverkleidung war die, als sie zehn Jahre alt war und Cordelia ihr einen weichen Zylinderhut mit roten und weißen Streifen und einen engen schwarzen Samtanzug mit langem Katzenschwanz machte. Sie war die berühmte Katze aus dem Kinderbuch von Dr. Seuss, die »Cat in the Hat«, mit allem Drum und Dran, zusammengerolltem Schirm und aus einer Möhre geschnitztem Goldfisch im Glas. Anna und Briony komplettierten die Hommage an den guten Dr. Seuss mit wuscheligen türkisfarbenen Perücken und kleinen T-Shirts, auf denen »Thing One« und »Thing Two« stand. Savannah kam als Pippi Langstrumpf, oder war das ein Jahr früher?

Im letzten Jahr machten Lizzie und Savannah, weil sie schon achtzehn waren, ihre Outfits oben auf dem Speicher selbst, während Cordelia unten saß und aus Pappmaché und einem alten Flokati ein Wolfskostüm für Peter fabrizierte, drei Schafsanzüge aus flauschiger Baumwolle für die kleineren Mädchen und mit etwas Gingham und steifen Unterröcken ihr eigenes Schäferinnenkostüm. Zu Savannahs großer Freude hatte Ingrid angekündigt, als Schneewittchen zu kommen. »Bitte, bitte, mach, daß Donald dann endlich seine Berufung als einer der sieben Zwerge entdeckt«, sagte sie, während sie und Lizzie sich an der Nähmaschine abwechselten. »Gibt's einen, der Blöd heißt?« wollte Lizzie wissen. »Nee«, kicherte Savannah, »aber für einen Trottel ist Dopey auch nicht schlecht ...«

Lizzie und Savannah waren noch dabei, Pailletten aufzunähen, als die Party anfing. Autos hielten knirschend auf dem Kies, und sie konnten das Summen der Verstärker hören und aus Peters Büro, wie Nick und Charles ihre Gitarren stimmten. Lizzie zog die Vorhänge auf und blickte zur Einfahrt hinüber, zu den kahlen Bäumen, die Anna und Briony mit Hunderten von Kerzen in Einmachgläsern behängt hatten, deren Licht wie das von Glühwürmchen auf die Straße fiel. Die Scheune war mit bunten Lämpchen geschmückt, und die bleiverglasten Fenster von Cordelias Sommerhaus schimmerten rosig, weil Lizzie eine rote Glühbirne eingeschraubt hatte. Die jüngere Generation würde sich später dorthin zurückziehen, wahrscheinlich, um Flaschendrehen oder Sag-die-Wahrheit zu spielen. Sie sah ihre Mutter, die mit ihrem Schäferinnenstab in der Scheunentür stand und eine alternde Marilyn Monroe und zwei Charlie Chaplins begrüßte. »Ich weiß nicht, ob ich das wirklich durchhalte.« Lizzie schloß zögernd die Schnalle einer geliehenen Sandalette um ihren Knöchel. »Ich komm mir vor wie eine Prostituierte.«

»Quatsch«, Savannah klimperte mit ihren falschen Wimpern in Lizzies Richtung. »Du siehst klasse aus. Hier, stopf noch ein bißchen Watte in den BH.«

Die Outfits als Playboy-Häschen waren Savannahs Idee gewesen, und sie hatte auch die Netzstrumpfhosen und zwei Paar von Ingrids alten Pumps aufgetrieben. Lizzie machte nur mit, weil Sam mit Savannah gewettet hatte, daß sie das nicht tun würde, als sie ihn gebeten hatte, ihnen zwei Fliegen von seinem Vater zu leihen.

»Meine Güte«, sagte Cordelia, als sie sie dabei erwischte, wie sie in ihren mit Pailletten besetzten Badeanzügen herumstöckelten. »Wenn ihr so aufgetakelt erscheint, kriegen Peters Freunde einen Herzinfarkt.« Savannah kicherte und wackelte mit ihrem Schwänzchen, Lizzie sagte, sie bräuchte vielleicht ein paar Drinks, bevor sie sich in die Scheune traute.

»Bitte trink nicht wieder so viel, daß dir schlecht wird«, sagte Cordelia. »Kommt, am besten bringt ihr euren großen Auftritt hinter euch, bevor nichts mehr zu essen da ist.«

»Trink dir Mut an«, sagte Savannah und reichte ihrer Freundin eine Flasche Bier aus dem Kasten, den sie in Lizzies Zimmer gelagert hatten.

»Cheers.«

»Chin-chin.«

»Ich kann in den Schuhen nicht laufen.«

Das war vor einem Jahr, aber jetzt, als Lizzie in ihrer Wohnung sitzt, umgeben von zusammengeknüllten Bällen aus benutzten Taschentüchern, Nase und Oberlippe wund, zittert sie und denkt, daß es schon ein ganzes Leben her sein könnte. Das Leben von jemand anderem. Das lebensprühende Mädchen, das sich in der Scheune einen Schwips antrinkt, ist eine Fremde. Es ist Silvester, und sie weiß nicht, wo sie hingehen könnte. Seit dem Abend vor Weihnachten ist sie allein. Ihr Weihnachtsessen bestand aus Schweinekotelett, Kartoffelbrei und tiefgefrorenen Erbsen, hinterher gabs Mince Pies von Sainsburys und eine halbe Flasche Benylin, damit sie schlafen konnte. Sie schläft zwölf Stunden täglich, und den Rest der Zeit läuft sie wie benebelt umher, durch verlassene Straßen und leere Parks unter einem tiefen, schwefelgelben Himmel.

Irgendwann mußte sie nach draußen und sich Hustensaft kaufen. Gestern? Vorgestern? Und als sie in der Apotheke stand, berührte eine Frau sie sachte am Arm.

»Geht es Ihnen nicht gut?« Lizzie sah in das von Fältchen durchzogene Gesicht der Frau, kein Gesicht, das sie kannte. »Doch, doch, mir geht's gut«, sagte sie. »Warum?« Erst als sie das Geschäft verließ, spürte sie die Nässe auf ihren Wangen und merkte, daß sie weinte.

Ob Peter und Cordelia wie üblich ihr Fest veranstalten würden? Lizzie versucht, nicht daran zu denken. Sie hat es aufgegeben, über Tony nachzugrübeln, es sind die Gedanken an ihre Mutter, die sie in ihren trostlosen Nächten peinigen. Sie versucht, den letzten Tag im Büro nicht dauernd Revue passieren zu lassen und das, was Anna am Telefon sagte, während Katrina ihr zuzischelte, daß Privatgespräche unerwünscht seien.

»Mum geht's nicht gut. Sie nimmt Tabletten.«

»Oh, das tut mir leid.«

»Das ist alles deine Schuld. Warum hast du uns nicht lieb?«

»Nicht jetzt, Anna. Ich bin bei der Arbeit.«

»Du kommst nicht, oder?«

»Nein.«

»Aber es ist doch Weihnachten.«

»Ich komm euch demnächst besuchen. Aber nicht jetzt.«

»Ich hab einen Freund.«

»Schön. Ich muß jetzt Schluß machen, Anna.«

»Bitte, Lizzie ...«

Danach kam Siobhan zu spät aus ihrer Mittagspause getorkelt, mit einem Heiligenschein aus Rauschgold um ihren kahlen Kopf, und Katrina ging mit ihr in Tonys leeres Büro, um sie zusammenzustauchen. Und Paula fragte Lizzie, ob sie und ihr Freund Lust hätten, an Silvester zu ihr nach Hause zu kommen. »Nichts Besonderes«, sagte sie. »Bloß zwei andere Paare aus Ians Firma und eine Lammkeule.« Paula betonte das Wort »Paare«, und Lizzie konnte sich vorstellen, wie peinlich es sein würde, wenn die Uhr Mitternacht schlug und sie bloß in einem Meer aus Champagnerperlen treiben würde, während diese Paare das neue Jahr mit innigen Küssen begrüßten.

»Danke«, erwiderte sie. »Vielen Dank, aber ich denke, wir verbringen den Abend einfach zu zweit.«

»Ach ja«, sagte Paula. »Junge Liebe.«

Schön wär's. Im Augenblick kann sie sich nicht vorstellen, je wieder was zu feiern zu haben. In den letzten Tagen kam es ihr so vor, als könnte sie an keiner Baustelle vorbeigehen, ohne daß irgendwer brüllte: »Kopf hoch, Süße, laß dich nicht unterkriegen.« Was nicht sehr aufmunternd war.

Elena Mankowitz steht an der Haustür, die so weit geöffnet ist, wie die Sicherheitskette es erlaubt. Obwohl Lizzie nur ein schmales Stück roten Pullover und gelben Paisley-Schal sieht, erkennt sie in der Haut aus weißer Seide, jetzt ungebügelt, die Frau auf dem Gemälde in der Tate Gallery. Sie ist ganz spontan hergekommen, trotz des Regens, einen Strauß kläglicher Freesien aus dem Supermarkt in der Hand, wohlwissend, daß sie vorher hätte anrufen sollen.

»Ja?« sagt Elena und späht durch den Türspalt, dann macht sie Lizzie die Tür vor der Nase zu, um die Kette zu lösen. Anschließend läßt sie die Tür weit aufschwingen und steht aufrecht da, auf nackten Ballettfüßen, die Fersen unter etlichen Metern kastanienbraunem Strickrock dicht aneinander. Elena ist so lang und anmutig wie das Haus, in dem Lizzie sie aufsucht. Ihre blaßblauen Augen mustern Lizzies nasses Gesicht, und sie sieht etwas darin, das sie die Hände an die Lippen heben läßt, die Fingerspitzen zusammengepreßt, als bildeten sie einen Spitzturm. Elenas Haar hängt ihr lose auf die Schultern; es ist nicht mehr das gefährliche Kastanienbraun wie in Jack Seymours Gemälde, sondern es hebt sich schimmernd weiß über dem hell gemusterten Schal ab. Sie sieht jetzt mehr als in der Tate Gallery wie ein fleischgewordenes Bild aus. Unwirklich. Ätherisch. Ein Schwan. Lizzie weiß, wenn sie eine Künstlerin wäre, würde sie sie malen wollen.

»Mein Name ist Lizzie Weller, aber in Wirklichkeit bin ich

Lizzie Seymour«, plappert sie los, streicht sich das nasse Haar aus dem Gesicht, spürt, wie ihre Ohren brennen. »Ich hoffe, es macht Ihnen nichts aus, daß ich einfach so herkomme, aber ich wollte Sie gern kennenlernen.«

»Ja«, sagt Elena schwach.

»Ich glaube, Sie kennen meinen Vater«, redet Lizzie weiter, bedauert ihren Entschluß, schon weniger zuversichtlich.

»Seymour. O Gott, ich muß mich setzen. Bitte kommen Sie rein.« Elena tritt zurück und stützt sich an einem massiven dunklen Tisch in der Diele ab. Lizzie hält ihr die Blumen hin, und mit einem knappen anerkennenden Nicken legt Elena sie auf den Tisch, bleibt dann stehen, wobei ihre Hände noch immer die Tischkante hinter ihr umklammern, sehr gerade, und starrt Lizzie ins Gesicht, bis Lizzie das Gefühl hat, gleich vor Verlegenheit überzukochen.

»Hallo«, versucht sie es erneut. »Ich bin Lizzie.«

»Ja. Ich weiß, wer Sie sind«, flüstert Elena. Und als sie vorangeht, in einen blassen Salon, hört Lizzie sie erneut, diesmal sogar noch leiser, sechs kurze Worte in einem Atemzug: »Jetzt kann ich dich nicht hassen.«

»Was?«

»Gute Frage«, sagt sie. »Beachten Sie mich nicht. Nehmen Sie Platz. Ich sehe, daß Sie gekommen sind, um mit mir zu reden.«

Lizzie, noch immer in ihrem nassen Mantel, sinkt in den beigen Kaminsessel, und die Polsterung, weich wie Eiderdaunen, zieht sie nach unten. Lilienduft liegt schwer in der Luft, und eine pergamentfarbene Katze reckt sich vor dem Feuer zu einem fließenden S, wobei sie Lizzie träge aus starren Zitronengrasaugen beobachtet. Elena setzt sich für einen Moment auf einen steifen Stuhl mit hoher Rückenlehne, mustert sie weiterhin, während Lizzie zu erklären versucht, was sie möchte. Als sie das Wort Vater ausspricht, erstarrt Elena, verspricht aber nichts, ehe sie aufspringt. »Ich mache uns einen Tee. Bitte ziehen Sie doch die nassen Sachen aus.«

Als Elena die Tür hinter sich schließt, wünscht Lizzie, sie wäre nicht gekommen. Sie kann irgendwas Salziges in der Kehle schmecken, wie Blut, ihre geschwollenen Mandeln, den Geschmack von Panik. Sie weiß nicht, wieso Elena ihr angst gemacht hat, aber das hat sie. Sie erwartet schon fast, von ihr angefaucht zu werden, einen bösen Fluch oder eine Prophezeiung, die sie nicht abschütteln kann. Das Teufelskind, könnte sie mit ihrer zischenden Stimme sagen, die noch ganz schwach osteuropäisch klingt, dabei mit einem langen Finger auf sie zeigen, anklagend wie ein Messer. Oder sie könnte ihren Tee vergiften.

Lizzie fröstelt vor dem Kaminfeuer, hält ihren feuchten Mantel eng um sich gezogen. Sie mag dieses Zimmer nicht, mit seinen knisternden Holzscheiten, die kaum Wärme abzugeben scheinen, und den schweren Ebenholztischen zwischen Sesseln und Sofas in Knochenfarben. Sie hat gehört, wie die Frau irgendwas davon gesagt hat, daß sie sie haßt. Was macht sie hier eigentlich? Vielleicht ist Elena ja wahnsinnig. Oder vielleicht hat die Krankheit in den letzten einsamen Tagen ihren eigenen Verstand angegriffen, so daß sie Dinge sieht und hört, die gar nicht da sind. In letzter Zeit erfüllen sie die kleinsten Kleinigkeiten mit Angst und Schrecken. Ich bin es, mit der was nicht stimmt, denkt sie und zieht ein durchweichtes Taschentuch aus der Tasche.

Trotz ihrer Erkältung empfindet Lizzie den Lilienduft als überwältigend. Sie stehen in einer hohen Glasvase, jede Blüte voll und mit safrangelbem Schlund. Rund um die Blumen sind silbergerahmte Fotos auf dem Beistelltisch arrangiert, und vor ihnen schimmert in silbernen Miniaturkandelabern jeweils ein Triumvirat von tropfenden Kerzen, die orangegelbes Flackerlicht auf die Glasscheiben der Fotos werfen. Es wirkt wie ein Schrein, und da Lizzie zu nervös ist, um einfach nur stillzusitzen und zu warten, geht sie auf Zehenspitzen über den gebleichten Boden, um sich die Bilder genauer anzusehen.

In jedem Rahmen sind Schwarzweißfotos. Etliche Porträts

von Elena und ein verschwommenes Nacktfoto von ihr, wie sie ein Baby an die Brust hält. Die anderen drei Fotos sind einfach zuviel. Lizzies Beine geben nach, sie merkt, daß sie nicht mit Fieber hätte herkommen sollen. Sie geht auf die Knie, die Augen schließen sich unwillkürlich, und ihr Kopf fühlt sich an, als sei er zu schwer für ihren Hals. Als sie erneut hinsieht, sind die Porträts noch immer da, wie zuvor: drei schlichte Bilder zwischen den Kerzen. Von ihr selbst. Eines als Baby, ein anderes als Kleinkind auf Elenas Schoß und das dritte – wie kann das sein? – ein Doppelprofil, wie diese Trickbilder, auf denen man mal menschliche Silhouetten und mal einen Kerzenständer wahrnimmt. Ein Doppelprofil von ihr im Alter von vier Jahren, Nase an Nase mit Jack Seymour.

Elena ist noch immer nicht mit dem Tee zurück, und das Haus ist still. Lizzie stolpert zurück durchs Zimmer zu dem Sessel, versucht, ihre Atmung zu beruhigen. Die Katze schlängelt sich auf ihren Schoß, weich wie warmer Ton, und beginnt zu schnurren, und endlich hört sie das Klimpern von Porzellan, und Elena gleitet mit einem Tablett in den Händen wieder ins Zimmer.

»Hervorragend«, sagt sie, als sie das Tablett abstellt. »Wie ich sehe, haben Sie sich mit Ying angefreundet. Ying versteht was von Menschen, nicht wahr, Ying?«

»Ying?«

»Ja, hübsch ist er, finden Sie nicht auch? Eine blaue Birmakatze. Ich hab noch mehr. Sagen Sie, Kleines, mögen Sie Katzen?«

»Ja ... Elena, kennen wir uns?« Lizzies Stimme bebt, aber Elena scheint nicht zuzuhören, als sie den Deckel der Teekanne anhebt.

»Meine Güte, jetzt hab ich die Milch vergessen. Nehmen Sie sich doch einen Keks. Leider nicht mit Schokoladegeschmack. Sie mögen Schokolade, nicht? Da bin ich mir sicher.« Elena ist wieder aufgestanden, und Lizzie steht gleichfalls auf, legt ihre zitternden Finger um Elenas Handgelenk.

»Die Fotografien ...«, sagt sie. »Ich verstehe das nicht.«

»Vielleicht hol ich uns besser was Richtiges zu trinken«, sagt Elena und bedeckt Lizzies abgekaute Finger mit ihrer eigenen fleckigen Hand. »Schließlich ist Silvester. Mögen Sie Champagner? Ach nein, vielleicht lieber doch nicht. Trinken junge Mädchen schon Alkohol?«

»Ich bin zwanzig.«

»Ja, natürlich sind Sie das. Zwanzig. Das müssen Sie ja jetzt sein. Aber Sie sind so klein, Sie müssen mir verzeihen. Die Zeit bewirkt seltsame Dinge, wenn man mal in meinem Alter ist. Bitte setzen Sie sich.«

Elenas blasse Augen glänzen. »Zwanzig«, flüstert sie erneut, und sie drückt ihre Finger an Lizzies Gesicht, betastet ihre Wangen und Schläfen, als suchte sie nach dem Knochengerüst unter dem Fleisch. Wie eine Blinde. »Schön«, seufzt sie. »Aber tragisch. Ich wünschte, ich hätte Sie schon früher gefunden. Sie sind nicht glücklich, hab ich recht?«

Lizzie beißt sich auf die Lippen, versucht, nicht zu zittern, während Elenas Eiszapfenfinger ihren Unterkiefer entlanggleiten. »Was bedeute ich Ihnen?« fragt sie und hat entsetzliche Angst vor der Antwort. »Warum bin ich auf den Fotos da drüben?«

Elena nimmt die Hände von Lizzies Gesicht. Ihre Augen lodern. »Sie wissen es nicht, was?« Lizzie schüttelt den Kopf. Ein Bild schießt ihr durch den Kopf, ein Bild von sich selbst, wie sie vor einem Spiegelglasfenster steht, bewegungsunfähig, obwohl sie weiß, daß es jeden Augenblick eine Explosion geben wird, das Geräusch von tausend Feuerwerkskörpern, und daß rasiermesserscharfe Splitter in sie hineinfliegen werden, die unschuldige Zuschauerin. In letzter Zeit war sie unfähig, an Schaufensterfronten vorbeizugehen, ohne an diese Möglichkeit zu denken. Und gefährliche Fremde verfolgen sie seit Tagen, lauern in der Schlange an der Kasse im Supermarkt, in den dunklen Umrissen von Männern, die auf den Nachtbus zugehen. Autos könnten von der Straße abkommen und auf den Bürgersteig geraten, auf dem sie geht, ausgebrochene Psychopathen, Hämmer fallen von Baustellen.

»Ich hab mich immer gefragt, ob er Cordelia überhaupt von mir erzählt hat«, fährt Elena fort. »Und von der armen Laura. Es wäre so typisch für ihn, alles für sich zu behalten. Ihr Vater ist ein moralischer Feigling. Wissen Sie wirklich nichts von alledem? Ach je, Sie sehen krank aus. Ich hole Ihnen eine Decke, Sie zittern ja.«

Später, viel später, lange nachdem Elena ihre Beichte beendet hat, sitzt Lizzie wieder in ihrer leeren Wohnung, sicher in ihre Steppdecke gewickelt, während sie von unten hört, wie die Nachtschwärmer das neue Jahr mit dem Zerschlagen von Flaschen auf der Straße beginnen, und ihre Rufe schallen laut, während sie zu zweit oder in randalierenden Grüppchen Richtung Paddington torkeln. Sie werden sich zwischen verspritzter Kotze und den hoffnungslos Obdachlosen auf kalten Bahnhofssitzen niederlassen, um auf ihre Frühzüge zu warten. Nie wieder, werden sie sagen. Weg mit dem Alten und her mit dem Neuen. Habt ihr das Gesicht von dem Bullen gesehen? Frohes neues Jahr! He, ich würd schon jetzt wer weiß was für 'ne Zigarette geben. Wenn sie nicht soviel Angst vor ihnen hätte, wäre Lizzie jetzt auch da unten: unterwegs zur Telefonzelle, um ihre Mutter anzurufen und von ihr zu erfahren, warum sie ihr nie irgendwas von all dem erzählt hat, was Elena ihr heute abend offenbart hat.

Von Cordelia kriegte sie immer bloß wunderliche Geschichten von Glockenblumen und Apfelbäumen zu hören, aber nie mal den Ansatz einer Erklärung dafür, warum Jack Seymour sie einfach so verlassen hatte. Ihre einzigen Kommentare zu dem Thema klangen hohl wie ein Glockenspiel, und stets kam sie möglichst rasch darauf zu sprechen, was für ein wunderbarer Dad Peter doch war, wie glücklich sie sich schätzen konnte, daß sie ihn hatte. *Er* liebt dich sehr, Lizzie. Und dann drückte sie sie fest an sich, zu fest, als wollte sie sie an ihrem Busen zum Schweigen bringen.

»Natürlich liebt dein *biologischer Vater* dich auch. Er konnte bloß nicht weiter mit uns zusammenleben. Emotionale Bindungen machen ihn krank. Eines Tages wirst du das verstehen ...« Und Lizzie, die kein Wort von dem verstand, was ihre Mutter ihr sagte, vermutete, daß es irgendwie ihre Schuld war, daß ihr Vater, obwohl er am Leben war, sie nicht sehen wollte.

Jetzt hat sie eine bessere Erklärung. Und noch dazu seine Anschrift. Zumindest glaubt Elena, daß das seine Anschrift ist. Sie sagte, sie habe ihn seit der Beerdigung nicht mehr gesehen, und nach dem, was sie Lizzie zuvor erzählt hatte, kann Lizzie das gut nachvollziehen. Wenn sie schon vorher wütend auf Jack Seymour war, so ist das nichts im Vergleich zu jetzt, wo sie auch noch Elenas Last trägt. Die Wut brennt in ihr: kochendes, ätzendes Gift in ihrem Bauch. Es ist, als hätte Elena einen Umhang aus Haß von ihren eigenen Schultern gezogen und ihn um Lizzie gelegt. Lizzie geht zur Besteckschublade und nimmt Jack Seymours Bild heraus. Sie vierteilt es mit ihrem schärfsten Messer und hält jedes Stück über die Gasflamme, bis nur noch Ascheröllchen auf dem Linoleum zu ihren Füßen übrig sind. Ihr eigenes Leben hat schon einen Todesfall verursacht. Jetzt allein in ihrer Wohnung fühlt sie sich fast bereit für einen weiteren.

Elena rang ihr das Versprechen ab, keinen Ärger zu machen. »Es ist vorbei«, sagte sie. »Für mich und für Sie. Lassen Sie es gut sein.« Aber das war, nachdem sie ihr von Jack und den schrecklichen Dingen erzählt hatte, die kurz nach Lizzies Geburt passiert waren. Er hat einen Garten Obstbäume gepflanzt, denkt sie. Für mich. Und der Gedanke, wie Jack Seymour Löcher in die Wintererde gräbt, läßt sie erschaudern. Elena hat den Champagner nicht geholt: Es gab nichts zu feiern, und sie sprach in einem kaum hörbaren Flüsterton, während Lizzie sich in dem

Sessel zusammenkauerte und das Feuer bis auf die Glut niederbrannte, derweil ihre Geschichte Gestalt annahm.

Sie sagte, daß sie Jack nicht länger für die Tragödie verantwortlich machte, aber Lizzie glaubte ihr nicht. »Lange Zeit habe ich ihm tatsächlich die Schuld gegeben, wurde verzehrt von dem Wunsch, ihm weh zu tun. Jede Nacht habe ich geträumt, daß ich ihn mit einem Messer verfolge. Dann wachte ich schweißgebadet auf, den Griff noch immer fest umschlossen, enttäuscht, daß es nur ein Traum war. Aber jetzt nicht mehr. Es war meine Schuld, daß Laura starb. Ich habe Jahre gebraucht, um das zu akzeptieren. Sie war hübsch, wissen Sie. Sie hatte unglaublich leuchtende Augen, ein funkelnder Glanz, fast wie ein geschliffener Diamant. Bei ihrem Anblick blieben die Leute stehen, es war, als wäre sie von einem Lichtschein umgeben. Und ihre Haut duftete so süß, zum Fressen süß, ich mußte mich zurückhalten, ihr nicht in den Popo zu beißen.

Jack war lieb zu ihr – nicht wie ein normaler Vater, aber er verstand sie, hatte erstaunliche Gespräche mit ihr, erzählte ihr flüsternd Geschichten von einem Zauberland in den Bergen, wo Kinder Regenbogenbrote aßen. Aber Jack wohnte nicht hier. Das hier ist immer mein Haus gewesen, es hat meiner Mutter gehört, bevor sie starb, und hier werde auch ich sterben. Aber Jack, der wohnte nie irgendwo. Er war hier, wenn er hier war, und nicht hier, wenn er nicht hier war. Laura hatte es gern, wenn er bei uns war, aber sie hatte gelernt, nicht zu fragen, wann er das nächste Mal kommen würde. Es war ein bequemes Leben für ihn. Man könnte sagen, eine Option frei von Gewissenszwängen. In etwa so wie sein Vegetariertum. ›Ich esse Fleisch, wenn das Fleisch sich anbietet‹, so hat er das formuliert. Ich denke, das Fleisch hat sich Jack genausooft angeboten wie jedem anderen Fleischesser – er hat nie für sich selbst gekocht. Es gab immer irgend jemanden, der ihn einlud. Reiche Leute und andere Künstler und einige Schriftsteller. Er war auch bei anderen zu Hause ein gerngesehener Gast. Ich denke, zu seiner eigenen Entschuldigung sagt er sich, daß er nie richtig mit mir und unserer Tochter zusammengelebt hat, und das stimmt im Grunde auch. So geht er damit um, mit Lauras Tod, meine ich.

Sie war erst vier, als er mir von Ihrer Mutter erzählte. Von Cordelia. Er hatte sich schon eine Weile nicht mehr so oft sehen lassen, und ich nahm an, daß er zu sehr mit seiner Malerei beschäftigt war. Er konnte jahrelang allein bei irgendwem auf dem Speicher arbeiten, fiebrig vor Ideen, oder allein in seinem Cottage. Er hat mich nie dahin eingeladen, Laura hat es nie gesehen. Ich hab sein Bedürfnis nach Freiraum respektiert, könnte man sagen. Verstehen Sie, ich hab ihn zuallererst als Künstler kennengelernt. Ich hab jahrelang für ihn Modell gestanden, bevor irgendwas zwischen uns passiert ist. Ich hatte mich einfach daran gewöhnt, ihm zu vertrauen, das zu tun, was er sagte. Beug dich vor, Augen nach unten. So bleiben. Ich war darauf trainiert, seinen Blickwinkel anzunehmen, lange bevor Laura zur Welt kam.

Laura lief zu ihm, als er endlich kam, und er nahm sie in den Arm, atmete sie ein. Ich weiß noch, daß er sein Gesicht in ihren Haaren vergrub. Aber dann stellte er sie auf den Boden und erzählte mir von Cordelia. Meine Seelenfreundin, nannte er sie. Die Frau, die ich liebe. Seine Worte waren erbarmungslos, wie ein Kugelhagel. Laura fing an zu weinen, weil ich weinte, aber er blieb dabei, emotionslos wie ein Botenjunge. Wiederholte bloß das, weswegen er gekommen war. In Gedanken war er schon fort, soviel war klar. Er war schon in Cornwall, bei Ihrer Mutter. Wie ich diese Frau gehaßt habe. Ich hab sie nie kennengelernt, aber ich habe so viel über sie herausgefunden, wie ich konnte. Sie war so jung, und sie malte! Sie malte ziemlich gut: Ich habe mir sogar Sachen von ihr in einer Galerie in der Nähe der Portobello Road angesehen. Ich hab diese kleinen Gemälde gehaßt, am liebsten hätte ich sie in Fetzen geschnitten.

Es kam noch schlimmer. Sie wurde schwanger. Jack rief mich an und war ganz aufgelöst. Ich hab ihm gesagt, er sollte sie überreden abzutreiben. Er sagte, er könnte doch niemanden töten, bloß weil es ein schlechter Zeitpunkt sei, und daß er und Cordelia vom ersten Augenblick an dazu bestimmt gewesen wären, ein Kind zu haben. Er hat meine Gefühle nicht geschont. Statt dessen blieb er in Cornwall und spielte den lieben Daddy mit der lieben Mummy und dem süßen Baby, während Laura zur Ballettschule ging und das einzige Kind war, das keinen Vater hatte, der bei Aufführungen im Publikum saß und applaudierte. Nur eine unzureichende Mutter. Ich hab bloß geweint und kriegte Wutanfälle wegen Jack und Cordelia, und weil ihre kleine Tochter all die Liebe und Aufmerksamkeit stahl, die Laura zustand. Sie hat mich andauernd umarmt, weil sie wußte, daß ich traurig war.

An dem Tag, an dem sie starb, kam Jack ein letztes Mal hierher, um mir ein paar Fotos von seiner neuen Tochter zu zeigen. Laura wie aus dem Gesicht geschnitten, sagte er. Eine frappierende Ähnlichkeit. Er fand, ich sollte sie kennenlernen; er war fest entschlossen, nicht feige zu sein. Er wollte immer gern für seine Fehler geradestehen, aber wenn die Sache zu heiß wurde, gab er rasch Fersengeld. Fragen Sie Cordelia: Sie weiß jetzt, wie das ist. Ich habe oft daran gedacht, Kontakt zu ihr aufzunehmen. Wir sollten eine Jack-Seymour-Selbsthilfegruppe gründen. Ha. Ich würde sie gerne um Verzeihung bitten, daß ich ihr soviel Schlechtes gewünscht habe. Manchmal habe ich das Gefühl, daß ich es war, die ihn dazu gebracht hat, sie zu verlassen. Und Sie. Ich hab dafür gesorgt, daß es für ihn nicht leicht war, nachdem Laura gestorben war. Ich hab einige böse Dinge gesagt.

Aber schon vorher wollte ich soviel Schaden anrichten, wie ich konnte. Ich wollte, daß seine Tochter häßlich ist. Ich hab diese Fotos voller Zorn betrachtet, aber Jacks kleine Tochter sah so sehr wie Laura kurz nach der Geburt aus, daß mein Herz einen Augenblick lang dahinschmolz. Ja, Sie waren eine richtige kleine knubbelige Babuschka mit leuchtenden dunklen Augen. Ich mußte lächeln. Er hat starke Gene, vermute ich. Dann sagte er mir, daß er Weihnachten nicht kommen würde. Das wäre Cordelia gegenüber nicht fair, meinte er. Er könne sie nicht mit einem kleinen Baby über Weihnachten in Cornwall allein lassen. Ohne Eltern, die sie hätte besuchen können. Wir waren in der Küche und stritten uns darüber, als es passierte, ich schrie, und er hatte den Kopf in den Händen vergraben.

Sie sagten, sie wäre schon über eine Stunde tot gewesen, als wir sie fanden. Draußen im Garten, mit dem Gesicht nach unten im Teich. Den gibt es nicht mehr. Ich hab ihn mit Erde zuschütten und Schneebeerenbüsche pflanzen lassen, weil sie die so gern hatte. Sie mochte es, wenn die Beeren unter ihren Füßen zerplatzten. Wir mußten immer stehenbleiben, wenn wir an einem Schneebeerenbusch vorbeikamen, damit sie ein paar auf den Boden werfen und drauftreten konnte. Die machen dieses Matschgeräusch, und sie mußte dann lachen und ist vor Freude in die Luft gesprungen. So sieht's aus. Ich hab nicht aufgepaßt, weil ich unbedingt meinen Willen kriegen wollte.«

Es ist Silvester, und Lizzie kann nirgendwohin. Es gibt keine Party, keine Familie, keine lieben Menschen, mit denen sie feiern, mit denen sie ins neue Jahr tanzen und über die guten Vorsätze spotten könnte, die sie alle in feuchtfröhlicher Stimmung fassen. Aber sie ist schließlich doch nicht allein. Um Mitternacht steht sie an dem winzigen Grab der Schwester, der sie begegnet ist, sieht zu, wie ihr eigener Atem ihren Körper verläßt, wie Wolken in der kalten Nachtluft. Sie steht da, mit einem Foto der kleinen Laura in Händen, die Katzen mochte und Ballettänzerin werden wollte, wenn sie einmal groß wäre, und die vor Lizzies erstem Weihnachtsfest gestorben ist. Laura, die Schwester, die, ebenso wie sie, für Jack nicht genug war, nicht genug geliebt wurde, um ihn bei sich zu halten. Diese Schwester, die ist wie sie. Elena legt die Lilien vor den marmornen Grabstein, während Lizzie mit dem Finger über die mattierte eingemeißelte Inschrift fährt: Laura Seymour, geliebte Tochter von Elena Mankowitz und Jack Seymour. 1956–1961.

Kapitel Zwölf

Katrina trägt ihre Sonnenbräune wie eine Galauniform, ihr sonnengebleichtes Haar wie einen Lorbeerkranz. Sie sitzt an ihrem Schreibtisch beim Fenster, tupft sich Feuchtigkeitscreme auf die sich pellende Nase, die sie vor dem kleinen Silberspiegel aus ihrer Krokodilledertasche kraus zieht. Tony ist zwar nicht da, aber sie hat sich noch nicht in sein Büro zurückgezogen. Statt dessen wendet sie den anderen ihr glorreich saturiertes Gesicht zu und fragt, ob alle schöne Feiertage gehabt haben.

Paula hält die linke Hand hoch, wackelt mit den Fingern, und ihr neuer Smaragd blitzt gehorsam im Licht der Deckenlampe auf. Die anderen haben ihn schon bewundert. Wurde auch allmählich Zeit, haben sie gesagt. Sie haben sich das Datum der Hochzeit schon in ihre Terminkalender eingetragen. Katrina klappt den kleinen Spiegel zu, schiebt ihn zurück in das gähnende Maul ihrer Tasche.

»Ist das ein Verlobungsring?« ringt sie sich ab.

»Allerdings. Der hat Ians Großmutter gehört, ein ganz altes Stück.« Paula lächelt auf den Smaragd hinab. Ein Lächeln, wie es normalerweise Neugeborenen vorbehalten ist.

»Ich war dabei«, sagt Siobhan, »als Ian die Frage aller Fragen gestellt hat. Als es zwölf Uhr schlug, lag er auf den Knien. Und hat den Ring aus der Tasche geholt. Ihr hättet Paulas Gesicht sehen sollen.«

»Der schönste Jahresanfang, den ich je hatte«, sagt Paula, noch immer ihren Ring bewundernd.

Lizzie hat das alles heute morgen schon mehrmals gehört. Ihr gehen andere Dinge durch den Kopf.

»Na, dann sollte ich dir wohl gratulieren!« sagt Katrina keß, bevor sie ihre Aufmerksamkeit eiligst Lizzie zuwendet.

»Und du, Lizzie, hattest du einen schönen Weihnachtsurlaub? Was hast du so getrieben?«

»Die meiste Zeit hab ich im Bett verbracht«, sagt Lizzie, obwohl ihr davor graut, die Mitleidsbekundungen der anderen über sich ergehen zu lassen.

»Wohl wieder mal die Grippe«, sagt Katrina abfällig, und Lizzie empfindet eine so starke Haßwelle, daß etwas von ihrem alten Ich zum Leben erwacht. Es ist fast, als säße Savannah auf ihrer Schulter und stachele sie zur Antwort an.

»Nein, nicht die Grippe«, unwillkürlich muß sie lächeln, »vögeln.« Sie hält Katrinas Blick stand. »Vögeln nonstop.«

Es ist fast Mittag, als Lizzie endlich mal lang genug allein im Büro ist, um den Anruf zu tätigen, den sie schon die ganze Zeit tätigen will. Seit sie sich von Elena in jener Nacht an Lauras Grab verabschiedet hat, ärgert sie sich schwarz, daß sie kein Telefon hat. Als sie an Neujahr gegen Mittag erwachte, ging sie zuallererst telefonieren, aber es meldete sich niemand, und später hatte sie zuviel Furcht vor den dunklen Straßen, um sich noch mal zur Telefonzelle zu wagen, und auch das ganze Wochenende über hat sie niemanden erreicht. Heute morgen ist sie extra früher ins Büro gegangen, um telefonieren zu können, aber Paula war schon da, eine errötende Braut in spe, die darauf brannte, die Neuigkeit bekanntzugeben. Seit halb neun reißt Lizzie sich nun schon zusammen: teilt Paulas Begeisterung, hört sich alles über die Arthritis von Siobhans Mutter an, läßt das Lächeln aus Katrinas Gesicht verschwinden. Dazwischen hat sie die Tür im Auge behalten und fährt jedesmal zusammen, wenn sie das Rattern und das Pling des Fahrstuhls hört, weil sie denkt, es könnte Tony sein. Um sie rauszuschmeißen? Sich zu entschuldigen? Ihr zu sagen, wo sie steht.

Sie weiß, daß er wieder im Lande ist, weil sie gestern vor seinem Haus war, am Tor stand und in dem goldenen Fenster die breite Silhouette seines Rückens am Schreibtisch sah. Sie verharrte eine Weile dort und betrachtete ihn, bis er aufstand und die Vorhänge zuzog. Daraufhin rannte sie den Hügel hinunter, atemlos und mit schlechtem Gewissen wie ein Kind, das Klingelmännchen spielt.

Aber sie denkt nicht mehr an Tony, als Paula und Siobhan, mit einer Ausgabe der Zeitschrift »Brides« unter Paulas Pullover versteckt, im Archiv verschwinden und Katrina sich kurz nach »Lizzies peinlichem Ausfall«, wie sie es nennt, hastig in Tonys Büro zurückzieht.

Lizzie hat die Finger gekreuzt, während sie den Hörer zwischen Kinn und Ohr hält. Bitte, lieber Gott, mach, daß Peter arbeiten ist, aber ihre Gebete werden nicht erhört, denn er meldet sich am anderen Ende. Lizzie legt sofort auf, als sie ihn hört, wartet einen Moment und wählt dann erneut. Dreimal legt sie auf, dreimal hört sie die einst so beruhigende Stimme, bei der sich ihr jetzt der Magen umdreht, bevor sie endlich ihre Mutter dran hat.

»Ja, wer ist denn da?« Cordelia hört sich wütend an.

»Mum, ich bin's.«

»Lizzie. Warst du das eben?«

»Ja, hör zu, Mum, ich hab nicht viel Zeit. Eigentlich darf ich hier nicht telefonieren.«

»Was ist denn?« Cordelia gibt sich keine Mühe, ihr Mißtrauen zu verbergen. Lizzie klopft das Herz bis zum Halse, als sie sich zum Weiterreden zwingt.

»Warum hast du mir nie von Laura erzählt?« fragt sie, nachdem sie ihre Stimme wiedergefunden hat, aber nicht ihren Atem.

»Was? Welche Laura?« Und mehr braucht Lizzie im Moment nicht zu hören.

»Schon gut«, murmelt sie über Cordelias Protest hinweg. Und

Cordelias Worte purzeln ineinander, als sie wissen will, was Lizzie sich dabei gedacht hat, einfach aufzulegen, wenn Peter sich meldet, und ob sie überhaupt ahnt, wie weh sie allen tut.

Zitternd vor Kummer unterbricht Lizzie die Verbindung und sitzt da, wischt sich mit dem Ärmel über die Augen, während um sie herum die Telefone vor sich hin schrillen, ohne daß jemand drangeht.

Was bin ich? denkt sie. Wie Jack? So grausam? Und sie fragt sich, was für eine emotionale Betäubung ihm wohl durch jene Wintermonate nach Lauras Tod geholfen hat. Dieselben Monate, in denen er mit ihrer Mutter ihre neue kleine Tochter gefeiert hat, ohne auch nur mit einem Wort die Tragödie zu erwähnen, die er in London hinter sich gelassen hatte. Wie hat er seinen Schmerz verbergen können?

Und sie denkt an ihre arme Mutter, die in seliger Unwissenheit gehalten wurde, während dieser emotional verkrüppelte Mann sich zur Erde beugte, Löcher grub, Bäume pflanzte. Sie stellt sich Cordelia vor, die Lieder singt und Tannenzapfen und Zimtstangen und Stechpalmenzweige im Cottage verteilt und Jack Seymour unter giftigen Mistelbeeren küßt.

Cordelia hat schon immer viel künstlerischen Elan darauf verwandt, das Haus weihnachtlich zu schmücken; sie meinte, das hätte was damit zu tun, daß sie nicht mehr malen kann. Sie machte Girlanden aus Eibenzweigen, die sie über den Kamin hängte und mit polierten Holzäpfeln, roten Samtschleifen und mit Gold besprühten Walnüssen und Tannenzapfen schmückte. Sie umflocht Bilder und Spiegel mit Stechpalmenzweigen und machte alle Fenster zu Buntglasscheiben, indem sie sie mit hauchdünnen Scheibchen von Zitrusfrüchten behängte, die zuvor gepreßt und getrocknet wurden, so daß sie wie kristallisierte Sterne aussahen. Sie bereitete Plumpudding nach dem Rezept ihrer Großmutter zu, und Lizzie war immer die erste, die den Teig rühren und sich was wünschen durfte.

Lizzie war fünf, als sie das letzte Mal Weihnachten allein verbrachten. Bevor Peter eine Familie aus ihnen machte und jedes Jahr neben ihren Strümpfen auch noch andere am Kamin aufgehängt wurden.

Sie paßten auf das Haus irgendwelcher Freunde von Cordelia auf, ein kleines Bauernhaus in den Cotswolds. Sie rösteten Kastanien im offenen Feuer, die dann laut knallend zerplatzten, so daß sie beide zusammenfuhren. Das Haus roch nach Toast und Tannenharz von den brennenden Holzscheiten, und oben war ein riesiges Eisenbett, das sie miteinander teilten, um sich warm zu halten. Morgens quietschte und rappelte es, wenn Lizzie es als Trampolin benutzte, um ihre Mutter zu wecken.

Als sie am ersten Weihnachtstag draußen waren, glitzerte das Haus wie Lebkuchen mit Puderzucker, und Cordelia las ihre Gedanken und sagte, das Gras, das unter ihren Stiefeln knirschte, sei in Wirklichkeit Pfefferminzkrokant und alle Bäume seien aus Schokolade geschnitzt.

Es gab auch Tiere zu füttern. Kühe und Pferde. Jeden Morgen und Abend platschten sie durch den Schlamm zu den Koppeln, Cordelia mit einer Schubkarre Heu, während Lizzie neben ihr Plastikeimer mit Rinderkraftfutter und Nüssen für die Ponys und manchmal Rüben schleppte. Sie lehnten sich dann auf das Tor, pusteten auf ihre steif gefrorenen Finger und sahen den Pferden zu, wie sie am Heu rupften, sich wiehernd und mit gebleckten Zähnen und dampfendem Atem gegenseitig wegdrängten, und den friedlicheren, höflicheren Kühen, eine nachdenkliche Gemeinde am Futtertrog.

Auf der Koppel nebenan war ein Pony. Eine kleine braune Stute namens Sukie. Cordelias Freunde hatten gesagt, daß Lizzie gerne mal auf ihr reiten dürfte, wenn sie wollte. Cordelia und Lizzie fanden Sukies Sattelzeug in der Scheune, von Spinnweben verschleiert und ganz steif vor Schimmel. Cordelia wußte noch aus ihrer eigenen Kindheit genug, um Lizzie zeigen zu können, wie man Sattel und Zaumzeug mit Klauenfett behandelt, das sie in einer rostigen Dose im Futterlager fanden. Sie brauchten eine Weile, bis sie das Pony gesattelt und aufgezäumt hatten, denn Sukie weigerte sich, die Zähne für die Trense auseinanderzunehmen, und blähte dann den Bauch auf und hielt die Luft an, so daß Cordelia alle Kraft aufbieten mußte, um den Gurt zuzubekommen. Doch dann hoch oben auf dem Ponyrükken zu sitzen war das Aufregendste an diesem Weihnachtstag.

An den zwei Tagen danach führte Cordelia Sukie über die Felder, während Lizzie sich an eine Handvoll schlammverkrusteter Mähne festklammerte, die sichernde Hand der Mutter auf ihrem Bein. Nach einer Weile wurde sie mutiger und versuchte sogar zu traben, wobei ihre Mutter nebenherlief, und sie wurde so durchgerüttelt, daß sie Angst bekam, ihre Innereien würden ihr durch den Mund nach draußen fliegen. Etwa am fünften Tag war sie mutig genug, auf dem Feld einen Soloritt zu machen, während Cordelia nervös am Tor stehenblieb. Das Pony marschierte auch bereitwillig los, während Lizzie sich all die Dinge ins Gedächtnis rief, die Cordelia ihr beigebracht hatte: Fersen nach unten, Druck mit den Knien, geradeaus gucken.

Sie war mitten auf dem Feld, bewunderte gerade die Spitzen von Sukies Ohren, die genau das Braun auf Beige von angesengtem Papier hatten, und fühlte sich selbstbewußt genug, um einen Trab zu versuchen, als das Pony eine Plastiktüte sah, die sich in einem Baum verfangen hatte und dort im Wind flatterte wie ein kranker Vogel. Plötzlich jagte es los, rüttelnd und schüttelnd, und trommelte dann im Galopp über den Boden. Lizzie hörte ihre Mutter am Tor aufschreien, und im nächsten Moment flog sie durch die Luft, der Wind wie Meer in ihren Ohren. Irgendwie, unerklärlicherweise, schaffte Cordelia es rechtzeitig übers Feld und warf sich zwischen Lizzie und den harten Boden, und Lizzie hörte ein Knacken, wie ein brechender Ast, als sie auf ihr landete, während das Pony wie verrückt weitergaloppierte und sie beide mit Schlamm bespritzte.

Jahrelang sprachen sie jedes Jahr an Weihnachten darüber, daß es in dem Augenblick, als das Pony scheute, für den Bruchteil einer Sekunde so war, als könnte Cordelia fliegen. Sie fragten sich, wie sie sonst rechtzeitig hätte dagewesen sein können, um Lizzies Fall abzudämpfen. Und sie sprachen darüber, daß sie ihr gebrochenes Schlüsselbein erst bemerkte, als sie schon wieder zu Hause waren.

Lizzie sitzt an ihrem Schreibtisch und denkt an ihre Mutter. Ihre wundervolle Mutter, die immer zur Stelle war, um sie zu retten, und nie über die Schmerzen klagte, die ihr noch heute nach unten durch den Arm schießen, bevor es Regen gibt, ein Andenken an jenes Weihnachten. Cordelia schien immer förmlich zu knistern vor irgend etwas Unwiderstehlichem, wie ein Magnetfeld. Sie war die Sorte Mutter, der Lizzies Freundinnen sich anvertrauten: Sie war nie peinlich. Wenn sie spät abends aus der Rugby-Club-Disco oder dem Pub nach Hause kamen, machte sie ihnen noch Toasts und ließ sie die Reste aus dem Kühlschrank plündern. »Scheiße«, sagte sie, wenn sie den Stekker des Toasters rauszog, »von dem Ding krieg ich immer einen Schlag.« Tatsächlich kriegte Cordelia andauernd irgendwelche Stromschläge. Sie schien statische Elektrizität anzuziehen: ihr langes Haar sprühte Funken, wenn sie es bürstete, so daß sie die Bürste fallen ließ. Auch die Griffe von Autotüren, so daß sie sich die Türen von jemand anderem öffnen lassen mußte. Aber das war einfach ganz natürlich, wenn man mit ihr zusammen war. Soviel elektrische Energie. Elementar.

Lizzie ist froh, daß die anderen noch immer aus dem Zimmer sind. Sie schlingt die Arme um ihre Schultern, umarmt sich selbst. Die Sehnsucht nach ihrer Mutter ist so stark, daß sie Peter um so mehr verachtet für das, was er getan hat. Wieso sollte sie ihn decken? Manchmal weiß sie nicht, wie sie all diese Einsamkeit und Trauer aushält, bloß um seine Ehe zu retten, wenn sie sich damit doch nur der Liebe ihrer Mutter beraubt. Ich bin anscheinend eine echte Heilige, denkt sie verbittert. Doch dann stellt sie sich Cordelia und Peter und die drei Mädchen vor. Sie sieht sie zu Hause, wie sie immer waren. Sie sieht, wie Cordelia

Peter anschaut, so voller Liebe. Ihr Blick folgt Peter durch den Raum, wie ein junger Hund sein Herrchen beobachtet, und dann denkt Lizzie, daß ihre Mum nach allem, was passiert ist, etwas Besseres verdient hat als die Wahrheit.

Sie hört den Fahrstuhl nicht, als Tony kommt. »Kleines«, sagt er, »du bist ja noch da.« Seine Augen wirken heller in dem gebräunten Gesicht. »Wie schön.«

Lizzie spricht mit niemandem über ihre Eltern, aber Paula hat so eine bohrende Art. Sie sitzen nach der Arbeit im Three Bells und warten auf Ian und zwei seiner Arbeitskollegen. Paula hat den Glühwein empfohlen, und der Barkeeper gießt ihn dampfendheiß aus einem Topf in ihre Gläser. Er ist zu süß, und Lizzie sieht das Zimtpulver auf der Oberfläche treiben und die öligen Spuren von jemandes Lippen am Glasrand.

»Wie kommt es eigentlich, daß du sie nie besuchst?« fragt Paula und schaufelt sich Chips in den Mund. Sie sitzen auf hohen Hockern an der Bar, und Paula bietet Lizzie einen besonders großen Kartoffelchip mit einer Blase in der Mitte an. Lizzie hat immer den Eindruck, daß Paula ganz schwach nach Spermizid riecht, aber sie versucht, nicht darüber nachzudenken, als sie ihn nimmt.

»Ach, das liegt bloß an meinem Dad. Er ist ein Arschloch«, sagt sie. »Ich mußte weg von ihm. Aber meine Mum ist okay, ich kann sie bloß nicht besuchen, ohne ihr Sachen über ihn zu erzählen, also tu ich's einfach nicht.«

»Was denn, hat er dich geschlagen oder so?« Paulas Augen sind ganz groß vor lauter Möglichkeiten. Sie und Ian verbringen jeden Sonntag bei ihren Eltern in Orpington, essen Brathähnchen und spielen Rommé. Da sie in Orpington aufgewachsen ist, klingen ihre Vokale so heimelig, und ihre Sätze laden förmlich zu Vertraulichkeiten ein. Lizzie ist eine härtere Nuß als die meisten, und Paula ahnt, daß etwas ziemlich Schreckliches passiert sein muß, denn Lizzies Augen schimmern feucht.

»Ich glaube, er hat mich bloß einmal geschlagen«, sagt Lizzie. »Da muß ich so zehn gewesen sein.« Sie hat seitdem gar nicht mehr daran gedacht, aber sie erzählt Paula davon, weil sie spürt, daß Paula sonst keine Ruhe geben wird.

»Dabei hab ich bloß mit dem Besen gespielt«, erzählt sie. »Es war an Halloween. Ich war eine Hexe, hatte noch meine Pfadfinderuniform an, und ich hatte dem Besenstiel gesagt, er sollte durch die Küche tanzen. Mein Dad saß am Tisch und las die Abendzeitung. Anna und Briony nörgelten rum und wollten an die Kürbislaternen, die oben auf dem Geschirrschrank brannten. Die dürft ihr nicht anfassen, sagte er, die sind zu heiß. Die beiden gingen ihm also schon mit ihrer Heulerei auf die Nerven, als ich mit dem Besen gegen ihn stieß. Es war unabsichtlich, aber er hat mir den Stiel weggerissen und mir damit gegen die Beine geschlagen.«

»Echt, richtig feste?«

Er hatte tatsächlich fest geschlagen, und sie hatte einen blauen Fleck davon bekommen. Aber sie merkt, daß sie bereits den Mut verliert, und will nur noch das Thema wechseln. »Nein, eigentlich nicht. Ich hab mich bloß erschrocken, weil er uns sonst nie geschlagen hat.«

Paula blickt so enttäuscht drein, daß Lizzie bedauert, ihr nicht irgendwas von einem gebrochenen Bein vorgeflunkert zu haben. Aber die Vorstellung, sich noch mehr Lügen merken zu müssen, ist einfach zuviel: ihr fiktiver Camberwell-Freund bereitet ihr schon genug Schwierigkeiten, vor allem, seit Paula allen von ihm erzählt hat. Jetzt muß sie sich Rat holen, wie sie mit seinen fünf kleinen Söhnen fertig werden kann, und Siobhan hat gesagt, sie brauchte einen guten Zahnarzt und ob sie seine Nummer haben könnte. »Nein«, hat Lizzie geistesgegenwärtig geantwortet. »Nein, kannst du nicht. Sonst verguckt er sich noch in dich.«

Paula hat ihren Glühwein ausgetrunken, und jetzt ist Lizzie an der Reihe, einen auszugeben, obwohl sie viel lieber gehen würde. Sie wechseln zu einem Tisch hinüber, weil Ian jeden Moment kommen muß. Lizzie trägt in jeder Hand ein dampfendes Glas und hat sich eine neue Tüte Chips unters Kinn geklemmt. Paula schnappt sich die Chips und öffnet sie mit einem dumpfen Knall.

»Was hat er mit dir gemacht, Lizzie?« Paula läßt nicht locker, und Lizzie erwägt ernsthaft, ihr die Wahrheit zu sagen. Sie schüttet das halbe Glas Glühwein in sich hinein, ihr Magen ist dankbar und warm. Das Pub ist dunkel, hat eine gewölbte Decke, und auf dem Boden ist Sägemehl verstreut. Paula lächelt ermutigend. Lizzie nimmt noch einen Schluck, fängt an, die Ecke eines Bierdeckels abzupulen. Sie sucht nach den richtigen Worten, fühlt sich beklommen, weil sie noch nie darüber geredet hat. Paula streichelt ihr über den Handrücken. Lizzie spürt, wie die Worte in ihr hochwirbeln, noch unausgesprochen. Ein kalter Luftstoß von der Eingangstür bricht den Bann und trägt Ian und seine Freunde herein.

Zum allerersten Mal wirkt Paula irgendwie verstimmt, als Ian die Arme nach ihr ausstreckt, aber sie kommt drüber weg. »Da ist ja meine schöne Verlobte«, sagt er und haucht einen Kuß auf den Smaragdring seiner Großmutter.

Die drei Steuerberater bringen die Kälte von der Straße mit, als sie sich aus ihren marineblauen Wollmänteln schälen. »Draußen ist Schneeregen«, sagt Ian und stellt Lizzie die anderen vor, bevor er anbietet, Getränke für alle zu holen. Lizzie will schon ablehnen und zupft nervös an ihrer Jacke. Sie muß los, sagt sie. In ihrer Tasche steckt die Adresse ihres Vaters, zumindest hofft sie, daß er noch dort wohnt – es ist die Adresse, die Elena ihr gegeben hat. Sie will ihn besuchen; mit dem Glühwein wollte sie sich bloß Mut antrinken.

»Meine Güte, Lizzie«, sagt Ian. »Du wirst uns doch jetzt nicht verlassen, wo wir gerade erst gekommen sind, oder?«

»Dann sind die Jungs aber schwer enttäuscht«, sagt Paula neckisch. »Und überhaupt, ich dachte, du hättest gesagt, daß mit deinem Typ Schluß ist.« Lizzie hat Paula die Nachricht vorenthalten, daß alles wieder beim alten ist. Tonys Verhalten wirkt allmählich etwas überspannt. Besonders für einen Zahnarzt.

»Es ist verflucht kalt da draußen«, sagt Ian, reibt sich heftig die Hände und läßt dann effektvoll die Knöchel knacken. »Ich verbiete dir zu gehen, bevor du nicht noch was zum Aufwärmen getrunken hast.«

»Hast du gesagt, daß du Liza heißt?« sagt der ältere von Ians Kollegen, den Ian als Christopher vorgestellt hat. Er hat die Lüsternheit eines alten Mannes im Gesicht eines jungen oder vielleicht den Eifer eines jungen Mannes in einem alten Gesicht; Lizzie kann sich nicht entscheiden. Aber es ist offensichtlich gut genährt, und die Schultern seines Nadelstreifenjacketts sind mit Schuppen gepudert. Er lacht lauter als alle anderen und erzählt einen widerlichen Witz, irgendwas mit Sardellen und weiblichen Genitalien. Er flüstert Lizzie das Wort Möse zu, während sie vor seinem beißenden Atem und den weißen Speichelbläschen zurückweicht, die sich in seinen Mundwinkeln abgesetzt haben. Lange vor seinen Kollegen hat er sein Glas geleert, und das, obwohl er die meiste Zeit redet.

James, der andere, ist dagegen ganz nett. Er läßt ein Zahnpastalächeln aufblitzen, als er vorgestellt wird, und hält Lizzies Hand länger, als er das bei einem Mann tun würde. Ihr fällt seine Haut auf: schlaff, wie bei einem Welpen. Und daß er eine Frisur hat wie ein Teenageridol: vorne länger, so daß ihm manchmal eine Locke übers Auge fällt, vor allem, wenn er lacht.

Lizzie ist sicher, daß James unter seinem Anzug einen Designerslip trägt, wahrscheinlich mit einem weihnachtlichen Motiv drauf, und daß er im Spiegel den Sitz überprüft hat, bevor er sich die Hose anzog. Wenn Savannah hier wäre, würden sie jetzt eine Wette abschließen und ihn dann bitten, sich zu entblößen. Gemeinsam fühlten sie sich sicher genug, um laut über die Unterwäsche junger Männer zu spekulieren, die sie gerade erst kennengelernt hatten. Eine Angewohnheit, mit der Lizzie gern brechen würde. An seiner rechten Hand bemerkt sie einen silbernen Ring mit einem griechischen Muster darauf, den früher vielleicht eine Freundin getragen hat. Wie eine Art Namensschildchen, vermutet Lizzie, »James' Freundin«. Aber jetzt nicht mehr James' Freundin, weil es nämlich keine gibt. Paula hat Lizzie auf der Damentoilette diesbezüglich aufgeklärt. Er könnte ja genausogut in Großbuchstaben »ZU VERGEBEN« quer über der Brust stehen haben, dachte Lizzie, als Paula ihr die Bürste rüberschob.

Als sie gehen, besteht James darauf, Lizzie nach Hause zu bringen, und sie sitzt auf dem Beifahrersitz, während Ian und Paula auf die Rückbank klettern. Christophers Wagen parkt vor ihnen, und sie sehen, wie er nach seinen Schlüsseln kramt, rot angelaufen vom vielen Wein und der Flucherei. Ein Besoffener kommt vorbeigetrottet, bleibt stehen, um ein Weilchen zu schwanken und seine Bierdose in die Luft zu strecken, als wartete er darauf, daß Gott sie wieder auffüllt. Christopher brüllt ihn an, Lizzie kann nicht verstehen, was er sagt, aber der Mann taumelt rückwärts, als hätte ihm jemand Sand in die Augen geworfen. Lizzie fängt den wäßrigen Leichenträgerblick des Mannes auf. Fast unmerklich zeigt sie auf Christopher und verzieht das Gesicht: ein stummes »Igitt« und ein Daumen nach unten, das nur der Betrunkene sieht. Sein Gesicht legt sich in Falten, sein dunkler Mund eine Höhle wie bei einer Kürbislaterne. Als sie losfahren, steht er noch immer da, zeigt hinter Lizzie her, den Daumen anerkennend nach oben gestreckt.

Den ganzen Weg nach Hause versucht James, sie näher kennenzulernen, und sie spürt Paulas Zufriedenheit förmlich durch die Rücklehne hindurchstrahlen. Sie stellt sie sich vor, wie sie da hinten aufgeplustert sitzt, und erwartet schon fast, daß sie jedesmal, wenn James was sagt, kleine zufriedene Zungenschnalzer von sich gibt.

»Ißt du gern Meeresfrüchte?« fragt er, als sie vor ihrer Tür halten, und Lizzie weiß, was als nächstes kommt, als sie die

Frage bejaht. Sie denkt daran, wie wenig Tony sich seit seiner Rückkehr aus der Karibik um sie bemüht hat. Und noch nicht mal eine anständige Entschuldigung dafür, wie er vor seiner Abreise mit ihr umgesprungen ist.

»Sollen wir Samstag abend zusammen essen gehen?« Zwischen James' Frage und Lizzies Antwort bleibt Paula Zeit für ein ungeduldiges Hüsteln.

»Ja, gern«, willigt sie dann ein, während Paula auf der Rückbank selig lächelt, ein leicht angesäuselter Amor in einem Rock von C & A.

Lizzie stützt die Ellbogen auf die Fensterbank neben ihrem Bett; sie sieht die Straßenlampen nicht und die Autos und die Leute, die unten vorbeigehen, hört nicht das Gehupe und Rufen. Sie denkt an Jack Seymour und daran, nach Marylebone zu fahren. »Das Haus gehört zum Portman Estate, ganz in der Nähe von Manchester Square«, hat Elena ihr gesagt. »Er hat es schon seit Jahren, ist durch reiche Bekannte aus der Schulzeit drangekommen.« Jetzt ist es zu spät, um noch hinzugehen. Nicht, weil sie meint, es wäre unhöflich um diese Uhrzeit, sondern nur, weil ihr die Straßen zu dunkel sind.

Sie wird ihn demnächst sehen, vielleicht sogar schon morgen, obwohl sie sich ihm nicht vorstellen wird: das wäre doch zu gefährlich, man denke nur an Savannah. Lizzie weiß noch, wie Savannah im letzten Sommer aus Halifax zurückkam. Sie versucht unter den gegebenen Umständen, nicht daran zu denken: Savannahs Gesicht, so blaß wie ausgewaschenes Leinen, ihre bebende Trauer, die in Lizzies Armen zu ohnmächtiger Wut wurde. Wie sie Lizzie schluchzend erzählte, was passiert war:

Das Taxi vom Bahnhof, ihr Vater an der Tür, der sie anstarrte, als wollte sie ihm irgendwas verkaufen, eine Frau, die wissen wollte, wer denn da ist, ein Baby, das irgendwo im Haus schrie. »Ich hatte das starke Verlangen, gar nicht zu sprechen, mich einfach in seine Arme zu werfen«, sagte Savannah. Aber sie sprach dann doch: »Hallo, Dad, ich bin's, Savannah, und heute ist mein neunzehnter Geburtstag.« Wortlos hatte ihr Vater ihr die Tür vor der Nase zugemacht.

Savannah erzählte, daß sie danach fast eine Stunde lang den Finger auf die Klingel gepreßt hatte, aber er kam nicht wieder raus. Lizzie fand es töricht von ihr, überhaupt dort hinzufahren. Den Fehler wird sie bei Jack Seymour nicht machen: eine geschlossene Tür wäre nicht die beste Ausgangssituation für ihre Rache.

Irgendwer pfeift unten auf der Straße, eine Melodie, die Lizzie aus ihren Gedanken reißt. Sie bringt sie zum Lächeln. »Hi ho, hi ho, it's off to work we go« – das Lied der Zwerge aus »Schneewittchen«, das sie und Savannah immer summten, wenn Donald so eben außer Hörweite war. Pfeifen ist nicht leicht, wenn man lachen muß.

Sie reckt den Hals, um zu sehen, wo das Pfeifen herkommt, weicht dann zurück und schaltet die Nachttischlampe aus. Es ist der Zauberkünstler von der U-Bahn-Station. Sein Gang verrät ihr, daß er es ist: lange Beine, die beinahe zur Melodie tanzen, während er pfeift und eine Reisetasche hin und her schwingt. Er ist es, ganz eindeutig, jetzt kann sie auch sein Gesicht sehen, koboldhaft im Scheinwerferlicht eines vorbeifahrenden Autos, und als er fast genau gegenüber ist, bemerkt sie die drei silbernen Jonglierkeulen, die durch den Reißverschluß der Tasche ragen. In dem Augenblick scheint er langsamer zu werden, und er blickt zu ihrem Fenster hoch, wo sie im Dunkeln sitzt und wie ein Wächter hinausschaut.

Sie bleibt am Fenster, während sein Pfeifen verklingt und er um die Ecke biegt. Die Straße ist jetzt leer; die Pubs haben schon längst geschlossen. Der Gedanke an Savannah und den Tag, als sie aus Halifax zurückkam, bringt Lizzies Erinnerung auf einen Weg, von dem es kein Zurück mehr gibt. Sie versucht, das Band zu löschen, wie schon so oft, aber die Bilder tauchen auf, unauslöschlich wie Blut. Damals, als sie zu Hause in ihrem Zimmer aus dem Fenster sah, eine schlaflose Nacht, lange nachdem Savannah sich im Gästezimmer schlafen gelegt hatte, gut versorgt mit ein paar Brandys von Peter sowie Liebes- und Mitgefühlsbekundungen von Lizzie.

»Ob sie sich wieder fängt?« fragte Lizzie Peter, der das Feuer im Kamin löschte, doch er zuckte bloß die Achseln. »Ich hab dich lieb«, sagte sie und gab ihm einen Kuß in den Nacken, bevor sie nach oben in ihr Zimmer ging. Und sie meinte es ehrlich. Das, was Savannah an diesem Tag widerfahren war, hatte Lizzies Liebe zu Peter nach etlichen ziemlich schwierigen Teenagerkrisen neu gefestigt. Sie würde das nie wieder denken, aber in diesem Augenblick war er das Beste, was ihr je passiert war: der Retter ihrer Mutter, ihr eigener geliebter Vater.

Sie lag im Bett und machte sich Sorgen um ihre Freundin, voller Zorn auf den Mann, der Savannah gezeugt hatte, und gleichzeitig auch auf den Mann, der sie gezeugt hatte. Sie vermißte ihre Mutter, wünschte, sie wäre nicht mit Ingrid nach Indien gefahren, wo sie beide doch zu Hause gebraucht wurden, um Trost und Geborgenheit zu geben. Angesichts von Savannahs Unglück waren Lizzies Worte so nutzlos gewesen. Sie konnte fast die Gedanken ihrer Freundin hören. »Du hast wenigstens Peter«, hatte sie gesagt, endlich einmal laut ausgesprochen, während Lizzie ihr den Arm streichelte, so wie früher.

Diese Nacht. War es ein Traum? Wie viele Male hat sie versucht, sich das einzureden? Der Blick aus dem anderen Fenster, vor gar nicht so langer Zeit. Obwohl es ihr vorkommt wie eine Ewigkeit. Ihr Bett hinter ihr ein Durcheinander aus zerwühlten Laken und Decken. Wie im Fieber von zu wenig Schlaf, die kühle Luft, die sie ans Fenster lockt, dann steht sie da, lehnt sich hinaus in den Garten, hört das einförmige Rascheln der Bäume und verschwörerischen Sträucher, die Zweige silbrig verschwommen im Vollmondlicht. Ein Nebelschleier liegt auf dem Gras, Lous vergessenes Dreirad, und Cordelias Sommerhaus steht im Hintergrund, fern und tiefschwarz.

Lizzie preßt die Fäuste in die Augenhöhlen und will das Bild abschütteln, aber es ist immer da, wie grelles Licht, das sich in ihre Netzhaut eingebrannt hat. Das ganze Bild: Savannah, eine blasse Rapunzel, deren Haar aus dem Sommerhausfenster hängt, fast metallisch vor dem Schwarz. Savannah, die auf und nieder wippt, vor und zurück, rein und raus aus dem Fenster, immer schneller. Und hinter ihr, sich mit ihr bewegend, ein anderes Gesicht. Ein Gesicht so vertraut wie der Mond.

Kapitel Dreizehn

Lizzie fühlt sich unauffällig, als sie in der Einfahrt der Tiefgarage gegenüber von Jack Seymours Haus lauert. Sie steht in einer schmalen Gasse, die von der Hauptstraße abgeht, die einzige Stelle, von der aus man eine ungehinderte Sicht hat. Seine Tür bleibt schwarz und verschlossen in den abblätternden, schmuddeligen, weißverputzten Mauern; einfarbig dunkle Vorhänge hängen vor dem einzigen Fenster zur Straße hin. An der Klingel ist kein Namensschild, nur ein vergilbtes Stück Papier, und seltsamerweise ist seine Tür die einzige ohne Briefschlitz. Aber sie weiß, daß sie hier richtig ist, weil sie am zweiten Abend ihrer Wache eine alte Frau sah, die die Haustür direkt nebenan abschloß, und nachdem Lizzie einen Moment unsicher auf der Straße gezaudert und der Frau nachgeschaut hatte, wie sie mit ihren Hühneraugenpflastern an den Füßen zur Bushaltestelle trottete, lief sie hinter ihr her. »Entschuldigung, wohnt hier ein gewisser Jack Seymour?«, und zu ihrer Erleichterung nickte die Frau und bat Lizzie dann, ihr doch netterweise in den Bus zu helfen.

Lizzie ist nun jeden Abend nach der Arbeit hier. Ihre anfängliche Paranoia und Neigung zu irgendwelchen Ausflüchten hat sie zwar inzwischen überwunden, aber noch immer ist es ihr zuwider, wie die Männer sie ansehen, wenn sie in die Tiefgarage fahren oder mit ihren Wagen herauskommen. Sie achtet darauf, daß sie weder Lippenstift benutzt noch zu kurze Röcke trägt. Aber inzwischen versteckt sie sich nicht mehr hinter den Seiten des »Evening Standard« oder blickt demonstrativ auf die Uhr und dann die Straße entlang, als wartete sie auf jemanden, der sich verspätet hat. Mittlerweile kommt sie sich beinahe unsichtbar vor, und die Anspannung ist gewichen.

Heute ist sie das erste Mal am hellichten Tag hier. Es ist Samstag, und auch das Wetter behandelt sie zur Abwechslung mal freundlich, läßt keine Eisnadeln auf sie niederhageln und treibt ihr keinen Schneeregen ins Gesicht. Es ist nicht gerade warm, aber es ist sonnig, und Lizzie steht mit dem Rücken zur Garagenwand, blinzelt durch die Helligkeit zu der verschlossenen Tür und dem verhängten Fenster hinüber. Komm schon, denkt sie, irgendwann mußt du dich mal zeigen.

Ein Mann kommt auf sie zu, eine gelbe Einkaufstüte in der Hand. Helles Haar, registriert sie, und, als er näher kommt, an den Schläfen grau meliert. Aber er ist zu dick. Ein dicker Banker. Name? Möglicherweise Henry. In dieser Gegend beobachtet sie die Menschen genauer, als sie das je getan hat. Ihr ganzes Leben lang hat sie Jacks Gesicht in den Gesichtern von Fremden gesehen, und manchmal ist sie näher an einen arglosen alten Mann herangetreten oder ihm gefolgt, bloß um sich zu vergewissern. Oft hat sie sich gefragt, ob sie in der U-Bahn neben ihm saß oder im Supermarkt in der Schlange an der Kasse hinter ihm stand, aber jetzt, in Marylebone, geht kein Mann an ihr vorbei, ohne argwöhnisch beäugt zu werden.

Sie ist heute morgen so früh losgegangen, daß sie dem Postboten noch begegnet ist. Er hat ihr die Post für alle Wohnungen im Haus gegeben, ein Briefbündel, von dem sie in der Annahme, für sie sei nichts dabei, das Gummiband abstreifte. Sie sah die Post durch, eigentlich aus reiner Neugier: lustige Ansichtskarten mit Känguruhs auf den Briefmarken für die australischen Mädchen; die üblichen Briefe von Banken auf den Kanalinseln für den unsympathischen Mann mittleren Alters mit der philippinischen Freundin im ersten Stock; ein paar Rechnungen für das alte Ehepaar; Reklame von einer Pizzabude und mittendrin ein beigefarbener Umschlag, in altmodischer Handschrift an sie adressiert.

Sie hat ihn an der Bushaltestelle geöffnet. Drinnen war eine Karte mit abgeschrägten Rändern, nur zwei Sätze, die auf den ersten Blick harmlos waren, aber bei jedem nochmaligen Lesen unerklärlicherweise immer beunruhigender wurden. *Liebe L.*, stand da, und Lizzie bemerkte den unglückseligen Anfangsbuchstaben, statt ihres Namens. *Ich muß oft an Sie denken. Ich fände es sehr schön, wenn Sie mich häufiger besuchen kämen.* Und die Unterschrift lautete *Elena*. Später, vor Jack Seymours Haus, las sie die Karte erneut, und inzwischen hatte die Wärme ihrer Tasche den schwachen Liliendufт freigesetzt.

Lizzie beobachtet zwei Frauen, die von der Hauptstraße in die Gasse einbiegen. Sybil und Adelaide, sagt sie sich, reiche Witwen. Um die quälende Langeweile ihrer Überwachung zu lindern, hat sie angefangen, allen Leuten Namen und Berufe zu geben. Sybil und Adelaide trippeln Arm in Arm daher, nüchtern wie ein Paar Wäscheklammern. Vor dem ersten Haus in der Straße bleiben sie stehen und klingeln. Lizzie sieht einen asiatisch aussehenden Mann an die Tür kommen, den Kopf schütteln und die Straße hinabblicken. Sie sieht Sybil und Adelaide zum nächsten Haus gehen und auch dort klingeln. Sie kann nicht verstehen, was sie zu der Frau mit dem ausdruckslosen Gesicht sagen, die die Tür öffnet, aber inzwischen dröhnt ihr das Blut in den Ohren. Sybil und Adelaide gehen offensichtlich wegen irgendwas von Tür zu Tür, und jetzt sind sie nur noch zwei Häuser von Jacks entfernt.

Im nächsten Haus ist niemand, und auch die alte Lady, der Lizzie neulich in den Bus geholfen hat, ist nicht daheim. Und jetzt klingeln Sybil und Adelaide bei Jack, und Lizzie zieht sich den Mantel vors Gesicht, stopft mit zitternden Fingern ihre Haare in den Kragen. Sie wagt kaum hinzusehen, als sich Jacks Tür weit zur Straße hin öffnet, und da ist er, endlich. Sein Kopf auf dem mageren Hals ragt aus einem dicken grünen Pullover und reckt sich nach links und rechts, wie bei einer mißtrauischen Schildkröte. Lizzie duckt sich, als sie den Mann mit dem wirren Haar sieht, jetzt ergraut, der so alt und gebrechlich wirkt, daß sie fast vergißt, ihn zu verabscheuen. Sie hört, wie die Frauen sich nach einer verschwundenen Katze erkundigen, sieht, daß Jacks knochige Hände sich ineinanderkrampfen, seine schwarzen Augen scheinen sie in dem Augenblick zu entdecken, als er den Kopf schüttelt und wieder hinter der schwarzen Tür verschwindet, wortlos. Lizzies Herz schlägt so schnell, daß sie sich auf das Pflaster hocken muß, um wieder zu Atem zu kommen.

Es ist fast achtzehn Jahre her, daß sie ihn zuletzt gesehen hat. Ihre einzige echte Erinnerung hat sie an den Tag, als er fortging, nur dieser unscharfe Blick auf sein Gesicht durch den Dampf und die Glockenblumen im Badezimmer hindurch. Jetzt lauert hinter der dunklen Tür, die sie beobachtet, dieses andere geheime Gesicht, alt und zerstört. Geheim, und doch nicht fremd, selbst jetzt nicht.

Du Dreckskerl, denkt sie, aber ruhig. Ich hab dich gefunden, wieso hast du nie versucht, mich zu finden?

Die wenigen Male, wenn sie ihre Mutter fragte, warum ihr richtiger Vater nie da war, erwiderte Cordelia nur, wie fürsorglich er immer gewesen war, als ob schon allein diese Tatsache sein späteres Verschwinden entschuldigte und Beweis dafür war, daß Lizzie von ihm geliebt wurde, trotz aller gegenteiligen Beweise. Während Lizzie von seinem Haus weggeht, erinnert sie sich an manches, das Cordelia ihr erzählte, und vor allem an eine Geschichte, die ihr etwas gab, woran sie sich klammern konnte, wann immer das Gefühl von Wertlosigkeit sie zu überfluten drohte, wie das eine Mal, als Peters Mutter sie in einem Augenblick seniler Grausamkeit anfauchte: »Du bist nicht seine richtige Tochter, du bist kein richtiges Enkelkind.«

»Er hat dich immer mit sich rumgetragen, als du noch ein Baby warst«, erzählte Cordelia ihr damals. »Und sobald du laufen konntest, hat er dich mit Habichtsaugen beobachtet. Ich weiß noch, wie ich mal mit dir aufs Feld gegangen bin, hinter den Brunnen. Es war ein schöner Tag und das erste Mal, daß du Schuhe anhattest. Kleine rote Schnürstiefelchen waren das. Als du aus ihnen rausgewachsen warst, haben wir sie als Dekoration behalten, da hingen sie dann an ihren Schnürsenkeln von der Leselampe. So niedlich ... nein, ich weiß nicht, wo die geblieben sind.

Na, jedenfalls bist du neben mir hergestapft und hast mit deiner ulkigen unmelodischen Stimme munter vor dich hin gesungen. Am anderen Rand des Feldes war ein eisernes Tor mit fünf Querstreben und dahinter der Fluß, der im Winter über die Ufer trat und dann zufror, so daß Schulkinder dort Schlittschuh laufen konnten. Aber an dem Tag war schönes Wetter, und ich bin mit dir runtergegangen, um nach Froschlaich zu suchen. Du hattest ein kleines Fischernetz an einem langen Bambusstock dabei, und ich trug ein Einmachglas. Ich saß am Flußufer, und du hast Butterblumen gepflückt, als ich auf einmal jemanden rufen hörte, und ich schaute in die Richtung und sah Jack über das Feld angerannt kommen, wild mit den Armen fuchtelnd.

›Halt, halt‹, schrie er mich an. ›Hol sie da vom Fluß weg.‹ Er zitterte, als er uns erreichte und dich hochriß, so daß dir die Butterblumen aus der Hand fielen und du anfingst zu weinen. Er schäumte vor Wut. Nie werde ich den Blick vergessen, mit dem er mich ansah: eine Anklage, die sagte ›als Mutter ungeeignet‹. ›Was denkst du dir eigentlich dabei, mit ihr hierherzugehen?‹ Ich wußte nicht, was ich sagen sollte, und er war regelrecht panisch. Er sagte, er habe Angst, daß du jetzt, wo du den Weg zum Wasser kanntest, nicht mehr aufzuhalten wärst. Es war, als hätte er Angst, daß der Fluß dich rufen würde, während wir schliefen.«

Verdammter Heuchler, denkt Lizzie jetzt, während sie zwischen den kahlen roten Türmen der Chilton Street entlangstapft, so enttäuscht wie ein Kind, dem man gesagt hat, daß es keinen Weihnachtsmann gibt. Klar, daß Jack Panik vor dem

Wasser hatte. Wenn sie sich doch nur mit ihrer Mutter treffen könnte, um ihr alles zu erzählen, was sie weiß. Aber was sollte sie dann sagen? Mein Vater hat uns verlassen, weil – stell dir vor! Er hatte eine andere kleine Tochter, von deren Existenz du nie erfahren hast, weil er sie dir gegenüber mit keinem Wort erwähnt hat. Sie ist kurz nach meiner Geburt ertrunken, und auch das hat er dir nie erzählt. Ach ja, und noch was, wovon du nichts weißt. Letzten Sommer hab ich gesehen, wie dein Mann die Tochter deiner besten Freundin im Sommerhaus gevögelt hat. He, Mum, du hast wirklich eine glückliche Hand!

Cordelia wäre von James angetan gewesen, wenn sie ihn kennengelernt hätte. Jede Mutter wäre das. Er ist glatt rasiert, mit frisch gewaschenen Haaren und strahlenden Zähnen, und unter seinem schicken Jackett trägt er ein blaßgrünes Pikeehemd mit einem kleinen aufgestickten grünen Krokodil auf der Brust. Er ist pünktlich gekommen und hat auf dem Bürgersteig auf Lizzie gewartet. Im Nieselregen. Er ist um seinen blitzblanken Firmenwagen herumgegangen, um ihr die Beifahrertür aufzuhalten, den schwarzen Schirm über ihren Kopf gestreckt. Sein Auto roch irgendwie nach Zitrusfrüchten, erlesen und sauber, wie sein Aftershave.

Lizzie unterdrückt ein Gähnen, als er anfängt, ihr von seinen Hoffnungen auf einen Job an der Börse zu erzählen. Viele von seinen Bekannten sind da schon, so sagt er, und die machen richtig Geld. Sein Vater ist groß im Geschäft mit medizinischen Geräten, sein Bruder ebenfalls. Er hat sich eine Wohnung gekauft, verrät er ihr. Sade ist seine Lieblingssängerin, und meistens holt er sich mittags ein Schinken-Tomaten-Salat-Sandwich zum Lunch. Im Restaurant zu sitzen und James zuzuhören ist so entspannend wie ein warmes Bad. Außerdem ist das Restaurant keins von der Sorte, in die Tony sie einlädt. Hier hängen Poster von Toulouse Lautrec an den roten Ziegelwänden, und ganz hinten neben der Bar sitzt eine schwarzäugige Frau auf einem hohen Hocker, zupft auf der Gitarre und singt mit einer Kleinmädchenstimme wie Françoise Hardy. Sie essen mit den Fingern: heißen, mit Butter bestrichenen Hummer und *Moules à la marinière,* nach Knoblauch duftend, in gehäuft vollen leuchtendblauen und -grünen Steingutschüsseln.

Die Frau singt, und James übersetzt für Lizzie: »*Je suis d'accord pour tout ce que tu voudras, mais ne compte pas sur moi pour aller chez toi.* Ich bin mit allem einverstanden, was du willst, aber erwarte nicht, daß ich mit dir nach Hause gehe.«

Lizzie lacht, sagt, daß sie das nicht tue.

»*Pas pour un seul café?*« Und er tut schockiert, als sie ihm sagt, daß sie kein Wort Französisch spricht, weil ihr Französischlehrer so blind war, daß er nie gemerkt hat, wenn sie mal geschwänzt hat.

»Hast du denn auch nie einen Schüleraustausch gemacht?«

Sie schüttelt den Kopf. So was hat sie nie gemacht, weil sie, um ehrlich zu sein, nie gern lange von ihrer Mutter getrennt war. Als andere Mädchen anfingen, sich von ihren Eltern zu lösen, war Cordelia für Lizzie noch immer ihre allerbeste Freundin, auch wenn sie sich die kostbaren Augenblicke mit ihr stehlen mußte, bei drei Schwestern und Peter, die schließlich auch Anspruch auf Cordelia erhoben.

»Dazu hatte ich nie richtig Lust«, sagt sie. »Ich fand die Vorstellung, bei einer fremden Familie wohnen zu müssen, einfach unerträglich.«

»Es war das Beste, was ich je gemacht habe«, sagt James. »Nach diesem Sommer schaffte ich es vom Klassenletzten zum Klassenbesten. Bernards Familie war wirklich arm, und keiner von ihnen sprach auch nur ein Wort Englisch. Bernard und ich kriegten jeden Morgen ein Baguette und durften dann erst zum Abendessen wiederkommen. Den ganzen Sommer haben wir am Strand verbracht, und ich habe Tauchen gelernt. Wir haben uns von rohen Seeigeln vom Grund des Meeres ernährt, die Innereien haben wir mit dem Brot ausgelöffelt.«

»Igitt«, sagt Lizzie.

»Köstlich«, sagt James, und in diesem Moment gefällt er Lizzie.

Es ist ein eigenartiges Gefühl für Lizzie, wie eine Zeitreise, mit jemandem in ihrem Alter zusammenzusitzen und über Schule und Berufsplanung und Popkonzerte zu sprechen. Leider schweifen ihre Gedanken immer wieder ab. Sie versucht, das Bild von Jack Seymour in ihrem Kopf zu verankern. Nicht das übliche schemenhafte Bild seines Gesichtes durch den Dampf hindurch, sondern das Bild, das sie früher am Tag gesehen hat: die verdrossenen Augen und die papierblasse Haut, den knochigen Hals, das wirre graue Haar. Sie gibt sich Mühe, dieses Gesicht als das ihres Vaters zu akzeptieren. Manchmal spürt sie, daß James auf eine Reaktion von ihr wartet, dann muß sie sich in die Gegenwart zurückreißen.

»Wie findest du ›Hunky Dory‹?« fragt er unvermittelt.

»Wie bitte?«

»Du weißt schon, David Bowie, das Album mit ›Changes‹ drauf?« Er spricht langsam und überdeutlich, wie mit einem kleinen störrischen Kind.

»Ja. Was ist damit?«

»Ist schon gut. Darüber haben wir gerade gesprochen, mehr nicht.« James fängt an zu lachen und schnippt ein Stückchen Brot quer über den Tisch in ihre Richtung. Dizzy Lizzie nennt er sie, und sie fragt sich, ob er seine Einladung zum Abendessen schon bereut. Als die Rechnung kommt, wehrt er sich nicht dagegen, daß sie die Hälfte übernimmt. »Du bist heute abend ein bißchen abwesend, stimmt's?« sagt er, als sie aufstehen, um zu gehen, und bei dieser Formulierung kommt ihr die Frage, wieso er vermutet, daß sie an irgendeinem anderen Abend der Woche mehr bei der Sache wäre als heute abend.

Als sie vor ihrer Haustür ankommen, ist offensichtlich, daß James sehr wohl erwartet, noch mit hineingebeten zu werden, und während Lizzie ihre Schlüssel sucht, denkt sie, warum eigentlich nicht, verdammt. Die Tür schließt sich nicht richtig hinter ihnen, das Schloß klemmt, seit eine von den Australierinnen die Tür zu fest zugeknallt hat. Lizzie will schon den untersten Treppenabsatz wieder runterlaufen, um sie richtig zuzudrücken, doch dann ändert sie ihre Meinung: James wird nicht lange bleiben, sie kann ihn bitten, die Tür zu schließen, wenn er geht.

Als sie nach siebenundsiebzig Stufen oben ankommen, läßt sie auch ihre Wohnungstür offenstehen. Nicht, daß sie wirklich Angst vor James hätte, aber man kann ja nie wissen. Sie versucht, die offene Tür nicht unbedingt als Fluchtweg zu sehen, aber sie fand diese ganzen Konventionen bei Verabredungen schon immer merkwürdig. Ein Abendessen oder ein Kinobesuch, und schon wird erwartet, daß man einen relativ fremden Mann zu sich in die Wohnung läßt, die in Lizzies Fall kaum mehr ist als ein Schlafzimmer mit Küche und Bad dran. Als sie noch zu Hause lebte, hat sie sich über so was nicht viel Gedanken gemacht. Da war ja immer noch Cordelia da, die Tassen mit Tee verteilte und fragte, ob sie sich gut amüsiert hatten.

»He, schöner Spiegel«, sagt James, als er durchs Zimmer geht. »Ziemlich groß.«

»Ich hoffe, du nimmst keinen Zucker« sagt sie, und sie verabscheut den Spiegel und die Hitze, die von ihrem Hals aufsteigt, während sie zwei Tassen in der Spüle abwäscht.

Sie trinken ihren Kaffee, auf Hockern an der Küchentheke sitzend, der Spiegel und das Bett hinter ihnen, die Schweigephasen zwischen ihnen nun länger und peinlicher als im Restaurant.

»Hast du Schallplatten?« fragt James, und Lizzie gibt ungern zu, daß sie nur Klassik hat, ein paar Opern und ein bißchen J. J. Cale, aber sie erklärt ihm nicht, warum.

»Du hast doch gesagt, daß du Steely Dan gut findest«, sagt er, aber sie kann ihm doch unmöglich verraten, daß sie ihren eigenen Musikgeschmack wegen Tony auf Eis gelegt hat.

James hockt sich hin, Lizzie neben ihm, und geht ihre Secondhand-Plattensammlung auf dem Boden durch. Er hat ein Prokofjew-Stück gefunden, das er mag, »Lieutenant Kijé«, und legt es gerade auf den Plattenspieler, als sie das Knarren der Treppe hören, gefolgt von Schritten auf dem obersten Absatz. Lizzie richtet sich auf, als Tony in der Tür erscheint, vom Treppensteigen außer Atem.

»Andrew, hallo!« ruft sie. »Was für eine Überraschung.«

Tonys Lächeln erstirbt. »Was?« sagt er. »Wer?«

Auch James ist aufgestanden, sein Haar fällt ihm über ein Auge, als er Tony die Hand entgegenstreckt.

»Hallo, Andrew«, sagt sie erneut, diesmal mit mehr Betonung auf dem Andrew. »Andrew, das ist James, ein Freund von Paula, du weißt schon, eine meiner Arbeitskolleginnen.«

Tony blickt sie noch immer an, als er James' ausgestreckte Hand ergreift. Er schüttelt den Kopf, hebt und senkt einmal kurz die Hand seines Gegenübers. Lizzie würde am liebsten loskichern. Es ist, als wären sie und James ungezogene Kinder, die auf frischer Tat beim Naschen erwischt wurden.

»Du weißt doch«, wiederholt sie, ihre eigene Panik genießend, »Paula, ich hab dir von ihr erzählt. Möchtest du einen Kaffee? Ich hab noch warmen da.«

»Andrew«, sagt James höflich, »regnet's draußen noch?«

Später, als Lizzie wieder allein ist, wartet sie in der Dunkelheit am Fenster darauf, daß der Zauberer vorbeigeht. Das tut er oft so spät in der Nacht, meistens allein, und immer pfeift er dabei. Es ist fast, als wünschte er ihr eine gute Nacht, wenn er den Hals reckt, um zu ihrem Fenster hochzusehen. Manchmal fragt sie sich, ob er weiß, daß sie ihn beobachtet, wenn er unten die Straße entlanggeht.

Sie versucht zu schlafen, versucht, diesen kurzen Blick, den sie von Jack Seymour erhascht hat, zu bewahren, ihr Unterbewußtsein dazu zu überreden, ihrem realen Vater Einlaß in ihre Träume zu gewähren. Doch bei dem Wort Vater muß sie sofort an Peter denken. Sie versucht, sich seine guten Seiten zu vergegenwärtigen. All die Jahre, die sie als Vater und Tochter gemeinsam verlebten, bevor sie ihn in jener Nacht mit Savannah im Sommerhaus sah. Aber das ist wie Rührei mit Schale drin, das jemand anders für dich zubereitet hat, oder wie ein Restaurant, in dem du irgendwas Rohes serviert bekommen hast, wie zähes rosa Hähnchenfleisch. Es trübt deine Erinnerungen. Dir läuft nicht mehr das Wasser im Mund zusammen, wenn du dir die Speisekarte ansiehst: du denkst nur noch an das Stück harte Schale, das dir hinten im Hals steckengeblieben ist, so daß du kotzen könntest.

Sie hat ihn gesehen, in jener Nacht, seine Hände auf Savannahs nackter Haut, ihren mondbeschienenen Brüsten, er hinter ihr, sie immer schneller stoßend, rein und raus aus dem Fenster des Sommerhauses. Seitdem kann Lizzie sich nur noch an die schlechten Erlebnisse mit ihm erinnern. Wie damals, als er sie mit dem Besenstiel geschlagen hat, und der Tag, als er ihr mit dem seifigen Spüllappen über den Mund gewischt hat, als sie ihre Mutter beschimpfte, oder als er ihr verboten hat, Sam zu sehen, weil offensichtlich war, daß sie miteinander schliefen.

Aber vor allem sind es Bilder von ihm mit Savannah, die sie aufwühlen, nicht bloß im Sommerhaus, sondern auch frühere: Savannah mit etwa sieben Jahren, die auf seinen Schultern sitzt, nachdem sie sich im Wald den Fuß umgeknickt hat. Peter, der Savannah die gleiche Holzpuppe aus Prag mitbringt wie Lizzie. Peter, der ihnen beiden Jive beibringt, und Savannahs roter Rock, der hochfliegt, als er sie zwischen seinen Beinen hindurchschwingt. Peter und Savannah, die im Fluß schwimmen, während Cordelia am Rand applaudiert.

Und immer mehr Bilder kommen, leuchten auf und erlöschen wieder, bis Lizzie am Sonntag morgen mit einem Benylin-Kater erwacht. Ich muß mir das wieder abgewöhnen, denkt sie, als sie die leere, sirupverkrustete Flasche in den Mülleimer wirft, wo sie gegen ihre Zwillingsschwester klirrt, die vor weniger als einer Woche in einer anderen schlaflosen Nacht geleert wurde. Sie hat sich immer für eine entschiedene Drogengegnerin gehalten, ebenso wie Savannah. Auf Partys hielten sie zusammen, staunten nicht über absurde Regenbögen oder Elefanten, die aus der Tapete stiegen, nuckelten auch nicht an den durchgeweichten Joints. Sie waren sich immer einig, daß es keine heilsamere Lektion gibt, als wenn man erlebt hat, wie die eigenen Eltern im Cannabis-Nebel mit geröteten Augen blöde vor sich hin grinsen, die ganze Nacht Schwachsinn reden, am nächsten Tag spät aufstehen und wie gerädert durch die Gegend laufen.

Natürlich haben auch sie mal, wie alle anderen, mit Klebstoff herumexperimentiert, als sie etwa fünfzehn waren. Als Punk noch angesagt war und sie wie Siouxsie Sioux sein wollten. Damals hingen sie viel bei den Kinderschaukeln in dem Park neben der Schule rum, wechselten sich mit dem Bostik-Kleber ab, der in eine Chipstüte gekippt wurde. Sie inhalierten tief, trieben sich den Sauerstoff aus dem Hirn und freuten sich dann über die wirbelnden Wolken, während sie alle nacheinander, Mädchen, Junge, Mädchen, Junge, wie Dominosteine von der Parkbank purzelten. Oder sie torkelten durch den Botanischen Garten, hatten zerfetzte Mülltüten übergestreift und brüllten den Text von »Anarchy in the UK«, um alte Leute zu verschrecken. »*She was a girl from Birming-ham, she'd just had an abor-tion.*« Aber das war nur ein- oder zweimal, bevor die Kopfschmerzen sie wieder zur Vernunft brachten und irgendwer Peter alarmierte, weil man sie angeblich »mit einigen unangenehmen Typen zusammen« gesehen hatte.

»Na und, ihr Kiffer«, schrie sie. »Wo ist der Unterschied?« Cordelia antwortete, es gäbe da einen großen Unterschied, weil Lizzie nämlich noch ihr ganzes Leben vor sich habe – und ihre Abschlußprüfung. »Und Marihuana ist rein organisch. Damit kann ich mich nach einem Tag mit euch Kindern besser entspannen.«

»Wenn so was noch mal vorkommt«, fiel Peter ihrer Mutter

ins Wort, bevor sie sich noch um Kopf und Kragen redete, »hast du jeden Abend nach der Schule Hausarrest. Kapiert?«

»Und du kriegst Pickel davon«, fügte Cordelia hinzu und musterte sie streng über den erhobenen Lauf ihres Zeigefingers.

Es ist fast Mittag, schon später, als sie eigentlich aufstehen wollte, aber das liegt an dem Benylin. Sie sitzt bibbernd auf der Toilette und hält den Plastikduschkopf, aus dem lauwarmes Wasser von ihrem Hals über ihren Bauch tröpfelt. In dem kleinen Raum wirkt das Geräusch des Gasdurchlauferhitzers fast so laut wie das Dröhnen in einer Maschinenhalle. Was mache ich heute, überlegt sie. Sie hat die Auswahl: entweder James' Einladung zum Lunch in einem Pub am Fluß in der Nähe seiner Wohnung in Hammersmith anzunehmen oder rüber zu den Stanley Mews zu pilgern und herauszufinden, was Jack sonntags so treibt. Im Grunde hat sie gar keine Wahl: Sie weiß, was sie tun wird.

Ihre neue Hutsammlung türmt sich hoch auf der Frisierkommode. Sechzehn Hüte. Ein paar Strohhüte mit breiter weicher Krempe, ein eingebeulter weicher brauner Filzhut, zwei Baskenmützen (eine rote, eine schwarze), eine gelbe Häkelmütze, ein kleiner schwarzer kreisrunder Damenhut mit Witwenschleier und etliche andere Formen, wie sie von alten Ladys zu Hochzeiten getragen werden, mit Netzschleiern und Blumen und glänzenden roten Kirschen um den Rand. Sechzehn Hüte, allesamt aus den Secondhandläden in Westbourne Grove. Sechzehn Verkleidungen, so bezeichnet sie sie gern im Geiste.

Lizzie hüllt sich in den unvorteilhaftesten von den fünf neuen Mänteln, die sie aus denselben Gründen in denselben Läden gekauft hat. Es ist ein Herrenmantel aus grobem Tweedstoff, der nach Gemüsebrühe riecht und dessen beide Taschen zerschlissen sind. Dazu setzt sie sich den braunen Filzhut auf und betrachtet sich im Spiegel, eine moderne Mata Hari, mit bloß einem kleinen Dreieck aus Nase und Augen zwischen Hutrand und hochgeschlagenem Mantelkragen. Sie nickt ihrem Spiegelbild zu, gewiß, daß selbst ein Vater seine eigene Tochter in dieser Aufmachung nicht wiedererkennen würde.

Die Sonne versucht noch immer, sich in Szene zu setzen, taucht hin und wieder auf, wie ein strahlender Zauber aus einem trüben Himmel, als Lizzie über den Manchester Square geht. An der Ecke bleibt sie vor dem Kiosk stehen und kauft eine Sonntagszeitung. Sie will das Kreuzworträtsel lösen. Das mit den verschlüsselten Fragen. Sie ist ziemlich gut darin geworden, seit sie so viel Zeit mit Rumstehen verbringt.

Zwei kleine Jungs, die sie schon mal gesehen hat, spielen Fußball und benutzen zwei metallene Mülleimer am Anfang der Gasse als Tor. Etwas weiter die Straße hinunter kommt sie an einem Mann vorbei, der gerade sein Auto repariert. Seine Beine ragen aus der offenen Garage, sein Kopf steckt in dem Schlund zwischen Motorblock und Motorhaube, wie Jona, der vom Wal verschluckt wird. Sie bleibt stehen und sieht zu, wie der kleinere Junge ein Tor schießt, geht weiter und registriert erst jetzt den grauhaarigen Mann, der genau auf sie zukommt. In diesem Augenblick gefriert ihr das Blut in den Adern, sie versteht, was Savannah gemeint hat, als sie von dem plötzlichen Verlangen sprach, sich in die Arme ihres Vaters zu werfen.

Jack Seymour ist nur wenige Schritte entfernt, liest eine zusammengefaltete Zeitung, während er vorwärts schlurft, eine Zigarette baumelt ihm von den Lippen. Sie prägt sich den langen gestreiften Schal ein, den er um den Hals geschlungen hat, seinen bodenlangen grauen Mantel mit den ausgebeulten Taschen, und zwingt dann widerwillig ihre Augen auf seine Füße. Wanderschuhe mit Profilsohle, eins zwei, links rechts, links rechts. Sie torkelt wie auf Puppenbeinen an ihm vorbei, so dicht, daß sie seinen Tabakrauch riecht, so dicht, daß er das Pochen in ihrem Brustkorb hören kann, fürchtet sie.

Lizzie ist wieder in Paddington, aber diesmal am Bahnhof. Sie ist jetzt voll konzentriert, kann Jack in aller Ruhe aus der Anonymität der vielen Menschen heraus beobachten. Alle tragen dicke Mäntel, keiner starrt irgendwen an, nicht mal die jugendlichen Prostituierten in ihren Stiefeletten und Netzstrümpfen oder den Mann, der irgendwas vom Weltuntergang herumschreit.

Sie steht hinter ihm, als er vor dem Informationsschalter wartet. Sie ist ihm so nah, daß sie seine Armbanduhr sehen kann, als er den Ärmel hochschiebt, sie hat einen goldenen Mond auf dem blauen Zifferblatt, und sein kalkweißer Arm ist so glatt wie Pasta. Zum erstenmal seit achtzehn Jahren hört sie seine Stimme: die erwartete teerige Raucherstimme, auch nachdem er sich geräuspert hat.

»Fährt heute der Zehn-Uhr-Zweiundfünfziger nach Harlington?« Von da, wo sie steht, könnte sie die Hand ausstrecken und ihn berühren. Sie stopft die Hände in die zerfetzten Taschen ihres Mantels.

»Nein, aber es geht einer um zehn Uhr vierzig, den könnten Sie noch erwischen. Bahnsteig vier.«

Er hastet an ihr vorbei Richtung Bahnsteig, verblüffend leichtfüßig in seinen schweren Schuhen. Lizzie traut sich nicht, ihm nachzulaufen. Sie sieht zu, wie er in den Zug springt, genau in dem Moment, als die Türen zugeknallt werden und der Zug aus dem Bahnhof rollt.

Kapitel Vierzehn

»Bemühen Sie sich nicht, Kleines, wir bringen sie hoch, Sie würden das sowieso nicht schaffen.« Lizzie steht oben an der Treppe in ihrem viel zu großen Bademantel und ist außer sich vor Begeisterung. Blumen, so viele, daß sie sie nicht tragen kann! Sie hört schwere Schritte auf dem Linoleumboden, die um den letzten Treppenabsatz herumgehen. Zwei Männer, die geräuschvoll keuchen, zwischen sich einen Zinkkübel, fast so groß wie eine altmodische Sitzbadewanne. Doch sie riecht die Blumen, süß und stark, ein nicht jahreszeitgemäßer Hauch von Treibhaussommer, bevor sie sie sehen kann. Schillernde Ähren aus lila Rittersporn, blutrote Rosen und silberne Eukalyptuszweige ergießen sich aus dem Kübel über ganze Büschel von nervösen blauen Skabiosen auf zittrigen Stengeln.

»Da hat Sie aber jemand lieb!« sagt einer der Männer, der sich unbeholfen an ihr vorbei durch die Tür manövriert.

»Wo wollen Sie sie hinhaben? Da drüben neben das Bett?«

Lizzie nickt, und sie stellen den Kübel auf den Boden und richten sich auf. Einer von ihnen wünscht ihr einen schönen Valentinstag, der andere fragt, wie sie bloß die vielen Treppen schafft, und sie wischen sich mit den Pulloverärmeln über die Stirn, bevor sie wieder gehen. Lizzie greift die Karte, die zwischen den Blumen steckt, reißt den Umschlag auf. »Alles Liebe – Dein Zahnarzt« – nicht Tonys Handschrift, wie sie sieht, sondern eine nach links wegkippende Schrift, wahrscheinlich irgend jemand aus dem Blumenladen.

Lizzie kann es kaum fassen, nach dem Abend neulich mit James. Keiner der beiden Männer ging sofort, beide benahmen sich, als würden sie ihr Besitzrecht verteidigen. Zu dritt saßen sie da, schlürften den zu heißen Kaffee, während Lizzie Tony hektisch seinen Text vorsagte und mitbekam, wie James immer deutlicher spürte, daß er mitten in einem Spiel steckte, dessen Regeln ihm keiner erklärt hatte und bei dem er nicht wußte, wie er sich verhalten sollte.

»Heute viele Zahnfüllungen gemacht?«

»Ach ja, es war ja dein freier Tag, wie hat es denn den Jungs im Zoo gefallen?«

Jedesmal, wenn sie was sagte, spürte sie, wie Tony sich verkrampfte, die Finger krümmte, als wollte er sie strangulieren. Aber er mußte ruhig Blut bewahren und die Farce mitmachen, selbst als James ihn zum Thema Amalgamfüllungen um Rat fragte. »Nein, ich bin nicht der Ansicht, daß man sie auf alle Fälle entfernen lassen sollte«, sagte Tony, während er unbeholfen James' schimmernde Zähne inspizierte. »Dieses ganze Gerede von austretendem Quecksilber ist doch bloß Bangemacherei.«

James, der ursprünglich angenommen hatte, Tony sei ein Verwandter von ihr, vielleicht ein Onkel, wurde immer unsicherer. Er tat so, als merkte er nichts, als Lizzie aufstand, um ihnen Kaffee nachzuschenken, und Tonys Hand sich beiläufig auf ihren Hintern legte und ihn auf eine Art tätschelte, wie jemand vielleicht sein Lieblingspferd tätscheln würde. Pistolen im Morgengrauen waren nicht gerade nach James' Geschmack. Tony hatte reichlich getrunken, das war offensichtlich. Sein Kehllappen war gerötet, so daß Lizzie sich an einen umherstolzierenden Gockel erinnert fühlte. Irgendwann, nach der Zahnmedizin, aber noch vor Autos, gewann seine Feindseligkeit die Oberhand, und er sprach James mit »Junge« an und fragte ihn, ob er denn so spät noch unterwegs sein dürfe. Damit nicht genug, standen sie auch noch beide genau im selben Moment auf, um zu gehen, und konnten sich nicht wieder hinsetzen und mußten ihre absurde Unterhaltung weiterführen, die ganzen siebenundsiebzig Stufen hinunter bis auf die Straße.

Tony kam nicht wieder, nachdem James endlich weg war, wie Lizzie eigentlich erwartet hatte. Seitdem hat sie ihn nur einmal ganz kurz im Büro gesehen, als er ihr zum Spaß mit einem Stoß Papier auf den Kopf schlug. »Mach so was nie wieder«, sagte er bloß. Von James hat sie gar nichts mehr gehört, und da Paula sich krank gemeldet hat, hat sie auch kein anderweitiges Feedback bekommen. Was auch ganz gut ist, so, wie die Dinge sich entwickelt haben.

Nun wird alles wieder gut werden, die Blumen beweisen es. Lizzie muß sich beherrschen, keine kleinen Luftsprünge zu machen, als sie unten in der U-Bahn-Station von der Rolltreppe kommt.

»He, Moment, warte mal.« Weil sie die Blumen noch arrangiert hat, ist Lizzie spät dran, und jetzt öffnen sich gerade die Zugtüren, und sie hat sogar einen freien Platz erspäht, aber jetzt wird sie es nicht mehr schaffen. Der nächste Zug kommt vielleicht erst in einer Ewigkeit, und heute freut sie sich mehr als sonst darauf, ins Büro zu kommen. Der Junge trägt seinen Zylinder, und seine Hand legt sich auf ihren Arm, als sie in den Zug springen will.

»Ich bin schon seit acht Uhr hier«, fleht er. »Ich hab was für dich.« Widerwillig tritt sie zurück, als die Türen sich zischend schließen, und sie beide stehen da und betrachten die letzten Lichtfunken, die im Tunnel verschwinden.

»Du schon wieder«, sagt sie, obwohl es nicht so unhöflich klingen sollte, wie es herauskam. Er lächelt sie an, das Clownsgesicht, nur die Mundwinkel nach oben gezogen. »Irgendwelche neuen Tricks?« fragt sie versöhnlich.

»Heute bloß einen für dich.«

»Für mich?« Lizzie kann es noch immer kaum erwarten, zur Arbeit zu kommen. Tony wird dasein, ganz bestimmt, nach den

Blumen. Der Junge sieht zu jung aus, die Wangen glatt unter dem lachhaften Hut. Sie würde ihn gern fragen, woher er weiß, wo sie wohnt, warum er zu ihrem Fenster hochschaut, aber wie üblich entscheidet sie sich dagegen. Was, wenn er mit irgendwem in ihrem Haus befreundet ist? Dann käme sie sich albern vor.

Der Bahnsteig bebt unter ihren Füßen, der nächste Zug naht heran.

»Okay, dann aber schnell«, sagt sie. »Ich komm zu spät zur Arbeit.«

»Ich weiß.«

Er zeigt ihr seine geöffneten Hände, dreht sie dreimal von innen nach außen. Sie sind leer. Er verneigt sich vor ihr und nimmt schwungvoll den Hut vom Kopf. Als er sich wieder aufrichtet, hebt er seine linke Hand an Lizzies Kinn und lächelt. Und dann ist da plötzlich vor ihren Augen eine einzelne weiße Rose. Sie scheint aus seiner Faust zu wachsen, beinahe fluoreszierend weiß. Es ist, als wäre sie schon die ganze Zeit dort gewesen; als ständen sie im Dunkel und irgendwer hätte einfach einen Scheinwerfer eingeschaltet. Die Ankunft des Zuges weht ihnen Staub in die Augen, aber sie sieht den Jungen kein einziges Mal blinzeln. »Für dich«, sagt er mit einer Verbeugung, und die U-Bahn-Türen ächzen, pressen sie innen gegen muffige Mäntel. Sie blickt zurück und sieht ihn, nur ein kurzes Bild von ihm, wie er noch immer unter dem Lichtbogen winkt, während ihre Bahn sich ratternd ins Dunkel stürzt.

Eine ziemlich angeschmuddelte Rose, diese weiße, einige Blütenblätter sind vom Regen fleckig rosa. Lizzie lächelt jedesmal, wenn sie sie auf ihrem Schreibtisch betrachtet, wo sie jetzt in einer Kaffeetasse vor sich hin welkt.

»Wer hat dir die Blume geschickt?« fragt Tony, so daß sie zusammenfährt, seine Hände auf ihren Schultern.

»Das wüßtest du wohl gern, was?«

»Meine Güte, sieh dir bloß diese Teenagerinnen an, sturzbesoffen, alle, wie sie da sind.« Tony sieht sie sich tatsächlich an, den ganzen Abend schon hat er kaum den Blick von ihnen wenden können, wie sie auf dem Hausboot herumtorkeln, als bewegte es sich, obwohl die Flut es noch nicht erreicht hat; das wird in diesem Teil von Chelsea erst um drei Uhr morgens passieren.

»Ich hab die bloß eingeladen, damit sie beim Servieren der Drinks helfen, nicht, damit sie das ganze Zeug selbst saufen.« Eric muß gegen die Musik anbrüllen. »Gierige kleine Flittchen!« Nun ja, es ist sein Hausboot und seine Party, aber trotzdem findet Lizzie sein vernichtendes Urteil über seine Nichten ein bißchen hart. Außerdem hat Eric selbst eine von deren Freundinnen die ganze Zeit über lüstern angestarrt. Lizzie hat's gesehen.

»Na, Süße«, hat er zu der Kleinen gesagt, als sie ihm einschenkte und der Champagner überschäumte, »hast du Lust, meine kleine Valentine zu sein?« Lizzie stieß Tony an, als sie mitbekam, wie Eric mit der kleinen Blonden im Kesselraum verschwand, und Tony lachte und meinte, der gute alte Eric wäre schon immer so gewesen. »Er ist eben ein typischer Fotograf aus den Sechzigern; die konnten sich doch vor Frauen nicht retten.« Und Lizzie war klar, daß er damit teilweise auch sich selbst meinte.

»He, ihr Flittchen, hierher mit dem Wein!« Eric zeigt auf ein anderes junges Ding, das in superknappem schokobraunen Satin die Treppe hinaufgetanzt kommt. »Mit Ausnahme von Jessie«, sagt er. »Sie ist kein Flittchen, sie ist ein braves Mädchen.« Jessie geht an ihnen vorbei, lächelt Eric unsicher zu und fällt dann gegen eine ältere Frau mit kurzgeschorenem Haar, die an der Wand lehnt. Sie schlingen die Arme umeinander und schwanken gemeinsam im Rhythmus der Musik hin und her, der lange Silberohrring der älteren Frau streift die nackte Schulter des Mädchens. Tony stößt Eric an und zeigt auf die beiden.

»Das ist ihre Mutter! Tony, also wirklich!« sagt Eric mit gespielter Empörung.

»Na, Gott sei Dank«, prustet Tony in seinen Wein.

»Ach, du mit deiner dreckigen Phantasie.«

Lizzie weiß nicht, was sie denken soll. Auch sie hat die beiden beim Tanzen beobachtet, an die Geborgenheit in den Armen ihrer eigenen Mutter gedacht und sie keine Sekunde lang für ein Liebespaar gehalten.

Dennoch, sie hat zuviel getrunken, und der Raum um sie dreht sich leicht. Die Gespräche klingen mal laut, mal leise, mal laut, als würde jemand am Lautstärkeregler herumspielen. Sie will nicht sprechen, weil sie Angst hat zu lallen. Und außerdem übertönt das Electric Light Orchestra sowieso alles andere. Sie steht vor dem Garderobenraum, in dem, wie Eric jedem erzählt, der es hören will, ein Pärchen gerade bis zur Bewußtlosigkeit vögelt. Tony stachelt ihn an, doch reinzugehen. Ein Mann in braunem Wildleder sagt, von wegen, weil er als nächster dran ist, und Lizzie weiß nicht recht, ob das ein Witz sein soll. Tonys Hände wandern andauernd unter ihren Rock. Sie merkt, daß die Umstehenden, Eric und die anderen, auf ihre Beine starren, Tony und sie unverfroren beobachten, wie eine billige Nachtklubnummer, während seine Finger in ihren Schlüpfer gleiten.

Seit Paula wieder genesen ist, straft sie Lizzie mit mürrischem Schweigen. »Ach was, die war nicht krank«, sagt Siobhan, »die hat die Geschäfte abgeklappert, um sich ihr Hochzeitskleid zu kaufen, da wette ich drauf.« Lizzie hat den Job und ihre Kolleginnen satt, kann die Monotonie des Bürolebens mit den ewigen Spekulationen und der Herumschnüffelei im Privatleben nicht mehr ertragen. Sie kann sich über die Aussicht auf Sahnetorten nicht so begeistern wie die anderen. Sie macht sich keine Gedanken um ihr Gewicht. Es ist ihr völlig egal, wer auf J. R. geschossen hat. Sie will sich nichts aus den Modekatalogen ihrer Kolleginnen kaufen und mit wöchentlichen Raten abstottern.

»Guckt mal«, sagt Siobhan und steht von ihrem Schreibtisch

auf, um aus Katrinas Fenster zu blicken. »Es sieht nach Schnee aus.«

Lizzie erschauert unter ihrem dicksten Pullover. Sie hat sich noch immer nicht von dieser St. Valentinsnacht erholt, als sie sich auf der Hausbootparty sinnlos betrunken hat. Unter der Wolle haben ihre Arme noch immer gelbliche Blutergüsse, wo Tony sie auf Erics Bett gepreßt hat, mit betrunkener Grobheit und zotiger Sprache. Es ist für sie schier unfaßbar, daß der Mann, der ihre Wohnung noch am selben Morgen mit Blumen füllte, sie so beschimpft und ihr so weh getan und sich, kaum daß es vorbei war, so abfällig ihr gegenüber verhalten hat. Sie ist voller Selbstverachtung, denn als er fertig war und kurz bevor sie sich übergeben mußte, sah sie Erics geiles, körperloses Gesicht: eine glupschäugige Schimäre, gegen das runde Bullauge zwischen Schlafzimmer und Deck gedrückt.

»Alles in Ordnung mit dir?« fragt Siobhan und tritt vom Fenster weg. »Du siehst schmal im Gesicht aus.«

»Ja, war nur alles ein bißchen viel in letzter Zeit.«

»Wieder dieser Mann, was?« sagt Siobhan, als Paula gerade vom Kaffeeautomaten zurückkommt.

»Schon wieder Ärger?« fragt Paula, die ersten Worte, die sie heute an Lizzie richtet.

»Ja.«

»Tja, ich könnte dich erwürgen dafür, wie du mit James umgesprungen bist. Ich hab gedacht, ich tu dir einen Gefallen.« Und damit Lizzie die Schwere ihres Verbrechens auch richtig begreift, hat Paula nur Siobhan einen Kaffee mitgebracht, keinen für Lizzie.

»Ich konnte nichts dafür«, murmelt Lizzie und wendet den Blick ab, zu dem Quadrat bläulich-gelben Himmels und den ersten Schneeflocken, die wie Motten am Fenster vorbeiflattern. »Ich wußte nicht, daß mein Freund plötzlich auftauchen würde.«

»Ziemlich rüder Bursche, dein Zahnarzt, nach dem, was

James so erzählt hat«, sagt Paula genau in dem Moment, als Tony hereinkommt und sich den Schnee aus den Haaren schüttelt.

»Guten Morgen zusammen, ich vermute, Katrina ist wie üblich in meinem Büro. Das reinste Kuckucksei.« Seine Augen sind grünlich von der Kälte.

Alle lächeln, außer Lizzie, die hinausstapft, um sich einen Kaffee zu holen.

»Was ist ihr denn heute morgen über die Leber gelaufen?« fragt Tony, bevor sie außer Hörweite ist.

»Ärger mit ihrem Freund«, sagt Paula gewichtig.

Lizzie will eigentlich nach der Arbeit nichts trinken gehen, aber ihre Butangasflasche zu Hause ist leer, und die Wohnung muß eiskalt sein. Tony hockt mit Katrina in seinem Büro, um einen Fehler zu bereinigen, der irgendwem mit den Diapositiven von zwei konkurrierenden Fotografen unterlaufen ist. Eine Verwechslung, die leicht passieren konnte, findet Lizzie, da ihre Motive absolut austauschbar sind, und noch dazu vollkommen uninteressant. Wenn man eine Aufnahme von Joan Collins' Dekolleté gesehen hat, hat man alle gesehen. Die unaufhörliche Nachfrage nach Britt Ekland und Björn Borg, Victoria Principal und Simon Le Bon und den zahllosen paillettenbesetzten Frauen, die beim Aussteigen aus irgendwelchen Limousinen ihren Slip zeigen, ist ihr unbegreiflich. Immer dieselben Leute, deren Fotos über ihren Schreibtisch wandern und von ihrem Schreibtisch ins Archiv und wieder zurück. Eine wie die andere, aber Tonys täglich Brot.

»Ich brauch noch etwa eine halbe Stunde«, murmelt er auf dem Weg durchs Büro. Ein leichtes Zwinkern verrät ihr, daß das eine Einladung sein soll. »Zisch ab«, möchte sie sagen, aber sie ist zu gekränkt, um selbst das rauszubringen, trotz der leuchtenden Goldknöpfe und dem matten Glanz seiner Anzughose, der ihr plötzlich zuwider ist. Ihr fällt auf, daß er frische Strähnchen im Haar hat. Pissefarben, denkt sie, abstoßend, aber vielleicht doch nicht abstoßend genug. Die Gefahr liegt darin, daß sie sich danach sehnt, in den Arm genommen zu werden. Seit sie Jack leibhaftig gesehen hat, ist das so. Als wäre sie plötzlich brüchig geworden und müßte gut eingepackt werden. Sie bräuchte Zeit, um darüber nachzudenken. Sie will nicht das Risiko eingehen, zu Hause zu sein, falls Tony später bei ihr auftaucht.

Was sie wirklich bräuchte, ist jemand zum Reden. Natürlich nicht Siobhan oder Paula. Eine Beichte wäre genau das richtige, wenn sie bloß katholisch wäre. Zum erstenmal gesteht sie sich ein, wie sehr ihr Savannah fehlt; die alte Savannah, diejenige, die ihr wahres Gesicht noch nicht gezeigt hatte. Diese Savannah würde ihr sagen, was sie jetzt machen soll.

Sie denkt an Savannah an jenem letzten Abend, als sie weinte und ihre Augen die Farbe von Vergißmeinnicht hatten, mit hellgelben Ringen um die Pupillen, und Peter hilflos in der Tür stand, während Lizzie ihr den Arm streichelte.

Und vorher war es immer Savannah gewesen, die sie tröstete: die auftauchte, wenn Lizzie traurig war, als hätte sie das im Gefühl. Sie brachte ihr Pralinen und Tarotkarten in einer Goldfolienschachtel mit, und Lizzie glaubte ihr immer jedes Wort, wenn sie ihr die Bilder von Hohepriesterinnen und Magiern und Sternen und Monden und Ecksteinen über den Tisch hinweg zuschob und ihr versicherte, daß alles, alles gut werden würde. Diese Savannah könnte ihr sagen, ob Tony nur vom Kokain so brutal wird. Lizzie ist sicher, daß er es nimmt, weil sie es wie Bitter Lemon in seinen Küssen geschmeckt und den Umschlag aus gefaltetem Papier aus seiner Brieftasche fallen gesehen hat.

»Lucy kommt vorbei, sie ist schwanger!« Paulas Stimme fräst sich wie ein Brotmesser in Lizzies Gedanken. »Kommst du mit, Lizzie?« Lizzie kennt Lucy kaum. Seit ihre Vorgängerin ihre neue und bessere Arbeitsstelle angetreten hat, ist sie ein paarmal vorbeigekommen, ziemlich überheblich in schwarzen Designerklamotten, die demonstrieren, daß sie jetzt mehr verdient, wo sie nicht mehr in Tonys Agentur arbeitet. Aber Paula und

Siobhan sprechen noch immer von ihr, und zwar so ausführlich, daß Lizzie Lucy so gut kennt, als wäre sie ihre beste Freundin. Wenn sie nur eine hätte. Sie haben Lizzie gezeigt, welche Unterwäsche Lucy sich aus Siobhans Katalog ausgesucht hat, und sie weiß von der Leistenbruchoperation ihres Gatten. Sie hat erfahren, daß Lucy, diese Schlimme, Oberst Gaddhaffi, Alan Bates und John Conteh sexy findet.

»Na, Lizzie, wie gefällt dir der Job?« fragt Lucy, nachdem sie vier es sich um einen Tisch im Three Bells gemütlich gemacht und sie Lucys rosige Wangen und ihr taktvoll dezentes Bäuchlein bewundert haben. »Behandelt Tony dich einigermaßen gut?«

»Tony?« Alarmglocken schrillen kurz los, bevor Lizzie sich wieder in der Gewalt hat. »Der ist ja kaum da.« Ihr gelingt ein Gähnen. »Aber ich würde lieber für ihn als für Katrina arbeiten.«

»Ach, Katrina ist gar nicht so schlimm, wenn man sie besser kennenlernt«, sagt Lucy und schiebt den Aschenbecher weg, um dem Rauch eine andere Richtung zu geben. Siobhan hat ihre brennende Zigarette dort abgelegt. Sie und Paula fixieren Lizzie, seit sie von Lucy angesprochen wurde.

»Früher war Katrina ganz lustig«, sagt Paula.

»Na, das ist sie jedenfalls jetzt nicht mehr.« Siobhan quetscht ihre Zigarette aus, als sie das sagt. »Irgendwer sollte sie mal auf die Freundlichkeitsschule schicken.«

»Macht sie dir das Leben schwer, Lizzie?« Lucy scheint besorgt, und Lizzie nickt.

»Sie ist gemein«, sagt Siobhan. »Weil sie denkt, daß Lizzie es auf ihren Freund abgesehen hat.«

Plötzlich wird Lizzie unbehaglich zumute, sie weiß, worauf Siobhan hinauswill, wo sie die anderen hinführen wird. Ein paranoider Teil ihres Gehirns fragt sich, ob die anderen vielleicht vorhaben, ihr heute abend auf den Zahn zu fühlen. Sie überlegt verzweifelt, wie sie das Thema wechseln kann, während die anderen zustimmen und seufzen, daß Tony schon immer eine Schwäche für junge, hübsche Mädchen hatte.

»Ich weiß noch, als ich so eine Taille wie Lizzie hatte.«

»Jaja, in deinen Träumen.«

»Sei bloß still, ich hatte nämlich mal Größe 36.«

»Du müßtest Tonys Gesicht sehen, wenn Lizzie durchs Zimmer geht.«

»Ja, und Katrinas!«

»Wird dir eigentlich morgens schlecht?« wirft Lizzie ein. »Wie weit bist du?«

»Das Baby soll genau am Mittsommertag kommen.«

»Niedlich. Strickt deine Mum schon eifrig?« fragt Paula, und Lizzie könnte sie dafür küssen.

Es dauert nicht lange, und sie albern herum und kichern, von nur zwei Gläsern Weißwein jede, bis auf Lucy, die sich zärtlich das Bäuchlein reibt und erklärt, ihr Mann würde ihr nie verzeihen, wenn sie ihr Baby schon im Mutterleib zum Alkoholiker macht.

»Irgendwelche Nebenwirkungen?« erkundigt sich Lizzie. Es fällt ihr schon schwer genug, sich zu beherrschen, und sie ist fest entschlossen, das Gespräch nicht mehr von Schwangerschaft und Babys abgleiten zu lassen.

»Ich hab scheußliche Verdauungsstörungen«, sagt Lucy, und Siobhan unterdrückt ein zufriedenes Seufzen. »Und andauernd krieg ich Zahnfleischbluten.«

»Es gibt doch die Redensart, daß man für jedes Baby einen Zahn verliert. Sie saugen dir das Kalzium aus. Pech.« Mitgefühl ist nicht Siobhans Stärke.

»Lizzies Freund ist Zahnarzt«, wirft Paula ein, die Hände nachdenklich auf den eigenen Bauch gelegt.

»Ach ja?« sagt Lucy, und Lizzie findet Lucys Blick zu vielsagend und fragt sich erneut, ob sie und vielleicht auch die anderen die Wahrheit kennen. »Verheiratet, nicht?«

»Kurz vor der Scheidung«, antwortet Siobhan für sie.

»Er wird dich nicht heiraten, verlaß dich drauf«, sagt Lucy mit soviel Autorität, daß Lizzie ganz heiß wird, nun ganz sicher, daß Lucy weiß, daß ihr Zahnarzt in Wirklichkeit Tony ist.

»Wie kommst du darauf?« fragt Paula.

»Es gibt zwei Arten von Frauen«, sagt Lucy, ohne Lizzie aus den Augen zu lassen, »die Ehefrauen und die Geliebten. Du, meine Liebe, bist eine Geliebte. Paula eine Ehefrau.«

»Oh, vielen Dank«, sagt Lizzie.

»Paß bloß auf, daß du nicht in die gleiche Falle gerätst wie unsere liebe gute Katrina. Über vierzig und noch immer eine Geliebte. Dieser verdammte Tony hat ihr ihre Dreißiger gestohlen.« Lizzie bemerkt, daß sowohl Siobhan als auch Paula jetzt nach unten auf ihre Hände starren, während Lucy weiterredet. »Immer in der Warteschleife, in der Hoffnung, daß er endlich frei ist. Und wird er sie jetzt heiraten, wo seine Frau weg ist? Ich glaub's nicht.«

Es ist zehn Uhr vorbei, als Lizzie nach Hause kommt. Sie mußte noch bis zur zweiten Flasche Wein bleiben, nur um den anderen zu zeigen, daß sie keineswegs erschüttert war über das, was sie gesagt hatten. Im Innern brannte sie, und sie mußte die Hände in den Ärmeln ihres Pullovers verstecken, damit die anderen nicht sahen, wie sie zitterten. Wie kann er es wagen, schäumte sie innerlich. Wie kann er es wagen, mich so hinzuhalten, als Lückenbüßerin zwischen Katrina und Gott weiß wem. Kein Wunder, daß er sich mit mir immer nur in meiner schäbigen Wohnung treffen will und mich in dieselben Restaurants einlädt, wo wir bisher nie irgendwelche Bekannten getroffen haben.

Kein Wunder, daß ich noch keinen Fuß in sein Schlafzimmer gesetzt habe. Lizzie fröstelt unter ihrer Bettdecke; ohne Gas ist es bitterkalt. Tony und Katrina. Dann stimmt das also. Mehr braucht sie nicht, um sich von ihm zu lösen. Das und das, was er auf dem Boot mit ihr gemacht hat. Sie versucht eine Weile, sich vor dem Spiegel zum Weinen zu bringen, aber die Tränen wollen nicht kommen; sie empfindet nur Ungeduld, ihm endlich sagen zu können, daß es aus ist.

Sie tigert in ihrem Zimmer auf und ab. Jetzt, da sie das Fenster geöffnet hat, ist es sogar noch kälter, aber sie merkt es nicht. Draußen ist der Klang der Straßen durch den Neuschnee gedämpft; sie kann das Knacken von Zweigen hören, und irgendwo weit weg schreit jemand. Es ist finster da draußen, aber ihr Adrenalin braust, und ihre üblichen Ängste springen sie nicht an, als sie hinaus auf die schneebedeckte Straße tritt.

Ihre Füße suchen sich von allein einen Weg am Bordstein entlang, wo der Schnee einem bräunlichen Matsch aus Salz und Sand Platz macht. Die Angst vor Fremden ist das letzte, woran sie jetzt denkt. Sie steht völlig neben sich und läuft auf Autopilot, marschiert Richtung Marylebone, obwohl sie nicht weiß, was sie tun wird, wenn sie dort angekommen ist. Als sie losging, wollte sie zum Campden Hill Square, aber irgendwie merkt sie jetzt, daß sie zu Jacks Haus geht, und es ist sein Name, nicht Tonys, den sie im Rhythmus ihrer knirschenden Stiefel wie eine Beschimpfung ausspricht. Sie hat nicht ihre normale Route eingeschlagen, und als sie auf die Bayswater Street gelangt, hat sie keine Ahnung, wie sie hergekommen ist oder wie lange sie schon in der eiskalten Luft unterwegs ist. Sie wird ruhiger und bleibt vor den großen Eisentoren zum Hyde Park stehen. Vor ihr erstreckt sich der Park, so weit das Auge reicht eingehüllt in eine unberührte Daunendecke, nur vom Muster der schattenhaft graublauen Bäume durchbrochen. Sie hält inne und legt die glühende Stirn gegen das vereiste Metall des geschlossenen Tores.

Die Stimme des Jungen läßt sie zusammenfahren, als sie sie hört, wenige Zentimeter von ihrem Ohr entfernt.

»Verrückt, was?« sagt er.

»Wie kommst du darauf, verfolgst du mich etwa?« Sie fährt herum und blickt ihn an, weiß nicht recht, ob sie sich freut, ihn zu sehen. Der Rand seines schwarzen Hutes ist voller Schnee, und ein beeindruckender bodenlanger Umhang läßt ihn wie einen richtigen Zauberer aussehen.

»Manchmal, ja.« Seine Augenbrauen sind zusammengezogen, ihre Frage hat ihn offensichtlich verwirrt. Sein Gesicht wirkt ängstlich und komisch zugleich.

Lizzie weiß nicht, was sie sagen soll. Ganz sicher will sie ihn nicht fragen, warum er ihr nachgeht; sie möchte, daß alles so bleibt, wie es ist.

»Also, wie kommst du darauf, daß ich verrückt bin?«

»Wie bitte?« Und dann beginnt er zu lachen, und ohne zu wissen, was so lustig ist, lacht Lizzie mit ihm.

»Ich hab das Wetter gemeint. Das spielt verrückt. Zuerst Sonne und jetzt Schneesturm.«

»Oh, verstehe, tut mir leid«, sagt Lizzie und wischt sich über die Augen. »Hast du heute irgendwelche Tricks für mich auf Lager? Ich könnte ein bißchen Aufheiterung gebrauchen.«

»Nicht einen, leider. Mir ist der Zauber ausgegangen.« Er hat schon einen Auftritt vor den Ehefrauen irgendwelcher Rotarier und auf einem Wohltätigkeitsball im Dorchester hinter sich. Er behauptet, seine Vorräte an Feenstaub für eine Nacht erschöpft zu haben. »Aber dafür hab ich das hier«, sagt er und holt zwei dampfende blaue Tassen mit heißem Kakao unter seinem Umhang hervor, von denen er eine Lizzie reicht. Er stößt mit seiner Tasse an ihre, sagt: »Nasdrowje«, und erzählt ihr, daß Napoleons Armee in Rußland am Ende vom Schnee besiegt wurde. »Du solltest deinen Mantel zuknöpfen«, sagt er.

»Die Bäume sehen aus, als würden sie unter dem vielen Schnee zittern.« Lizzie schämt sich ein bißchen, als sie das sagt. Sie hat ihren Kakao getrunken, und die Tasse ist wieder irgendwo unter dem Umhang verschwunden. »Wußtest du, daß die alle von einem einzigen Mann gepflanzt worden sind?«

Sie stellt fest, daß sie ihn beeindrucken will, und plappert nach, was Tony ihr vor einigen Monaten erzählt hat. »Er hat mit seinem Fernglas dagesessen, während seine Leute Stöcke an den

Positionen aufgestellt haben, wo er später die Bäume für zukünftige Generationen pflanzen wollte. Capability Brown ...«

»Blödsinn«, unterbricht sie der Junge.

»Wie bitte?«

»Blödsinn«, wiederholt er. »Capability Brown hat mit dem Park hier nichts zu tun. Der hat Bäume niemals alleenartig gepflanzt. Du solltest deine Quellen überprüfen.«

Danach und bloß, um sie wieder lächeln zu sehen, drehte er sich dreimal rasch im Kreis und holte unter seinem flatternden Umhang zwei neue Portionen heißen Kakao hervor, diesmal in gelben Tassen. Auf einmal erzählte Lizzie ihm alles über Tony, und nicht nur über ihn, sondern auch, daß ihr Vater nach ihrer Geburt einen ganzen Obstgarten für sie gepflanzt hatte, und alles über Savannah und Peter. Während sie redete, machten sie Schneebälle. Lizzies waren streifig gelb und an manchen Stellen schmutzig von der Straße, aber in seinen Händen nahmen sie die Farbe von Himbeeren an, wie Fruchtsorbets. Wenn er sie durch den Schnee rollte, hinterließen sie einen Kometenschweif aus rosafarbenem Lächeln. Seine Hände waren, als er ihre ergriff, noch so eisig, daß sie sich fragte, ob er eine Erscheinung war, vielleicht Houdinis Geist.

Er sah sie erschaudern, als ein Schneewirbel fedrig fein von einem Ast über ihnen herabrieselte, von Scheinwerfern angestrahlt.

»Kalte Hände, warmes Herz«, sagte er, bevor er sie durch das Schmelzwasser nach Hause begleitete, an der Fahrbahnseite ging, um sie vor dem Spritzwassernebel zu schützen, den die Autos in jener Nacht verteilten.

Kapitel Fünfzehn

Lizzie beobachtet Jack in einem Café, wo er seinen Toast in den Tee mit den üblichen vier Stückchen Zucker tunkt. Sie trägt heute eine lockige kastanienbraune Perücke, eine von mehreren, die sie sich zugelegt hat. Nicht, daß sie sich die Mühe mit der Maskerade wirklich machen müßte, Jack blickt sowieso nie von seiner Zeitung auf. Es macht ihr einfach Spaß, sich zu verkleiden, ja, mit jeder Kombination von Perücke, Mantel und Hut gleichsam eine neue Persönlichkeit anzunehmen. Unterkühlt und streng mit der schwarzen Kurzhaarperücke und dem Filzhut; hippiemäßig lieb mit der honigfarbenen Afromähne und dem langen oliven Kordmantel; Kunststudentin in dem zu weiten Tweed. Bevor sie die Wohnung verließ, hat sie eine neue Perücke mit hüftlangem Blondhaar ausprobiert, die sie günstig bei Hair We Go Again in Camden Town bekommen hat, und dazu einen weißen Vinyl-Minirock und kniehohe Stiefel. Sie hat sich mit dem Rücken zum Spiegel gedreht und sich selbst über die Schulter hinweg verführt, und plötzlich starrte Savannah sie aus dem Spiegel an, klimperte mit den Wimpern, machte einen lüsternen Schmollmund, schob ihr Becken rhythmisch vor und zurück. »Weißt du, ich hab immer davon geträumt, daß du mich vögelst«, säuselte Savannah.

»Savannah, du Miststück!« schrie Lizzie und riß sich die Perücke vom Kopf. »Warum hast du das gemacht?« Sie trat die Perücke quer über den Boden, wo sie provozierend in einem Sonnenstrahl, der durchs Fenster drang, liegenblieb, als hätte sie ein

Eigenleben und ab sofort beschlossen, die Hauptrolle zu übernehmen. Das war eine Eigenschaft an Savannah, die Lizzie oft genug in den Wahnsinn trieb: diese beiläufige Art, wie sie sich selbst immer ins Rampenlicht stellen konnte. Lizzie erinnert sich, wie das Licht von einem Fenster auf Savannahs Gesicht fiel, so daß eine Wange puderweiß wirkte, glatt wie Zuckerguß. Lizzie hatte immer den Verdacht, daß sie das absichtlich machte. Savannah besaß die gleichsam angeborene Fähigkeit, immer genau da zu sitzen, wo ihr Gesicht am besten beleuchtet wurde: wo unter ihren Wangenknochen Schatten lagen oder der Kerzenschein Feuer in ihre Augen malte. Savannah, der ewige Star, dachte Lizzie wütend, als sie die Perücke aufhob, angeekelt, als wäre sie eine Katze, die sie am Nackenhaar hielt. Und das Bild von Savannah im Sommerhaus in jener Nacht schoß ihr durch den Kopf: das Mondlicht, das weiß von dem Bleiglas reflektiert wurde, auf Savannahs Gesicht, so daß ihre nackte Haut wie helles Porzellan aufschien. Lizzie stopfte den Aufmerksamkeit heischenden Haufen aus langen blonden Nylonfäden in den Mülleimer und wusch sich an der Spüle die Hände mit heißem Wasser. Statt dessen würde sie eine Muse sein, so beschloß sie, als sie die Callgirl-Aufmachung durch einen schwarzen Regenmantel mit Gürtel ersetzte und sich lockiges Haar unter einer schwarzen Baskenmütze hochsteckte.

Lizzie weiß, daß Jack sich seine Zeitungen in dem Eckladen am Manchester Square kauft, auch die Boulevardpresse. Er trägt sie den ganzen Tag mit sich rum und sitzt an Cafétischen wie diesem, so wie immer, eine schwere Lupe in der Hand, und schnüffelt sich durch die Seiten, auf eine Weise, die Lizzie an ein Trüffelschwein erinnert, das sie einmal in einem Dokumentarfilm gesehen hat.

Obwohl er kaum aufsieht, sind seine Hände immer beschäftigt: sie halten nicht nur die Lupe, sondern streichen andauernd sein Haar zurück, schnippen Asche von seinen Gauloises auf die Untertasse. Manchmal reißt er Artikel aus den Zeitungen, sehr geschickt, mit rasiermessergeraden Reißkanten. In gewisser Weise wünscht sie sich, daß er sie bemerkt, daß er sich einmal umsieht und sie fragt, wer sie ist und warum sie ihn die ganze Zeit verfolgt. Dann würde sie ihn fragen, was er da aus den Zeitungen sammelt. Und wenn er nicht ihr Vater wäre, würde sie das auch machen.

Seit ein paar Tagen hat sie reichlich Zeit, ihm nachzusteigen: Sie hat sich Urlaub genommen und Tonys Scheck eingelöst. Auf einen Schlag sechs Monate Gehalt. Sie konnte förmlich die Mißbilligung ihrer Mutter spüren, als sie ihn von ihm entgegennahm. *»Also wirklich, Lizzie! Das hast du nicht nötig. Willst du denn wirklich Geld von ihm nehmen?«* Aber dann hatte sie an Tony gedacht, an seine Lügen, seine Grobheit, daran, daß er sie sozusagen wie ein hilfloses Jo-Jo behandelt hat, sie hin und her gezogen hat, sie an sich gebunden und weggestoßen hat. Sie dachte an Katrina, an Paula, die sagte: »Klar, natürlich hat sie noch einen Schlüssel zu seinem Haus, los doch, frag sie selbst, wenn du mir nicht glaubst.« Und dann mußte sie daran denken, wie er sie auf einer leopardenfellgemusterten Tagesdecke niederdrückt, an die Häme in seiner Stimme, als er ihr »du kleine Nutte« ins Ohr flüstert, und daran, wie Eric zuschaut, sein rotes Gesicht gegen das Bullauge gepreßt. An den Selbstekel, die Bedürftigkeit, daran, wie er sich systematisch an sie rangemacht hat. An all diese Dinge dachte sie, als sie den Scheck einlöste.

Nachdem sie darüber hinweggekommen war, daß er nachts nicht mehr bei ihr war, genoß sie es, daß sie tagsüber endlich Zeit für sich allein hatte. Auch Tony hielt es für besser so, zumindest sagte er das, als er ihr den vollen Betrag ausstellte, so beiläufig, als würde er Lebensmittel bezahlen. Seine Frau droht, mit ihrem Freund nach Kanada zu ziehen und Sophie mitzunehmen. Ihm steht ein wichtiger Gerichtsprozeß bevor, und er ist zu müde, um eine Diskussion über Katrina mit ihr anzufangen. Lizzie beglückwünscht sich zu ihrer Unabhängigkeit.

Mittlerweile ist sie Expertin in der Kunst, alte Bindungen zu lösen. Es muß ihr im Blut liegen, denkt sie. Wie die Malerei.

Meistens schläft sie morgens lange. Es wäre sinnlos, früher aufzustehen, denn unter der Woche geht Jack kaum aus dem Haus. Ihr Gesicht ist vom vielen Schlafen rundlicher geworden, was ihr nur recht ist, und an den meisten Tagen malt sie. Sie hat sogar zwei Aquarelle an eine Grußkartenfirma verkauft. Sie sind noch nicht gedruckt worden und werden es vielleicht auch nie, aber sie hat einen Vorschuß bekommen, und die Chefin der Firma hat gesagt, sie wäre an mehr interessiert. Sie mag Lizzies Sinn für Farbgestaltung, sagt, daß Bilder mit jungen Hunden und kleinen Kätzchen immer gut laufen, und Lizzie kann Muttley aus dem Gedächtnis malen.

Sie hat jetzt einen Blumenkasten vor dem Fenster, und ein paar Narzissenknollen, die der Zauberer ihr geschenkt hat, fangen schon an zu sprießen. Bald werden die grünen Knospen aufplatzen und gelbe Gesichter wie Hofnarren dem Sonnenlicht darbieten.

Die Samstage werden in Cafés wie diesem verbracht, manchmal in den Galerien um die Portobello Road und auf dem Markt. Sie hat zugesehen, wie Jack Rüben und Süßkartoffeln kauft; sie hat im Kino hinter ihm gesessen, »Die durch die Hölle gehen« im Electric und eine Wiederaufführung von Fellinis »8½« im National.

Sie mußte unwillkürlich lachen, als sie ihm zu einer Retrospektive von Theodore Smolskis Werk folgte. »Jazz Musicians« stand über dem Namen des Malers im Schaufenster der Galerie, und sie mußte laut auflachen, weil sie einmal Cordelias Behauptungen über Jack und Theodore Smolskis Tochter, Joan mit dem Walnußgesicht, aufgeschnappt hatte. Die Gemälde zeigten Trompeter mit Kaugummibacken und dicke, schweißglänzende Männer mit geäderten Augen, die vorquollen wie Murmeln, in verrauchten Sälen. Wenn man sie betrachtete, konnte man fast die Körperwärme der Menschen um sich herum spüren. Vor einem Mann, der sich seitwärts über sein Saxophon krümmte, sah sie, wie Jack den Kreppapierküssen einer leberfleckigen Frau auswich, deren Ohrläppchen von schweren Goldtropfen in die Länge gezogen wurden. »Joan«, sagte er, und plötzlich war Lizzie aufgewühlt, hing dem getragenen Timbre seiner Stimme nach. »Wie schön, dich zu sehen, nach all den Jahren.«

Sie verfolgt ihn mittlerweile so lange, daß sie seinen Lebensrhythmus kennt. Zwei Sonntage hintereinander war sie in Harlington, versteckt hinter ihrer Zeitung im nächsten Abteil des Zehn-Uhr-vierzig-Zuges von Paddington, folgte ihm dann vom Bahnhof durch das Dorf mit seinen zuckrig strohgedeckten Häuschen und grünen Haustüren, vorbei an der Schule und den Berg hinauf. Beide Male nahm sie einen Schleichweg durch ein Tor und stiefelte oberhalb der Straße durch den Wald, von wo aus sie ihn im Auge behalten konnte, während er unterhalb von ihr über die Teerstraße den Berg hinaufging. Sie versteckte sich zwischen den immergrünen Pflanzen, umging ein Dickicht aus dürrem Astwerk, atmete tief den feuchten Kieferduft ein, und die weichen Nadeln netzten ihr Gesicht.

Sie hat ihn vom Friedhof aus beobachtet, wenn er vor dem beschlagenen Eichentor von Harlington Court stand, die Messingklingel an der Tür zum Pförtnerhaus betätigte, das sich zwischen den dreieinhalb Meter hohen Mauern befindet. Sie hat ihn hindurchgehen sehen, zweimal, und war ihm so nah, daß sie das Scharren seiner Schuhe drinnen auf dem Kies hören konnte.

Ihr Skizzenblock ist voll mit Tuschezeichnungen des Pförtnerhauses und Bleistiftskizzen von Details des geschnitzten Tores und von dem bröckelnden Sandsteinwasserspeier, der oben vom Bogengang herabschielt. Sie hat dort gewartet, zwischen den Granitgrabsteinen und den Eiben, hat zwei Stunden beobachtet und gezeichnet, beim zweitenmal drei Stunden, und sah ihn dann wieder auftauchen, in der Luft schnuppernd wie ein Fuchs. Sie traute sich nicht, mit demselben Zug wie er zurückzufahren – ganz sicher wäre sie dann auf dem Bahnsteig mit ihm allein und auffällig gewesen –, sondern hielt sich noch eine Weile im Dorf auf, trank Tee aus ihrer Thermosflasche und zeichnete die Enten auf dem Dorfteich. Einmal ging sie in einen Laden mit Postannahmestelle und sprach mit der Frau, die dort hinterm Schalter saß, aber sie sagte, sie habe noch nie von Jack Seymour gehört. Ihrer Auskunft nach war Harlington Court Sitz des siebten Earl of Croxley und seiner Familie. Lizzie hat noch immer keine Ahnung, was Jack hinter diesen Toren treibt. Malt er vielleicht ein Porträt des Earls? Oder besucht er seine Geliebte? Sie ist fest entschlossen, das herauszufinden.

Heute ist ein ungewöhnlicher Tag. Es ist Freitag, und Lizzie ist nur in seiner Nähe, weil sie ihn zufällig beim Verlassen der Wohnung erwischte, als sie auf dem Rückweg von Selfridges, wo sie ein Hochzeitsgeschenk für Paula gekauft hat, einen Abstecher zu seinem Haus machte. Es ist eine unverhoffte Dreingabe, und sie sitzen im Cherry Tree Café, wo Lizzie Jacks Haarschopf betrachtet, während er sich über seine Zeitungen beugt. Er sitzt auf seinem üblichen Platz, dicht an der Theke mit dem Rücken zur Tür: die beste Position, um zu verhindern, daß sich jemand zu ihm setzt oder ihm ein Gespräch aufzwingt. Lizzie befindet sich auf der anderen Seite des Cafés, am Fenster, schwitzt unter ihrer Perücke und hat das Kreuzworträtsel im »Telegraph«, der ausgebreitet vor ihr liegt, fast fertig. Sie wünschte, Jack würde sich mit seiner zweiten Tasse Tee beeilen. Der Tag draußen ist noch so frisch, und sie fragt sich, wo sie wohl hingehen werden – wo er sie hinführen wird –, wenn er hier fertig ist. Sie hat bemerkt, daß er auf dem Weg hierher kurz vor dem Kino stehenblieb: Da läuft ein neuer Film mit Meryl Streep.

Lizzie rutscht auf ihrem Stuhl hin und her, ihre Tasse ist schon lange leer. Ihre Armbanduhr zeigt, daß es schon fast halb zwölf ist, und sie weiß aus Erfahrung, daß die Frühausgabe des »Evening Standard« bald an den Kiosken zu haben sein wird. Jack ist noch immer in seine Zeitungen vertieft, und nur fünf

Häuser weiter gibt es einen Zeitungsladen, gleich hinter dem Lebensmittelgeschäft. Sie weiß, daß es dumm ist, aber sie kann nicht länger warten. Als sie den Raum durchquert, muß sie sich zwingen, stur geradeaus zu blicken und sich auch nicht umzudrehen, um durch die Scheibe zu spähen, als die Tür sich klingelnd hinter ihr schließt. Es klingt lauter als sonst.

Die Kaugummi kauende junge Zeitungsverkäuferin ist noch dabei, die Kordeln aufzuschneiden, mit denen die »Standard«-Stapel verschnürt sind. Vor Lizzie bezahlt gerade ein Mann eine Schachtel Roses-Pralinen, ändert aber dann seine Meinung und nimmt doch lieber Quality Street. »Weil die werte Dame die grünen Dreiecke so gerne mag!« erklärt er entschuldigend, nachdem die Frau schon die Roses eingetippt hat, was längere Korrekturmaßnahmen an der Kasse erforderlich macht, einschließlich zahlreicher Seufzer von allen Beteiligten. Jack wartet allein und unbeobachtet im Café, während Lizzie ihr Kleingeld hinknallt und sich eine Zeitung oben vom Stapel schnappt, das halblaute Gemurmel der Frau ignoriert und schon Seite 58 aufgeschlagen hat, bevor sie aus dem Laden ist.

Patrick Walker strahlt sie gutmütig wie ein lieber Onkel oben von seiner Kolumne aus an. »Skorpion«, sie liest Jacks Horoskop zuerst, während sie zurück zum Café hastet. »Ein guter Tag, um neue Freundschaften zu schließen. Aber da Venus im Aufsteigen ist, sollte genug Zeit für die Familie reserviert bleiben.«

Savannah hat immer gesagt, man weiß, daß man sich verliebt hat, wenn man anfängt, das Horoskop von dem betreffenden Menschen zu lesen, aber was hat Savannah überhaupt je über irgendwas gewußt. Jack ist schon weg, sein Aschenbecher und die beiden Tassen sind abgeräumt, die Tischplatte schmierig saubergewischt. Vielleicht geht sie einfach allein in den Film mit Meryl Streep. Sie vermißt ihn jetzt schon.

Kapitel Sechzehn

»Anna, was machst du denn hier?« Lizzie ist vom aufdringlichen Summen der Klingel aus dem Schlaf gerissen worden. Anna muß ihren Namen mehrmals in die Sprechanlage sagen, bevor Lizzie wach genug ist, um zu begreifen, daß ihre Schwester unten vor der Haustür steht.

Sie hat Anna ganz anders in Erinnerung. Es ist erst sieben Monate her, aber als Lizzie von zu Hause geflohen ist, spielte Anna noch mit Puppen. Jetzt sieht sie selbst ein bißchen wie Barbie aus. Bei ihrem Anblick hat Lizzie auf einmal das Gefühl, schon lange von zu Hause weg zu sein. Anna trägt Lippenstift, noch dazu knallroten, aber ihr könnten genausogut auch Flügel gewachsen sein, so vollständig ist die Metamorphose. Lizzie stiert sie an.

»Mum hat gesagt, es wäre eine schäbige Wohnung«, sagt Anna, als sie oben ankommt. »Mir gefällt sie.«

»War voller Kakerlaken«, murmelt Lizzie.

Anna legt ihre Handtasche (eine Handtasche!) auf den Stuhl, bleibt vor Lizzie stehen und überragt sie in ihren Stiefeln mit Reißverschluß. »Meine Güte, Anna, hast du dich verändert!«

»Ich kann nicht lange bleiben«, sagt Anna. »Eigentlich müßte ich im British Museum sein. Dieses Schuljahr nehmen wir Xanthos durch.«

»Was machen die anderen, Briony und Lou?« fragt Lizzie. Anna verzieht das Gesicht, rümpft die Nase wie zu einem Rüssel. »Sie nerven«, quiekt sie und schiebt ein paar Schweinsgrunzer hinterher, die sie beide zum Lachen bringen. »Aber im Ernst, Lizzie«, sagt sie, nachdem sie sich zur Begrüßung umarmt haben, »du mußt nach Hause kommen. Mum war im Krankenhaus.«

»Was? Was hat sie denn?«

»Es geht ihr wieder gut.«

»Aber?« Plötzlich will Lizzie gar nicht hören, was Anna ihr sagen möchte, sie weiß schon, was sie sagen wird, bevor sie den Mund aufmacht.

»Eigentlich darf ich dir das nicht erzählen, aber sie hat Unmengen Tabletten geschluckt. Dad hat allen erzählt, es wäre eine Blinddarmentzündung gewesen. Sie hat's gemacht, als ich abends auf Sams einundzwanzigstem Geburtstag war. Ich hab gedacht, du würdest auch kommen.«

Lizzie ist durcheinander, weiß, daß sie irgendeine Gefühlsäußerung von sich geben sollte, aber welche? Für den Bruchteil einer Sekunde kann sie nicht sagen, was schockierender ist: der Selbstmordversuch ihrer Mutter oder die Tatsache, daß eine ihrer kleinen Schwestern jetzt zu ihren alten Freunden auf Partys geht. Am liebsten würde sie sagen: »Wie bitte, *mein Sam?*«, aber sie kann sich noch beherrschen. »Du denkst doch nicht, daß sie es noch mal probiert, oder?«

»Ich weiß nicht«, sagt Anna, »aber du solltest nach Hause kommen.«

Lizzie sieht ihr Spiegelbild in der Fensterscheibe des Zuges. Das Doppelbild einer verschwommenen weißen Geisterfigur mit ihrem eigenen scharf konturierten Gesicht in der Mitte. Sie läßt sich in ihren Sitz sinken und dreht den Kopf langsam um ein paar Grad, beobachtet, wie der Blickwinkel sich verändert, und denkt an Savannah. Sie lächelt sich zu, ist zufrieden mit ihrem so gespiegelten Aussehen. Als der Zug abfährt, schlägt sie ihr Buch auf, faltet ihren Mantel als Kissen gegen das dunkle Fenster und legt die Füße auf den leeren Sitz neben sich. Dieser Intercity 125 ist besser als der Zug nach Harlington; er ist elegant wie ein Flugzeug, mit einem Tisch für je vier Sitze. Hygienisches orangefarbenes Velours und graues Plastik. Der Zug nach Harlington rattert und quietscht und riecht nach dreckiger Wäsche.

»Tut mir leid, junge Frau, aber diese Plätze sind reserviert. Hier, sehen sie, ich hab die Fahrkarten.«

Ein älterer Herr in einem Schafsfellmantel wedelt mit einem Stück Papier vor ihren Augen und dem Buch. Seine Begleiterin kommt hinter ihm den Gang heraufgeschnauft, mit einem gelben Kuchenblech in den Händen. »Sind das unsere Plätze, Ivan?«

»Ja. Leider reserviert, meine Gute.«

Das Paar bleibt schüchtern stehen und wartet, während Lizzie ihren Mantel nimmt, das Buch in ihre Tasche schiebt. Sie schwankt zwischen lauter besetzten Plätzen hindurch den Zug hinauf und hinunter. Alle sind reserviert. Regelmäßige Pendler sind besser als sie auf den Wochenendansturm vorbereitet. Die Fahrkarte hat sie dreißig Pfund gekostet. Herrgott noch mal.

Sie bleibt im Speisewagen stehen und lehnt sich an ein Fenster. Männer in unvorteilhaften Anzügen und Studenten, denen Walkmans aus den Ohren wachsen, balancieren auf dem Weg zurück zu ihren Plätzen Berge von Sandwiches, Bierdosen und winzigkleine grüne Ginfläschchen zwischen Händen und Kinn.

Sie hat nur einen Zwanzig-Pfund-Schein, und der Mann hinter der Theke sagt, er könne nicht wechseln. Sie versucht zu lesen, aber ständig stoßen Leute gegen sie, die sich zum Speisewagen und wieder zurück kämpfen. Sie muß sich irgendwo hinsetzen und nachdenken. Sie sollte sich wirklich sammeln, bevor sie zu Hause ankommt. Noch immer weiß sie nicht, was sie sagen wird oder wie sie auf Peter reagieren soll.

Weiter vorn im Zug gibt es ein Gepäckabteil. Da drinnen ist es fast dunkel, aber immer noch besser als im Speisewagen. Lizzie zieht die ratternden Käfigtüren auf und läßt sich zwischen schlaffen grauen Postsäcken nieder. Mit zusammengekniffenen Augen späht sie im Licht der vorbeihuschenden Lampen an den Schienen und der schwachen Glühbirnen des Korridors auf ihr Buch. Die Bahnhöfe fliegen vorbei, dieser Zug hat keine Zeit, an irgendwelchen unbedeutenden Orten zu halten. Eigentlich schade.

Bristol Temple Meads ist der nächste Halt. Dort kann sie immer noch aussteigen, hat sie sich überlegt, wenn sie doch nicht den Mut für eine Szene zu Hause aufbringt. Doch dann versinkt sie in ihre Biographie, und die Probleme von Picasso und Françoise Gilot scheinen ihr greifbarer als ihre eigenen, und ehe sie sich's versieht, sind fast alle in Bristol ausgestiegen, und sie ist noch da, kommt Exeter St. Davids immer näher. Zumindest hat sie jetzt reichlich Auswahl an Sitzplätzen, und sie nimmt ihren Platz am Fenster wieder ein, macht es sich mit Mantel und Buch schön gemütlich. Irgendwo hinter ihr im Abteil schält jemand eine Apfelsine. Der Duft ist betörend. Mal angenommen, jemand würde einem sagen, daß man nie wieder Gelegenheit hätte, eine Apfelsine zu essen. Also, das wäre schlimm, denkt sie. Wenn sie angekommen ist, wird sie als allererstes um eine Apfelsine bitte.

Vom Bahnhof nach Stonleigh ist es ein kurzes Stück mit dem Bus. Lizzie geht durch die Innenstadt zur Haltestelle. Der Geruch von der Pommesbude ist schmerzlich vertraut, aber sie geht nicht hinein. Gegenüber ist der Park, wo sich mal ein alter Mann vor ihr entblößte, und der Süßigkeitenladen, wo sie und Savannah vorübergehend Brausetütchen und Schokostangen klauten: beides lange, dünne Packungen, die sie sich in die Ärmel schieben konnten. Da ist das Café, an dessen Wänden drei Gemälde ihrer Mum hängen, und der Spielzeugladen, in dem sie ihr ganzes Taschengeld ließ, um sich Modelltiere zu kaufen. Jeden Moment wird ihr jemand begegnen, den sie kennt; ein alter Lehrer oder Eltern von einer ihrer Freundinnen oder, noch schlimmer, jemand, der ihre Mutter kennt. Sie werden Cordelia anrufen, um ihr zu sagen, daß sie Lizzie gesehen haben, und dann gibt es kein Zurück mehr, wofür Lizzie sich doch entschieden hat, jetzt, da sie nah genug ist, um das metallische Grauen zu schmecken, unauslöschlich wie ein Mundvoll Tinte. Sie kann Peter unmöglich gegenübertreten, es gibt nichts, was sie ihrer Mutter sagen könnte.

Das Golden Globe ist jetzt genau gegenüber auf der anderen Straßenseite. Ihr Pub. Jedermanns Pub. Ihr *G-G*, wie sie es nannten, wo sie oft in unechter Rokokopracht Poolbillard spielten und an der Bar bedient wurden, ohne daß irgendwer sie je nach ihrem Alter fragte. Es ist Freitag abend, und durch die offene Tür kann sie die goldenen Lichter und die Pfauenfedertapete des Gastraumes sehen. Es ist nicht wie London; es kommt ihr wie eine Ewigkeit vor, seit sie einfach so allein in ein Pub gehen konnte. Sie wäre froh, wenn die Dinge noch so wären, wie sie waren, und wenn auch nur so lange, bis sie ihre Gedanken sortiert hat.

Es ist noch zu früh für das Globe, aber aus alter Gewohnheit geht sie schnurstracks in das Billardzimmer. Benji und Moby sind da, so wie immer, obwohl sie ihre Motorräder draußen nicht gesehen hat. Der hell erleuchtete Raum riecht nach ihren selbstgedrehten Zigaretten, nach Patschuliöl und Leder, und Moby holt ihr Bacardi-Cola, ohne auch nur zu fragen, wo sie in den letzten Monaten gesteckt hat. Benji hat ein neues Tattoo auf dem Arm, eine rote Rose, noch geschwollen und verkrustet, und sie betrachtet das alte, das sie von früher kennt, die gestrichelte Linie aus blauer Tinte um seinen Hals und die Worte »hier öffnen«, und ihr wird klar, wieviel Angst ihr diese Männer einjagen würden, wenn sie nicht schon die Landschaft ihrer Teenagerzeit bevölkert hätten.

»Voll geil«, sagt Moby, als er die schwarze Kugel einlocht, obwohl er es »Fal-eil« ausspricht und jeder andere meinen könnte, er habe »Fallbeil« gesagt, aber Lizzie kennt beide schon lange genug. »Spielst du mit, oder was?« Lizzie hat ihre Cola-Rum ausgetrunken, und die Biergläser der beiden sind leer. Sie klopft gegen die Durchreiche zur Bar und stellt die frisch gefüllten Gläser auf den Rand des Billardtisches.

»Haste Feuer?« sagt Moby, von dessen Lippen eine halb durchgeweichte Selbstgedrehte baumelt. »Kopf oder Arsch«, sagt Benji, genau wie sie erwartet hat. »Wenn du verlierst, geht die Runde wieder auf dich«, sagt Moby, als Lizzie die Kugeln in das Holzdreieck rüttelt, und sie sagt: »Werd ich nicht«, worauf beide den Kopf in den Nacken werfen und imaginäre Gitarren anschlagen und heulen wie die Wölfe von Roxy Music.

Drei Spiele und zwei Bacardis später liefert Sam ihr eine bessere Reaktion. Sam kommt mit Harris, seinem Bruder, beide in passenden Harley-Davidson-Ledermonturen, und einer jungen Frau, die Lizzie noch nie gesehen hat und die ihr Haar in einer perfekten wasserstoffblonden Welle ums Gesicht trägt, wie ein nach unten geklappter Heiligenschein.

»Ich freß 'nen Elch, Lizzie, wo hast du denn gesteckt?« sagt Sam. »Du hast 'ne tolle Fete verpaßt, echt.«

Lizzie lacht. Die Monate, die sie fort war, werden immer kürzer. Tony, Jack, Paddington, ihr Job; alles kommt ihr plötzlich abwegig vor, so unwichtig wie ein Tagtraum. »London«, sagt sie.

»Furchtbar«, sagt Sam. »Übrigens, das ist Carol. Sie kommt aus London.«

»Herne Hill«, sagt Carol.

»Wo sind denn die anderen alle?« fragt Lizzie. »Ziemlich ruhig hier für Freitagabend, oder?«

»Alle pleite, vermute ich, Stipendienempfänger.« Sam nimmt trübselig einen tiefen Schluck von seinem Bier. »Seit meiner Fete hab ich kaum jemanden gesehen. Keiner hat Bock, noch nach Hause zu kommen, ziemlich öde hier, wenn keine Ferien sind.«

Lange bevor das Pub dichtmacht, hört Lizzie auf, ihre Drinks zu zählen. Sams Lederbein schmiegt sich an ihres. Sie sitzen am Ecktisch und machen ein Ratespiel, schütteln die Fäuste mit unterschiedlichen Kleingeldbeträgen darin und geben Wetten auf die Gesamtsumme ab, bestellen eine Runde nach der anderen, bevor es zu spät ist. Die Neue, Carol, scheint über Lizzies Anwesenheit nicht gerade erfreut zu sein und blickt mürrisch drein, wenn Lizzie mal wieder richtig geraten hat. Sie sitzt auf der anderen Seite von Sam und erwähnt dauernd irgendwelche Dinge, die sie zusammen unternommen haben, eine Party am Strand oder den Tag, als Sam drei wilde Minks am Fluß gefangen hat.

Sam und Harris stehen über die Jukebox gebeugt, während Lizzie und Carol betrunken dasitzen und schweigen. Lizzie spielt mit Bierdeckeln, aber Carol beobachtet Sam, dessen vorgeschobenes Kinn die Dringlichkeit seiner Anweisungen an den jüngeren Bruder verrät. Die Jukebox surrt und klickt. Carly Simon. »Nobody Does It Better«. War zu Sams und Lizzies Zeiten ziemlich vielsagend. Lizzie versucht, nicht erfreut auszusehen. »Baby, you're the best«, trällert Sam quer durch den Raum.

»Verdammt noch mal, dann vögel sie doch gleich hier auf dem Boden«, kreischt Carol, als Carly Simon verklingt und Sam ihr sagt, Harris würde sie auf seiner Maschine mitnehmen und sie soll mit ihm und Benji und Moby ins Mr. Matt's in Torquay fahren, er würde dann später nachkommen, wenn er sich noch ein bißchen mit Lizzie unterhalten hat. »Cool bleiben, Carol«, nuschelt Harris mit seinem hollywoodreifen amerikanischen Einschlag, den er sich ungefähr zur selben Zeit zugelegt haben muß wie sein Motorrad. Er beugt sich über Lizzie und will Carol vom Stuhl hochhelfen. Aber Carol ist blitzschnell aufgesprungen, reißt Moby sein halbvolles Bierglas aus der Hand und schüttet es Sam über den Kopf, bevor sie aus dem Raum rennt und Moby und Benji ihr schallend lachend durch die Tür nach draußen folgen.

Sam schüttelt sich Bier aus dem Haar. »Fahr lieber mit ihnen«, sagt Lizzie.

»Kommt gar nicht in die Tüte«, sagt er, und sie sitzen noch immer an dem biernassen Tisch, als sie die Motorräder die Straße hinaufbrausen hören.

Trotz der vielen Drinks fühlt Lizzie sich bedrückt und einsam, schließlich doch zu feige, sich ihrer Mutter zu stellen, und sie möchte so gern von jemandem in den Arm genommen werden.

»Macht es dir was aus, wenn wir nicht miteinander schlafen?« sagt sie später in der sanften Dunkelheit von Sams Schlafzimmer. Doch Sam macht es sehr wohl was aus, und der Sex ist nicht toll. Aber dann ist es vorbei, und er hält sie im Arm, als wäre sie die größte Kostbarkeit auf der Welt, und, nun ja, so was ist ihr noch nicht sehr oft passiert. Am Morgen verläßt sie ihn, als er noch schläft, kindlich ohne seine Ledermontur, ein dünner Arm über das Kissen gelegt, sein Bart noch spärlich. Auf Zehenspitzen schleicht sie die Treppe hinunter und durch die Küche, bleibt nur kurz stehen, um eine Apfelsine zu stehlen, voller Angst, sie könnte seine Mutter aufwecken. Wenn die wüßte, daß das Teufelskind über Nacht geblieben ist!

Man geht zehn Minuten durchs Dorf. Die Häuser werden größer, je weiter sie sich von Sams Haus entfernt und je näher sie ihrem eigenen kommt. Die Straßen sind hier breiter, die Häuser stehen weiter auseinander und haben immer längere Einfahrten und immer höhere Tore davor. The Grange, ihr Haus, steht oben auf dem Hügel, sie kann schon die Schuppentanne sehen, die wie ein kranker Dinosaurier über das dichte Buschwerk ragt, das sich vom Tor der Einfahrt bis zum Haus erstreckt. Sie werden inzwischen weg sein, Cordelia mit ihren Steingutschüsseln, in Alufolie verpackt und in einem Korb verstaut; die drei Mädchen schmollend, weil sie, wie Lizzie, keine Lust haben, Peters verwitwete Mutter jeden Samstag zum Brunch zu besuchen.

Lizzie findet den Ersatzschlüssel da, wo er schon immer war, unter dem lockeren Pflasterstein. Keine Spur von Muttley, als sie durch die Tür tritt, er müßte schon längst bellen, aber ansonsten ist alles wie immer. Gierig saugt sie die Luft ein, der Geruch ihrer Familie umschwebt sie in dem warmen Haus, tröstlich wie Milch. Feuerholz und Gebackenes, Bratkartoffeln, Rosen und feuchte Wolle. Die Pendeluhr ist ein vertrauter Herzschlag, Cordelias Usambaraveilchen blühen auf dem Tisch in der Diele, schlammverkrustete Gummistiefel stehen entlang der Fußleiste aufgereiht von der Tür bis zum Beginn der Treppe.

Aber noch immer keine Spur von Muttley. Dann haben sie ihn wohl mitgenommen, obwohl Peters Mutter ihn nicht ausstehen kann, behauptet, er hätte Flöhe. Nun denn, sie darf nicht lange bleiben. Sie geht direkt auf den Speicher, um nachzusehen, ob er immer noch ihr Zimmer ist oder ob sie Anna oder Briony schon da oben einquartiert haben.

Es ist noch genauso wie an dem Tag, als sie fortging: ihr so eigen wie ihre Unterschrift. Leicht unordentlich, doch ihr Bett ist gemacht, mit frischer, noch unberührter Bettwäsche. Maybelline und Miners stehen auf dem Frisiertisch, ihr Bademantel hängt über einem Stuhl, ihre LPs stapeln sich auf dem Boden, das Blondie-Album, das sie auswendig kann, liegt auf dem Plattenspieler. Sie riecht Youth Dew und hat plötzlich einen Kloß im Hals, ein Souvenir an ihre eigene, sorgenfreiere Vergangenheit. Sie haben alles so gelassen, als warteten sie bloß auf ihre Rückkehr, vielleicht nach einem Urlaub. Oder einem Wutanfall.

Cordelia war nie sonderlich verwundert über den einhelligen Mangel an Begeisterung ihrer Töchter für ihre Großmutter, aber sie hat ihnen beigebracht, das für sich zu behalten. Peter ist der einzige, dem es erlaubt ist, seine Mutter zu kritisieren, obwohl Cordelia sich wünschen würde, daß er den Mund aufmacht, wenn die durchgedrehte alte Schachtel sagt, daß sie drei hübsche Enkelinnen hat, nicht vier. Zum Glück ist sie inzwischen zu gebrechlich, um ihnen ein Essen zu kochen, und Cordelia bringt den Samstagsbrunch im Picknickkorb mit, was ihrer Meinung nach eine hygienischere Regelung ist, denn Peters Mutter hat die Art von Küche, wo die Katze an der Butter leckt und im Honig ranzige Krümel schweben wie Mücken in Bernstein.

Anna, Briony und Lou schlurfen hinter ihren Eltern her, die Hände tief in den Manteltaschen, als suchten sie nach einer Entschuldigung dafür, woanders sein zu können. Peter schwenkt den Essenskorb mit einer Hand und zieht mit der anderen Cordelia näher an sich heran, während sie vor der Haustür warten. Er spürt, daß Cordelia zurückweicht, als er sie auf den Hals küßt, und er weiß, daß sie nicht dagegen ankann.

»Die Brötchen«, sagt Cordelia ausdruckslos, als sein Arm nach unten sinkt. »Ich hab sie im Ofen vergessen.«

»Macht nichts«, sagt Peter, »Ich geh sie eben holen.« Seine Mutter öffnet die Tür und blickt sie so finster an, als wären sie nicht ihre Familie, sondern Zeugen Jehovas, die sie absichtlich bei ihrer Lieblingsserie gestört haben.

Lizzie legt sich auf ihr altes Bett und blickt durch den Raum zum Fenster. Die Vorhänge sind zugezogen, und das ist gut so, denn sie will nie wieder dort hinaus, durch den Garten, zum Sommerhaus sehen. Aber sie würde gerne etwas schlafen, sie würde gerne die Augen schließen und aus diesem langen, quälenden Traum erwachen, zu dem ihr Leben geworden ist. Widerwillig verabschiedet sie sich von der vertraut kühlen Weichheit ihrer blau-weiß karierten Daunendecke, nimmt eine leere Schultasche und fängt an, Sachen darin zu verstauen. Muttleys gerahmtes Foto von der Kommode, ein Stück Rosenquarz, das Glück bringen soll. Den Zopfmusterpullover, den Cordelia ihr zum fünfzehnten Geburtstag gestrickt hat, ihren Parker-51-Füller und ein paar Platten von Steely Dan und David Bowie.

Sie blättert gerade ein paar alte Skizzenblöcke durch, als sie es hört. Das unverkennbare Geräusch eines Stuhls, der unten über den Boden schabt, und das Quietschen einer Tür. Sie erstarrt, vergißt den Zeichenblock, den sie gerade in Händen hält. Sie hört schwere Schritte auf der unteren Treppe. Es gibt keine Fluchtmöglichkeit, und jetzt kommen die Schritte die Speichertreppe herauf, scheuern über Holz. Verängstigt rollt sie sich in dem Hohlraum unter dem Frisiertisch zusammen, den Kopf zwischen die Knie gezogen, wie früher als Kind.

»Erwischt!«

»Dad, ich bin's.« Sie erkennt seine Schritte, bevor sie seine Stimme hört. Sie lugt unter dem Tisch hervor und sieht Peter auf der Treppe stehen, den Oberkörper im Speicher, einen eisernen Schürhaken in der geballten Faust, bereit, sie totzuschlagen.

»Oh, Lizzie, du bist das. Du hast mich zu Tode erschreckt. Was machst du denn da unten?« Peter hält noch immer den Schürhaken in der Hand, als er die letzten Stufen zum Speicher hochkommt und dann stehenbleibt und sie anstarrt, während sie aus ihrem Versteck krabbelt. Sein Haar ist widerspenstiger, als sie in Erinnerung hat, nicht so sauber; er muß zum Friseur. Er versucht zu lächeln, doch er wirkt verstörter, als wenn sie tatsächlich ein Einbrecher wäre.

»Ich hab mir ein paar Sachen geholt, dachte, ihr wärt weg.« Sie deutet auf die Tasche auf dem Boden, auf die LPs, die daraus hervorragen.

»Die anderen«, sagt er, sie noch immer anstierend, als wäre sie von den Toten auferstanden, und nicht gerade überglücklich wirkend. »Ich bin froh, daß du nach Hause gekommen bist.« Er lügt, denkt sie, und sie blickt unverwandt auf seine braunen Schuhe, als er weiterredet. »Wir müssen miteinander reden, obwohl ich nicht weiß, was ich sagen soll.«

»Nein«, sagt sie. »Spar dir die Mühe.«

Er macht noch einen Schritt auf sie zu. »Du hast allen Grund, mich zu verachten«, sagt er.

Lizzie kann ihn nicht ansehen. Sie dreht sich mit dem Gesicht zur Wand. »Geh weg«, schreit sie. Ihn zu sehen ist sogar noch schlimmer, als sie es sich vorgestellt hatte. »Laß mich gehen, versuch nicht, irgendwas zu erklären.« Er kommt näher; ein Schauer durchläuft sie, als sie seinen Atem im Nacken spürt, wie eine Motte.

»Ich weiß, was du gesehen hast«, sagt er.

»Na dann, verpiß dich, laß mich in Ruhe.« Sie dreht sich heftig zur Seite, während er zu dicht bei ihr stehenbleibt.

»Lizzie, du verstehst das nicht«, sagt er. »Wenn ich einen einzigen Wunsch in diesem Leben frei hätte, dann wäre es der, daß das mit Savannah nie passiert wäre. Sie war einfach so unwiderstehlich, so jung ...« Lizzie legt die Hände auf die Ohren. »So hübsch.« Sie schlägt mit der Stirn gegen die Wand, um ihn zu übertönen, und schreit: »Warum?«, obwohl ihre Stimme klingt, als würde jemand anderer rufen, weit entfernt.

»Ich war fürchterlich betrunken, und sie hat geweint, wegen ihrem Dad ... das weißt du ja, natürlich hätte es nicht passieren dürfen.«

»Warum?«

»Ich hab sie weinend im Sommerhaus gefunden.« Lizzie schlägt noch immer mit dem Kopf gegen die Wand, jetzt noch fester, er versucht sie umzudrehen, um sie zu beruhigen, aber sie windet sich aus seinen Händen. »Warum?«

»Sie war wie ein verletzter Vogel in meinen Armen. Ich hab ihr noch einen Brandy geholt. Sie trug einen Bademantel, Annas, glaube ich. Er war ihr zu kurz. Ihr Haar roch nach Äpfeln ...«

»Also, wann hat es angefangen?« Lizzie schiebt sich an ihm vorbei. Sie will seine Erinnerung abbrechen. Keine weiteren Einzelheiten, sie will schreien und schlagen, aber nicht ihn. Bloß irgendwen. *Alberto Green Apple V05*, das Shampoo ihrer Mum. Damals haben sie alle es benutzt.

»Was meinst du mit ›angefangen‹?«

»Im Sommer davor war sie schwanger, war das auch von dir?«

»Mein Gott, Lizzie, was denkst du denn von mir?«

»Willst du wirklich, daß ich dir darauf antworte?«

»Nein.« Plötzlich laufen sie beide Gefahr zu lachen, aber nicht, weil irgendwas lustig wäre. Vor etlichen Jahren stellten sie fest, daß sie unter der gleichen Marotte leiden, diesen entsetzlich unbeherrschbaren Lachanfällen als Reaktion auf etwas Tragisches. Es war auf der Beerdigung seines Onkels, und beide mußten sie auf dem Friedhof, umgeben von tiefstem Ernst, haltlos kichern. Cordelia war empört. »Hysterisch«, sagte sie, aber da mußten sie schon wieder lachen. »So lustig ist das eigentlich nicht«, prustete Peter, als er und Lizzie sich am offenen Grab aneinanderklammerten. »Das muß sie von mir geerbt haben«, sagte er und brachte damit einen Hauch von echtem Unbehagen in die Feierlichkeiten.

»Soll das heißen, es war nur dieses eine Mal?« Lizzie ist entschlossen, das Schmerzmaß vollzumachen. Geschieht ihm recht.

»Ja, Herrgott noch mal.« Er ist schamrot, aber sie hat die meiste Zeit ihres Lebens mit ihm zusammengelebt, lange genug, um die Unsicherheit zu bemerken, um mit absoluter Sicherheit zu wissen, daß er sie anlügt.

»Es war nicht bloß einmal, was?« hakt sie gehässig nach.

Peter seufzt, so matt und resigniert, daß sie ihm einen Moment lang beinahe vergibt. Seine Hände zittern, obwohl er immer noch den Schürhaken umklammert, und er hat die Augen niedergeschlagen. »Am nächsten Tag, bevor wir gemerkt haben, daß du verschwunden warst. Ja, am Morgen. Sie ist in mein Schlafzimmer gekommen.«

»Ja?«

Der Schürhaken fällt geräuschvoll zu Boden, am liebsten würde sie ihn aufheben und damit auf ihn einschlagen.

»Ja?« wiederholt sie. »Am nächsten Tag?«

»Was?« Er weiß, daß er keine Autorität mehr hat, daß sie ihn zwingen wird, die Frage zu beantworten. Sie ist klein und wild, so wild, daß ihre Mutter sie nie wird bändigen können.

»Du weißt schon«, sagt er matt. »Lizzie, bitte, es war ein dummer Fehler. Was soll ich denn jetzt machen? Denk doch an deine arme Mutter, du mußt damit aufhören. Sie braucht dich.«

»Ich kann nicht …« Sie will ihn beschimpfen, aber ihr fällt kein passendes Schimpfwort für ihn ein. »Begreifst du denn nicht, daß ich sie nicht sehen kann, weil ich nicht weiß, was ich ihr über dich erzählen soll?«

»Ich werde es ihr sagen, das muß ich wohl, oder? Es gibt keine andere Möglichkeit. Ich muß es ihr sofort sagen.« Halb droht er, halb fleht er Lizzie an, ihn daran zu hindern. »Das ist das einzige, was ich tun kann, stimmt's? Sie wird mich verlassen. Himmel, was soll ich dann nur machen?«

»Daran hättest du früher denken sollen.«

»Sie wird mich verlassen, sie werden mich alle verlassen. Willst du das?«

Lizzie findet die Situation grausam. Sie erträgt es nicht, Peters Kapitulation mit anzusehen. Sie antwortet nicht. Genau das, so wird ihr klar, hat sie gewollt. Sie ist nicht sicher, ob sie es immer noch will. Peter war immer ihr Fels in der Brandung. Jetzt scheint er wie niedergerissen, seine breiten Schultern beben wie bei einem Erdstoß. Vor ihren Augen bricht er zusammen, versperrt den Ausgang mit seinem schweren Körper, der zu einem Häufchen aus Schiefer und Sand und Staub geschrumpft ist, das ihr durch die Finger gleiten würde, selbst wenn sie es ertragen könnte, ihn zu berühren. Sie drängt sich an ihm vorbei, stürzt halb fallend, halb laufend die Treppe hinunter und zur Haustür hinaus. Kies spritzt auf, als sie die Einfahrt entlangstürmt, die Straße hinunter, in Richtung Stadt und Bushaltestelle, krampfhaft schluckend, um die Galle und die Klumpen Erbrochenes runterzuwürgen, die ihr säuerlich in die Kehle steigen.

Kapitel Siebzehn

Lizzie geht blicklos von der Bushaltestelle zum Bahnhof. Sie hat Heißhunger auf etwas Süßes, als hinge ihr Leben davon ab. Sie will sich einen Schokoriegel am Automaten ziehen, aber der schluckt bloß ihr Geld, und seine geöffneten Metallippen weigern sich, die Ware auszuspucken. Sie setzt sich ins Bahnhofscafé, an einen teefleckigen Resopaltisch, trinkt Cola aus der Dose und schlägt die Zähne in ihre zweite Aprikosentasche, wartet auf den Zug. Cordelia entdeckt sie dort, wie sie sich Blätterteigteilchen in den Mund stopft.

»Gott sei Dank, du bist noch da, ich bin direkt hergekommen.« Cordelias Atem kommt stoßweise, als wäre sie gerannt. Sie ist blasser und dünner, ihr früher so volles Haar straff nach hinten gebürstet und mit einem schlichten Gummiband zu einem Knoten zusammengebunden. Lizzie reißt den Blick von dem blutarmen Gesicht ihrer Mutter los und beißt erneut in das Gebäck, noch mehr Schmerzen kann sie nun wirklich nicht gebrauchen. Cordelia hat wieder ihren forschenden Blick. Sie sucht im Gesicht ihrer Tochter nach irgendwelchen Hinweisen. Lizzie versucht, ihre Hände am Zittern zu hindern, während sie kleine Mauern aus Zuckerwürfeln auf dem Tisch errichtet. Sie weiß, daß es nun an ihr ist, etwas zu sagen, und sie schlägt die Zähne in das letzte Stückchen Blätterteig, schluckt es nur halb gekaut runter. »Ich bin nur gekommen, um Muttley zu sehen«, bleibt ihr im Halse stecken.

Cordelia setzt sich, greift über den Tisch, entfaltet fast instinktiv die Papierserviette und wischt damit den Puderzucker an Lizzies Mund weg. Fast instinktiv reißt Lizzie den Kopf zurück. »Wegen Muttley«, sagt ihre Mutter leise und greift nach ihrer Hand. »Lizzie, es tut mir leid, er mußte eingeschläfert werden.«

»Ihr habt meinen Hund umbringen lassen?« Lizzie erstarrt, ihre Stimme steigert sich zu einem wackeligen Crescendo. Die Gelegenheit ist ihr beinahe willkommen, um wütend zu werden, der Hund spielt schon keine Rolle mehr. Ihre geballte Faust saust auf den Tisch, läßt eine Untertasse scheppern.

»Er hatte einen Knoten in der Leistengegend, es war Krebs.«

»Ihr habt zugelassen, daß sie ihn töten.« Cordelia steht auf, um sie zu trösten, so gut sie kann, um ihr das Haar zu streicheln, während Lizzie zusammensinkt und den Kopf auf die Arme legt. »Er hatte Schmerzen«, sie tätschelt Lizzie den Rücken. »Du darfst ruhig weinen.« Cordelia hält sie fest umarmt, und Lizzie vergräbt den Kopf in ihrem Mantel. »Komm nach Hause, Lizzie.«

»Ich wünschte, ich wäre jetzt nicht hier«, stöhnt Lizzie, gönnt es sich, einen ganz kurzen Moment lang den Duft ihrer Mutter einzuatmen.

»Lizzie, was ist passiert?«

Doch bevor sie antworten muß, signalisiert das Klappern der Fensterscheiben im Café das Herannahen des Zuges. Lizzie springt auf. »Ich muß los«, sagt sie. Die Lippen ihrer Mutter sind kühl auf ihrer heißen Wange, und sie muß sie regelrecht abschütteln, um auf den Bahnsteig rennen zu können. Sie reißt die Tür des 125er auf und steigt ins Abteil, doch Cordelia ist hinter ihr, steigt gleichfalls ein, und der Mann im Tweedmantel vor ihr beschwert sich. »Müssen Sie denn so drängeln?«

»Was machst du, Mum?« Lizzie hat sich auf den ersten freien Platz in Fahrtrichtung geworfen.

»Ich fahre mit dir«, sagt Cordelia zu ihrer eigenen Überraschung und läßt sich gegenüber ihrer Tochter nieder. Die Türen werden knallend geschlossen, Leute hasten vorbei, um ihr Territorium in Beschlag zu nehmen, wenn möglich zwei Plätze pro Person. Der Mann im Tweedmantel blickt gereizt, seufzt dann resigniert, faltet seine Zeitung wieder zusammen und gibt seinen Fensterplatz neben Lizzie auf, um sich weiter vorn im Abteil einen neuen zu suchen. Zwei Fußballfans hasten in grün-weiß gestreiften Schals und Parkas vorbei. In ihren weiß-grünen Plymouth-Argyle-Sporttaschen, die ihnen gegen die Beine schlagen, als der Zug anfährt, klimpern Bierflaschen.

Cordelia und Lizzie sind noch mal davongekommen, Gott sei Dank; niemand hat sich auf die beiden noch freien Plätze an ihrem Tisch gestürzt.

»Tut mir leid, was ich bei unserem Streit in London gesagt habe. Hast du dein Weihnachtspäckchen bekommen?« Cordelia zieht ihren Mantel aus und lehnt sich im Sitz zurück, bemüht, sich ganz normal zu verhalten: die besorgte Mutter, die versucht, die Ausreißerin zu zähmen.

»Jaja.« Lizzie würde nur allzugern mitspielen, wenn da nicht soviel Wichtiges im Wege stände: all die Dinge, die sie über Jack weiß, über sein totes Kind, über Peter und Savannah.

»Ich frage bloß, weil wir nichts von dir gehört haben, da hab ich mir Gedanken gemacht, ob es vielleicht in der Post verlorengegangen ist.«

»Na ja, ich bin dieses Jahr einfach nicht dazu gekommen, Dankesbriefe zu schreiben. – Du kommst doch nicht mit nach London, oder?«

Cordelia kramt in ihrer alten Lederhandtasche, findet eine leicht angeschmuddelte Packung Pfefferminz und bietet Lizzie eins an. »Ich komme so weit mit, wie nötig ist, um endlich ein paar Antworten von dir zu kriegen.«

»Peter kann dir alles erzählen, was du wissen mußt«, sagt Lizzie, die sich angestrengt auf ihre Finger konzentriert und an der Zellophanverpackung rumfummelt. »Wenn dir noch ein bißchen was an mir liegt, dann frag mich nichts mehr dazu.«

»Also ist irgendwas zwischen euch beiden vorgefallen.« Cordelia flüstert nicht, aber sie beugt sich weit zu Lizzie vor, steht fast über dem Tisch.

»Mum, es ist nicht das, was du denkst.« Lizzie unterdrückt den Impuls auszuweichen und sitzt ganz ruhig, obwohl das Gesicht ihrer Mutter dicht vor ihr ist.

»Was denke ich denn?« Cordelia hebt eine Hand, als hielte sie eine unsichtbare Macht zwischen ihnen auf. Ihre Hand malt ein Zeichen in die Luft, eine Antwort ist nicht nötig. Sie atmet tief durch und ist so erleichtert, daß alles andere bewältigbar erscheint, jetzt, da ihre größte Angst beschwichtigt ist. Als sie ihre nächste Frage stellt, klingt sie beinahe mädchenhaft, angespannt wie ein Backfisch, der argwöhnt, daß sein Freund mit einer anderen Blues getanzt hat. »Er war mir untreu, nicht wahr?«

Lizzie antwortet nicht, ihr Schweigen verrät Cordelia alles, was sie wissen muß. Der Anblick ihrer Mutter, wie sie still im Rhythmus des Zuges vor und zurück schwankt, die Möglichkeiten abwägt, darauf brennt, Lizzie nach einem Namen zu fragen, und ihn doch gleichzeitig nicht hören will, ihre Tochter nicht zwingen will, ihn auszusprechen, ist für Lizzie unerträglich. Sie kann sie nicht mehr ansehen, deshalb setzt sie sich auf den Platz neben ihr, mit dem Rücken zur Fahrtrichtung, und schmiegt den Kopf an die Lammwolleschulter ihrer Mutter, versinkt in dem süßen Duft von Mandeln und Seife.

»Mein armes Schätzchen«, flüstert Cordelia und hält sie so, daß ihre eigenen Tränen geräuschlos auf Lizzies Haar fallen. Eine Weile registrieren weder Mutter noch Tochter die Namen der Bahnhöfe, die vorbeifliegen, beide sind sie taub für die knisternden Lautsprecherdurchsagen und blind für das Goldglitzern der Sonne auf den Wellen, die auf der anderen Seite des Zuges praktisch gegen den Rand der Gleise schlagen.

Erst als sie den Tamar erreichen, blickt Lizzie nach draußen und schnappt nach Luft, sieht die spiegelige grüne Weite unter sich, mit Booten übersät, während der Zug sich mit dem dichten

Verkehr auf Brunels Eisenbrücke ein Wettrennen liefert. »Scheiße, ich bin im falschen Zug«, sagt sie. »Das war eben Plymouth.«

»Ich weiß«, sagt Cordelia lächelnd. »Wir sind in Cornwall.«

Es war Lizzies Idee, zum Cottage zu gehen. Cordelia sträubte sich zunächst, aber als sie in Truro aus dem Bahnhof traten, trieb ein Windstoß ein paar Kirschblüten vor sich her und wirbelte rosafarbenes Konfetti vor ihre Füße, wie um sie zu feiern. »Der Obstgarten«, sagte Lizzie mit leuchtenden Augen. »Komm, wir gucken uns die blühenden Bäume an.«

»Das geht doch nicht«, sagte Cordelia, aber Lizzie zog sie schon am Arm.

»Du hast mir immer erzählt, das wären meine Bäume, und ich möchte sie mir gern ansehen.«

Cordelia murmelte irgendwas von nach Hause fahren, doch dann dachte sie an die Gegenvorwürfe, die sie dort erwarteten, an Peter und seine jämmerliche Scham. Es hatte etwas Festliches an sich, ganz woanders zu sein, mit Lizzie an ihrer Seite. Eine Auszeit von ihren Problemen und Lizzie wieder bei ihr, wieder ein Kind, ihre Hand haltend und sie zum Taxistand zerrend, irgendwas von Abenteuer und Pilgerreise plappernd.

Das Cottage war weder so, wie es auf den Fotos in dem roten Vinylalbum aussah, noch so, wie es in der Erinnerung ihrer Mutter lebte. Die schlichten Granitwände trugen jetzt Rauhputz und waren blaßgelb gestrichen, wie Rührei. Ein zweistöckiger Anbau ragte hervor und gab dem Ganzen eine L-Form. Der angebaute Teil war beinahe so groß wie der ursprüngliche, nur gleichförmiger gestaltet, und Mäusedorn hatte fast den gesamten Vorgarten überwuchert (wo früher dicht an dicht Stockrosen und Kohlköpfe wuchsen, sagte Cordelia wehmütig). Über dem Gartentor hing ein Schild, »Painter's Pocket«. Cordelia war fassungslos.

»Es hieß immer bloß ›Cottage‹«, sagte sie. »Das muß eine Anspielung auf Jack sein. Komm, Lizzie, wir gehen.«

»Bloß ein Zimmer?« fragte Mrs. Osman, deren Elsteraugen den Eindruck Lügen straften, daß sie nicht jedermann erlauben würde, ein Zimmer in der Pension Trevanna zu teilen, die etwas oberhalb von Painter's Pocket am Hang lag.

»Mit Blick auf den Fluß?« fragte Lizzie.

»Auf dieser Seite des Hauses ist kein Doppelzimmer mehr frei.«

Lizzie war enttäuscht. Sie hatte mit einem Blick auf Painter's Pocket und den Fluß gerechnet.

»Es macht Ihnen nichts aus, mit Ihrer Mutter im selben Bett zu schlafen?« Mrs. Osmans schwarze Augen glitzerten, als sie den Preis für das Zimmer nannte und Lizzie ihr versicherte, ein Ehebett sei völlig in Ordnung.

Sie wurden von der Eingangshalle die enge Treppe hinauf- und einen Korridor mit dickem Teppich entlanggeführt, während Cordelia halblaut vor sich hin schimpfte, das ganze Dorf sei verschandelt, und Lizzie »Psst« sagte und auf den griesgrämigen blumengemusterten Nylonrücken zeigte, der ihnen vorausging.

»Himmel«, sagte Cordelia, als sie schließlich in dem Zimmer allein waren, das stark nach synthetischer Zitrone roch. Sie ließen sich auf das Bett mit der eiercremefarbenen Chenille-Tagesdecke fallen. »Was machen wir denn hier, Lizzie? Ich muß zu Hause anrufen, die anderen sind bestimmt schon in heller Panik.«

Lizzie sah aus dem Fenster, Richtung Fluß und Cottage, doch der Blick war durch eine hohe Koniferenhecke versperrt. Aber immerhin gab es Glockenblumen, nur ein paar, hier und da verstreut.

»Im Garten sind Glockenblumen«, sagte sie.

»Ja, die kommen hier früher als sonst überall«, erwiderte Cordelia vom Bett.

Lizzie drehte sich um und sah ins Zimmer. »Sie haben geblüht, als er uns verließ«, sagte sie. Der Satz hing zwischen ihnen, folgenschwer und doch absichtslos gesprochen, als wären ihr die Worte von irgendeinem unerwarteten Ort zugeflossen, einem primitiveren Teil ihres Gehirns, wie der Aufschrei, nachdem man sich geschnitten hat. Ein Schatten breitete sich auf Cordelias Gesicht aus.

»Du warst noch so klein«, sagte sie sanft, »daran kannst du dich nicht erinnern.«

»Du hast gesungen«, sagte Lizzie. »Und Kerzen brannten.« Sie war jetzt trotzig. »Er ist an die Tür gekommen und hat gesagt, das hätte er nicht verdient.«

»Ja? Wie kannst du das denn wissen?« Cordelia überlegte, ob sie Lizzie diesen Tag je genau geschildert hatte. Sie konnte sich an die Glockenblumen erinnern, weil sie und Jack sie am selben Morgen noch gepflückt hatten. Und sie hatten seiner Mutter ein paar in einem Päckchen zu ihrem siebzigsten Geburtstag geschickt, eingewickelt in nasse Baumwolle und einen Lappen und durch eine zurechtgeschnittene Spülmittelflasche geschützt. Und zu dem Bad, das sie an jenem Abend mit Lizzie genommen hatte, hatte sie Kerzenschein gewählt, weil sie wußte, daß er bald nach Hause kommen würde, nachdem er diesen alten Baum gemalt hatte, und sie ihm ein freundliches Bild bieten wollte.

»Laß uns noch rausgehen, bevor es dunkel wird«, sagte sie zu Lizzie, leicht zitternd in dem zugigen Korridor. »Wir sollten den Weg den Hügel runter nehmen, sonst wird es zu spät, um uns den Obstgarten anzusehen.«

In Painter's Pocket wohnte niemand, und Cordelia und Lizzie kletterten kurz entschlossen über eine niedrige eingefallene Mauer aus Lehm und bröckeligem Granit, um hinter das Cottage zu gelangen. Bevor sie um die Ecke bogen, konnten sie weiter den Hügel hinabsehen, über die Wiese, auf der die langen Schatten der alten Bäume lagen, bis hin zu der Hecke, die im aufsteigenden Abendnebel verschwamm. Cordelia deutete auf den Brunnen, das Pumpenhaus mit einer grün gestrichenen Tür, und weiter dahinter konnten sie das Eisentor zum Fluß ausmachen, der Jack solche Angst gemacht hatte, wenngleich sie nicht sicher war, ob sie Lizzie je davon erzählt hatte. Sie gingen Arm in Arm um die Ecke, zwischen zwei Torpfosten aus Granitsteinen hindurch, mit robusten Eisenangeln, von denen dünne Dreiecke aus Rost den rauhen grauen Stein hinabflossen.

»Die Geschichte damals am Fluß ...« Lizzie hatte plötzlich das Gefühl, daß der Moment gekommen war, ihrer Mutter alles zu erzählen, was sie von Jack und Elena und der armen kleinen Laura wußte, doch da schnappte Cordelia schon nach Luft, und ihre Hände flogen hoch.

»Kein einziger Baum mehr, Lizzie«, sagte sie, die Torpfosten im Rücken. »Genau hier hat er deinen Obstgarten gepflanzt.« Zwischen ihrem Standort und der hohen, dunklen Hecke, die das Cottage vom Wald trennte, war nichts als eine sanft ansteigende Weide, auf der drei weiße Ziegen zwischen Nesselbüscheln und karmesinrot geflecktem Ampfer grasten. Eine leichte Brise wehte den Geruch von dem Faulbehälter zu ihnen herüber; vielleicht kam er auch von den Ziegen. Am Rande des Feldes ragten ein paar riesige Bärenklaupflanzen mit ihren Köpfen wie Schlagsahnehäubchen über silbrigen Distelblüten auf, doch irgendwelche Obstbäume waren nirgends zu sehen, nicht mal Baumstümpfe.

Die Ziegen kamen mit bimmelnden Glöckchen angelaufen, und Cordelia griff nach Lizzies Hand, um sie bedauernd zu drücken. Später, im Speisezimmer des Trevanna Cottage, erklärte Mrs. Osman ihnen, daß die Bäume vom Schwamm dahingerafft wurden, ein giftiger Schleier, der sich unter der Erde ausbreitete und sie einen nach dem anderen erfaßte, bevor sie auch nur einmal Früchte getragen hatten.

Die Ziegen folgten ihnen, stupsten ihre Taschen an und liefen ihnen bis zu einer alten Steinhütte in der Ecke des Feldes nach, deren einst angestrichene Holztür schief in den verzogenen Eisenangeln hing.

»Früher hatten wir hier einen Teil unserer Sachen drin«, sagte Cordelia, während sie den rauhen, höckrigen Kopf der vorwitzigsten Ziege rieb. »Vielleicht ...«

Das Wellblechdach war an manchen Stellen durchgerostet, so daß vereinzelte Strahlen der Abendsonne auf Cordelias altes Fahrrad fielen. Es war verrostet, und sein vermooster Korb bot irgendwelchen Nagetieren Schutz. In der hinteren Ecke standen vier Kisten, und obendrauf waren etliche alte Einkaufstüten gestapelt. Der Geruch nach Mäusen und Feuchtigkeit war überwältigend, und obwohl Cordelia aus einer modrigen Schachtel einen verschlissenen alten Frotteemorgenrock schüttelte, scheute Lizzie sich, ihre Hände irgendwo reinzustecken, weil sie Angst davor hatte, was sie wohl bei diesem schauerlichen Lotteriespiel ziehen würde. Cordelia trat eine der Holzkisten um, und eine zerbrochene Teekanne und ein paar verbeulte Milchtöpfe aus Aluminium schepperten auf den Steinboden. Sie fing an, auf Jack zu schimpfen, während sie verschimmelte Kleidungsstücke und Decken ausschüttelte, aus deren Falten tote Schmeißfliegen wie Korinthen fielen. Sie kramte in den Überresten ihrer ersten Ehe und fischte eine Einkaufstüte hervor, die an den Griffen zusammengebunden und von mehrere Generationen alten Spinnweben verklebt war.

»Ich fürchte, Jack hat das alles einfach hier entsorgt«, sagte sie.

Lizzie stellte traurig fest, daß auch ihr erstes Paar Schuhe hier war, die roten, von denen Cordelia erzählt hatte, daß sie zur Zierde an der Leselampe gehangen hatten. Das Leder war hart geworden und von Frost und Schimmel streifig wie Malachit. Cordelia betrachtete die Schühchen und wendete sie in den Händen.

»Hier sind die also gelandet«, sagte sie bekümmert. »Aber die werden wieder schön sauber.« Sie schob sie und die Plastiktüte unter ihren Pullover. »Komm, Lizzie«, sagte sie plötzlich angstvoller als unbedingt nötig. »Wir können hier nicht bleiben, wenn die Besitzer zurückkommen, halten die uns noch für Diebinnen.«

Wieder zurück in ihrem Zimmer, öffneten sich die Schleusen.

Die Babysachen und das Spielzeug, das Cordelia in der Tüte mitgebracht hatte, waren faulig und feucht. Aber da war auch ein grünspaniger Schlüsselbund, und sie bedauerte ihre Gefühlsduselei, als sie ihn Lizzie überreichte.

»Diese Schlüssel hast du unheimlich gern gehabt«, sagte sie. »Sie haben Jack gehört. Er hat sie dir gegeben, als du gezahnt hast, und du wolltest sie einfach nicht wieder hergeben. Du hattest schon immer deinen eigenen Kopf, hast sie sogar nachts bei dir gehabt, damit er sie sich nicht zurückholen konnte, nachdem du ins Bett gegangen warst. Morgens war oft ein perfekter Abdruck von einem der Schlüssel auf deiner Wange, aber du wolltest nicht ohne sie sein.«

Lizzie drehte sie in der Hand. Alte Messingschlüssel an einem einfachen Metallring, dick mit einer grünlichgelben Schmiere überzogen. Sie wünschte, sie könnte sich daran erinnern, sie früher so heiß geliebt zu haben, aber die Erinnerung war zu tief vergraben, als daß sie sie hätte aufspüren können.

Cordelia erzählte Lizzie, wie es war, wenn Jack mal wieder einfach verschwand. Wie sie sich einmal, als er erneut fortgegangen war, in den Wald legte – sie zeigte ihn ihr durchs Fenster, wo er dunkel und hohl aufragte – und darauf wartete zu sterben. Sie erzählte ihr, daß sie, als er sie das letzte Mal verließ, im Cottage blieb, zitternd, unfähig zu essen, sicher, daß er doch wieder zu ihr zurückkommen würde. Ingrid fand sie dort, zwei Wochen später, Lizzie beschmierte die Wände mit Fingerfarben, Cordelia sprach mit einer Maus, die im Schrank unter der Treppe wohnte, und beteuerte, sie sei die Reinkarnation ihrer toten Mutter.

Sie legten sich aufs Bett. Lizzie dachte daran, wie seltsam es doch war, endlich ihre Mutter über Nacht ganz für sich allein zu haben. Sie konnte sich nicht mehr erinnern, wann das zum letzten Mal so gewesen war. Sie hatte den sehnlichen Wunsch, Cordelias Haar aus dem Gummiband zu befreien, es wie üppige braune Vorhänge rechts und links von ihrem Gesicht zu sehen, die Zerstörungen rund um ihre Augen wegzustreicheln.

Sie spürte, daß ihre Mutter reden wollte. Das war Cordelias Art, den Fragen zu entrinnen, die sie bedrängten, und ganz abgesehen davon hatten sie einander mehr vermißt, als jede von ihnen es für möglich gehalten hätte. Sie lehnten sich gegen die Kissen, sahen zum Himmel hinaus, der von Rosa zu Purpur zu Schwarz wechselte. Manchmal, im Verlauf des Abends, erschauderte Cordelia und sagte Dinge wie: »Wahrscheinlich machen das alle Männer, Midlife-crisis, oder?« Doch dann stellte sie Lizzie sofort wieder eine Frage, die sie betraf, und ersparte ihnen beiden so die Antwort.

All der Schmerz, den Jack ihr zugefügt hatte, war nur noch eine ferne Erinnerung, und sie schilderte jene Zeiten mit untypischer Distanz, als besprächen sie einen Film. Peter war das wirklich Wichtige in ihrem Leben, ein guter Mann, ein Stück Realität, das sie enttäuscht hatte. Lizzie sagte, daß sie ihn haßte.

»Er hat mich gerettet, weißt du. Du kannst dir nicht vorstellen, wie schlimm es um mich stand.« Cordelia seufzte, in dem dämmrigen Licht war ihr Gesicht auf dem Kissen ein trauriges, dunkles Oval.

»Ich weiß, daß du Kleider genäht hast und kein Geld da war«, sagte Lizzie sanft. »Das hat mir Ingrid mal erzählt.«

»Da war noch mehr«, sagte Cordelia.

»Ingrid hat mir erzählt, wie schlimm es war«, sagte Lizzie, trotz des Schweigeversprechens, das sie Ingrid damals gegeben hatte, nachdem Savannah sich am Fluß so in Szene gesetzt hatte.

Cordelia wandte den Kopf, bis er fast im Kissen versank, sie hielt Lizzies Hand und erzählte ihr, daß sie sie nach Jacks Verschwinden fast zur Adoption freigegeben hätte. »Ich hatte eine Weile den Verstand verloren«, flüsterte sie.

»Ach Mum, es tut mir so leid.« Lizzie hatte ihr noch immer von Elena und Laura erzählen wollen, entschied sich aber nun dagegen. Es hätte nichts geholfen, selbst wenn es eine Antwort auf die Frage gegeben hätte, die ihre Mutter sich immer und immer wieder gestellt haben mußte, nämlich: Warum ist Jack gegangen?

»Da war noch etwas. Ich hab Ingrid nie davon erzählt, nicht mal Peter weiß das. Kurz nachdem Ingrid uns bei sich aufgenommen hatte, fuhr ich mit dem Auto, du auf der Rückbank, noch einmal hierher, wollte verstehen, was passiert war. Bei der Gelegenheit fand ich heraus, daß Jack den Mietvertrag schon gekündigt hatte. Ich fühlte mich leer. Er hatte unsere ganzen Sachen in das kleine Nebenhaus geschafft. Ich weiß noch, wie ich zu Ingrid zurückfuhr, und vor mir auf der A 38 war ein Laster von Cadbury's. Ich hab das Gaspedal durchgetreten, hatte ganz vergessen, daß du im Fond saßest. Ich bin auf den Laster zugerast, konnte selbst mit geschlossenen Augen sehen, wie die lila Ladeklappe immer näher kam. Dann hast du aufgeschrien, und ich bin auf die Bremse gestiegen.«

Cordelia war atemlos von ihrem Geständnis. Draußen schrie eine Füchsin so menschlich, daß Lizzie sich die Nackenhaare sträubten, und sie schmiegte sich wie ihr jüngeres Ich tiefer in den warmen Backstubenduft der Haut ihrer Mutter. Danach versuchten sie, über normale Dinge zu reden. Lizzie erzählte ihr von Tony, »ein dummer Fehler«, sagte sie.

»Ich würde ihm gern den Hals umdrehen«, pflichtete Cordelia ihr bei. Und dann erzählte Lizzie ihr von dem Zauberer und der Grußkartenfirma, die zwei von ihren Muttley-Bildern gekauft hatte, und Cordelia wurde fröhlicher und sagte, sie sei froh, daß Lizzie ihr Talent nicht brachliegen ließ.

»Gehst du ab September auf die Kunstakademie?« fragte sie. »Es nehmen sich doch viele zwischendurch mal ein Urlaubssemester.« Und Lizzie nickte. Genau das hatte sie vorgehabt. »Wenn die mich noch nehmen.« Es war ein tröstlicher Gedanke, daß sie einfach so in ihr wirkliches Leben zurückkehren konnte, wie Alice, die wieder aus dem Spiegel spaziert, daß sie sich diese Zeit als nicht bedeutsamer als ein Urlaubssemester denken konnte. Dann zog Cordelia die Vorhänge zu, und sie legten sich ins Bett, und Lizzie reckte sich und schaltete die Nachttischlampe aus.

Eine Weile unterhielten sie sich flüsternd im Dunkeln. Cordelia beichtete nicht ihren jüngsten Versuch mit den Tabletten, aber Lizzie sagte, nachdem sie ihr jetzt die Geschichte mit dem Lastwagen erzählt hatte, müßte sie ihr versprechen, niemals wieder etwas derart Verzweifeltes zu tun, ganz gleich, wie sich die Dinge zwischen ihr und Peter entwickeln würden. Cordelia drückte ganz fest Lizzies Hand unter der Decke und sagte, sie solle sich keine Sorgen machen, ihre Ehe sei stark, obwohl sie ihm das Leben eine Zeitlang zur Hölle machen würde. Und dann, bevor ihr wieder die Tränen kamen, wechselte sie das Thema. »Du hast bestimmt schon das mit Savannah gehört«, sagte sie. »Hast du sie mal getroffen?«

Lizzie konnte ihr Blut pulsieren fühlen, nicht bloß ihr Herz, sondern auch die Venen pumpten, und ihre Mutter hielt ihr noch immer die Hand unter der Decke. »Ich bin ihr neulich mal zufällig über den Weg gelaufen …«, begann sie zu lügen, doch dann überlegte sie es sich anders. »Nein«, sagte sie. »Was macht sie denn so?« Lizzie hoffte, daß Cordelia das Beben in ihrer Stimme nicht bemerkt hatte.

»Sie hat ihr Studium abgebrochen. Lebt jetzt in einem Kibbuz. Natürlich ist Ingrid außer sich, betrachtet das Ganze als eine Art Zusammenbruch und hat Savannah dazu überredet, vor ihrer Abreise noch zu einem Psychologen zu gehen.«

»O Gott.« Plötzlich tat es Lizzie leid, daß sie sich von Savannah abgewendet hatte.

Cordelia drückte ihre Hand. »Was ist zwischen euch beiden vorgefallen? Ihr wart doch immer unzertrennlich.«

Lizzie antwortete nicht, wie auch? Und zum zweiten Mal an diesem Tag verriet ihr Schweigen Cordelia alles, was sie wissen mußte.

Kapitel Achtzehn

Die Schlüssel ließen sich gut säubern. Die Schmiere und der Grünspan lösten sich leicht unter mit Spiritus getränkter Watte, und Lizzie klimpert mit den Schlüsseln in der Tasche, wo sie warm und irgendwie beruhigend sind. Ihre Finger riechen ständig nach dem Messing, und manchmal steckt sie einen Schlüssel in den Mund, spürt den bitteren Geschmack vertraut auf der Zunge. Heute ist der Tag, an dem sie sie testen wird, aber zuerst muß sie nach Paddington und Jack sicher zum Zug bringen.

Der Schlüsselbund war auch in ihrer Tasche, als sie letzte Woche bei Elena zum Tee war. Sie konnte ihre Einladungen nicht länger ausschlagen, und Elena sagte, es sei ihr Geburtstag. Lizzie malte ihr eine Karte mit einer Birmakatze und brachte ihr eine Erdbeerbaisertorte mit. Für die Karte brauchte sie nicht lange, bloß die Andeutung einer Katze in Pergamentfarben und Silber. Sie war nicht so gut, daß Elena viel hineindeuten könnte.

»Sie gutes Kind«, sagte sie, als sie sie betrachtete. Ihre langen Finger zitterten. »Ist das Ying?«

Es war ein schöner Tag, und Elena bestand darauf, daß sie den Kuchen und den Tee mit in den Wintergarten nahmen. Sie saßen in knarrenden Bambussesseln an dem Mosaiktisch, während ein halbes Dutzend Katzen um ihre Schienbeine schnurrten. Elena hatte sich in eine brombeerfarbene Kaschmirdecke gehüllt, aus deren Falten nur die blassen Hände und das Gesicht lugten, noch zarter, als Lizzie es in Erinnerung hatte. Lizzie saß mit dem Rücken zum Garten, wohlwissend, daß Elena an ihr vorbei zu der Stelle schaute, wo der Teich gewesen war, wo jetzt die Schneebeerenbüsche standen.

»Schsch«, sagte Elena und hob die Hand. »Wir werden nicht über Jack sprechen.« Aber es gab einige Dinge, die Lizzie unbedingt wissen mußte. Hauptsächlich über das Haus, in dem er lebte. Wie lange wohnte er schon dort? Schon vor ihrer Geburt? Vor Cornwall? Sie bohrte nach, trotz Elenas Einwände. Sie tastete nach den Schlüsseln in ihrer Tasche und fragte: »Wie lange?«

»Schon immer«, sagte Elena müde. »Ich weiß es nicht, seit der Kunstakademie. Er hat dort nur gemalt.«

»Aber er wohnt doch auch dort?«

»Er lebt da, wo er malt. Ich bin immer nur dort gewesen, um ihm Modell zu stehen, das Bild in der Tate Gallery ist dort gemalt worden.« Und dann wechselte sie das Thema, erzählte Lizzie von ihrer Mutter, die aus Budapest geflohen war, ihren Schmuck in den Saum ihrer Kleider eingenäht, und von ihrem Vater, dem Dichter, der es nicht mehr rausgeschafft hatte. Aber vor allem sprach sie von Laura, und sie wollte wissen, ob Lizzie jemals daran gedacht hatte, Tänzerin zu werden.

Irgendwie war die ganze Situation unangenehm, und das lag nicht nur an dem Lilienduft, der ihr Kopfschmerzen verursachte. Elena wollte sie gar nicht wieder gehen lassen, sie sagte, sie würde sich freuen, wenn Lizzie für immer bliebe, und sie nahm sie in die Arme, umschloß sie mit dem Kaschmirtuch, als sie im Flur standen. »Falls Sie eine Unterkunft brauchen, meine Liebe, dieses Haus ist groß.« Und damit nicht genug, hatte sie zuvor auch noch versucht, Lizzie einige Saphire zu schenken.

»Bitte«, hatte sie gesagt, als Lizzie den Kopf schüttelte und die glitzernd blaue Halskette mit dem Armband zurück in Elenas Hand legte.

»Dann suchen Sie sich etwas aus.« Elena hatte ihre Schmuckschatulle über den Tisch geschoben, als böte sie einem geliebten Kind eine Schachtel mit Süßigkeiten dar. »Was Sie möchten.« In der glatten Schatulle aus Walnußholz und Messing lagen auf einem grünen Samtbett kunstvolle Broschen aus Elfenbein und Gold, schimmernde Ringe, Rubinbänder und Ketten aus dunklen Perlen ineinander verschlungen. Es hätten auch die Kronjuwelen sein können. Nur einen Moment lang wurde Lizzies Blick von einem kleinen goldenen Elefanten an einer Kette gefesselt, doch sie ging darüber hinweg und schob das Kästchen zurück.

»Nein, Elena«, sagte sie. »So etwas Kostbares kann ich nicht von Ihnen annehmen. Wir haben uns doch gerade erst kennengelernt.«

»Na gut.« Elena seufzte und schloß bedauernd den Deckel. »Aber das hier müssen Sie annehmen.« Sie zog sich eine Halskette mit schwarzem Anhänger über den Kopf und hängte sie Lizzie um, noch warm von ihrer Haut. Es war ein Obsidian, mit einem kleinen weißen Fleck genau in der Mitte der schwarzglänzenden Fläche, an einer langen Silberkette, deren Glieder so eng waren, daß sie sich wie Schlangenhaut anfühlte. »Das ist das einzige, das Jack mir je geschenkt hat«, sagte sie.

»Liebling, nun warte doch mal!« Tony knallt die Autotür zu, als Lizzie an ihm vorbeieilt, und er versucht, sie am Arm festzuhalten. Er trägt den marineblauen Pullover mit den flaumigen blaßblauen Kringeln. Es kommt ihr so lange her vor, daß sie ihn gestrickt hat, und jetzt ist es ihr vollkommen egal, ob er ihm steht oder nicht. Tut er nicht. Sie denkt an Wölfe in Schafskleidung und muß fast kichern.

»Ich bin in Eile«, sagt sie, aber er überholt sie trotzdem und stellt sich ihr in den Weg. Er sieht lächerlich aus in Jeans, sie sind zu kurz, und seine Schuhe sind die üblichen glänzenden Slipper mit winzigkleinen Goldschnallen. Sie bekommt Gänsehaut, als sie seine Schuhe betrachtet. Sie bekommt immer Gänsehaut, wenn sie an sie denkt.

»Du fehlst mir.« Seine Stimme klingt nicht mehr vertraut, und sein Mohair-Arm ist kratzig, als er ihr Gesicht streift.

»Tut mir leid, Tony, nicht jetzt.« Es ist schon halb elf durch, und Lizzie muß in Paddington sein, bevor der Zug nach Harlington abfährt.

»Wo willst du hin?«

»Ich muß jemanden zum Zug bringen.«

Lizzie hat noch nie etwas so Verruchtes getan. Sie steht vor Jack Seymours Tür, wartet, bis sie ganz sicher sein kann, daß die Straße leer ist. Noch einmal blickt sie sich um, über die linke Schulter, dann über die rechte Schulter, um sich zu vergewissern, daß sie nicht von irgendeinem Gesicht aus irgendeinem der Fenster beobachtet wird. Sie achtet darauf, ob Vorhänge sich bewegen. Ihre Atmung ist flatterig, als wollte ihre Lunge bei diesem niederträchtigen Unternehmen nicht mitmachen. Sie wagt nicht, ihre Hände zu betrachten. Sie hat einen bitteren Geschmack im Mund, von den Messingschlüsseln, die sie jetzt einen nach dem anderen in das einzige Schloß in Jacks schmuckloser Haustür steckt.

Noch während sie auf dem Bahnsteig stand und sein Gesicht durch das Fenster sah, traurig dachte, daß sie als seine Tochter eigentlich winken sollte, noch als der Zug aus dem Bahnhof rollte, war sie unsicher, ob sie in der Lage sein würde, das hier wirklich durchzuziehen. Der dritte Schlüssel gleitet widerstandslos ins Schloß, sie spürt, wie der Riegel mit einem jähen Ruck zurückgleitet, als sie den Schlüssel dreht, erschreckend wie ein elektrischer Schlag. Ihre ungläubigen Finger öffnen die Tür, gerade so weit, daß sie hineinschlüpfen kann, bevor sie das Tageslicht mit einem hohlen Klang hinter sich aussperrt.

Sie steht in einer winzigen Diele, die im Dämmerlicht liegt. Rechts von ihr ist eine weitere Tür, die wohl zur Garage führt, und geradeaus eine Treppe nach oben. Sie riecht Firnis und Terpentin, und als sie das Licht einschaltet, sieht sie, daß der Schalter mit Schichten farbverklebter Fingerabdrücke verkrustet ist und die nackten Holzstufen mit Flecken übersät sind, als hätte jemand jahrelang absichtlich auf dem Weg nach oben Öl- und Fingerfarben daraufgespritzt.

»Hallo«, ruft sie mit einem nervösen Tremolo, das eigentlich lässig klingen sollte. Noch immer hat sie eine Hand an der Tür, falls doch jemand da ist, wird sie abhauen. »Lachhaft«, sagt sie halblaut zu sich selbst. »Du benimmst dich lachhaft. Geh doch einfach wieder. Hier ist nichts, was dich irgendwas angeht.« Doch schon sind ihre Füße auf der Treppe, und die linke Hand gleitet vor ihr das Geländer hinauf, und die ölige Wärme des dunklen Holzes läßt sie an seine Hand denken, die es erst eine halbe Stunde zuvor umschloß, auf dem Weg zum Bahnhof.

Sie steht oben an der Treppe und blickt geradeaus in Jacks Zimmer. Die Luft ist stickig, als hätte sie vor ihrer schon andere Lungen mit Sauerstoff versorgt. Sie muß daran denken, daß Cordelia ihr mal erzählt hat, daß wir bei jedem Atemzug sechs Millionen Sauerstoffatome inhalieren, die schon Leonardo da Vinci einst einatmete. Staubflocken tanzen in dem Lichtstrahl, der durch das vorhanglose Oberfenster fällt. Das Fenster, das zur Straße geht, ist, wie sie jetzt sehen kann, mit alten Holzrolläden verdunkelt. Ihr tränen die Augen in dem Mief aus abgestandenen Gauloises und Staub, und sie hört ein Rumpeln, das von ihrem Magen kommen könnte oder aus den alten Wasserleitungen oder von einem U-Bahn-Zug in der Ferne. Es gibt einige Möbel und vermutlich auch einen Teppich, aber jedes bißchen Platz, jede verfügbare Fläche ist begraben unter gewaltigen Stapeln von Büchern und vergilbten Zeitungen und Kartons aus dem Supermarkt, die noch mehr Zeitungsausschnitte über den Boden ergießen. Die Wände sind nikotingelb, an manchen Stellen mit einander überlappenden Collagen aus Zeitungspapier und alten Postern beklebt: Picassos Friedenstaube, Che Guevara, *Ban the Bomb*. Rechts von ihr sieht sie drei geschlossene Türen, doch ihr Blick wird von einem einzigen dunklen Gemälde drüben neben dem Fenster angezogen.

Sie atmet tief und geräuschvoll, wie ein Delphin, der zum

Luftholen an die Oberfläche kommt, als sie vorwärts taumelt, in das Zimmer ihres Vaters hinein, auf das Bild zu. Sie geht an dem Bett mit der cremefarbenen Damastdecke vorbei, die sie aus dem Gemälde mit Elena wiedererkennt, obwohl sich auch darauf alte Zeitschriften türmen, »New Scientist« und »The Lancet« und »New Statesman«. Überall stehen schmutzige Kaffeetassen herum, manche mit geronnenen Resten darin, auf denen grünliche Scheiben schwimmen, wie Miniaturmondlandschaften. Andere, mit zerquetschten Zigarettenkippen auf dem Boden, drängen sich auf einem kleinen Tisch, der dicht neben einem abgewetzten und speckigen kastanienbraunen Kaminsessel steht. Daneben auf dem Boden drückt Jacks Lupe zusammengefaltete Seiten von noch mehr Zeitungen zusammen. Sie achtet darauf, nichts an dem Durcheinander zu verändern, als sie sich ihren Weg zum Fenster und dem einsamen Rechteck aus dunkler Leinwand sucht.

Das Gemälde bestätigt den Eindruck, den sie von der Tür aus hatte: ein Kind, etwa drei Jahre alt, das Gesicht nach oben gewandt. Das Licht vom Fenster fällt auf eine glatte elfenbeinfarbene Scheibe mit tiefen, runden, dunklen Augen, die hinter den Gitterstäben eines Kinderbettchens locken. Sie weiß, daß das Kind auf dem Bild sie selbst ist, weil sie das Foto, nach dem es gemalt wurde, in Cordelias rotem Album gesehen hat. Diesmal ist keine Verwechslung zwischen ihr und Laura möglich, und das warme Gefühl des Wiedererkennens, fast wie ein Triumph, vermischt sich mit der Traurigkeit und der Enttäuschung, die sie in dem wüsten Durcheinander in Jacks Haus gefunden hat. Der Hintergrund des Bildes ist in dunklen Braun- und Rottönen gehalten, die Farbe ist zwar dick aufgetragen, doch um das Gesicht herum wird sie glatt, nahezu transparent, ist zu einem geisterhaften Leuchten verschmolzen.

Eine Schmeißfliege wirft sich bis zur Erschöpfung immer wieder gegen die Fensterscheibe. Lizzies Hand hinterläßt einen undeutlichen Seestern auf dem Glas, als sie die vibrierenden

Scheiben nach oben schiebt, um die Fliege zu erlösen und gierig die dünne Aprilluft einzusaugen. Sie möchte sich noch die anderen Zimmer ansehen, bevor sie wieder geht, und auf dem Weg zur ersten Tür wirft sie einen Blick nach unten auf Jacks stumpfe Messinglupe und hebt sie von dem Stapel zusammengefalteter, aus Zeitungen herausgerissener Seiten auf. Sie geht sie rasch durch, alles Nachrufe auf vor nicht allzu langer Zeit Verstorbene: Sir Cecil Beaton, Oskar Kokoschka, Henry Miller, Peter Sellers, Graham Sutherland, Edward Ardizzone. Sie nimmt sich nicht die Zeit, welche zu lesen, sondern legt sie sorgfältig wieder zurück, die Lupe obendrauf, und öffnet die erste Tür. Ihre Hand ist feucht, als sie das kühle Porzellan des Türknaufs umschließt.

Der Rolladen vor dem Fenster ist heruntergelassen, aber trotz der Dunkelheit erkennt sie die Matratze auf dem Boden mit dem Haufen aus einer alten Daunendecke und Laken sowie die Berge von Kleidungsstücken, die sich auf dem Stuhl und der Kommode türmen. Eine Lage brüchiges Zeitungspapier ist über den Ganzkörperspiegel geklebt; sie kann eine Ecke des Spiegelglases sehen, wo das Papier abgefallen ist. In dem dünnen Streifen aus blauem Licht, der durch eine Ritze im Rolladen fällt, liest sie mit zusammengekniffenen Augen das Datum, das oben rechts in der Ecke der Zeitung steht: 18. April 1963. Ein bedeutsames Datum, so wird ihr fast sofort klar, denn da hat er sie verlassen. Frühsommer 1963. Als die Glockenblumen blühten. Danach konnte er sich selbst nicht mehr ins Gesicht sehen; sie spricht es laut aus und kann nicht leugnen, daß ihr dieser Gedanke gefällt. Aber die Luft ist stickig und schwefelig, es stinkt wie in einem Kaninchenstall, und ihr Herz kann nicht viel mehr verkraften.

Die anderen Türen führen in seine Küche und ins Bad. Die Küche hat schwarze und weiße Fliesen auf dem Boden, der unter ihren Füßen knirscht, und dunkle Schränke und einen summenden Kühlschrank, den sie nicht zu öffnen wagt. Das Badezimmer ist fensterlos, hat eine weiße viktorianische Wanne auf Löwentatzen und ein Waschbecken, das mit seinen Rasierstoppeln gesprenkelt ist. Seine Rasierseife liegt in einer runden Plastikschale ohne Deckel und riecht nach Parmaveilchen. Aber jetzt ist ihr Herz wirklich überfordert, und ohne sich umzudrehen, schließt sie die Badezimmertür hinter sich, poltert die Treppe hinunter und tritt vorsichtig hinaus auf die Straße.

Cordelia sitzt nicht gerade triumphierend da und hält ein längliches Stück zersplitterten Knochens zwischen den Fingern.

»Du hast gewonnen, Mum«, sagt Anna, mittlerweile alt genug, ihre Enttäuschung zu verbergen. »Wünsch dir was.«

Lizzie beobachtet Cordelia. Der zerbrochene gabelförmige Geflügelknochen steckt immer noch in der Beugung ihres kleinen Fingers, und sie fragt sich, was Cordelia sich wohl wünschen wird. Wenn Lizzie jetzt einen Wunsch frei hätte, würde sie um eine Möglichkeit bitten, ihrer Mutter alles über Jack Seymour erzählen zu können, und von ihrem Besuch in seinem Haus. Seitdem ist sie nicht mehr imstande, sich zu entspannen, und zwar wegen der Entdeckung, die sie dort gemacht hat. Vor allem wegen des Teils von ihr selbst, dem sie in diesem verwahrlosten Haus begegnet ist. Sie erinnert sich, wie sie dort stand, ihn einatmete und von dem unerquicklichen Drang übermannt wurde, alles aufzuräumen, die Fenster aufzureißen, sein Bett zu machen, den Küchenboden zu schrubben, ihm was Gesundes zum Abendessen zu kochen. Das eine Gemälde hat sie zutiefst berührt. Jetzt würde sie gern etwas für ihn tun, würde ihn gern wissen lassen, daß sie an ihm hängt – nicht an Peter –, und ihm die Erlaubnis geben, sie ebenfalls zu lieben. Sie sieht, wie Cordelia die Augen in ihrem müden grauen Gesicht schließt, und erkennt zweifelsfrei, daß sie auf sich allein gestellt ist. Sie darf ihre Mutter nicht noch mehr belasten, indem sie ihr von Jack erzählt.

Cordelia will sich immer Frieden auf der ganzen Welt wünschen, sie weiß, daß sie das tun sollte, doch statt dessen merkt sie, daß sie darum bittet, die Uhr zurückdrehen zu können. Sie hat keine rückwirkenden Wünsche mehr gehabt, seit sie ein sehr junges Mädchen war. Damals beobachtete sie zwanghaft den Nachthimmel und setzte all ihre Hoffnungen auf Sternschnuppen, die ihre Mutter wieder lebendig machen sollten. Spätere Wünsche bezogen sich immer auf irgend etwas zumindest halbwegs Erreichbares oder Vernünftiges. Dinge in der Zukunft wie ein Puppenhaus oder große Schönheit, und noch später, daß eines ihrer Gemälde von der Royal Academy akzeptiert würde oder daß sie tausend Pfund in gebrauchten Scheinen in einer Telefonzelle finden würde oder daß Jack Seymour Notiz von ihr nehmen würde.

Weltfrieden, das sollte sich jeder wünschen, anstatt irgendwas Selbstsüchtiges. So hat sie gedacht, seit die Kinder klein waren, obwohl sie damals, immer wenn sich die Gelegenheit für einen Wunsch ergab, die Götter und die Kobolde anflehte, ihre Familie mit immerwährender Gesundheit und ewigem Glück zu bedenken. Das war damals, und jetzt sitzt sie da, mit einem markfettigen, nadeldünnen Hühnerknochen in der Hand, und verschwendet ihren Wunsch für etwas Unmögliches. Ich wünsche mir, sagt die Stimme in ihrem Kopf, daß die Sache zwischen Peter und Savannah niemals passiert ist. Und der Weltfrieden? Der, denkt sie traurig, ist ebensowenig möglich.

»Was hast du dir gewünscht?« fragt Briony, und Cordelia öffnet die Augen, zwingt sich zu einem Lächeln. »Geheim«, sagt sie.

»Überhaupt«, sagt Lou, »wenn du es verrätst, wird es nicht wahr.«

Es ist Annas Geburtstag, und Lizzie steht neben der Tür, in Reichweite des Lichtschalters, während ihre Mutter in der Vorratskammer dreizehn rosa und blaue Kerzen in den Schokoladenguß des Kuchens steckt.

Sie singen zusammen »Happy Birthday«, und alles ist fast so wie immer, nur daß es ohne Peters Stimme anders klingt, und Peter ist nicht da, und Lou, die immer das ruhigste der Mädchen war und die schönste Pfirsichhaut hatte, kratzt sich in letzter Zeit dauernd im Gesicht, und sie müssen ihr immer wieder sagen, das doch zu lassen. Sie hat einen langen Schorf, der sich vom linken Nasenloch bis zum Mundwinkel zieht. Briony sagt, es sieht aus wie Schweineschwarte.

Nach einer Weile möchte Anna mit Lizzie allein sein, und es ist ihr Geburtstag, also wird gemacht, was Anna will. Das ist eine Familienregel. Innerhalb vernünftiger Grenzen.

»Laß uns mal vor den Kindern flüchten«, sagt sie und reißt ihre Mascaraverklebten Augen weit auf, während Lizzie und Cordelia es nicht wagen, sich über den Tisch hinweg anzusehen, weil sie Angst haben, lachen zu müssen. Anna sagt, sie will Lizzie die Stereoanlage zeigen, die sie zum Geburtstag bekommen hat, und ihr die neue Duran-Duran-Platte vorspielen, aber in Wirklichkeit will sie ihrer neuerdings bewunderten großen Schwester nur das Foto ihres Freundes mit nackter Brust zeigen, das sie zwischen den Seiten ihres abschließbaren Tagebuches versteckt aufbewahrt. »Er wird siebzehn«, prahlt Anna, »aber erzähl das bloß nicht Mum.«

Lizzie sitzt am Fußende von Annas Bett, in ihrem Zimmer, das süßlich und ölig riecht, nach Make-up und gespitzten Bleistiften und Kaugummi und künstlichem Moschus. Sie blättert einen von Annas kitschigen Fotoromanen durch, wo sehnsüchtig dreinblickenden Teenagern mit makelloser Haut Blasen aus dem Kopf quellen, in denen Sätze stehen wie: »Er macht mit mir Schluß, wenn er rauskriegt, daß ich mit seinem Freund rumgeknutscht hab«, oder: »Simon nimmt mich gar nicht wahr, wenn seine Kumpels dabei sind.«

Anna läßt sich neben Lizzie nieder und fragt sie, ob sie ein Geheimnis für sich behalten kann. »Ich glaub schon«, sagt Lizzie.

»Nein, gib mir dein Ehrenwort«, sagt Anna, und Lizzie macht die geforderte schneidende Handbewegung über ihre Kehle, obwohl sie fürchtet, daß Anna ihr nun irgendein peinliches sexuelles Geheimnis anvertrauen wird.

»Dad hat eine Affäre«, sagt Anna gewichtig. »Deshalb ist er nicht hier. Wahrscheinlich hat Mum dir irgend so'n Zeug erzählt, daß er beruflich wegmußte, aber das stimmt nicht.«

Später entdeckt Lizzie Cordelia zusammengekauert in ihrem großen rosengemusterten Sessel. Um diese Zeit am Abend müßten eigentlich auf dem Tisch zwischen ihrem Sessel und Peters ein Scrabble-Brett und zwei Gläser Rotwein stehen, vielleicht auch der rauchige Duft eines rasch ausgedrückten Joints in der Luft hängen. Statt dessen sitzt Cordelia allein dort, mit dem überlauten Ticken der Uhr und der ungelesenen Zeitung gefaltet in den Händen. Lizzie steht unschlüssig herum, möchte sie umarmen; sie hat nicht mehr viel Zeit, bis Sam kommt, um sie mit seinem Motorrad zum Bahnhof zu bringen.

»Tut mir leid, daß die Stimmung so gedrückt ist«, sagt Cordelia. »Die Mädchen vermissen Peter.« Schweigen schwebt zwischen ihnen, und Distanz. Cordelia beugt und streckt die Handgelenke, ihre verschränkten Finger klappen vor und zurück. Lizzie zieht die Vorhänge zu, um den dunklen Garten auszusperren, schaltet die Leselampe ein, überlegt, was sie sagen soll.

»Alles ganz schön verfahren, was?« durchbricht Cordelia das Schweigen, und ihr Tonfall ist flehentlich, kindlich, als erwarte sie von ihrer Tochter einen Lösungsvorschlag.

Lizzie setzt sich auf die Sessellehne und spielt mit einem Stück Borte, das sich vom Polster gelöst hat. Obwohl so vieles unausgesprochen geblieben ist, hat sie das deutliche Gefühl, daß Peter aus dem Familienkreis verbannt worden ist, um ihr Platz zu machen. Gerechtigkeit. Aber wenn es doch nur so einfach wäre, daß der Schuldige der Unschuldigen weichen muß. Früher am Tag fragte Cordelia sie zum Beispiel, ob sie sich vorstellen könne, wieder zu Hause zu wohnen, aber da sie bald in London aufs College will – und wenn sie nur ehrlich sein könnte, auch angesichts der größeren Nähe zu Jack –, mußte sie antworten, daß sie wohl doch besser blieb, wo sie war. Cordelia gab ihr recht, daß es ziemlich schwierig ist, eine so zentral gelegene

Wohnung zu finden, und sie wirkte nicht so geknickt, wie Lizzie erwartet hatte. Sie spähte bloß hoffnungsvoll aus dem Fenster, als sie das Knirschen von Rädern auf dem Kies hörte, aber es war bloß Annas Freund, der mit seiner Clique in einem verbeulten Mini Clubman eintrudelte und Anna einen Armvoll Narzissen brachte, die, wie sie sagte, wie Honig riechen würden.

Ein paar von den Narzissen stehen jetzt in einer Vase auf dem Tisch in der Mitte des Zimmers. Anna meinte, sie hätte ja mehr als genug, ein Ausbund an Großzügigkeit, als sie winkend durch die Tür verschwand. Richtung Pub, wie sie beide wußten, obwohl keiner es aussprach.

»Anna glaubt nicht, daß er bloß beruflich verreisen mußte, weißt du«, sagt Lizzie, wobei sie gedankenverloren die Borte weiter vom Polster zieht, und Cordelia spielt mit ihrem Ehering, sagt, daß es in einem so kleinen Ort unmöglich ist, irgendwas geheimzuhalten. »Vielleicht sollten wir von hier wegziehen«, fügt sie ohne Überzeugung hinzu. Und dann lehnt sie den Kopf mit einem tiefen Seufzer gegen Lizzies Arm. »Er fehlt mir«, sagt sie.

Lizzie kann die Traurigkeit in ihrer eigenen Kehle schmecken, und als sie schluckt, schmerzen ihr die Ohren. Sie nimmt ein paar Streichhölzer vom Tisch und beginnt, sie anzuzünden, will sie zusammenlöten, indem sie die brennenden Köpfe aneinanderdrückt. Die Streichhölzer flammen auf, und der Schwefel steigt ihr in die Augen, läßt sie tränen. »Solange er es mir gegenüber nie wieder erwähnt ...«, lenkt sie ein, und Cordelia nimmt ihr die kleine Doppelstange aus verbogener Holzkohle aus der Hand, zerbröselt sie im Aschenbecher. »Wir werden sehen«, sagt sie.

Kapitel Neunzehn

Lizzie hat zuvor weder Jacks Husten noch das Pfeifen in seiner Brust bemerkt.

Sie sitzt in dem Zug nach Harlington so dicht neben ihm, wie sie es sich noch nie getraut hat, eine kratzige blonde Nylonperücke und einen schwarzen Filzhut auf dem Kopf, und er würgt und keucht, krümmt sich vor Anstrengung, röchelt in die dunkelgrüne Wolle seines Mantelärmels. Sie kann den Glanz auf dem zerbrochenen Knopf an seinem Mantelaufschlag sehen. Von ihrem Sitzplatz aus könnte sie fast den Arm hinter ihrer Zeitung hervorstrecken und ihm auf den Rücken klopfen. Sie würde ihm gern den Rat geben, sich die Fußsohlen vor dem Zubettgehen mit Knoblauchzehen einzureiben. Bei ihr und ihren Schwestern hat das immer funktioniert, wenn sie Husten hatten, obwohl keiner je erklären konnte, wieso. Peter war Meister im Einreiben mit Knoblauch, weil es bei ihm nicht kitzelte.

Sie denkt wieder über Peter nach, als sie nach der Zugfahrt durch den Wald neben der Straße schleicht und Jacks schwerfälligen Gang unten auf dem Asphalt beobachtet. Peter ist oft mit ihnen zum Pilze sammeln in solche Nadelwälder wie diesen hier gegangen. Wahrscheinlich wecken die Fichten ihre Erinnerungen. Er hatte ein Spezialmesser mit einer weichen Bürste an einem Ende, um die Pilze vom Schmutz zu säubern. Obwohl jetzt nicht Herbst ist, rochen die Wälder damals so dumpf wie dieser hier, nach gärendem Brot und feuchter Erde und Weihnachtsbäumen. Lizzie kannte sich mit Pilzen besser aus als die anderen. Sie konnte ihnen erklären, daß Pilze mit hellen Lamellen oft giftig sind, weil Peter es ihr in seinem Buch mit den vielen Abbildungen gezeigt hatte.

In einem bestimmten Jahr war er von einem Spaziergang mit mehreren unterschiedlichen Sorten für sie in den Taschen seiner Anglerjacke zurückgekommen, seine alten braunen Wanderstiefel mit weichem Schlamm überzogen. Sie ertappt sich dabei, daß sie mit Rührung an diese Schuhe denkt. Sie sieht sie vor ihrem inneren Auge, knotige Schnürsenkel und altes Leder, das sich der Form seines Fußes angepaßt hatte, vor dem Kamin zum Trocknen mit Zeitungspapier ausgestopft. Sie hatte zottige Schirmlinge gemalt, lilastielige Waldritterlinge, nippelbesetzte Freiheitsmützen und, bevor Cordelia sie in Butter dünstete, fette Steinpilze mit matten Hüten und gelbem, schwammigem Inneren. Sie bekam die besten Noten für ihr Schulprojekt »Nahrung aus der Natur«. »Mykologie, das faszinierendste Thema überhaupt«, sagte Mr. Vizard, der seine Haare zu einem langen grauen Pferdeschwanz gebunden trug. Sie und Savannah hatten sich eine Zeitlang von dem enthusiastischen Mr. Vizard, oder Bob, wie er sich gern nennen ließ, anstecken lassen und sich auf Nahrung aus der Natur spezialisiert.

Sie kochten Sauerampfersuppen und Hagebuttengelees, die wie Rubine schimmerten. Einmal entdeckte Savannah ein altes Rezept für ein Getränk namens Wild Food Shake und scheuchte alle anderen aus der Küche, während sie den Mixer mit den geheimen Zutaten bestückte. Als sie das Getränk in Gläser füllte, war es ein dicker Schaum und hatte die Farbe von nassem Zement. Es schmeckte auch sandig, so sandig, daß Lizzie ihren Schluck gleich in die Spüle spucken mußte.

»Aber da stand, zwei *ganze* Eier«, beteuerte Savannah später, und Peter mußte ihr sanft beibringen, daß *ganz* nicht gleichbedeutend war mit *noch in der Schale*.

Sie erinnert sich auch an den Fliegenpilz, mit weißgepunktetem roten Hut, genau wie in den Bildern von Elfen. Peter war stolz auf sie, als sie ihm den Namen sagte und die anderen ermahnte, ihn nicht anzufassen. Als er sie an jenem Abend zu Bett brachte, erzählte er ihr, daß die Eskimos den Urin von ihren Rentieren tranken, nachdem sie sie mit Fliegenpilzen gefüttert hatten. »Davon haben sie lustige Träume gekriegt«, sagte er, als sie das Gesicht verzog. »Ehrlich, mein Schatz, ich würde lieber Rentierpipi trinken als Savannahs *Wild Food Shake*.«

Jack schnauft heftig, als er die hohen Steinwände von Harlington Court erreicht. Lizzie klettert über einen kaputten Zaun, wo der Wald dem Friedhof Platz macht. Sie läuft über Steinwege, die vom Moos glitschig geworden sind, vorbei an vergessenen Grabsteinen und an der Seite der Kirche entlang. Sie kommt gerade noch rechtzeitig, um Jacks Mantel durch den Eingang neben dem Pförtnerhaus verschwinden zu sehen, so daß sie nur noch die schwere Holztür und den Wasserspeier darüber anstarren kann.

Heute bleibt sie nicht auf dem Friedhof, sondern geht zwischen einsamen Gräbern den Weg entlang und durch das überdachte Friedhofstor hinaus auf die Straße. Die Mauern von Harlington erstrecken sich, so weit das Auge reicht, unüberwindlich und grau, schlängeln sich an der Straße entlang, und sie geht in ihren Schatten, den Berg hinauf und um eine Biegung. Auch von ganz oben auf dem Berg kann sie noch immer nicht über die Mauer sehen, obwohl sie die blau verbleiten Dächer und die Spitzen von Schornsteinen und sogar einige dunkle Rechtecke von Mansardenfenstern erblickt.

Weiter vorn ist ein zweites Pförtnerhäuschen in die Mauer eingelassen. Es hat hölzerne Fensterläden, in die Herzen eingeschnitten sind, genau wie die in ihrem alten Puppenhaus, und einige frühe gelbe Rosen ranken in Büschen über das Portal. Noch nie ist sie so weit um die Ausläufer des Anwesens herumgegangen. Auch hier ist ein schmiedeeisernes Tor mit kunstvollen Lilienformen darin, doch weniger symmetrisch und niedriger als das neben der Kirche. Sie streckt die Hand aus und bewegt den Riegel, und das Tor schwingt geräuschlos auf, als sie es berührt. Sie geht hindurch, über die Einfahrt und am Garten des Pförtnerhauses vorbei, gelangt durch einen weiteren Steinbogen auf das Gebiet einer großen Gärtnerei. Sie sieht die beschlagenen Scheiben eines Gewächshauses und Reihen aus schmalen Beeten mit akkurat angeordneten Lauchpflanzen, Zwiebeln und dem fedrigen Grün von Möhren und anderen Gemüsearten, für die sie sich nicht die Zeit nimmt, sie zu identifizieren. Zeltartiges Rohrgeflecht mit verschlungenen Kletterpflanzen daran bewacht die Ecken der Wege aus bröckeligen roten Steinen im Fischgrätenmuster.

Der Garten ist offenbar menschenleer, obwohl sie eine Schubkarre sieht und eine ausgebreitete Plane mit Frühkartoffeln, noch mit ihren Blättern und erdverkrustet. Der Garten ist rundherum von einer Mauer aus weichem Sandstein umgeben, an der sich Obstbäume mit ihren in Form geschnittenen, teilweise Blüten tragenden Zweigen gehorsam am Spalier ziehen lassen.

Hinter dem Gewächshaus ist ein Rundbogen mit einer grünen Tür in die Wand eingelassen. In die Tür ist eine Mistgabel geklemmt, und durch den offenen Spalt kann Lizzie die dahinter liegende Parklandschaft sehen und ganz in der Ferne ein paar äsende Rehe, etwa vier oder fünf. Lizzies Herz macht einen kleinen Sprung, als ihr klar wird, daß das hier der Weg auf das Gelände von Harlington Court ist. Kann sie es wagen? Sie hat schon so einiges vom Landadel gehört, und daß sich die Hochgeborenen zum Schutz gegen unbefugte Eindringlinge Rottweiler halten. Einer von Peters alten Freunden aus Cambridge war Lord Marlham, und Peter hat oft Geschichten von ihm erzählt, wie er für Wilderer Stolperdraht gespannt und ihnen andere Fallen gestellt hat. Amüsanter, als auf sie zu schießen, meinte Lord Marlham. Lizzie malt sich aus, wie sie an einem Bein vom Baum hängt, Jack ihre Schreie hört und sie dort entdeckt, wenn er mit dem fertig ist, was er in Harlington Court so tut, was immer das auch sein mag.

Lizzie steht unschlüssig vor der offenen Tür, fühlt sich auffällig, die blonde Nylonperücke flattert am Rande ihres Gesichtsfeldes, jedes einzelne Haar wie eine Glasfaser von der frühen Nachmittagssonne erhellt. Sie sieht, wie sich weiter hinten im Garten etwas bewegt, knapp hinter dem Gewächshaus, ein brauner Fleck, und als sie um die Ecke hastet, auf die Parkseite des Rundbogens, hört sie jemanden pfeifen und das Schlurfen von Stiefeln auf Stein, das näher kommt. Flüchtig sieht sie einen Gärtner wie aus dem Bilderbuch, mit wettergegerbtem Gesicht und einem Segeltuchkittel, der jetzt noch näher ist und seinem eigenen Schatten den Weg hinauf zur Tür folgt. Lizzie preßt sich an die Innenseite der Mauer, schmiegt sich dagegen wie einer von den Spalierbäumen auf der anderen Seite. Sie hört das Schaben der Mistgabel über den Boden, und dann wird das Pfeifen leiser, als die Tür sich mit einem lauten Klack schließt. Sie ist allein mit dem Park, der sich vor ihr ausbreitet, und den beunruhigten Rehen, die Witterung aufnehmen und in ihre Richtung blicken.

Sie steht in einem Haselnußwäldchen mit einem gemähten Weg, der weiter in den Park hineinführt, zu den weichen grünen Rasenflächen und zu einer einzelnen riesigen Eiche, die die Mitte des Parks beherrscht. Durch die Haselnußzweige hindurch kann sie Harlington sehen, grau und burgartig, mit wachsamen gotischen Fenstern und zwei Rundtürmen. Sie wagt es nicht, sich zu bewegen oder ihre Deckung aufzugeben, sondern kauert in dem hohen, nassen Gras zwischen den Nußbäumen und überlegt, was sie als nächstes tun soll. Sie kann das Wasser eines Zierbrunnens plätschern hören, dessen marmorne Becken wie die Lagen einer Hochzeitstorte vor dem Haus aufragen, und das ferne Hämmern eines Spechtes. Jetzt, wo sie drin ist, hat sie nicht die leiseste Ahnung, was sie hier will oder wie sie Jack finden soll.

Harlington Court blickt steinern und mißbilligend drein. Er ist irgendwo da drin, das weiß sie, aber sie hat noch immer keinen blassen Schimmer, was er innerhalb dieser grauen Mauern treibt. Aber es gibt andere Dinge, die sie inzwischen über ihn weiß. Dinge, die sie in Erfahrung gebracht hat. Sie hat die Whiskyflaschen gesehen, die neben seinem Bett stehen, zusammen mit einem Plastikbecher. Manchmal kleckert er ein wenig vor dem Einschlafen. Das weiß sie, weil sie an seiner Decke gerochen hat. Er bewahrt ganze Tafeln Bournville-Bitterschokolade im Kühlschrank auf. Und sein Kühlschrank ist innen so vereist wie der Eingang zu einem Iglu. Sie würde ihn gern abtauen.

Letzten Sonntag, als er wieder hier war, um das zu tun, was er so tut, war sie fast zwei Stunden in seinem Haus, anstatt wie sonst nach ein paar Minuten die Flucht zu ergreifen. Sie ging ein paar von seinen Sachen durch, Bücher und Briefe und Zeitungsausschnitte. Sie hat in seinem Sessel gelesen, und sein Bademantel, den sie sich über die Schultern gelegt hatte, verströmte aus seinen ausgefransten Wollfalten den warmen Duft ihres Vaters nach dunklem Brot und Tabakaroma. Und sie hat sein Hemd mitgenommen. Das roch auch nach ihm. Als sie darin schlief, träumte sie von dem Hafen. Sie trieb ausgestreckt auf dem Meer, und das Wasser stieg unaufhaltsam. Das Scheppern der Boote war wie eine Warnung, als sie allmählich unterging. Sie schrie, brachte aber keinen Ton heraus. Das Wasser war schon fast über ihrem Gesicht, und sie wußte, daß ihr Leben bald zu Ende sein würde, als er vom Himmel herabgeschwebt kam und sich auf sie drauflegte. Er wärmte sie und hauchte ihr wieder Leben ein. Wie warmer Whisky und Toast. Im Traum keuchte er nicht.

Sie kauert in dem hohen Gras und fängt an, bis hundert zu zählen, als spielte sie Verstecken. Als sie sich selbst dabei ertappt, will sie damit aufhören, aber die Zahlen rattern weiter durch ihren Kopf, wie von selbst. Siebenundneunzig Mississippi, achtundneunzig Mississippi. Ein wehmütiger Kinderreim. Neunundneunzig Mississippi, hundert. Fertig, ich komme, alles muß versteckt sein. Sie blickt wieder zum Haus hinüber. Es gibt keine Möglichkeit, es zu erreichen, ohne offenes Gelände zu durchqueren. Außerdem, wenn sie erst da wäre, hätte sie niemals den Mut, herumzuschleichen und in all diese Fenster zu spähen. Wahrscheinlich würde sie von Hunden zerfleischt. Sie steht auf und flitzt, schnell und dicht zum Boden gekrümmt, zum nächsten Kreis von Bäumen. Verstohlen wie eine Katze. Vor ihr fliegt ein Vogel auf, Federgeflatter und verschrecktes Gezwitscher. Ein blaßgrüner Blitz, der über ihrem Kopf herumtanzt, sich dann schimpfend zum Himmel und noch höher aufschwingt. Ihre Augen folgen dem Vogel bis zu dem gewaltigen Baum. Dann bewegt sich etwas anderes an dem Baum, und sie sieht Jack.

Ich hab dich. Jack scheint mitten aus dem Zentrum des Stammes herauszutreten. Er reckt sich, und sie hört sein bellendes Husten, trotz der Entfernung zwischen ihnen. Er geht mehrmals um den Baum herum, späht hinauf ins Geäst, fährt sich mit der Hand durchs Haar und geht dann noch einmal herum und ist verschwunden. Ihr weich gewordenes Herz verrät sie mit einem Stich, jetzt empfindet sie nur Traurigkeit für ihn.

Sie weiß, daß er krank ist. Sie hat seinen Namen auf den Tablettenfläschchen und den noch nicht eingelösten Rezepten gesehen. Sie ist die verstaubten Stapel von Zeitungsausschnitten durchgegangen, die vergilbten, über Bestrahlungstherapie, Chemotherapie, Vitamintherapie, chinesische Kräuter, neue chirurgische Verfahren, sogar Wunderheilungen. Die Ausschnitte gehen bis zum Jahr 1974 zurück, wurden aber 1978 immer spärlicher, und die allerletzten datieren auf Ende November 1979. Das hat Lizzie herausgefunden, als ihre Manie immer stärker wurde. Auf ihrer vergeblichen Suche nach irgend etwas jüngeren Datums hat sie Pappschachteln umgekippt, seinen Schreibtisch durchsucht und die Zeitungsstapel auf der Tagesdecke durchgesehen. Doch in den letzten zwei Jahren erschien ihm nichts zum Thema Krebs wertvoll genug, es zu verwahren. Entweder er ist geheilt, oder er hat alle Hoffnung aufgegeben.

Sie versucht, sich auszumalen, wie er als junger Mann gewesen sein mag, und wünschte, sie könnte sich besser an ihn erinnern. Sie wüßte gerne, wie er gestanden hat, wenn er malte, und ob seine Hände sich warm oder kalt anfühlten, wenn er ihre hielt. Sie kann sie sich nur so vorstellen, wie sie jetzt sind, und denkt, daß sie flatterig und papieren sind, wie der Vogel vorhin, und kalt wie Marmor. Er war jahrelang allein, und jetzt ist er krank. Cordelia hat einmal gesagt, daß er, was seinen Körper anging, verantwortungslos war, wie ein Kind; daß sie ihn regelrecht beschwatzen mußte, Gemüse zu essen oder sich mal zu bewegen. Sie hat gesagt, sie hätte sich aufgeführt wie eine nörgelnde Gesundheitsfanatikerin. Sie hat gesagt, daß er vor Erschöpfung fast gestorben wäre, als sie ihn das erste und einzige Mal dazu überredete, auf einem Spaziergang an den Klippen Lizzie auf den Rücken zu nehmen. Und Lizzie wünschte, sie könnte sich auch daran erinnern, während sie zu dem Baum hinüberstarrt.

Elena hat gesagt, daß er einen »Vampirteint« hatte und daß sowohl sie als auch Laura von Glück sagen konnten, nicht seine bleiche Haut geerbt zu haben. Weder Elena noch Cordelia konnten erklären, was an ihm so faszinierend war. Und doch hatte er ihnen beiden das Herz gebrochen.

Letzten Sonntag, nachdem Lizzie mit den Presseausschnitten durch war, machte sie sich an seine Schreibtischschubladen. Die Ausschnitte hatten ihr schon vieles verraten, was sie wissen mußte; der Inhalt seines Schreibtisches würde noch mehr zu Tage fördern. Die größte Sammlung von Ausschnitten befaßte sich mit tragischen Todesfällen; sie füllten zwei Pappschachteln. Er hatte 1963 angefangen, sie zu sammeln, und neben seinem Sessel wuchs ein neuer Stapel aus jüngeren Jahren. Meistens handelte es sich um den Tod von Kindern, viele waren ertrunken, fast immer in Gartenteichen. Als sie die Papiere durchsah, wurde der Klang ihrer singenden hellen Stimmen ohrenbetäubend, eine Spielplatzkakophonie aus Lauras Stimme und anderen. Die Verlesung der Kindernamen hätte eine ganze Schule füllen können. Sie war trunken im Kopf von ihrem Kanon, als sie die letzte Titelseite wieder zufaltete und das Engelsgesicht des dreijährigen Thomas halbierte, der Grübchen hatte und mit der üblichen Schlagzeile bedacht worden war: *Tragischer Unfall: Kind in Teich ertrunken.* Sie dachte an die Stelle in Elenas Garten, wo Schneebeerenbüsche wuchsen.

Eine andere Schachtel enthielt brüchig vergilbte Artikel über Kathedralen, eine andere alte Rezensionen seiner Ausstellungen. Es gab ungeordnete Stapel mit frischen Todesanzeigen, Umweltschutzthemen, Atompolitik, Genetik, Euthanasie und natürlich Krebsforschung.

Der Schreibtisch hatte drei Schubladen mit Messinggriffen in einer Reihe. Elenas Briefe lagen auf grünem Filz in der linken. Es waren zwei dicke Packen, die wie das Innere einer Handtasche rochen, zusammengehalten von großen, mürbe gewordenen Gummibändern. Lizzie brannten die Augen, als sie von Elenas Hoffnungen las, mit Jack alt zu werden, wodurch sie nur noch süßer werden würden, so schrieb sie, wie zwei Pfirsiche in einer Schale.

Die frühesten Briefe waren auf knistrigem, dünnem Papier geschrieben, durchscheinend wie alte Haut, mit inzwischen gräulich verblaßter Tinte tätowiert. In ihnen sprach Elena hauptsächlich von seinem Genie und häufig von seiner Abwesenheit. Sie beschrieb ihre Sehnsucht und sagte, daß seine Augen ihre Seele durchdrängen. Sie schrieb Keats-Gedichte für ihn ab. In späteren Briefen sagte sie, daß auch Laura ihn vermisse. Und bei einigen steckten Kinderzeichnungen, mit dickem Buntstift auf festem Papier gemalt, zusammengefaltet mit im Umschlag. Anscheinend war Jack nicht dagewesen, als Laura ihr erstes Wort sprach. Elena hatte »Ei« in eine Sprechblase in einer Bleistift- und Tuschekarikatur der kleinen Laura auf stämmigen Beinen vor dem Kühlschrank geschrieben. Und dann hatte sich der Ton verändert. Ab 1960, als Jack schon mit Cordelia in Cornwall war, wurden Elenas Briefe zornig. Ihre Schrift verzerrte sich zu einem zackigen Gekritzel, das manchmal sogar das Papier durchbohrte.

In diesen Briefen nennt sie ihn einen Scheißkerl. Sie sagt, daß er kein zweites Kind verdient hat. Sie nennt ihn einen Mörder. Das macht sie über zwei Jahre lang Woche für Woche.

Ihr knurrt der Magen, sie steckt jetzt schon seit dem Vormittag in dem Haselnußwäldchen fest, und die Sonne steht inzwischen ziemlich tief. Während Jack mit der Natur kommuniziert oder ein Buch liest oder das tut, was er eben unter den frischen Blättern einer riesigen Eiche tut, langweilt sie sich und wird allmählich nervös. Wie soll sie bloß je hier rauskommen? Sie geht auf ihrer eigenen Spur zurück, mit einem Auge immer nach Jack Ausschau haltend, bis zu dem Bogendurchgang. Vorsichtig bewegt sie die Eisenklinke der Tür, aber die ist entweder verschlossen oder von der anderen Seite zugeklemmt. Trotzdem muß sie irgendwie wieder raus. Sie ist eingesperrt, und sie wird die Konsequenzen ihres Tuns tragen müssen. Sie könnte entweder hier gegen die Tür hämmern und hoffen, daß der Gärtner sie hört, oder sich zu dem Pförtnerhaus auf der anderen Parkseite wagen und gestehen, daß sie sich in den Park geschlichen hat. Ich hab mir nichts dabei gedacht, wird sie sagen müssen, oder, was noch unwahrscheinlicher klingt, mir war nicht klar, daß es Privatbesitz ist.

Sie setzt sich ins hohe Gras, das allmählich feucht wird, und zieht die Knie an den Körper, schlingt die Arme um sich. Wie auch immer sie es machen wird, sie muß zunächst warten, bis Jack gegangen ist. Das dürfte nicht mehr allzu lange dauern, sein üblicher Zug geht in vierzig Minuten. An den Bäumen zu ihrer Linken ranken gewundene lila Halsbänder aus wildem Geißblatt. Der Duft erinnert sie an Campden Hill und Tonys Vorgarten, an das erste Mal, als sie da stand und hineinsah.

Sie denkt mittlerweile nicht mehr oft an Tony, obwohl sie zugeben muß, daß sie es genossen hat, wenn er mit seinem Du-fehlst-mir-Gesicht und den glänzenden Schuhen auftauchte und sie ihn einfach stehenließ. Sie hat hämisch über seine liebeskranken Blumensträuße gelacht, wie eine böse Fee. Sie hat sogar eine rote Rose zerfleddert, die er ihr dreisterweise geschickt hat. Die Rose kam an dem Morgen nach Paulas und Ians großer Party an. Irgendwann im Verlauf des Abends hatte sie fast daran gedacht, mit ihm zu tanzen, aber das war, bevor Sophie und Katrina eintrafen, mit rosigen Wangen und irgendwas von Einkäufen schnatternd. Sie waren mit Einkaufstüten von Etam and Dolcis beladen, und Katrina erzählte Tony, daß sie ein paar hübsche Sachen für Sophie ausgesucht hatte. Kurz danach verließen sie die Party, weil Sophie allergisch gegen Nylonteppiche war und einen Asthmaanfall zu bekommen drohte.

Tony küßte Paula auf die Wange, bevor sie gingen, woraufhin sie rot anlief. Und er rief Ian an der Bar zu: »Passen Sie bloß auf, daß sie nach den Flitterwochen nicht zu müde zum Arbeiten ist.« Er sah sich nach Lizzie um, und im selben Moment, als ihre Augen sich trafen, fing sie den Blick seiner Tochter auf. Keine hübschen Augen, fand Lizzie. Ausdruckslos wie ein Fisch. Lizzie hielt dem Blick stand. Sophies, nicht Tonys. Sophie nahm die Hand ihres Vaters in eine Hand und Katrinas in die andere, bildete ein W aus Armen mit sich selbst als Zentrum: W wie Warnung, W wie Widersacherin und Widerstand. W wie wen interessiert's, dachte Lizzie froh. Sophie starrte Lizzie durchdringend an. Lizzie fand, sie blickte siegessicher.

Wen interessiert's? Lizzie denkt an Cordelia, zusammengekauert und seufzend in dem großen Sessel mit dem Rosenmuster zu Hause, und an Peters leeren Sessel neben ihr. Sie denkt an Lous nervösen Ausschlag und Annas Trinkerei und an die kalte Leere in Cordelias Schlafzimmer, als sie hineinging, um ihr einen Gutenachtkuß zu geben. Sie denkt an Cordelias tiefliegende Augen und weiß, daß Liebe viel zarter und weniger zerbrechlich ist als alles, was sie je gekannt hat.

Auf ihrer Uhr ist es schon nach fünf, und Jack müßte jetzt gehen, wenn er seinen Zug noch erwischen will. Weitere drei Minuten verstreichen, bevor sie ihn hinter dem Baum wieder auftauchen sieht. Er faltet ein Blatt Papier zusammen und steckt es in die Tasche. Angespannte drei Minuten, weil sie nicht will, daß er den Zug verpaßt. Der nächste ist nämlich ihrer und der letzte. Sie denkt nicht, daß der Bahnsteig in Harlington der richtige Ort für ihr Wiedersehen wäre. Dafür stellt sie sich einen ruhigeren, sanfteren Ort vor. Sie sieht sein Feuerzeug aufflammen und seine Zigarette, bevor er steifbeinig Richtung Haupteingang trottet, wobei er sich alle paar Meter umdreht, um erneut zu der großen Eiche zurückzublicken. Sie sieht eine Frau mit einem blauen Kopftuch an die Tür des Pförtnerhauses kommen, als Jack anklopft. Er schüttelt den Kopf, sie unterhalten sich eine Weile, obwohl die beiden zu weit entfernt sind, als daß Lizzie ihre Stimmen hören könnte, und dann öffnet sich die schwere Holztür, er dreht sich noch ein letztes Mal um, blickt zurück über den Park und verläßt Harlington.

Jetzt, wo er weg ist, wird Lizzie leichtsinnig. Wenn sie ohnehin als unbefugter Eindringling erwischt werden wird, dann kann sie auch jetzt schon ihre Deckung aufgeben. Sie tritt aus dem Versteck, auf irgendwelche Rufe lauschend, läßt das Haselnußwäldchen und das hohe, raunende Gras hinter sich. Ihre Füße marschieren über den federnden, kurz gemähten Rasen, tragen sie immer näher zu der Eiche, die noch größer ist, als sie gedacht hat.

Sie ragt über ihr auf, ein massiges mittelalterliches Ungetüm, mit einem Umfang von mindestens zwölf Metern. Noch nie hat sie so einen Baum gesehen. Er erhebt sich aus einem Schattentümpel, majestätisch, zwei Hauptäste recken sich tief und weit, an den Ellbogen gebeugt wie zwei offene Arme. Sie geht um den Stamm herum und entdeckt zwischen zwei wulstigen Holzarterien einen Eingang, niedrig und dunkel wie die Öffnung einer Höhle. Sie kann das Gurren einer Ringeltaube hören und sieht, wie die Sonne durch die Bäume am Waldrand lange Streifen auf die Wiese malt. Sie beugt den Kopf, tritt durch den Eingang und befindet sich plötzlich in dem warmen, braunen Herzen der Eiche.

Der Baum ist völlig hohl, und sie ist in ihm, umringt von seinen glatten, gemaserten Holzwänden, da, wo Jack wenige Augenblicke zuvor war. Sie legt sich lang auf die trockene, laubbedeckte Erde und starrt nach oben durch die Zweige. Der Stamm erhebt sich über ihr wie eine Turmruine bis zum Himmel, der aussieht wie ein blauer Kreis, durch einen Brokatvorhang hindurch gesehen. Die neuen jungen Blätter sind schimmernd grün und vom Abendlicht goldbetupft.

Bis ans Ende ihres Lebens stellt sie sich vor, daß sie, als sie die Augen schloß, das Atmen des Baumes hören konnte, seltsam in Einklang mit ihrem eigenen Atem, und daß sie glücklich war. Vielleicht hat sie sich damals gar nicht so gefühlt, aber wenn sie irgendwann später jemand fragte, was ihre schönste Erinnerung war, so war es jene Stunde im Innern der Eiche von Harlington.

Kapitel Zwanzig

Der Junge zaubert eine scheinbar endlose Anzahl großer roter Bonbons aus seinem Mund. Er bläht die Backen auf, macht große Augen und pflückt die roten Kugeln mit der linken Hand, mit der rechten Hand und legt sie liebevoll in seinen Zylinder. Da die Sonne scheint, bleiben Leute stehen und sehen zu, wie er mit fünf Dosen Baked Beans jongliert, und sie applaudieren, als ihm Distelfalter aus den Taschen flattern. Eine alte Frau mit Kopftuch sieht aus, als würde sie gleich anfangen zu weinen, als er einen Strauß Bartnelken aus ihrem Einkaufskorb zieht und ihn ihr lächelnd überreicht. Ein kleines Mädchen tritt schüchtern vor, um ein paar Münzen in seinen Hut zu werfen, flitzt dann zurück und versteckt sich hinter seiner Mutter. Er holt Lizzies Armbanduhr aus seiner Weste, um nachzusehen, wie spät es ist, obwohl Lizzie gar nicht wußte, daß sie die Uhr nicht mehr am Handgelenk hat.

»Kaffee?« fragt er, und Lizzie lacht, weil er sie dabei erwischt, wie sie die Finger in seine Jackentasche schiebt, als sie die Straße entlanggehen. Er schlägt ihr auf die Hand, sagt, sie sollte doch eigentlich wissen, daß man nicht in den Taschen von Zauberern herumkramt. »Vorsicht«, knurrt er, »das Kaninchen ist bissig.«

Als sie im Cherry Tree Café sitzen, gibt er ihr eins von den dicken roten Bonbons. Es wiegt so gut wie nichts und besteht aus rotem Schaumstoff, der sich so klein zusammendrücken läßt, daß sie es in der Krümmung ihres Daumens verstecken und auf die offene Handfläche springen lassen kann, wie er es ihr vormacht. Nur, daß er die Bonbons von überall auftauchen lassen kann, zum Beispiel aus dem Ohr der Kellnerin, und aus der Zuckerdose sind schon elf Stück aufgetaucht.

»Siehst du«, sagt er, »es ist ganz einfach.«

Sie fragt ihn erneut, wie er eine Zigarette einfach so verschwinden lassen kann, und er seufzt, nennt sie eine herzlose Nervensäge. Er sagt, wenn er es ihr zeigt, muß sie versprechen, es keiner Menschenseele zu verraten, sonst wird er arbeitslos.

»Es ist ganz einfach«, erklärt er und fixiert sie starr. »Also, paß gut auf. Achte nicht auf meine Augen, fall nicht darauf rein, wie ich dir schon gesagt hab.«

Er nimmt seine Zigarette aus dem Mund. »Beobachte meine Hände«, sagt er und streckt sie ihr über den Tisch entgegen. Er drückt die Zigarette in seine geschlossene Faust, verzieht vor gespielten Schmerzen das Gesicht, reibt dann die Handflächen aneinander, und weg ist sie.

»Hast du sie in der Tasche?« fragt sie hoffnungsvoll.

»Nein. Jetzt paß noch mal auf. Das ist derselbe Trick.«

Er nimmt den gläsernen Salzstreuer vom Tisch, hält ihn hoch über seine linke Hand und läßt einen Strahl Salz in seine Faust rieseln, bevor er ihr erneut seine leeren Hände zeigt. Wieder kann Lizzie nur an Zauberei glauben.

»Du wirst dich schwarz ärgern«, sagt er, zieht sich einen durchsichtigen grünen Plastikfingerling vom Daumen und leert ein kleines Häuflein Salz in den Aschenbecher. Die Daumenspitze ist perfekt nachgebildet, sie hat sogar einen Fingernagel. »Meine sind grün gefärbt, weil ich ein Angeber bin«, erklärt er. »Normalerweise sind sie fleischfarben. Ich trag einen über dem Daumen, tu ihn in die andere Hand, schütte das Salz rein, schieb ihn mir mit dem Salz drin wieder über den Daumen und, voilà, verschwindibus.«

»Ich kapier nicht, daß ich das nicht gesehen habe«, sagt sie. Aber als er seine nächste Zigarette zu Ende geraucht hat, kann sie noch immer nicht den grünen Daumen sehen, obwohl sie weiß, daß er da ist. Er hat schon Taschenspielertricks gelernt, bevor er laufen konnte. »Aber ich hab auch erst mit sieben Jahren laufen gelernt«, sagt er. »Ich hatte Kinderlähmung, als ich klein war.«

»Könntest du mich zersägen?« fragt Lizzie.

»Kein Problem«, sagt er. »Soll ich?«

»Kannst du Wasser in Wein verwandeln?«

»Mach ich dauernd.«

»Und übers Wasser gehen?«

Er zieht die Augenbrauen hoch, und seine Mundwinkel zukken nach oben. Lizzie muß haltlos kichern, wie so oft, wenn sie mit ihm zusammen ist. Sofort löscht er das Clownsgrinsen aus seinem Gesicht und macht die anderen Gäste im Cherry Tree Café auf sie aufmerksam, indem er auf sie zeigt und das Wort »verrückt« mit den Lippen formt. Bei seiner todernsten Miene muß sie noch unkontrollierter lachen, wie ein Kind, das gekitzelt wird.

»Ich werd dir verraten, was ich *nicht* kann«, sagt er und muß nun auch lächeln. »Ich hab gesehen, wie der Meister ein Ei in eine Schüssel schlägt, es zu Schaum aufrührt, dann wieder rührt, aber diesmal gegen den Uhrzeigersinn, und das Eigelb sich vom Eiweiß getrennt hat. Ich hab gesehen, wie er gebratene Eier wieder zurück in die Schale gezaubert hat. Das ist Magie. Ich hab viele, viele Eier verschwendet. Und ich kann nicht mit mehr als sieben Gegenständen jonglieren oder es in Afrika regnen lassen oder ›Albatros‹ auf der Gitarre spielen.« Er sagt, daß er ihr eines Tages jonglieren beibringen wird.

In der Nacht träumte sie von dem Hafen. Doch diesmal landete sie auf einem Meer voller roter Schaumstoffbälle und trieb darauf, den Blick hinauf zum Mond gerichtet und zu der Mole, wo Jack still dastand und sie beobachtete.

In einem Zeitschriftenstapel in Jacks Küche findet Lizzie eine alte Farbbeilage mit einem Artikel über Elena Mankowitz. Ihr Foto nimmt mehr Platz ein als der eigentliche Artikel. Sie sieht hinreißend aus, in einem hellen Abendkleid und mit Perlen. Es ist die Rede davon, daß sie von Hockney und Kitaj gemalt wurde, und auch Jack Seymours »Elena at Rest« in der Tate Gallery wird erwähnt. Sie wird als ungarische Aristokratin und Philanthropin vorgestellt, als Gründerin der Wiener Stiftung Mankowitz, in der Hunderte von ungarischen Flüchtlingen Zuflucht fanden. Laura wird nicht erwähnt, obwohl von Elenas Kinderliebe die Rede ist und von ihrem Engagement für ungarische Waisenkinder, die ihr das Leben verdanken.

Lizzie umschließt Elenas Obsidian an ihrem Hals und hat ein schlechtes Gewissen wegen all der schlimmen Dinge, die sie Elena gewünscht hat, seit sie deren Briefe an Jack gelesen hat. Es war eine Zeitlang wohltuend, jemandem die Schuld dafür geben zu können, daß er sie verlassen hat.

Sie weiß, daß dies das letzte Mal ist, daß sie so hierherkommt. Von nun an ist Schluß mit der Rumschnüffelei. Die vertanen und einsamen Jahre der Obsession, die Elena bei Lizzies letztem Besuch erwähnte, haben ihr überdeutlich gemacht, was sie schon lange insgeheim wußte: daß sie ihn entweder in Ruhe lassen oder an seine Tür klopfen und die Konsequenzen hinnehmen muß. Ihm so nachzuschleichen ist zur Manie geworden, zur Krankheit. Sie entzündet ein Streichholz und macht seine Gauloise aus dem Aschenbecher wieder an, obwohl sie nicht raucht. Ihre Lippen da, wo seine waren. Von dem beißenden Rauch muß sie husten.

Das Gemälde von ihr als Baby hängt schief an der Wand, und sie geht hinüber, um es geradezurücken. Es ist kein großes Bild, und sie nimmt es ab und hält es gegen das Licht vom Fenster, und dabei sieht sie die Beschriftung auf der Rückseite. *Für Elena, ungarisches Waisenkind, 1963,* steht da, mit schwarzem Filzstift hingekritzelt.

Sie läßt das Bild aus ihren Händen auf den Boden rutschen. Ein Bild von Tony drängt sich ihr in den Kopf, wie er sie in dem Spiegel beobachtet. Wie er erbarmungslos seine Vergewaltigungsphantasien auslebt, umrahmt von vergoldeten Cherubim und Weinlaub. »Instantporno« hat er das genannt. Sie will nicht an diese Dinge denken, ihre Haut spannt sich, als sie es tut, und sie fröstelt. Das Gemälde hat kein Herz, es ist ein Mittel, genau wie der Spiegel, die Anziehung in ihren Augen lediglich ein Ersatz für etwas weniger leicht Erreichbares: Jacks Entschuldigung bei Elena. Auch ihr Vater hat ihr Bild für seine eigenen Zwecke benutzt. Bei beiden Gedanken wird ihr schlecht.

Mit einem schweren Seufzer geht sie zu Jacks Schreibtisch. Nur noch ein paar Schubladen durchsehen, dann ist sie mit ihm fertig. Aber sie ist nicht mehr mit ganzem Herzen dabei. Sie zieht die mittlere Schublade auf. Ihr Foto ist das erste, was sie sieht, dasjenige von ihr im Kinderbett, das Jack als Vorlage für sein Gemälde benutzt hat. Typisch. Cordelias Handschrift ist auf der Rückseite. *Unser kleiner Frosch*, steht da. *WIE KANNST DU DICH VON IHR ABWENDEN?* Es erinnert so stark an Elenas frühe Briefe, wenn er Laura allein gelassen hatte, daß sie meint, alles schon einmal gelesen zu haben. Zu diesem Zeitpunkt muß er die Kunst, unberührt zu bleiben, schon gut beherrscht haben. Auch ein paar von Cordelias Briefen liegen da, Bittbriefe, die ihn anflehen, doch sein Kind besuchen zu kommen. Lizzie weint sich jede Nacht die Augen nach Dir aus, schreibt sie. Und Lizzie ist heute drei Jahre alt geworden.

Sie findet ein offizielles Schreiben vom Jugendamt, das ihn auffordert, eventuelle Einwände dagegen geltend zu machen, daß Peter Weller seine Tochter adoptiert. Sprich jetzt, oder schweige für immer, so der Tenor, aber in unterkühlter Juristensprache formuliert. Der Brief ist zu einem Ball zusammengeknüllt, dann wieder glattgestrichen und zurück in den Umschlag geschoben worden. Darin steckt noch ein Brief von Cordelia, mit der Hand auf himmelblauem Papier geschrieben. Der Brief erklärt ihm, daß ihr Ehemann zwar gerne Lizzie adoptieren möchte, daß das aber in keiner Weise Jacks Anteilnahme ausschließt, daß er jederzeit gerne eine wichtige Rolle in Lizzies Leben spielen kann. Daß er immer ihr Vater bleiben wird. Über den Brief hat Jack Worte gekritzelt, die wie Säure ätzen. Worte, die bewirken, daß Lizzie sich fassungslos über den Schreibtisch wirft und Papiere und Zeitungsstapel zu Boden fegt. Sie hebt eine Pappschachtel hoch, die mit Zeitungsausschnitten über neue medizinische Erfolge gefüllt ist, und schmeißt sie quer durchs Zimmer, so daß Kaffeetassen vom Tisch fallen und Presseartikel durch den ganzen Raum fliegen.

Ich will dieses Kind nicht. Ich habe dieses Kind nie gewollt. Schick keine Fotos. Schick keine Briefe. Laß mich vergessen, daß Du und das Kind je existiert habt. Und das *J* ganz unten hat Cordelias Namen durchschnitten.

Lizzie rennt aus dem Zimmer ihres Vaters, tritt über Berge von Zeitungen und Büchern und poltert die Treppe hinunter. Sie fällt zitternd gegen die Tür am Fußende, versucht, die Beherrschung wiederzugewinnen, bevor sie hinaus auf die Straße tritt. Sie stöhnt laut auf, sie tritt gegen die Tür zur Garage, atmet Firnis- und Ölfarbendämpfe ein. Die Tür schwingt in gut geschmierten Angeln auf und öffnet sich in einen hellen Raum. Nicht die Garage, sondern ein Atelier. Jacks Atelier. Natürlich. Darauf hätte sie auch schon früher kommen können, aber sie war zu sehr mit seinem Leben im ersten Stock beschäftigt. Die Rückwand besteht ganz aus Glas, wie in einem Gewächshaus, und bläuliches Licht flutet in den Raum, in dem zwei riesige Leinwände einander gegenüber auf den mit Farbe bespritzten Bodendielen stehen. Die Harlington-Eiche. Ein Gemälde, vor dem eine Trittleiter steht, ist zweieinhalb Meter hoch. Die Rinde ist herausgearbeitet wie menschliche Haut, durch ein Mikroskop betrachtet, die Äste breiten sich über eine Spanne von gut anderthalb Metern aus und sind noch nicht alle im Detail ausgeführt. An der gegenüberliegenden Wand lehnt ein gewaltiges Quadrat, das den Blick aus dem Herzen des Baumes zeigt, eine atemberaubende Perspektive der Turmruine, die hoch durch die Blätter zu dem blauen Kreis hin aufragt.

Wieder oben in Jacks Küche sucht Lizzie sich aus einer der Schubladen ein langes Fleischmesser aus. Sie zittert nicht mehr. Vor lauter Eifer ist ihr ganz leicht im Kopf. Sie scheint zu schweben, als sie mit dem Messer wieder nach unten in Jacks Atelier geht. Sie hechtet förmlich durch die offene Tür in den Raum und taucht die Klinge mitten hinein in das Herz der Eiche. Mit beiden Händen zieht sie den Horngriff des Messers nach unten, macht einen Schnitt von fast einem Meter Länge. Sie zerfetzt den Stamm und sticht wieder auf den Baum ein, in die unteren Äste und den Stamm, und reißt dann ein ausgefranstes Viereck direkt vom Rahmen, was ein Geräusch macht wie ein zerreißendes Blatt. Der Baum ist an manchen Stellen sehr dick gemalt; Impasto und Farbe lösen sich in Klumpen, Pigmente und Öl und Staub von der Leinwand schwängern die Luft, während sie durch Jacks Bild fetzt und das Messer in ihren Händen glitschig wird.

Sie geht mit dem Messer zu dem anderen Gemälde. Das Innere des Baumes scheint sich über ihr zu erheben, uralt und magisch und herausfordernd, aber sie kann sich nicht dazu überwinden, es zu zerstören. Statt dessen läßt es ihre Wut versiegen. Sie kippt Pinselbehälter und Lösungsmittel über die nackten Holzdielen und tritt auf Farbtuben, bis sich die Ölfarben um ihre Füße winden wie gekringelte Hundescheiße. Sie keucht in ihrer Zerstörungswut, das Messer noch in der Hand. Ihr Vater könnte jeden Augenblick zurückkommen.

Sie wirft das Messer in ihre Tasche. Sie spürt, wie ihr Adrenalinspiegel absackt, richtig körperlich, so wie Sand, der durch ein Sieb rinnt, und sie blickt traurig zurück zu den Resten des größten Gemäldes. Leinwand hängt vom Rahmen herab, schwer vor Farbe, wie Fetzen an einem Zaun.

Die Tränen kommen später, als sie auf einer Schaukel im Hyde Park sitzt. Sie bemerkt nicht die vorwurfsvollen Blicke von Müttern mit Kleinkindern, die darauf warten, an die Reihe zu kommen, während sie die Füße über den Boden schleifen läßt, vor und zurück, zwischen quietschenden Ketten baumelt. Als die Erwachsenen ihre Tränen sehen, machen sie einen weiten Bogen um die Schaukeln und dirigieren ihre Kinder statt dessen zum Sandkasten oder zur Rutsche.

Es gelingt dem Jungen nicht, sie abzulenken, obwohl er im Rückwärtsgehen silberne Bälle in einem Bogen vor ihrem Gesicht jongliert. Aber nichts kann sie jetzt aufhalten. Sie fegt mit wehendem Mantel vorbei, flucht zwischen zusammengebissenen Zähnen. Ihre Schuhe und die Jeans sind mit Farbe bespritzt. Sie verlangsamt noch nicht mal ihren Schritt, und er steht da, mit drei silbernen Jonglierbällen in der Hand, und fragt sich, was er wohl falsch gemacht hat. »Die hab ich für dich gekauft«, protestiert er. »He, bleib doch mal stehen.«

»Ich gehe jetzt meinen Vater besuchen«, sagt sie, und der Ausdruck in ihrem Gesicht untersagt ihm mitzukommen.

Das Messer ist noch in ihrer Tasche. Diesmal wird sie sich ihm stellen. Sie steht vor der Tür und hält den Finger auf den Klingelknopf, obwohl sie es drinnen nicht schellen hört. Niemand macht auf, aber sie hat ja sowieso den Schlüssel. Sie hat nichts zu verlieren. Wenn er jetzt auf sie wütend ist, dann hat er allen Grund dazu. Sie hat sein Lebenswerk zerstört. Sie abzuweisen hätte nichts mit Gleichgültigkeit zu tun.

Es ist ihr egal, wer sie sieht, als sie den Schlüssel ins Schloß schiebt. Die Tür zum Atelier ist jetzt geschlossen, und von oben hört sie das Gluckern von Leitungen und Wasser plätschern. Sie geht die Treppe hinauf, sein Zimmer ist so, wie sie es verlassen hat; der freigewischte Schreibtisch, die zerbrochenen Kaffeetassen, die beiseite getretenen und zertrampelten Zeitungsausschnitte. Das bleichgesichtige Waisenporträt liegt da, wo sie es fallen gelassen hat, auf dem Boden vor dem Fenster.

Die Tür zum Badezimmer steht weit offen, und sie sieht ihn durch den Türrahmen hindurch, wie er bewegungslos in der Wanne liegt. Es ist wie ein Zeitsprung: diese paar langen Sekunden, bevor er sie in der Tür stehen sieht und seine Arme herabsinken. Was er sieht, ist ein Engel mit bleiernen Schwingen. Sein Kopf ruht auf dem Wannenrand. Dampf steigt um sein Gesicht herum auf, so daß seine Züge verschwimmen und sie den Eindruck hat, er bestehe aus etwas Grauem und Substanzlosem, wie Staub oder Regen. Ohne ein Wort zu sagen, springt sie mit dem Messer auf ihn zu und stößt es in seine Mitte, wo die Haut, von nahem betrachtet, so weiß ist wie ein Fischbauch. Es ist ein ruhiges Zustechen, nach dem Lärm der Leinwand. Um ihn herum verfärben rote Wolken das graue Wasser.

Natürlich tut Lizzie das nicht, obwohl ihr der Gedanke durch den Kopf schießt. Seine Augen haben vor Bestürzung ganz weiße Ringe, als sie das fadenscheinige, ergraute Handtuch vom Stuhl ausschüttelt und es für ihn hochhält. »Weißt du, wer ich bin?« Sie klingt schrill. Er umfaßt ihre Hand durch das Handtuch hindurch, hilflos, während das Wasser von seiner Brust rinnt. Das hab ich nicht verdient, denkt sie, als sie ihm aus der Wanne hilft.

Er ist gebrechlich und zittert, als sie das Handtuch um ihn wickelt. »Meinst du, ich würde dich nicht erkennen, Lizzie?« Er blickt ihr direkt in die Augen, sie kann nicht erkennen, ob er weint oder ob es bloß heißes Badewasser und Schweiß ist.

»Das mit dem Bild tut mir leid.« Sie ist still, verlegen, als er in den Sessel sinkt, das Handtuch um die Taille geschlungen, und seine eingefallene Brust sich mühsam hebt und senkt. Oberhalb des Handtuchs ist er bläulich verfärbt, als hätte jemand Tinte ins Badewasser geschüttet.

»... hätt's sowieso nie fertig bekommen.« Und sie weiß, daß er stirbt, und sagt ihm, daß sie wünschte, sie wäre ihm schon früher begegnet. Sie kniet auf dem Boden neben seinem Sessel, und er legt ihr seine Hand auf den Kopf und läßt sie dort ruhen. »Du weißt, daß ich dich verfolgt habe und öfter hergekommen bin, nicht?« sagt sie. »Ich hatte Angst, du würdest vielleicht nichts von mir wissen wollen.«

»Du hättest nur an die Tür zu klopfen brauchen«, sagt er. »Auch wenn es nicht viel Gutes bewirkt hätte. Ich hab anderen Menschen immer nur Unglück gebracht. Ich kann nicht das sein, was sie brauchen.«

»Aber du bist mein Dad.«

Bei dem Wort Dad scheint er zusammenzufahren, aber vielleicht bildet sie sich das auch nur ein. Doch er wendet den Blick von ihr ab, als er redet, sieht quer durchs Zimmer zu ihrer Tasche hinüber, die sie auf den Boden fallen gelassen hat.

»Weißt du, Lizzie, als Vater wäre ich nie zu irgendwas nütze gewesen. Ich lebe nur, um zu malen.«

»Du hättest es wenigstens versuchen können.«

Seine Atmung klingt wie das Meer, aber seine Hand ist ruhig, und sie kann die Wärme durch ihr Haar hindurch spüren. »Da war noch etwas. Noch jemand«, sagt er.

»Ich weiß ...«, will Lizzie ihm ins Wort fallen, doch er spricht weiter. »Ich hatte noch eine Tochter. Sie ist gestorben.«

»Ich weiß«, sagt sie erneut, aber er ist noch nicht mit dem fertig, was er ihr sagen will. »Wenn es passiert, ist es, als würde man sich verirren. Als steckte man in einem Irrgarten fest: Du denkst jahrelang immer nur dieselben Gedanken – sie kreisen und kreisen in deinem Kopf, bis ... dir ständig schwindelig ist und du nur auf und ab gehen kannst, auf und ab, und plötzlich hast du zu große Angst davor, überhaupt noch nach dem Ausgang zu suchen, weil da draußen andere Menschen wären und du wieder sprechen müßtest.« Lizzie möchte ihm entgegenhalten, daß Wahnsinn keine Entschuldigung ist. Das hat Peter immer zu ihrer Mutter gesagt, wenn Lizzie sie bei Gesprächen über Jack belauscht hat, aber das entspricht nicht ihrem Gefühl, und ihnen beiden fehlen die Worte. Um seine Füße bilden sich Wasserpfützen. Seine Augen sind gramvoll und dunkel, doch dann lächelt er sie an, und sie merkt, daß sie sich an sein Lächeln erinnern kann, und ist froh, hergekommen zu sein.

»Ich kann dir das nicht begreiflich machen«, sagt er behutsam, »aber ich möchte dir etwas zeigen.«

Sie folgt ihm aus dem Zimmer. »Ich zieh mir nur was an.« Er bedeutet ihr, da zu warten, wo sie steht, während er in sein Schlafzimmer geht. »Was ich dir zeigen will, ist unten.«

Er ist barfuß, trägt einen formlosen braunen Pullover und Jeans, als er ihr seinen Arm hinhält. »Ich würde dich gern umarmen«, sagt er. »Darf ich?«, und er klingt höflich, beinahe steif.

Sie ist gehemmt und enttäuscht in seiner Umarmung, und sie fühlt seinen Atem in ihrem Haar und seine schweren Seufzer der Reue, als sie beide eng umschlungen oben an der Treppe stehen.

Das Licht im Atelier ist zu einem bronzefarbenen Dunst verblaßt, und von den Dämpfen der Farben und Lösungsmittel müssen sie beide husten, als er vor ihr in den Raum tritt. »Ist nicht schlimm«, sagt er und geht mit einer Armbewegung über die Zerstörung hinweg.

»Der Baum war wunderschön«, sagt sie. Noch nie hat sie sich so geschämt. »Es tut mir leid.«

»Die Wirklichkeit ist besser.« Er winkt mit beiden Händen so abfällig, als wären sie Spüllappen, in Richtung des verwüsteten Bildes. Er dirigiert sie am Arm so, daß sie mit dem Rücken zu der zerfetzten Leinwand stehen und nur das Gemälde vom Innern des Baumes sehen, das sich über ihnen zum Himmel erhebt. »Das ist die Schutzeiche von Harlington. Du solltest mal hinfahren und sie dir ansehen. Sie ist über vierhundert Jahre alt.«

»Ich war da«, sagt sie. »Ich bin dir gefolgt.«

Jack fängt an zu lachen. »Du bist mir gefolgt?« Aber seine Lunge rebelliert, und er muß sich die Hand auf die Brust pressen und husten. »Das liegt uns im Blut«, sagt er. »Warte nur, was ich dir zeigen will.«

Er hat sie gebeten mit anzufassen, um das Baumgemälde an der Wand entlangzuschieben. Er zieht daran, es knirscht und schabt über den Boden Richtung Fenster, und Lizzie stemmt sich auf der anderen Seite mit der Schulter dagegen. Er bückt sich dahinter und schiebt mit beiden Händen ein zweites Bild hervor, lehnt es gegen die Wand.

»Das bist du.« Er deutet darauf, richtet sich auf und nimmt ihre Hand, als sie beide zurücktreten. »Und ich hab noch andere von dir, die ich dir gern zeigen würde.«

Sie spürt, daß Jack sie beobachtet, während sie sein Bild betrachtet. Tatsächlich, das ist sie, mit etwa neun Jahren. Und da ist auch Muttley, dessen Schwanz sich hinter ihm ausfächert. Jack hat sie gemalt, wie sie neben dem Hund zu Hause auf den Pflastersteinen kauert, einen Kranz aus Gänseblümchen im Haar. Sie und Muttley sind tief nach unten gebeugt. »Wir beobachten Ameisen!« sagt sie.

»Das hab ich mir gedacht«, sagt Jack.

»Aber wie?«

»Fernglas«, sagt er.

Im Hintergrund, so grau und unbedeutend wie Schatten gemalt, kann sie ihre Mutter mit dem kürbisartig geformten schwangeren Bauch sehen, wie sie sich über das Planschbecken neigt, in dem Anna und Briony spielen. »Du warst immer abseits von den anderen«, sagt Jack. »Immer, wenn ich dich beobachtet habe, warst du in deiner eigenen Welt, aber ich fand immer, daß du glücklich aussahst.«

»*Du* hast *mich* beobachtet!« Lizzie merkt, daß ihre Hände auf den Schultern ihres Vaters liegen, seine braunen Augen sind so, wie sie sie immer vor sich gesehen hat; fast kann sie die Glokkenblumen riechen.

Er hat noch drei andere kleine Gemälde und ein weiteres größeres hervorgezogen. Das große Bild zeigt Stonmouth Beach und sie selbst, etwa sechzehn Jahre alt, wie sie im Schneidersitz auf der Kühltruhe in Mr. Millys knallrot-weiß angestrichenem Eiswagen sitzt. Es gibt ein Aquarell von ihr, wie sie mit Muttley am Flußufer ihre schlammbedeckten Füße ins Wasser hält, während im Hintergrund andere Leute Ball spielen und Sandwiches essen. Ein herzzerreißendes Porträt zeigt sie mit vier Jahren, als sie eine Brille trug. Auf wieder einem anderen ist sie jünger, trägt eine blau-weiß gestreifte Spielhose und lernt gerade, einen orangefarbenen Ball mit ausgestreckten Armen in Cordelias Hände zu werfen, die in der oberen linken Ecke des Gemäldes erkennbar sind.

»Ich verstehe das nicht«, sagt Lizzie. Sie betrachten einander, und Jack drückt ihren Arm. »Ich kann kein Vater sein«, sagt er, und sie hat das Gefühl, als sähe sie ihn an wie durch eine Wolke. »Aber ich kann nur das malen, was ich liebe.«

Kapitel Einundzwanzig

Lizzies Gesicht verrät nichts, als sie die Straße herunterkommt und ich an der Ecke auf sie warte. Die Sonne hinter ihr steht so tief wie die Bäume, läßt ihre Haarspitzen aufleuchten, und ihre Hände schwingen, aus den Taschen befreit. Während ich sie näher kommen sehe, fällt mir auf, daß ihre Füße kaum das Pflaster berühren. Sie scheint auf mich zuzuschweben, während ich die Spielkarten und Daumenfingerlinge und Münzen zurück in meine Tasche stopfe. Jetzt sind keine Tricks nötig.

Sie nimmt meinen Arm. Ich kann ihre Energie spüren, wie einen Stromstoß aus ihren Fingerspitzen.

»Komm mit«, sage ich, »es wird Zeit, daß ich dir Jonglieren beibringe.« Und sie fühlt sich ganz leicht an neben mir, während wir zurück durch den Park gehen.